内容简介

中国古代小说理论产生于散文理论，其核心理念、内在思路、概念表述均借鉴自散文理论。在处处比附散文理论的同时，小说理论又发展出自身的新建构、新特点，其中的审美意识、思维方式乃至具体的概念术语，又与散文理论有别。

作者简介

　　吕玉华，山东单县人，2001年毕业于复旦大学中文系，获博士学位，现为山东大学文学与新闻传播学院副教授。

丛书主编 马瑞芳

中国古代小说发展研究丛书

中国古代小说理论发展研究

吕玉华　著

山东教育出版社

图书在版编目(CIP)数据

中国古代小说理论发展研究/吕玉华著. —济南：
山东教育出版社,2015
(中国古代小说发展研究丛书/马瑞芳主编)
ISBN 978－7－5328－9087－3

Ⅰ.①中… Ⅱ.①吕… Ⅲ.①古典小说—小说理论
—小说研究—中国 Ⅳ.①I207.41

中国版本图书馆CIP数据核字(2015)第235139号

中国古代小说发展研究丛书

马瑞芳　主编

中国古代小说理论发展研究

吕玉华　著

主　管：山东出版传媒股份有限公司

出版者：山东教育出版社

（济南市纬一路 321 号　邮编：250001）

电　话：(0531)82092664　传真：(0531)82092625

网　址：www.sjs.com.cn

发行者：山东教育出版社

印　刷：山东临沂新华印刷物流集团有限责任公司

版　次：2016 年 4 月第 1 版第 1 次印刷

规　格：710mm×1000mm　16 开本

印　张：17 印张

字　数：229 千字

书　号：ISBN 978－7－5328－9087－3

定　价：59.00 元

（如印装质量有问题,请与印刷厂联系调换）
印厂电话：0539－2925659

总　序

　　2005 年我担任山东大学古代文学学科学术带头人后，考虑到学科自身优势和发展需要，拟组织本学科教授撰写一套中国古代小说发展研究丛书。山东教育出版社对此选题很感兴趣，并申报国家"十一五"规划出版重点项目，获得批准。我们特别邀请山东师范大学王恒展教授加盟。历经十年，这套丛书的九部书稿终于集体亮相于读者面前。

　　为什么选择撰写这样一套丛书？因为此前学术界对于中国古代小说的研究多侧重于"史""论"，侧重于思想艺术分析，对小说作为中国古代文学重要文体，如何萌芽、产生、发展、壮大，直到蔚为大观，对各类小说的发展过程、阶段、特点，研究得似乎还不太够。有必要采用多角度、多侧面对中国古代小说发展脉络做一下梳理和开掘，总结出一些可以称之为规律性或中国特色的东西。

　　那么，这套丛书涉及并试图总结出中国古代小说发展过程中哪些规律和特色？

　　一曰中国古代小说的概念、范围、分类。今存文献中，"小说"这个词语最早见于《庄子·杂篇·外物论》：

"饰小说以干县令,其于大达亦远矣。"①小说研究者早就认识到这里的"小说"是指琐屑的言论,指与"大达"形成对比的小道,还不具备文体"小说"的含义。小说在汉代之前尚缺乏独立的文体意义。在漫长的文学发展长河中,随着小说题材的拓展和小说创作艺术的渐渐成熟,"小说"才成为以散文叙述虚构故事的文学体裁的专称。中国古代"小说"一词内涵、外延都相当复杂,既有文学性文体部分又有非文学性文体部分。各朝各代学者对小说做出了各种分类。16世纪胡应麟《少室山房笔丛》将小说分为六类:志怪、传奇、杂录、丛谈、辩订、箴规。后三类就属于非文学性文体。后世学者对文学性小说文体的分类通常按语言形式做文言和白话之分;按篇幅做长篇和短篇之分(中篇小说通常被包含在短篇小说之内);按内容做志怪和传奇之分,还有更具体的历史演义、英雄传奇、人情小说之分……不一而足。本丛书着眼于文学性文体小说的研究和分门别类的细致考察。

二曰中国古代小说的起源、孕育、滋养过程。考察哪些文体、哪些因素对小说的产生起作用,这一研究较多地集中在先秦两汉语言文学中。先秦两汉并没有产生典型的小说文体,但此时的多种文体如神话传说、历史散文及诸子散文、史传文学甚至《诗经》《楚辞》都给小说的产生以或大或小、或远或近的影响。其中,神话的原型人物、典故、构思,史传文学的叙事笔法和杂史杂传,诸子中的"说体"故事和寓言故事……对中国古代小说的产生起到决定性作用。本丛书对中国古代小说产生做了全面深入探讨,提出一系列新见解。如庄子对中国古代小说家的决定性影响,《诗经》《楚辞》对小说创作的开宗作祖意义等。

三曰中国古代小说唐前史料学探究。研究中国古代小说,史料是基础,是理清小说产生年代、成就、特点的必备资料,是进行理论分析的前提。汉前小说史料依附于历史、诸子,从魏晋南北朝开始,小说作为独立的文体跻身于众多文体之中,产生大量小说作品。程毅中先生在《古代小说史料简论》一书中提出:小说作品本身和版本、目录、作者

---

① 《庄子集解》,《诸子集成》本,第177页,上海书店出版社,1986。

生平、评论等，都是重要的小说史料。本丛书在对中国古代小说各种发展阶段的重要作品进行探究时，注重考证，注重重要作家生平对小说创作影响的考察，注重第一手资料的收集和剖析，力求"言必有据""知人论事"。需要说明的是，唐后小说史料十分繁富，由于小说是"小道"的观念，唐后一些极其重要的作家如兰陵笑笑生、曹雪芹的生平往往不易弄清。因而对作家生平的考订应该成为小说史料学的重要内容，如与红学并列的曹学，就是专门研究《红楼梦》作者曹雪芹及其祖辈的学问。而用一本书探讨整部小说史史料问题几乎不可能，故本丛书对唐后小说史料的必要性、兼顾性研究体现在有关书中，小说史料的专门性探究暂时截止于唐前，唐后小说史料的专门性探究，留待此后有条件时增补。

四曰文言小说和白话小说的发展轨迹和写作特点。中国古代两类最主要的小说文言小说和白话小说都经历了萌芽、成长、繁荣、鼎盛、衰落阶段，并在各阶段产生了彪炳史册的名著。我们采用通常意义的文言和白话区分法，其实严格地说，不能用"文言或白话"截然区分中国古代许多小说，典雅的《聊斋志异》里有许多生动活泼的民间口语，通俗的《金瓶梅》中也出现台阁对话，《三国演义》则采用既非纯粹文言亦非纯粹白话的浅显文言。中国古代文言小说如《搜神记》《幽明录》、唐传奇、《聊斋志异》等，具有明显诗化和写意性特点，人物描写带一定类型化、"扁平"性，故事叙述、情节结构较为简约明快。中国古代白话小说，不管是短篇小说《三言二拍》，还是长篇小说《三国演义》《水浒传》《金瓶梅》《西游记》《红楼梦》《儒林外史》，重在描写情节完整、曲折生动、感人悦人的故事，或着眼悲欢离合，或着眼社会问题，人物栩栩如生，风貌复杂多样，长篇小说更具有一定的史诗品格。文言小说以志怪成就最著，白话小说描写人生成就最高。不管文言还是白话小说，在人物描写、情节布局、构思艺术上，在诗意化和寓意性上，既借力于古代文化特别是古代文学其他样式如诗词辞赋散文戏剧，小说之志怪和传奇、文言与白话，又互相融汇、互相补充、互相借鉴，共同构成中国小说特有的人物创造、构思方法、描写格局、民族特点。

　　五曰对小说民俗的选择性考察。中国古代小说是中国民俗文化的重要载体,而民俗具有鲜明的地域性、民族性、时代性特点。因为中国古代小说所反映的民俗太复杂,涉及面太广,时间跨度太大,难以专门用一本书进行既细致又全面的研究。本丛书在剖析中国小说发展若干问题时,顺带对小说中的民俗进行综合考究,并选择跟山东有明确关系的几部名著如《水浒传》《金瓶梅》《聊斋志异》《醒世姻缘传》等,对小说所反映的民间信仰、饮食服饰、祭祀占卜、婚嫁丧葬、灵魂狐妖迷信、神佛道观念……进行专门考察,研究这些人生礼俗对刻画人物、组织情节起到的重要作用。作为与汉族民俗的对照,选择《红楼梦》作为满族民俗的载体进行研究。除与汉族类似的饮食服饰、神佛观念外,侧重考察《红楼梦》反映的满族游艺习俗、骑射教育以及满族的蓄奴风俗和与汉族不同的姑娘为尊的重女风俗。通过这个新角度对几部古代小说名著的解读,说明古代小说特别是明清小说中表现的民族风俗是其他任何文学作品和文化典籍都不能替代的。

　　六曰对小说传播的选择性考察。文言小说的主要传播途径不外乎史家和目录家的著录、读者传抄、类书和丛书收录、戏剧改编。白话小说的传播途径要广泛得多,在传播上也更有代表性和广泛性。印刷取代传抄成为主要传播方式,为嘉靖本《三国志通俗演义》作"引"的修髯子、刻印《水浒传》的武定侯郭勋等是小说印刷传播先驱。书坊为降低成本、扩大印刷推出的"简本"小说和短篇小说的选本如《今古奇观》,成为推动小说传播的重要因素。明清两代的文人士大夫成为白话小说的重要接受和传播者,"评点"变成自娱悦人兼推动小说销售的手段,白话小说改编成戏曲也很多见,三国戏、水浒戏、西游戏、封神戏、杨家将戏等广受欢迎。而与广泛传播形成强烈对比、引起尖锐矛盾的是统治者的"禁毁"。其实,中国古代小说很早就传播到欧洲引起世界文豪的赞誉。《歌德谈话录》多次谈到在中国只能算做二流的小说《好逑传》《玉娇梨》等,歌德说:在他们(中国人)那里一切都比我们这里更明朗、更纯洁,也更合乎道德。值得注意的是,歌德对中国古代几部二流小说跟《红与黑》等欧美名著持类似欣赏态度。拉美文学两位当代文学巨匠马尔克斯和博尔赫斯都崇拜曹雪芹和蒲松龄,博尔赫斯曾给阿根廷版《聊斋志异》写序并大加赞扬。

七曰古代小说理论发展研究。刘勰《文心雕龙》被认为是非常重要的文艺理论著作,偏偏没有关于小说的内容,这固然因为当时小说还处于萌芽时期,也说明小说从产生伊始,就没法取得与传统文学如诗词散文平起平坐的地位。小说被列入“子”部,算做“杂家”。“小说”者,小家珍说,雕虫小技也。小说长期处于被歧视的地位,在强大的传统文化笼罩下,小说家总想羽翼信史、向历史学家靠拢,蒲松龄自称“异史氏”,就是司马迁“太史公”的模仿秀。中国古代没有独立的小说理论,也没有系统的小说理论著作,小说理论常以序跋或评点形式依附于小说本身,主要起诱导和愉悦读者的作用,不像经学家说经,诗词学家说诗词,起到写作指导作用。因此中国古代小说评点家对小说创作经验的总结常是“捎带性”的副产品,且多需后世学者加以进一步综合阐释。古代小说理论极力与散文理论、史传文学理论相对接,以取得合法性,其核心理念、内在思路、观念表述多借鉴经史理论,特别是“文以载道”“良史之才”等观念经常被运用。金圣叹、毛宗岗、张竹坡、脂砚斋等古代小说评点家对小说具体人物、情节东鳞西爪的评点有鲜明的中国特色,部分吉光片羽的观点甚至可与 20 世纪文论家媲美。

八曰中国古代小说构思特点。中国古代小说从萌芽到繁荣,经历两千多年,无数作家付出辛勤劳动,它们形成了哪些富有中国特色的构思方法?哪位作家是哪类构思方式的开创者?哪位作家是哪类构思的集大成者?这些构思方法是如何萌芽、成长,并长成一株株小说名作的参天大树?这些形态各异的参天大树又如何共居华夏一园,形成中国古代小说构思千姿百态、摇曳生风的美景?……

这套丛书的写作目的,既想尽古代文学研究者职责,在古代小说研究中拓出新路子,完成新命题,又想古为今用、研以致用,希望通过对中国古代小说发展研究的比较全面的检视,使得中国古代小说与西方小说学概念、理论在纸面上接轨、“比武”,让辉煌的古代小说以崭然如新的面貌走向读者,走向世界,引导当代读者阅读,给当代小说创作者参考。

因为文出众手，每位作者都是此方面默默耕耘多年的专家，各有自认为必须说明之处，故可能本丛书对某些话题和观念，如"小说"词语的历史演变，或有重复涉及，乃或有此书与彼书抵牾之处，读者方家慧眼鉴识之。

古代文化典籍版本复杂，本丛书择善而从，所引用经、史、诗词、小说原文，基本采用权威通行本并在页下加以详注。

众擎群举，十年搏书，敬请读者方家指点。

马瑞芳

2015 年 6 月 12 日于山东大学

目　录

绪　论

　　根据现代文学理论，小说作为一种文学体裁，其特性包括：叙事性、虚构性、修饰性。① 前两者作为小说特点已经得到公认；最后一项"修饰性"，本书用来指语言特色，与此相似的表达还有"文学性"等词语。本书认为，用来说明同一文体之特性的三个词语应该属于同一等级，叙事指写作形式，虚构指情节内容，修饰是语言特色，故用这三个特点来定义小说。

　　本着这个现代的纯文学标准去回溯既往，我们可以有效判断哪些文类是小说，哪些不是，从而写出我们今天的"中国古代小说史"。但是，这种判断思路仅仅是我们今天所有的，至于中国古人，他们自有他们的判断。本书所在意的正是中国古人对"小说"的看法，以及他们的小说观念的渊源和发展过程。比如古人使用的词汇有"小说""传奇""章法""文法""性格""叙事"等等，这些词语在什么语境中提出，又在什么语境中使用，具体有什么含义，这些含义又发生了怎样的演变等等，诸如此类的问题，是本书的兴趣所在。

----

　　① 参见〔美〕勒内·韦勒克、奥斯汀·沃伦著，刘象愚、邢培明、陈圣生、李哲明译《文学理论》，南京：江苏教育出版社，2005；〔俄〕瓦·叶·哈利泽夫著，周启超、王加兴、黄玫、夏忠宪译《文学学导论》，北京：北京大学出版社，2006；伍蠡甫、胡经之主编《西方文艺理论名著选编》，北京：北京大学出版社，1985；童庆炳主编《文学理论教程》，北京：高等教育出版社，1998。

古人已矣,对其观念进行还原谈何容易。为了便于理解和把握,笔者的思考方式为:从文献当中发掘相关的小说理论来表述,首先进行字面意义的列举、阐明;继而辨析该理论表述所产生的文化教育环境,以及提出该理论的文论家所认可并遵行的道德伦理的、审美的观念,分析他们习用的思维模式;然后在这个大的、整体的背景之上,再回过头去思考古人的小说概念和理论所可能具有的内涵,以及他们提出该理论的目的和意义。

本书在思考过程中,着意避免简单的古今比较。虽然某些古人的看法可能从字面上契合了现代文学理论的某些论断,但是,如果该看法没有形成时代主潮,也没有明显的后继者,就显然缺乏推动历史前进的力量,仅仅属于灵光一闪罢了。

对于绝大多数古人来说,小说从来都不是一个重要的存在。无论是从写作态度上,还是阅读态度上,小说都被看作是不入流的、娱乐的、俗而野的,两千多年里一直如此。通俗白话小说的地位更为低下。通俗小说起源于民间,最初的文本粗糙俗野,却受到了民间的热烈欢迎,影响渐大,吸引了诸多有教化责任心的士人。为了使小说提升艺术品格,更好地发挥教化作用,他们介入了小说的创作、整理、修订工作,但这个过程中,他们总是自匿其名,或使用众多混淆视听的笔名,显然是不希望自己真实的人生和小说有密切的联系。小说对于古人的生活,是属于点缀性质的。即便是倾心血于小说评点的才子们,其致力的目标也在于提高小说的品格,使之发挥对凡夫俗子的影响,而不是做评点者个人素养提高的工具。

在传统文化的势力范围之内,从来没有专门的、独立的小说理论著作①。相比于诗文理论批评著作的洋洋大观,小说理论总是依附于小说本身,很多情况下仅属于附带一提,由此即可看出文人们的态度,显然对总结、提炼小说理论不甚重视。

诗文理论批评著作的撰写目的,是指导作诗作文,总结经验,提供借鉴。一方面是科举考试的需要,一方面是诗文作为雅文化经典的观念根深蒂固,人人以诗文写作为要务。相反,从来没有人要学习写小

---

① 蔚为大观、成就卓然的小说评点也必须依附于小说原著。

说,当然也就不可能为之总结小说的写法,更无必要专门探讨小说的种种问题。所以,在古人的知识谱系和人生坐标当中,小说理论也只能是从属性的,没有人指望着靠小说创作以及批评小说而留名青史。小说批评方面,既缺乏主动的理论建构意识,在和史传等经典文本的对比中,也时时流露出自我贬抑的倾向。直到近代,传统文化格局崩盘之后,在西方文学理论的影响下,小说确立了独立的文学地位,得以与诗文并举,方才有专门的小说理论著作问世。

另外,即便是已经提出的小说理论,其立论依据、阐述心态也总是极力和以诗文理论为代表的传统真理话语攀附、对接,试图获得合法性、合理性,从而在文化传承和文化影响方面分一杯羹。比如,文言小说(如唐传奇)的写作体例和史传散文一样,属于史传支裔,对其所作的相关理论阐发,结合史传散文理论可以理解得更清楚。白话小说(如四大奇书《三国志演义》《水浒传》《金瓶梅》《西游记》)的写作语言、故事趣味都跳出了史传之外,可是有关白话小说的理论阐述仍然紧紧攀附史传散文理论。散文理论的观念犹如小说理论之本,小说理论的发展正是"返本开新"的过程。从形式上看,古代小说理论总是文本的附属形态;从思想意义上看,小说理论也从来没有完全脱离正统思想。因为所评文体的接近,小说理论对于散文理论更是依附极深。所以,我们不妨回归古人的思路,既然小说从来也不曾脱离史传的影响圈,小说理论从来也不曾将小说加以独立思考,我们自然应该重视小说理论与散文理论的关系。

本书所用的"散文"概念,约等同于古人常用的"古文"概念,包括以下文类:先秦儒家经典中无韵的论著、先秦诸子的说理论说文、所有的史传文章及秦汉之后所有的散体古文。"话语即权力"(福柯《话语的秩序》),中国古代的文学观念都是意识形态之内的话语,具有鲜明的指向性和功利性。散文理论与正统意识、教化权力相关联,成为文学界的话语权威,其他一切观念都不自觉地以之为中心、为判断标准。

故本书的总体思路是:以散文理论作为标尺,考察小说理论与它的离合关系。明确了这个定位,再来辨析小说理论与散文理论二者之间的关系,梳理小说概念、术语、命题演变的前因后果,才能清晰地勾画出小说理论发展演变的走向,并进而辨明种种概念术语、种种论题。

该思路基于以下认识:首先,散文理论是小说理论的母体,为小说理论提供了诸多基础概念;更重要的是,散文理论的命题往往成为小说理论的逻辑前提。其次,小说理论在对小说创作的依附中,逐渐生成自己的审美特性,在评价标准、艺术观念、关注重心等方面,逐渐与散文理论分化;因其文化同根性,小说理论亦时时呼应散文理论。

在小说理论发展演变的过程中,除却纯文学的因素,中国传统社会的宗法伦理政教观念更不容小觑。它对文学理论的建构和分化均有重大影响,也促成了散文理论和小说理论核心观念的形成,即散文理论中的"文以载道"观,小说理论中的裨补史阙观和惩恶劝善观。

文学理论与文学创作密切相关,理论的发展演变离不开文学自身的发展演变。在对小说理论和散文理论关系的考察中,这也是一个值得注意的大问题。本书对小说理论概念的考察,也紧密结合了小说文体自身的演变。

本书以"发展"为关注重心,考察小说理论中概念、命题的演变,从历史实际情况出发,探究哪些观念是当时的主导思潮,哪些是理论家的个人意趣体现,哪些观念真正影响到了小说史的进程,哪些观念被坚持,哪些观念被扬弃……在思考以及具体论述中,都尽量避免简单的以今衡古。

在此基础上,本书分作上、中、下三编。

上编主要辨析中国古代小说概念的演变。中国古代的小说理论是一个非常复杂的存在,有多种分蘖和多重含义。目前已经出版的小说理论史著作①,一般都会先做小说概念的辨源梳理,而后按照时代先后,列举理论家的生平状况,对其著作当中的理论问题进行阐释、论述。这样做的好处是,小说理论的整个历史发展流程比较清晰,先后有序。不足之处在于,有时以今天的小说概念去衡量古人的理论,并依此分类,评价古人观念的优劣,难免削足适履之嫌,在具体论说中容易缠夹不清、前后矛盾。

本书将中国古代小说概念分为两大序列,一是文献目录学意义的

---

① 参见陈洪《中国小说理论史》,天津:天津教育出版社,2005;王汝梅、张羽《中国小说理论史》,杭州:浙江古籍出版社,2001;方正耀《中国古典小说理论史》,上海:华东师范大学出版社,2005。

小说概念，一是文学意义的小说概念。①

前者是小说正宗，由先秦"小说""小道"的说法演变而来，东汉班固《汉书·艺文志》确定了其内涵和特征，本书为之命名为"文献目录学意义的小说"，其特征是"稗官闲谈""补阙"，即琐碎言谈、补正史之阙、协助发挥教化作用，其形式为杂纂集成式。判断这种小说的标准主要是根据其形式，而不是内容。此类小说的内容相当庞杂，天文地理人事无所不包。今天所谓的历代"笔记"②，如《隋唐嘉话》《东坡志林》《梦溪笔谈》等等，皆属于文献目录学意义上的小说。这种小说概念一直沿用到清末，其内容为言论、逸闻、逸事、见闻等，其形式特征为琐碎的、杂纂的材料组合，其价值虽浅薄亦可补史阙，其体现就是正史《经籍志》《艺文志》当中所著录的小说作品。

因受到汉代以后市井伎艺的影响，"小说"一词意义内涵扩大，出现了文学意义，并融合了"说话""小话"两词的故事性特征。从宋代开始，文言的、史传支裔的、琐记杂闻的、士大夫阶层的文献目录学意义的小说，与白话的、故事的、市井的、娱乐的小说，在概念层面发生了语义合流。"小说"整体概念扩展，既指文献目录上的杂纂笔记，也指市井伎艺说话以及相关的话本、通俗小说。

但是，官方的、正统的文献载录，从汉代到清代，一直奉文献目录学意义的小说为正宗。在私家著述、民间应用方面，文人往往按照自己的理解，只取其中一种意义，两种意义极少混用。就这样，两种序列的小说概念各取所需、并行不悖，活跃于各类文献记载当中。

上编还辨析了小说概念近义词，更全面地说明了小说概念被树立的经过。

中编"小说理论以散文理论为母体"，说明小说理论的产生根源。散文理论的主体是史传理论，最初对小说的完整阐述也出现在史著

---

① 已经有不少研究者注意到古代小说概念的歧义，并采取了二分法，如石昌渝《"小说"界说》《《文学遗产》1994 年第 1 期）分为"传统目录学的定义"和"小说家的定义"；薛洪勣、王汝梅《两种小说观念和对唐前小说作品的再思考》（《明清小说研究》1997 年第 4 期）分为"史家的小说观念"和"文家的小说观念"。本书的小说概念二分法即受到了诸位先生的启发，特此致谢。不过，他们的区分标准主要着眼于艺术特征和题材，如虚实等，而且以今天的小说定义为标尺，来确定古代小说的范围。本书与之不同，具体见正文论述。

② 如中华书局、上海书店出版社等出版的历代史料笔记丛刊。

《汉书》中。尤其重要的是,《汉书·艺文志》所确立的"小说"的概念影响了汉以后全部专制王朝,本书以班固《汉书》的著录为基础,提出了"文献目录学意义的小说"概念,并论述了由此概念引发的编撰手法、编撰观念。在补阙的大前提之下,小说的编撰涉及实录手法、虚实观念,凡此种种,皆以散文理论中的正史观念为参照。这些手法、观念也被沿用至后世的通俗白话小说的理论批评当中。也就是说,无论文言体小说还是白话体小说,所涉及的此类理论观念之内涵均贴附散文理论母体,故中编一并论述。

小说理论既产生于散文理论当中,其核心理念、内在思路、概念表述均借鉴散文理论。本书认为小说理论的借鉴性理念当中,既贯穿全部发展历程又被赋予崇高地位的当属以下三种:"文以载道""发愤著书""良史之才"。但凡古人评价一部小说,往往都是这三个方面看法的综合,或偏重其一,或以之为引来生发其他命题,故本书对这三种重要理念进行了分节论述,并时时进行小说理论与散文理论的比较。这三种理念也可以说是中国古代文学的整体理念,体现于各种创作领域,不过,其渊源仍然是散文理论,并由散文理论影响至小说理论。

下编是"小说理论的自身建构"。小说理论成长于散文理论的母体当中,又始终与母体保持紧密的联系,但小说理论毕竟不是散文理论的克隆,因袭性这样强,还是长出了自己的个性。倘若把散文理论比作一棵笔直的参天大树,小说理论则仿佛寄生藤,在树上缠缠绕绕,最终落地生根,成为另一片绿荫。这种缠缠绕绕的过程,表现为随时的"离开"和"回归"。"回归"多体现为中编所论述的三种基本理念,"离开"就体现为小说理论自身的新建构、新特点,其中的审美意识和思维方式乃至具体的概念术语,皆与散文理论有别。

众所周知,小说理论自我建构的杰出成就体现于小说评点。小说评点也发源于诗文评点,但社会商业性因素以及评点者个人意趣的合力推动,更使得小说评点蔚为大观。本书论述了小说评点的发展演变过程,并重点评析了几大名著评点(金圣叹评《水浒传》、毛氏父子评《三国志演义》、张竹坡评《金瓶梅》、脂砚斋评《红楼梦》等)当中的有关文学理论,如叙述理论与性格理论等。

下编最后一章是小说理论的近代转型,主要介绍小说理论从古典形态向近代形态的转变。明代以后,西学就已经源源不断地渗入中国传统文化,从天文、地理、历法等方面,逐步改变了国人的固有观念。进入近代,侵略者的炮火更加剧了外来文化的潮涌式侵入,这其中,有侵略者强加的因素,更有国人思富强图变革的主动迎合,使得西方文化的意识、观念成为优势文明,被追捧、被信奉,从而促使近代中国的社会思想意识形态与固有的文化传统发生了深刻断裂,也促使小说理论进入了新的发展时期。在方法论上,小说研究引进了西方哲学、美学、社会学、政治学等方法;在形态上,小说理论彻底摆脱了对小说文本的依附,表现为独立的论文和专著,成为现代学科研究的先声。

上中下三编结合起来,庶几可以全面了解中国古代小说理论的发展历程。

本书有意站在小说理论之外,来观看小说理论的成长和发展,故对于小说理论本身的某些细节问题,比如某个理论家的生平、某种小说理论的主要内容等等关注不够多,而将主要的精力和篇幅放在整体性的考察和结论之上,最终传达出小说理论作为一个完整的、有生命的文化个体,在中国古代社会土壤中的萌发和生长情况。本书在材料应用方面并无特别的发现,只是试图采用新的解读和归纳方式,赋予熟悉的材料以新的意味。

本书的编排顺序,旨在说明小说理论由显而隐、由外而内的逻辑呈现。与散文理论相辅相成,是小说理论外在的最明显的特征,本书对此的论述过程是客观呈现;小说概念的演化问题,是笔者归纳总结出来的隐藏逻辑,其中的先后继承、先后影响的关系,通过对材料的发掘和分析进行论述。

本书写作上的一大难点是对材料的选择和辨析,明代以前的小说理论材料非常缺乏,而且没有专门论著,需要认真辨析;明代以后尤其近代时期的小说理论材料又极其繁多,需要用心选择。

本书的新意在于论述小说理论时,以散文理论为参照。当前的古代文学、古代文论研究较为兴盛的课题是通史编撰、断代史编撰、分体研究、专题研究等,产生了众多有实力的佳作,基本理清了文学史、文论史的发展脉络,但是,文学理论各种门类彼此之间的关系还少有专门研究,一般都是在论述甲时附带提及乙,既不全面也往往失于比附。

按照古代中国的社会文化状态,诗、文、词、曲等所有的文学门类都属同根蘖生,产生于相同的社会背景和文化土壤中。同一个作家往往兼擅不同体裁,即使以文论家而著名者,其教育基础、观照视野、个人创作也绝不限于一种文学体裁。因此,从文论蘖生的原初状态来考察,文学理论各门类之间天然就具备互相影响、互相渗透的关系,其评价标准互相借鉴,术语概念彼此通用。对于这种交错的状态,既往的研究少有寓目。而不同的文论形态于交错之中又生成各自的艺术特性,最后形成完备独立的文论门类。这其中的影响、嬗变、分蘖过程,非常有意味,也是中国古代文学理论发展演变历程中的重要方面。

文论比较研究是开展时间较长的学科,目前在中外文论比较研究方面成果卓著,中国古代文论不同门类之间的比较研究也应该得到重视。在相同文化背景之下、同一话语体系当中,进行不同文论门类的比较研究,有助于我们理解古代文论的丰富性、多层次性,对其概念、命题何以如此会产生更全面的认识,也可以加深理解世情文化环境对于文学理论的影响。

如何更好地继承、发扬传统文化,如何让我们自身的文化话语影响世界,古代文论界的焦虑由来已久。对传统的清楚认识有助于更好地汲取传统文化的精华,本书就属于这样一种求真的研究。而且,在古代文论尚且缺少不同理论门类之间的比较研究的情况下,本书对此加以关注,或许能够促进有关中国古代文学理论的认识与重建。

上　编
中国古代小说概念辨析

　　子曰："名不正,则言不顺。言不顺,则事不成。"
(《论语·子路》)可见正名很重要。对于本书来说,最重
要的名当然是"小说",正小说之名就是辨析何谓"小
说"。中国古代"小说"的概念既复杂又混乱,的确有辨
析的必要。否则,连小说是什么都没搞清楚,小说理论
又从何谈起呢?

　　要做的事情,是按照时间先后顺序,以文献为依据,
梳理中国古代小说概念的演化,其目的是尽量客观地还
原古人观念中的小说。在客观了解的基础上,再总结、
分析小说的概念。史家所固守的正统原则,与民间伎艺
的活泼应用,使得小说概念丰富多义。从文献目录学领
域到文学领域,小说概念的内涵不断变化迁移。在此过
程中,稗官、稗史、说部、传奇、演义等命名的出现,皆属
于对小说侧重不同的认识。

第一章
小说概念的演化

"六经国史而外，凡著述皆小说也。"①此语虽不准确，却也说明了中国古代小说包罗之广、品类之丰富，正因为包罗太广，故"最易混淆者小说也"②。直到今天，诸多研究中国古代小说理论的著作开篇第一件事就是辨析"小说"概念③。古代"小说"的概念是在传承过程中逐渐分化、演变的，"某种概念的历史并不总是，也不全是这个观念的逐步完善的历史以及它的合理性不断增加、它的抽象化渐进的历史，而是这个概念的多种多样的构成和有效范围的历史，这个概念的逐渐演变成为使用规律的历史"④。小说的发展历史也是多类小说概念并行不悖的过程。

---

① 〔明〕冯梦龙：《醒世恒言序》，见黄霖、韩同文选注《中国历代小说论著选》（上），第233页，南昌：江西人民出版社，2000。

② 〔明〕胡应麟：《少室山房笔丛》卷二九"九流绪论"下，第283页，上海：上海书店出版社，2009。

③ 参见陈洪《中国小说理论史》，天津：天津教育出版社，2005；王汝梅、张羽《中国小说理论史》，杭州：浙江古籍出版社，2001；方正耀《中国古典小说理论史》，上海：华东师范大学出版社，2005。

④ 〔法〕米歇尔·福柯著，谢强、马月译：《知识考古学》，第3页，北京：三联书店，2007。

第一节 《汉书·艺文志》确立小说的基本特征

中国传统学术意义上的"小说"乃是一个文类概念,总括各类不入经史的杂著,内容极其驳杂。《庄子·外物》是目前所见最早使用"小说"这个词的文献:"夫揭竿累,趋灌渎,守鲵鲋,其于得大鱼难矣。饰小说以干县令,其于大达亦远矣。是以未尝闻任氏之风俗,其不可与经于世亦远矣。"①唐代人成玄英疏曰:"干,求也;县,高也。夫修饰小行、矜持言说,以求高名令问者,必不能大通于至道。"②关于这个"小说",鲁迅先生做出了明确的界定:"然案其实际,乃谓琐屑之言,非道术所在,与后来所谓小说者固不同。"③先秦诸子著述中类似的表达还有小言、小家珍说等,皆是小道之意。

"'小说'一词最早见于《庄子·外物》,但原意不是指一种著作文体。小说作为一种著作,甚至作为一种学派,独立成为一家之言,是在班固的《汉书·艺文志》里才出现的。"④小说的原初概念也以班固《汉书·艺文志》表达得最为完整和明确。

班固(32—92),字孟坚,扶风安陵(今陕西咸阳)人⑤。他是东汉著名的史学家和文学家,著有《汉书》,在文学方面以辞赋著名,《两都赋》为其代表作,现存最早的文人五言诗《咏史》也是他的作品。

《汉书·艺文志》首先"序六艺为九种",著录了儒家经典类著作:《易》十三家、《书》九家、《诗》六家、《礼》十三家、《乐》六家、《春秋》二十三家、《论语》十二家、《孝经》十一家、小学十家。然后是诸子著作,依次为:儒、道、阴阳、法、名、墨、纵横、杂、农诸家。最后是:

《伊尹说》二十七篇。其语浅薄,似依托也。

---

① 《庄子今注今译》(下),第707页,北京:中华书局,1983。
② 见〔清〕郭庆藩《庄子集释》,第400页,影印本《诸子集成》(3),上海:上海书店出版社,1986。
③ 鲁迅:《中国小说史略》,第1页,北京:人民文学出版社,1973。
④ 程毅中:《古代小说史料简论》,第37页,太原:山西人民出版社,2005。
⑤ 本书所列人物生卒年、籍贯、生平等信息,参照人物正史本传,以及王运熙、顾易生主编《中国文学批评通史》,上海:上海古籍出版社,1996;黄霖、蒋凡主编《中国历代文论选新编》,上海:上海教育出版社,2007。

《鬻子说》十九篇。后世所加。

《周考》七十六篇。考周事也。

《青史子》五十七篇。古史官记事也。

《师旷》六篇。见《春秋》,其言浅薄,本与此同,似因托之。

《务成子》十一篇。称尧问,非古语。

《宋子》十八篇。孙卿道《宋子》,其言黄、老意。

《天乙》三篇。天乙谓汤,其言非殷时,皆依托也。

《黄帝说》四十篇。迂诞依托。

《封禅方说》十八篇。武帝时。

《待诏臣饶心术》二十五篇。武帝时。

《待诏臣安成未央术》一篇。

《臣寿周纪》七篇。项国圉人,宣帝时。

《虞初周说》九百四十三篇。河南人,武帝时以方士侍郎号黄车使者。

《百家》百三十九卷。右小说十五家,千三百八十篇。①

小说家者流,盖出于稗官。街谈巷语,道听途说者之所造也。孔子曰:"虽小道,必有可观者焉,致远恐泥,是以君子弗为也。"然亦弗灭也。闾里小知者之所及,亦使缀而不忘。如或一言可采,此亦刍荛狂夫之议也。

凡诸子百八十九家,四千三百二十四篇。出蹴鞠一家,二十五篇。

诸子十家,其可观者九家而已。皆起于王道既微,诸侯力政,时君世主,好恶殊方,是以九家之术蜂出并作,各引一端,崇其所善,以此驰说,取合诸侯。其言虽殊,辟犹水火,相灭亦相生也。仁之与义,敬之与和,相反而皆相成也。《易》曰:"天下同归而殊涂,一致而百虑。"今异家者各推所长,穷知究虑,以明其指,虽有蔽短,合其要归,亦《六经》之支与流裔。使其人遭明王圣主,得其所折中,皆股肱之材已。仲尼有言:"礼失而求诸野。"方今去圣久远,道术缺废,无所更索,彼九家者,不犹愈于野乎?若能修六艺之术。而观此九家之言,舍短取长,则可以通万方之略矣。②

---

① 编者注:所列小说具体篇目数量相加,为一千三百九十篇。

② 〔唐〕班固撰,〔唐〕颜师古注:《汉书》卷三〇《艺文志》,第1744~1746页,北京:中华书局,1997。

从班固的著录和判断来看,汉代的小说是琐碎的、无重大意义的、多舛讹的,"小说"属诸子之列。《论语·阳货》中提到:"子曰:'道听而途说,德之弃也。'"北宋邢昺疏曰:"闻之于道路则于道路传而说之,必多谬妄,为有德者所弃也。"①道听途说既为有德者嫌弃,自然属于"不可观"。那么,班固为何著录小说呢?

先秦直到汉代,书写仍然是一件不易为的事情,书写的材料难得,书写的工具也难得,耗时费力,故而古人对于要书写的内容很慎重,只有典型的、有重大意义和价值的事情、言论才值得书写。"古人未有无所为而著书者。小说家虽不能为'六经之支与流裔'(汉志论九流语),然亦欲因小喻大,以明人事之纪,与后世之搜神志怪,徒资谈助者殊科,此所以得与九流同列诸子也。"②可见,即便小说家"浅薄""迂诞"等等,也是有为而作的。

与此同时,人们的言谈趣味也是与生俱来的。书写典重,无妨闲谈。除了"以小喻大""明人事之纪",最初小说的产生恐怕也多源于趣味,因为这些琐碎散乱的不经之谈,可以给谈论者和听众一种愉悦、一种小小的教益甚至一种窥视秘密的趣味,更多的记录形式是口耳相传,没有载诸竹木的资格。随着书写方式的进步,毛笔、纸张得到广泛应用,书写的心情也变得更加随意,原本的道听途说、饭余闲谈,在随手可得的竹木简、纸片上,就可能被记录下来了。这种记录也开始变得随意起来,琐碎的言谈、琐碎的记录,自然多有谬误,故不被看重也属情理之中。

但是,文字材料既然已经书于竹木之上,弃之可惜,不妨给它找个存在的意义,于是就从《论语》中找到了。汉代独尊儒术,儒家经典作为依据自然最有说服力,不容置疑。班固引用的孔子语,实为《论语·子张》中"子夏曰:'虽小道,必有可观者焉;致远恐泥,是以君子不为也'"。所谓"小道",就是"小说",郑玄注曰:"小道,如今诸子书也。"何晏《集解》曰:"小道谓异端。"这个"观",也是"兴、观、群、怨"之观。《论语正义》曰:"此章勉人学为大道正典也。小道谓异端之说,百家语也。虽曰小道,亦必有小理可观览者焉,然致远经久则恐泥难不通,是以君

---

① 〔清〕阮元校刻:《十三经注疏》,第 2525 页,北京:中华书局,1980。
② 余嘉锡:《小说家出于稗官说》,见《余嘉锡文史论集》,第 255 页,长沙:岳麓书社,1997。

子不学也。"①

《汉书·艺文志》的编纂底本是刘向、刘歆父子的《七略》。

刘向(约前77—前6),本名更生,字子政,沛(今江苏沛县)人。他出身于汉室宗亲,其祖、父皆能属文,他本人更是博览群书、著述丰富,是西汉末期著名的经学家、目录学家和文学家。刘向最令人称道的历史功绩是对文献的整理,奠定了古典文献目录学的基础。其子刘歆(?—23),字子骏,后改名秀,字颍叔,是西汉末期经古文学派的领袖人物和目录学家。

汉成帝河平三年(前26年)秋,刘向、刘歆父子同受诏领校秘书,"讲六艺传记,诸子、诗赋、数术、方技,无所不究"(《汉书·楚元王传》),"每一书就,向辄撰为一录,论其指归,辨其讹谬,叙而奏之"(《隋书·经籍志》),这些叙录总为《别录》。刘歆于哀帝建平六年(前1年),撮要整理《别录》而为《七略》。

刘向的《别录》被其子刘歆删改为《七略》,班固对《七略》又"删其要",即取其精要,作了删减调整,又进行了辨伪,发展了《七略》的体例,而为《汉书·艺文志》。"小说家"这个名称,应该是班固继承了刘氏父子的说法,也可能是当时社会上的通称。如《桓子新论》曰"若其小说家合丛残小语,近取譬论,以作短书,治身理家,有可观之辞"②,与《汉书·艺文志》的定义如出一辙。对于"小说""小说家"的看法,已成为一种集体认识,并且是逐渐形成的,可以代表汉代主流观念。《汉书·艺文志》中著录的小说数量或许是皇家已有藏书以及从民间征缴来的全部,但绝对不等于当时社会上存在的全部。

《汉书·艺文志》在尊儒的大框架之下,包容各家思想,对于各类文体进行了客观展示。小说家的著录位置在"诸子略"之后,"诗赋略"之前,这种安排,说明了小说家应当是诸子末流,乃学术意义上的知识总汇,与诸子著作同样是散体的叙事、说理形式,仅仅在理论的系统性和价值的重要性上次于诸子。小说被列于诸子之末,作为"正经"的补充,是符合实际情况的,也是恰如其分的安排。"小说"这个名称,也是

① 〔清〕阮元校刻:《十三经注疏》,第2531页,北京:中华书局,1980。

② 〔南朝梁〕萧统编,〔汉〕李善注:《文选》卷三一江文通《李都尉》"袖中有短书"句后注,第1453页,上海:上海古籍出版社,1986。

恰如其分的,形象地说明了这类言论琐碎、无足轻重的性质。小说这种文类本身就是依附史学著作而存在的,它的名称乃是相对于"大道"而言的,它的性质乃是相对于经史的堂皇及重要而言的。

在班固的时代,诗赋的抒情特征、个人化色彩、有意创设的艺术手法、韵文特征等都非常鲜明,此时的小说显然并不具备诗赋这样文学化的特征。《汉书·艺文志》将小说置于"诸子略"和"诗赋略"中间,也客观呈现出小说家的过渡性,是由学术记录向文学创作的过渡。这种安排,不管有意还是无意,都符合小说文类在这个阶段的特征。

只是,刘向、刘歆、班固等人的文学意识仍很淡薄。班固本人就是辞赋家,但是他批评汉赋"虚辞滥说"(《汉书·司马相如传赞》)、《离骚》之"虚无之语"(《离骚序》),仍秉承纯粹的史家征实观念。而且,班固编撰《汉书》秉承儒家教条,正统、保守的色彩较为浓厚。"道统既异,官亦无足轻重矣。史学之亡,盖在斯时乎?故论古史当始于仓颉而终于司马迁,《史记》一书,上以结藏室史派之局,下以开端门史流之幕,自兹以后,史遂折入儒家,别黑白而定一尊,虽有良史,不过致谨于书法体例之间,难以语乎观微者已。"①班固正是以史家的、儒学的眼光来看待传世文献,并为之辨彰源流。由此亦可见,纠缠于《汉书·艺文志》所著录的这十五家小说究竟有多少文学意味,实在是一个伪命题。对于汉代的历史学家来说,这些小说无非就是经学标准之下的浅薄记录、无稽之谈,仅仅出于不废文字的目的,将之记录在案,以供备查,别无重大意义。这十五家一千三百八十篇,学者研究发现其中多数是钞纂之书,内容庞杂②;至南朝梁时仅余《青史子》,至隋代已经全部亡佚。③ 对于后世文学意义的小说创作而言,《汉书·艺文志》中的小说也许没有任何作用,可能连素材价值也不存在。

因此,《汉书·艺文志》对小说的著录,其意义不仅仅在于提供了

---

① 张尔田著,黄曙辉点校:《史微》卷一《史学 附史官沿革考》,第7~8页,上海:上海书店出版社,2010。

② 参见张舜徽《广校雠略 汉书艺文志通释》,武汉:华中师范大学出版社,2004;王齐洲《〈汉书·艺文志〉著录之〈虞初周说〉探佚》,载《南开学报》2005年第3期;王齐洲《〈汉书·艺文志〉著录之小说家〈务成子〉等四家考辨》,载《南京师范大学文学院学报》2008年第1期;罗宁《〈黄帝说〉及其他〈汉志〉小说》,载《四川师范大学学报》1999年第3期。

③ 参见《隋书·经籍志》、余嘉锡《小说家出于稗官说》。

当时小说的目录，更在于著录这种行为本身。班固在主观意识上不妨轻视小说，但他将之郑重记录在史著上，就使小说具备了客观上的呈现价值。史著的重要性毋庸置疑，能够被纳入史著，哪怕是列于末流，也使得小说从凡庸当中获得了关注，同时相当于获得了一种认可，更何况班固还对其进行了明确的价值判断。

班固将小说划在"可观者"之外，同时，他也以史学为标准，确立了"小说"的重要特征。小说者，其来源——稗官、街谈巷语者、道听途说者、闾里小智者、刍荛狂夫，其思想内涵——浅薄、迂诞依托等，其文本形态——琐碎、杂纂，其功用——裨补史阙、有益教化。这种小说，就是中国文献目录学所认可的正统小说，也就是有资格进入正史之《艺文志》《经籍志》目录的。文献目录学意义的小说概念，其范围、界定一直从东汉保持到清末。此类小说文本，是古典文献当中的大宗；与其有关的理论，当然也是重要的小说理论。

第二节　正史著录的文献目录学意义的小说

从《汉书·艺文志》以后，在历代的史书当中，小说也有了自己的位置，虽然经常有所变动，但万变不离其宗，总是被视为史之支裔，多归属于子部，其特征为文言、杂纂、内容包罗万象。也就是说，在实际归类的操作当中，"小说"等同于杂货筐，"盖旧时史官，以三部无可归属者纳诸子，而又以子部他类所无可归属者，纳诸小说类，故小说类最杂"①。

《汉书》之后的正史当中，《后汉书》《三国志》《宋书》《南齐书》《梁书》《陈书》《魏书》《北齐书》《周书》《南史》《北史》《旧五代史》《新五代史》《辽史》《金史》《元史》等皆没有《艺文志》（后人补撰者不计）。《隋书》《旧唐书》有《经籍志》，《新唐书》《宋史》《明史》有《艺文志》，其中均有"小说"之目。

《隋书》主体部分编撰于唐太宗贞观年间，其中的《经籍志》目前学

---

① 范烟桥：《中国小说史》第二章第二节，第44页，苏州秋叶社排印本，1927。

界普遍认为是魏徵所撰。《隋书·经籍志》中小说列于子部,在儒、道、法、名、墨、纵横、杂、农诸家之后:

> 小说者,街说巷语之说也。《传》载舆人之诵,《诗》美询于刍荛。古者圣人在上,史为书,瞽为诗,工诵箴谏,大夫规诲,士传言而庶人谤。孟春,徇木铎以求歌谣,巡省观人诗,以知风俗。过则正之,失则改之,道听途说,靡不毕纪。《周官》,诵训"掌道方志以诏观事,道方慝以诏辟忌,以知地俗";而训方氏"掌道四方之政事,与其上下之志,诵四方之传道而观衣物",是也。孔子曰:"虽小道,必有可观者焉,致远恐泥。"①

小说处于一个分野的位置,其前是偏重文化思想的学说理论,其后是兵、天文、历数、五行、医方等应用性学科。《隋书·经籍志》的编者有意采取这种归类顺序,"《易》曰:'天下同归而殊途,一致而百虑。'儒、道、小说,圣人之教也,而有所偏。兵及医方,圣人之政也,所施各异。世之治也,列在众职,下至衰乱,官失其守。或以其业游说诸侯,各崇所习,分镳并骛。若使总而不遗,折之中道,亦可以兴化致治者矣。《汉书》有《诸子》《兵书》《数术》《方伎》之略,今合而叙之,为十四种,谓之子部"②。小说与儒、道一样,皆为圣人之教,可以知风俗得失。《隋书·经籍志》具体著录了二十五部小说作品,包括:

> 《燕丹子》一卷 丹,燕王喜太子。梁有《青史子》一卷,又《宋玉子》一卷、录一卷,楚大夫宋玉撰;《群英论》一卷,郭颁撰;《语林》十卷,东晋处士裴启撰。亡。
>
> 《杂语》五卷
>
> 《郭子》三卷 东晋中郎郭澄之撰。
>
> 《杂对语》三卷
>
> 《要用语对》四卷
>
> 《文对》三卷
>
> 《琐语》一卷 梁金紫光禄大夫顾协撰。
>
> 《笑林》三卷 后汉给事中邯郸淳撰。
>
> 《笑苑》四卷
>
> 《解颐》二卷 阳玠松撰。

---

① 〔唐〕魏徵等撰:《隋书》卷三四志第二九经籍三,第 1012 页,北京:中华书局,1997。
② 《隋书》卷三四,第 1051 页。

《世说》八卷　宋临川王刘义庆撰。

《世说》十卷　刘孝标注。梁有《俗说》一卷，亡。

《小说》十卷　梁武帝敕安右长史殷芸撰。梁目，三十卷。

《小说》五卷

《迩说》一卷　梁南台治书伏挺撰。

《辩林》二十卷　萧贲撰。

《辩林》二卷　席希秀撰。

《琼林》七卷　周兽门学士阴颢撰。

《古今艺术》二十卷

《杂书钞》十三卷

《座右方》八卷　庾元威撰。

《座右法》一卷

《鲁史欹器图》一卷　仪同刘徽注。

《器准图》三卷　后魏丞相士曹行参军信都芳撰。

《水饰》一卷

按照今天的观念，可以称为小说的作品，如《穆天子传》在史部起居注类，《汉武帝故事》在史部旧事篇，《山海经》在史部地理类，《搜神记》在史部杂传类。尤其在杂传类中，多有鬼神故事，如《神仙传》《列异传》《幽明录》《鬼神列传》等，仅从书名上就可以推知其内容。由这些归类以及上述目录可见，《隋书》的"小说"类不以故事性、虚构性、创造性为收录标准，琐事、琐语、杂纂方是其显著的共同特征。

《旧唐书》编撰于五代的后晋时期，由刘昫等撰。《旧唐书·经籍志》子部小说家的著录位置等同于《隋书·经籍志》，在儒、道、法、名、墨、纵横、杂、农诸家之后，"九曰小说家，以纪刍辞舆诵"（《旧唐书》卷四十六）。小说家共有：

《鬻子》一卷　鬻熊撰。

《燕丹子》三卷　燕太子撰。

《笑林》三卷　邯郸淳撰。

《博物志》十卷　张华撰。

《郭子》三卷　郭澄之撰，贾泉注。

《世说》八卷　刘义庆撰。

　　　　《续世说》十卷 刘孝标撰。

　　　　《小说》十卷 刘义庆撰。

　　　　《小说》十卷 殷芸撰。

　　　　《释俗语》八卷 刘霁撰。

　　　　《辨林》二十卷 萧贲撰。

　　　　《酒孝经》一卷 刘炫定撰。

　　　　《座右方》三卷 庾元威撰。

　　　　《启颜录》十卷 侯白撰。①

《旧唐书·经籍志》对于小说的著录和《隋书·经籍志》并无二致,而《新唐书·艺文志》当中的小说家则实现了明显的扩容。②

　　《新唐书》编撰于北宋前期,欧阳修、宋祁为主撰人。

　　《新唐书·艺文志》小说类除了《燕丹子》《博物志》《笑林》《世说》等传统项目之外,又新增了大量唐人著作,如狄仁杰《家范》、元结《猗犴子》、牛僧孺《玄怪录》、赵璘《因话录》、薛用弱《集异记》、段成式《酉阳杂俎》、范摅《云溪友议》、张读《宣室志》、裴铏《传奇》、陆羽《茶经》等。这些著作皆秉承杂纂、琐语、琐事的小说传统,是多种材料的缀辑之作。

　　对于鬼神题材的处理,更是《新唐书·艺文志》的一大特色,原本在《隋书·经籍志》《旧唐书·经籍志》中列入史部杂传的众多作品,都被收编入了子部小说,如干宝《搜神记》、刘义庆《幽明录》、颜之推《冤魂志》等。欧阳修等人的这种重新分类暗含贬损,即这些作品不配入史部,只适合做小说。但是在客观效果上,这些作品被归入小说类,实际上是放宽了小说类的收录标准,实现了小说阵容的扩张。

　　蒋寅先生认为:"《新唐书·艺文志》把神怪灵异等纳入小说,反映了北宋人对小说的认识,即将小说限制在虚构的或传奇的,总之是艺术化地写人写事的领域内。这种观念没有在专门的理论领域里树立起来,而仅表现于目录,这又一次提醒我们,中国古代目录学对于文学研究具有多么重要的意义。这无声的宣示,对于研究小说观念的发展

---

① 〔后晋〕刘昫等撰:《旧唐书》卷四七志第二十七经籍下,第2036页,北京:中华书局,1997。

② 〔宋〕欧阳修、宋祁撰:《新唐书》卷五九志第四十九艺文三,第1539～1543页,北京:中华书局,1997。因《新唐书·艺文志》著录的小说较多,故不再全文引录。

具有不可低估的意义,在文学史上具有重要的价值,它对后世产生了深远的影响。"①本书则认为《新唐书·艺文志》虽然收录标准有所放宽,把一些神怪灵异之作纳入了小说的范围,但是北宋人对小说的认识并不是"将小说限制在虚构的或传奇的,总之是艺术化地写人写事的领域内",而是仍然沿袭班固的观念,对小说基本内涵的认识并无任何扩容,把神怪灵异之类虚构题材归入小说,正是对小说"迂诞"特征的强调。倘若说《新唐书·艺文志》认可了小说是虚构的、传奇的、艺术化写人写事的,那么,最符合这些特征的唐传奇作品何以不被收录呢?

传统文献目录一般不著录单篇,而传世的唐传奇多为单篇,这可能是《新唐书·艺文志》不予收录的原因之一。但是,同样单篇行世的《补江总白猿传》却为何被收录在内呢? 那么,仅仅以单篇不入目录来解释多数唐传奇不见收,理由就不充分了。本书认为这必须要结合史书编撰时期的文学观念来看。

从《隋书》到《旧唐书》《新唐书》,正是唐宋时期,在这个阶段,文言小说——传奇发展壮大至成熟,产生了众多佳作,今人称之为小说文体的独立。② 可是,小说理论观念与小说创作的成就并不匹配。唐宋时代的人,并不以为传奇这种文言的、故事性的文章是新的文体,而是把它看作史传旁裔。

《新唐书·艺文志》中著录的《补江总白猿传》一卷,属于独立单篇,讲述了一个完整而离奇的故事,大意是欧阳纥之妻被得道白猿掠走,欧阳纥历尽艰辛终于杀死白猿,救回妻子。其妻后产下一子,状貌极似白猿。本文被视为小说而收录,同样单篇行世的唐传奇如《莺莺传》《霍小玉传》《柳毅传》等均不见收,这种情形不能仅仅以单篇不入书目来解释,或许还应该考虑到作品的主人公之虚实。《补江总白猿传》的主人公是真实人物欧阳纥,其子乃大名鼎鼎的书法家欧阳询,而莺莺、霍小玉、柳毅等却是纯粹的虚构人物。或许正是因为这种情况,在《新唐书·艺文志》的编者看来,《补江总白猿传》虽然事涉仙妖,却

---

① 蒋寅:《从目录学看古代小说观念的演变》,载《广西师范大学学报》1991 年第 1 期,第 83 页。

② 参见董乃斌《中国古典小说的文体独立》,北京:中国社会科学出版社,1994。

有真实基础,不可否定,可以归入小说,以补正史之阙。

从《新唐书·艺文志》的小说著录情形可以看出一个优先次序:首先,真人真事的琐闻琐语最有价值,可以补史之阙;其次,真人而涉及虚幻神怪之事,也无妨其增广见闻的价值;再次,神鬼之事,无法证实,也无法证伪,故不再入史部,降为小说,也同样可以发挥惩戒、多闻的功用。最后,完全虚构的人物故事,如《柳毅传》等传奇作品根本不配为小说,无法进入正史的视野,当然就不予收录。

《宋史·艺文志》《明史·艺文志》对“小说”的分类以及作品著录标准,均沿袭《新唐书》,仅仅是另外补充本朝著作而已。

在上面已经列举过的正史目录当中,有直接以“小说”命名的著作如刘义庆《小说》、殷芸《小说》,唐代还有刘𫗧《小说》。在流传当中为作区分,后二者也被称作《殷芸小说》《刘𫗧小说》。

刘义庆《小说》不知为何书。据《宋书》《南史》《隋书》等记载,他的著述有《徐州先贤传》《典叙》《集林》《世说》《幽明录》《宣验记》等,或许《小说》即其一异名,也可能已佚失。

《殷芸小说》为“宋殷芸撰。《邯郸书目》云或题刘𫗧,非也。今此书首题秦、汉、魏、晋、宋诸帝,注云齐殷芸撰,非刘𫗧明矣。故其序事止宋初,盖于诸史传记中钞集。或称商芸者,宣祖庙未祧时避讳也”[1]。该书的编撰缘起可参看以下记载:“刘敬昇《异苑》称晋武库失火,汉高祖斩蛇剑穿屋而飞,其言不经。致梁武帝令殷芸编诸《小说》……”[2]不经之谈无法进入正史,皇帝就下令专门编入小说。“凡此不经之说为通史所不取者,皆令殷芸别集为《小说》。是此《小说》因通史而作,犹通史之外乘也。”[3]

《刘𫗧小说》三卷则是“唐右补阙刘𫗧鼎卿撰”[4]。刘𫗧是著名史学家刘知幾的儿子,还是《隋唐嘉话》的撰者,“著《史例》三卷、《传记》三

① 〔宋〕陈振孙著,徐小蛮、顾美华点校:《直斋书录解题》卷一一,第 316 页,上海:上海古籍出版社,1987。

② 〔唐〕刘知幾撰,〔清〕浦起龙释:《史通通释》卷一七《杂说》中,第 480 页,上海:上海古籍出版社,1978。

③ 姚振宗:《隋书经籍志考证》卷三二“小说家类”,第 499 页,见《师石山房丛书》,上海:开明书店,1936。

④ 《直斋书录解题》卷一一,第 318 页。

卷、《乐府古题解》一卷"(《旧唐书·刘𫗧传》)。"昔刘𫗧集小说,涉南北朝至开元,著为《传记》。予自开元至长庆撰《国史补》,虑史氏或阙则补之意,续《传记》而有不为。"①因此,刘𫗧的《小说》或许就是《传记》的异名,其编撰目的也是为了补史。

由以上评述可知,殷芸、刘𫗧两人的《小说》正是遵照了文献目录学意义的观念,其裨补史阙的意图是很明显的。

因此,从正史的记载和归类可见,文献目录学上所指的小说,其主要特征不在于内容,而在于形式:杂纂、琐碎,无体系,多采取条录方式,每条记载之间也基本无联系,就像将细碎稗米拢入一个口袋,或者将满地散珠收入一个盒子而已。在满足这种形式的同时,还要用史传的标准来衡量材料的真伪,以发挥补阙功用。

第三节 文献目录学意义的小说之分类

班固《汉书·艺文志》之后,历代对正宗小说的界定就是以正史著录为准,正史著录解决了小说自身在历史文献当中的归属问题,从此小说的固定位置就是类属于子部之末。在历代私家撰述的目录当中,这种小说归类的自觉意识也清晰可见。小说自身的归类问题基本没有疑问了,好比在大厦当中分配到了专属的房间。但是,小说名下容纳的东西太多太杂,进入该"房间"的都有哪些作品,依然是个需要辨析的大问题。历代史家或文论家对小说的内容进行过多种归纳。这种分类归纳,其实就是每个人对于小说的范围界定,可以以之反观该史家或文论家的小说概念。

本节所列举的文论家和著作,按照其观点的理论价值以及实际影响来看,唐代刘知幾《史通》、明代胡应麟《少室山房笔丛》、清代纪昀《四库全书总目》可为不同时期的代表,而且他们的观点大体一致,所秉持的小说概念均沿袭班固《汉书·艺文志》确立的内涵。其中,刘知幾、纪昀以史来判定小说的严格程度更加相似;胡应麟受到明代中后

---

① 〔唐〕李肇撰:《唐国史补·序》,第3页,上海:上海古籍出版社,1957。

期思想文化环境的影响，观念相对通达、宽容一些。

一、刘知幾以史为据

较早对小说进行分类的就是刘知幾。刘知幾（661—721），字子玄，彭城（今江苏徐州）人，唐代著名史学家，历武则天、中宗、睿宗、玄宗四朝，长期兼任史职，参与修撰唐史以及当朝实录，《史通》是其史学理论方面的代表作。在《史通·杂述》中，刘知幾认为：

> 是知偏记小说，自成一家。而能与正史参行，其所由来尚矣。爰及近古，斯道渐烦。史氏流别，殊途并骛。权而为论，其流有十焉：一曰偏纪，二曰小录，三曰逸事，四曰琐言，五曰郡书，六曰家史，七曰别传，八曰杂记，九曰地理书，十曰都邑簿。[1]

刘知幾所谓"偏记小说"的划分，完全是以史书体例为标准，浦起龙注释就揭示了这个特点，比如"偏纪"，浦释为："此谓短述之书，但记近事，而非全史"；再如"小录"，浦释为："此谓私志之书，各录知交，而非正史。"[2]从刘知幾的阐述以及分类命名上可以推知，他认可的小说就是裨补正史、与正史参行的著作。史书是全面的撰著，如《尚书》《春秋》《左传》《国语》《史记》《汉书》等"六家"，采取编年体和纪传体两种体裁。小说不能遵守这"六家二体"的史书范例，而是剑走偏锋、各取一点进行发挥。

不过，刘知幾明确认定小说地位低下，实不足以与正史相比。刘知幾对小说的贬斥屡见笔端："自魏晋已降，著述多门，《语林》、《笑林》、《世说》、《俗说》，皆喜载调谑小辩，嗤鄙异闻，虽为有识所讥，颇为无知所悦。而斯风一扇，国史多同。至如王思狂躁，起驱蝇而践笔，毕卓沉湎，左持螯而右杯，刘邕榜吏以膳痂，龄石戏舅而伤赘，其事芜秽，其辞猥杂。而历代正史，持为雅言。苟使读之者为之解颐，闻之者为之抚掌，故异乎记功书过，彰善瘅恶者也。"[3]从刘知幾所举事例可知，他认为史书主要用来记载重大的功过，发扬惩恶扬善的褒贬之意，反

---

[1] 〔唐〕刘知幾撰，〔清〕浦起龙释：《史通通释》卷一〇《杂述》，第273页，上海：上海古籍出版社，1978。
[2] 《史通通释》卷一〇《杂述》，第274页。
[3] 《史通通释》卷八《书事》，第231页。

对有伤大雅的奇闻琐事入史。史代表着权威、正统、雅，小说则是猥琐、不正经、俗。小说本身的存在就是可鄙的，居然还有人给小说精心做注解，那就更是等而下之了。比如，他对刘孝标注《世说新语》颇有微词："孝标善于攻谬，博而且精，固以察及泉鱼，辨穷河豕。嗟乎！以峻之才识，足堪远大，而不能探赜彪、峤，网罗班、马，方复留情于委巷小说，锐思于流俗短书。可谓劳而无功，费而无当者矣。"①刘知幾显然认为一个具备史才史识的人，应该关注正经八百的史书事业，像刘孝标这样注释小说，用力再多，也没有意义，纯属浪费时间和精力。

虽然小说不值得专门从事，但毕竟小说的大量存在是事实，这种客观存在甚至绵绵不断地继续产生并存在，也是无法抹杀的。好在从班固时代起，小说就被明确了补阙功能，在正统史家的眼中，小说可以拿出手的也只有这项补阙功能。在刘知幾的严格标准之下，小说的确可以补阙，但是，并非所有的小说都有补阙的资格。唐初修撰前代史书，史臣们采撷了大量小说材料，《晋书》《南史》《北史》等皆如此。刘知幾对此极不满意："晋世杂书，谅非一族，若《语林》、《世说》、《幽明录》、《搜神记》之徒，其所载或诙谐小辩，或神鬼怪物。其事非圣，扬雄所不观；其言乱神，宣尼所不语。皇朝新撰《晋史》，多采以为书。夫以干、邓之所粪除，王、虞之所糠秕，持为逸史，用补前传，此何异魏朝之撰《皇览》，梁世之修《遍略》，务多为美，聚博为功，虽取说于小人，终见嗤于君子矣。"②在刘知幾看来，《晋书》对于史料的采撷，显然是不严肃、不严格的，那些诙谐、鬼神之类的奇谈异闻只能博取小人喜好，大雅君子绝对应该对之加以鄙弃，《语林》《世说新语》《幽明录》《搜神记》等提供的材料是没有资格进入正史的。

了解了刘知幾的这些基本观念，对于他的小说分类标准也就不奇怪了。他完全以是否对史有价值来择选小说，把小说的内容与正史所需的材料相对照。这些价值对应着哪些方面的史料，该分类的小说也就依此命名。

依据今天的文学理论定义，唐传奇才算是真正的小说。初唐时代

---

① 〔唐〕刘知幾撰，〔清〕浦起龙释：《史通通释》卷五《补注》，第 133 页，上海：上海古籍出版社，1978。

② 《史通通释》卷五《采撰》，第 116～117 页。

的《古镜记》《补江总白猿传》尚余志怪习气,中唐李公佐、元稹、白行简等人的创作才宣告了唐传奇的繁盛时代到来。那么,刘知幾对这种文体有无认识呢?《史通》成书于初唐中宗景龙四年(710 年),他根本看不到中唐传奇的兴盛局面,自然无从评论。虽然《古镜记》《补江总白猿传》等作品已经问世,但是,这样虚幻志怪为主的作品,也难入刘知幾的史家法眼。

与同样产生于初唐的《隋书·经籍志》相比较,刘知幾《史通》论述的小说种类更丰富。这说明刘知幾的视野更广阔,论述较为全面,而《隋书》作为正史,对小说的择取标准更严格,准入门槛更高。

二、胡应麟的发展眼光

刘知幾之后许多年,直到明代胡应麟出现,对小说的分类问题,才有了进一步的解答。胡应麟(1551—1602),字元瑞,号少室山人,兰溪(今浙江兰溪)人。他久试不第,隐居家乡,勤奋著述,有《少室山房类稿》《诗薮》等著作。

胡应麟的小说理论主要见于《少室山房笔丛》。他对小说的分类为:

> 小说家一类又自分数种,一曰志怪,《搜神》、《述异》、《宣室》、《酉阳》之类是也;一曰传奇,《飞燕》、《太真》、《崔莺》、《霍玉》之类是也;一曰杂录,《世说》、《语林》、《琐言》、《因话》之类是也;一曰丛谈,《容斋》、《梦溪》、《东谷》、《道山》之类是也;一曰辨订,《鼠璞》、《鸡肋》、《资暇》、《辨疑》之类是也;一曰箴规,《家训》、《世范》、《劝善》、《省心》之类是也。①

> 小说,子书流也,然谈说理道或近于经,又有类注疏者;纪述事迹或通于史,又有类志传者。他如孟棨《本事》、庐瓌《抒情》,例以诗话、文评,附见集类,究其体制,实小说者流也。至于子类杂家,尤相出入。郑氏谓古今书家所不能分有九,而不知最易混淆者小说也,必备见简编,穷究底里,庶几得之,而冗碎迂诞,读者往往涉猎,优伶遇之,故不能精。②

---

① 〔明〕胡应麟撰:《少室山房笔丛》卷二九“九流绪论下”,第 282 页,上海:上海书店出版社,2009。

② 同上,第 283 页。

胡应麟认为小说的内容是谈说理道、记述事迹,形式近似经书,类似注疏,类似志传,特点就是冗碎迂诞。从这个方面的总结来看,胡应麟和班固的小说概念一脉相承。

不过,胡应麟的小说范围与班固、刘知幾相比,实际上有了很大的拓展。他是把传奇作品归类为小说的第一人,对小说艺术特征的认识更加深化。"小说,唐人以前纪述多虚而藻绘可观,宋人以后论次多实而彩艳殊乏。"①虚构和藻绘,都是胡应麟认可的小说特征。正因为这些特征,小说才具有独特的魅力。

> 子之为类,略有十家,昔人所取凡九,而其一小说弗与焉。然古今著述,小说家特盛;而古今书籍,小说家独传,何以故哉?怪、力、乱、神,俗流喜道,而亦博物所珍也;玄虚、广莫,好事偏攻,而亦洽闻所昵也。谈虎者矜夸以示剧而雕龙者闲摄之以为奇,辩鼠者证据以成名而扪虱类资之以送日,至于大雅君子心知其妄而口竞传之,旦斥其非而幕引用之,犹之淫声丽色,恶之而弗能弗好也。夫好者弥多,传者弥众,传者日众则作者日繁,夫何怪焉?②

小说虽然不入流,创作局面却非常兴盛,怪力乱神的趣味是世俗所好、人性本然。种种夸张奇谈,讲论者眉飞色舞,旁观者侧耳倾听,双方都得到了莫大的精神享受。另外,小说所承载的知识也五花八门。人对这些趣味的爱好,犹如"寡人好色",只要人性不改变,玄虚好玩的小说就永远有市场。那么,倘若小说可以传达出这种真实的人情人性,就算是好文章。所以,胡应麟对《世说新语》及刘孝标注的看法就和刘知幾大异其趣。

> 刘义庆《世说》十卷,读其语言,晋人面目气韵恍忽生动,而简约玄澹,真致不穷,古今绝唱也。孝标之注博赡精核,客主映发,并绝古今。考隋、唐《志》,义庆又有《小说》十卷,孝标又有《续世说》十卷,今皆不传。怅望江左风流,令人扼腕云。《世说》以玄韵为宗,非纪事比,刘知幾谓非实录,不足病也。唐人修《晋书》,凡

---

① 〔明〕胡应麟撰:《少室山房笔丛》卷二九"九流绪论下",第283页,上海:上海书店出版社,2009。

② 同上,第282页。

《世说》语尽采之，则似失详慎云。①

> 裴松之之注《三国》也，刘孝标之注《世说》也，偏记杂谈旁收博采，迄今藉以传焉，非直有功二氏，亦大有造诸家乎？若其综核精严，缴驳平允，允哉史之忠臣、古之益友也。②

胡应麟对小说的许可虽然达到了很高的程度，但是他也有自己的分寸，比如上述引文就批评唐代修《晋书》全引《世说新语》有失详慎。由此可以看出胡应麟的观念：小说固然可以反映时代风貌，但写作手法易失于夸张迂诞，使得某些材料的真实性很可疑，如果要采撷入正史，必须得谨慎辨别。

胡应麟的小说概念综合定义为："小说者流，或骚人墨客游戏笔端，或奇士洽人搜罗宇外，纪述见闻无所回忌，覃研理道务极幽深，其善者足以备经解之异同、存史官之讨核，总之有补于世，无害于时。"③

本着这种对小说的看法，胡应麟在继承班固小说定义的同时，也认识到班固时代的小说与后来的小说不同。

> 汉《艺文志》所谓小说，虽曰街谈巷语，实与后世博物、志怪等书迥别，盖亦杂家者流，稍错以事耳。如所列《伊尹》二十七篇、《黄帝》四十篇、《成汤》三篇，立义命名动依圣哲，岂后世所谓小说乎？又《务成子》一篇，注称尧问；《宋子》十八篇，注言黄老；臣饶二十五篇，注言心术；臣成一篇，注言养生，皆非后世所谓小说也，则今传《鬻子》为小说而非道家尚奚疑哉？又《青史子》五十七篇，杨用修所引数条皆杂论治道，殊不类今小说。④

这种不同，结合前述胡应麟的总结概括，其实就是指《汉书·艺文志》当中的小说较接近杂家，命名立意都依据圣哲经典，叙事成分很少，而后代的小说进一步发展了虚构、叙事夸诞等等，不复有原初的朴素面貌。他在《少室山房笔丛》"九流绪论下"中举《鬻子》一书为例。胡应麟时代的《鬻子》，一般人都依据《汉书·艺文志》的记载以之为道家类著作。但是，胡应麟认为该书所记都是修身治国之术，与老庄思想迥

---

① 〔明〕胡应麟撰：《少室山房笔丛》卷二九"九流绪论下"，第285页，上海：上海书店出版社，2009。
② 〔明〕胡应麟撰：《少室山房笔丛》卷一三"史书占毕一"，第133页，上海：上海书店出版社，2009。
③ 〔明〕胡应麟撰：《少室山房笔丛》卷二九"九流绪论下"，第283页，上海：上海书店出版社，2009。
④ 同上，第280页。

异,没有理由列在道家名下。再翻检《汉书·艺文志》,道家类、小说类中均著录了《鬻子》,故胡应麟断定传世的《鬻子》应该是小说类的著作,道家类的《鬻子》已经失传。为什么胡应麟之前的人,包括南宋叶梦得、明初宋景濂这样的大儒,虽然怀疑《鬻子》不似道家著作,却都不敢断言它是小说呢?就因为在叶梦得、宋景濂的时代,小说的概念已经发生了变化,和班固时代并不完全一样。叶、宋等人以自己时代的小说概念来衡量传世作品,当然就会认为《鬻子》根本不是小说。其实,如果拿班固时代的小说概念来比照,《鬻子》正是当时的小说。这就好比今天的人们也根本不会把《汉书·艺文志》里的小说当作小说,而它们偏偏就是汉代人心目中的小说。

胡应麟对小说的上述认识,体现了发展的眼光和卓越的史识。不过,他的小说概念里面体现更多的还是传承和坚守。

从胡应麟的各种著述来看,他不是严谨的史家,更应该算作文学理论家。他对小说的认识,就融入了文学家的趣味和标准。尽管如此,胡应麟仍然将史家标准放在第一位,对小说的基本内涵的把握,还是坚持传统的文献目录学意义的主线。他仍然严守传统的概念界域,认为近史者方有资格被称为小说,其他虚构、荒诞、鄙俚之作,即便纳入小说范围,也是以持鄙斥态度为主。《飞燕外传》《杨太真外传》《莺莺传》《霍小玉传》等接近史传,是真实人物(或者貌似真实人物)的事迹,可以算作小说,而"唐人小说如柳毅传书洞庭事,极鄙诞不根,文士亟当唾去,而诗人往往好用之。夫诗中用事本不论虚实,然此事特诳而不情,造言者至此亦横议可诛者也"[①]。

胡应麟对《柳毅传》的这种评价委实有些令人难以理解,他在《少室山房笔丛》的"二酉缀遗"中载录了大量奇闻轶事,不乏鬼神变幻、死后复苏之类荒诞之事,可谓津津有味,不曾唾弃任何一篇。更有甚者,胡应麟还认为类似记载大有功于史实。如唐代张巡守睢阳抵抗安史叛兵,世称忠烈,但是守城时粮尽,致使食人三万,"君子不能无疑",引发后人非议。胡应麟读到了《摭青杂说》当中的六合县阴兵故事,"为之击节大快,千载之疑一朝冰释",故事讲的是张巡等人率领着军队死

---

① 〔明〕胡应麟撰:《少室山房笔丛》卷三六"二酉缀遗中",第370页,上海:上海书店出版社,2009。

后显灵,亲口回答别人的疑问,说所食三万人皆是已死之人,所烹爱妾亦是忧悸暴死在先。如此解答,则食人就不是残民害物,维护了爱国英雄的高大完美形象,弥补了史书空缺,于是,胡应麟由衷赞同:"虽神怪之谈君子所不道,而此足以破千古之惑,不可弃也。"①

结合胡应麟对张巡阴兵故事的态度,可知《柳毅传》被鄙弃并不仅仅因为题材过于荒诞,而是认为它缺乏裨补史阙的价值。胡应麟对小说的评价思路与《新唐书·艺文志》相似,以史料真实为第一,虽诞幻但有真实基础的为第二,虽诞幻不实但可以补阙的为第三。不过,胡应麟划定的小说范围比《新志》又拓宽了一步。如"《倩女离魂》事亦出唐人小说","《王仙客》亦唐人小说","红拂、红绡、红线三女子皆唐人,皆见小说"等说法在《少室山房笔丛》中多见,足以说明胡应麟把几乎所有的唐传奇都看作小说,无论其补阙价值之高下。相应的,与唐传奇题材、体裁皆类似的著作也被胡应麟当作小说,如明初的文言小说《剪灯新语》《剪灯余话》。②

因此,胡应麟的小说概念有承袭班固、刘知幾的文献目录学意义的部分,又新增了杂传记(体现为文言的、长篇的、类似史传的小说)部分。

胡应麟《少室山房笔丛》的"庄岳委谈"篇主要是搜集小说的各种资料出处以及本事,并将同一题材的各种文献记载进行比照,其论述范围包括了文献目录学小说的全部,又延展至唐宋传奇以及杂剧传奇等。"庄岳委谈"篇的最后一部分提到了演义。胡应麟主要生活于明代万历年间,通俗白话小说《水浒传》《三国志演义》等方兴未艾,借刊刻之力空前流传,"今世传街谈巷语有所谓演义者,盖尤在传奇、杂剧下,然元人武林施某所编《水浒传》特为盛行,世率以其凿空无据,要不尽尔也。……其门人罗本亦效之为《三国志演义》,绝浅鄙可嗤也"③。按照《少室山房笔丛》"庄岳委谈"篇的总体思路,白话通俗的演义作品应该算作小说,或者是小说末流。

那么,胡应麟在"九流绪论"篇所做出的小说分类当中,何以对白

---

① 〔明〕胡应麟撰:《少室山房笔丛》卷三六"二酉缀遗中",第369页,上海:上海书店出版社,2009。
② 参见《少室山房笔丛》卷四一"庄岳委谈下"。
③ 同上,第436页。

话通俗文体只字不提？这类文体到底算不算小说？从《少室山房笔丛》来看，胡应麟明确提出的小说概念里并没有包括白话通俗作品。这说明了胡应麟自身的矛盾之处。他其实意识到了白话通俗作品与文言小说之间的关系，也以文论家的敏锐认识到这类作品的可贵之处：

> 《水浒》余尝戏以拟《琵琶》，谓皆不事文饰而曲尽人情耳。然《琵琶》自本色外，"长空万里"等篇即词人中不妨翘举，而《水浒》所撰语，稍涉声偶者辄呕哕不足观，信其伎俩易尽，第述情叙事针工密致，亦滑稽之雄也。
>
> 今世人耽嗜《水浒传》，至缙绅文士亦间有好之者，第此书中间用意非仓卒可窥，世但知其形容曲尽而已。至其排比一百八人，分量重轻纤毫不爽，而中间抑扬映带、回护咏叹之工，真有超出语言之外者。余每惜斯人以如是心用于至下之技，然自是其偏长，政使读书执笔未必成章也。①

胡应麟对《水浒传》的评价切中肯綮，尤其注意到《水浒传》的人物塑造之工妙，可谓慧眼独具。但是他仍然吝惜一个"小说"的名分，没有明确地把这些白话通俗作品也请入小说的殿堂。

综观刘知幾、胡应麟的小说概念以及小说分类理论，可见史家、文论家们总是比现实创作落后一拍，都是些"事后诸葛亮"。到底是什么在束缚他们，使得他们无法对自己眼前的俗文学、流行文学进行合适的定位？

这正是因为相距时间太近，还看不清楚其真实面目。不像那些古已有之、于史有征的文学现象，已然是固定的形态，其好恶影响也已鲜明呈现，对于其中的规律可以归纳总结。所以，刘知幾对于唐传奇未置可否，《新唐书·艺文志》对于唐传奇视而不见，到明代胡应麟就可以理直气壮地在唐人小说的名义下大谈特谈唐传奇，但是，对于眼下流行的《水浒传》等，他也只能做到有保留地加以肯定。这也证实了一种现象，那就是必须要在大量的事实出现、呈现出规律、规律可以探察之后才会有合适的结论。这也可以说明，其实古代小说理论根本就缺乏指导创作的意义，只能提供一个认识创作的视角。

---

① 〔明〕胡应麟撰：《少室山房笔丛》卷四一"庄岳委谈下"，第437页，上海：上海书店出版社，2009。

三、《四库全书》对小说界域的明确认定

从刘知幾到《新唐书·艺文志》，再到胡应麟，小说的范围是越来越宽的。如果沿着胡应麟的道路前进，再把白话通俗作品纳入小说的范围，那就更加接近创作实际，也接近今天的小说概念了。可惜，胡应麟之后，最有影响的巨著《四库全书》走的是复古路线。

与正史对于小说的著录相似，清代《四库全书》直接沿袭了文献目录学意义的小说概念。《四库全书》从清代乾隆三十七年（1772 年）起开始编撰，历时十年，总纂官纪昀。纪昀（1724—1805），字晓岚，一字春帆，号石云，直隶献县（今河北献县）人，清代著名学者、文学家，是《四库全书》修撰过程中唯一终其事又总其成者。他除了负责全书的编纂审核工作，还主持编纂了《四库全书总目》《四库全书简明目录》等；晚年著有《阅微草堂笔记》。《四库全书》的分类、提要等均能体现出总纂官纪昀的思想和看法。

《四库全书》因袭传统，也将小说家类列入子部。

> 张衡《西京赋》曰：小说九百，本自虞初。《汉书·艺文志》载虞初《周说》，九百四十三篇，注称武帝时方士，则小说兴于武帝时矣。故《伊尹说》以下九家，班固多注依托也。《汉书·艺文志》注，凡不著姓名者，皆班固自注。然屈原《天问》，杂陈神怪，多莫知所出，意即小说家言。而《汉志》所载《青史子》五十七篇，贾谊《新书·保傅篇》中先引之，则其来已久，特盛於虞初耳。迹其流别，凡有三派，其一叙述杂事，其一记录异闻，其一缀辑琐语也。唐、宋而后，作者弥繁。中间诬谩失真、妖妄荧听者固为不少，然寓劝戒、广见闻、资考证者亦错出其中。班固称：小说家流，盖出于稗官。如淳注谓：王者欲知闾巷风俗，故立稗官，使称说之。然则博采旁搜，是亦古制，固不必以冗杂废矣。今甄录其近雅驯者，以广见闻，惟猥鄙荒诞、徒乱耳目者则黜不载焉。①

由这一段引文可知，《四库全书》对小说的定义与班固如出一辙，又将其细分为三类：其一叙述杂事，其一记录异闻，其一缀辑琐语也。

---

① 〔清〕永瑢等撰：《四库全书总目》卷一四〇子部小说家类一，第 1182 页，北京：中华书局，1965。

并强调入选的标准是雅驯,凡是猥鄙荒诞的一概黜落。《四库全书》认可的仍是小说形式琐碎、内容繁杂的特征,注重的是寓劝戒、广见闻、资考证的实用价值,对于过分的虚构荒诞并不认可。

卷首《凡例》云:"古来诸家著录,往往循名失实,配隶乖宜。……《穆天子传》旧入起居注类,《山海经》、《十洲记》旧入地理类。《汉武帝内传》、《飞燕外传》旧入传记类,今以其或涉荒诞,或涉鄙猥,均改隶小说。"①《四库全书》中的小说经过了一番循名责实的编辑工作,其解题部分也特意对此作了说明,如以下几种小说的解题(节录):

《山海经》十八卷:书中序述山水,多参以神怪,故《道藏》收入太元部兢字号中。究其本旨,实非黄老之言。然道里山川,率难考据,案以耳目所及,百不一真。诸家并以为地理书之冠,亦为未允,核实定名,实则小说之最古者尔。

《穆天子传》六卷:案《穆天子传》旧皆入起居注类,徒以编年纪月,叙述西游之事,体近乎起居注耳。实则恍惚无征,又非《逸周书》之比。以为古书而存之可也,以为信史而录之,则史体杂、史例破矣。今退置于小说家,义求其当,无庸以变古为嫌也。

《神异经》一卷:《隋志》列之史部地理类,《唐志》又列之子部神仙类。今核所言,多世外恍惚之事,既有异于舆图,亦无关于修炼,其分隶均属未安。今从《文献通考》列小说类中,庶得其实焉。

《海内十洲记》一卷:诸家著录,或入地理,循名责实,未见其然。今与《山海经》同退置小说家焉。②

《飞燕外传》一卷:案此书记飞燕姊妹始末,实传记之类。然纯为小说家言,不可入之于史部。与《汉武内传》诸书同一例也。③

《大唐新语》十三卷:所记起武德之初,讫大历之末,凡分三十门,皆取轶文旧事有裨劝戒者。前有自序,后有总论一篇,称昔荀爽纪汉事可为鉴戒者,以为汉语。今之所记,庶嗣前修云云。故《唐志》列之杂史类中,然其中谐谑一门,繁芜猥琐,未免自秽其书,有乖史家之体例,今退置小说家类,庶协其实。④

---

① 《四库全书总目》卷首凡例,第 17 页,北京:中华书局,1965。
② 《四库全书总目》卷一四二子部小说家类三,第 1205~1206 页。
③ 《四库全书总目》卷一四三子部小说家类存目一,第 1216 页。
④ 《四库全书总目》卷一四〇子部小说家类,第 1183 页。

《南唐近事》一卷：案偏霸事迹，例入载记。惟此书虽标南唐之名，而非其国记，故入之小说家。盖以书之体例为断，不以书名为断，犹《开元天宝遗事》不可以入史部也。①

与以前的公私书目著录相比，《四库全书》对小说的分类判断以及特点认识更加精当。以《山海经》的著录情况为例，列表对比如下（左列为收录《山海经》的典籍，右列为《山海经》在该典籍中的类别）：

典籍名称	类别名称
隋书·经籍志	史部地理
旧唐书·经籍志	史部地理
新唐书·艺文志	史部地理
崇文总目	史部地理
郡斋读书志	史部地理
直斋书录解题	史部地理
宋史·艺文志	史部地理
四库全书	子部小说

《四库全书》更加注重著述体例，对《山海经》的定位更契合该书的实际性质，并据此把《山海经》从史部去除。四库馆臣多为当时的一流学者、汉学家，"四库馆就是汉学家大本营，《四库提要》就是汉学思想的结晶体"②，严谨的考据学风贯穿了四库全书的编撰过程。《四库全书》对史部正本清源，把很多前人归入史部的作品都退置入小说类。并不是馆臣们对小说的认识有了飞跃，而是他们对史部的认识更加严谨。凡是不属于史部又有补阙价值的，多归入小说类。小说类就成了完全的史部候补席，这样的做法也在客观上强化了小说的虚构夸诞性质。

在《四库全书》编撰的同时，通俗小说方面的四大奇书（《三国志演义》《水浒传》《金瓶梅》《西游记》）藉评点之势风行天下，《红楼梦》以手抄本的形式在流传。尽管蒲松龄、吴敬梓已去世，但是在《四库全书》编撰的同时，《聊斋志异》得到了名家称赞，《儒林外史》也得以刊行。

---

① 《四库全书总目》卷一四〇子部小说家类一，第 1188 页，北京：中华书局，1965。

② 梁启超：《清代学术变迁与政治的影响》，《梁启超论清学史二种》，第 115 页，上海：复旦大学出版社，1985。

中国古典小说当中的巨著已全部亮相，普通民众的阅读热情一直高涨，但是《四库全书》子部"小说类"中，根本没有唐宋传奇、宋元平话以及通俗小说。除却单篇不入目录的因素，也因为对于四库馆臣来说，前述种种根本就不是"小说"，而应该称为"稗史""说部""演义"等等。至于收录了很多单篇传奇的集子，如《太平广记》等，从体制上来看，的确是标准的文献目录学意义的小说，被《四库全书》收录是理所当然的。由此可知，《四库全书》应用的小说概念，仍然是文献目录学意义的。

除了分类，在《四库全书总目》的解题文字当中，时时用到的"小说"概念，也体现着文献目录学的意义。如："（《前定录》）前有自序，称庶达识之士知其不诬，奔竞之徒亦足以自警，较他小说为有劝戒。高彦休《唐阙史》曰：'世传《前定录》，所载事类实繁，其间亦有邻委曲以成其验者。'盖即指此书。然小说多不免附会，亦不能独为此书责也。"①再如评价《苪亭客话》："虽多及神怪，而往往借以劝戒，在小说之中最为近理。"②

《四库全书》总纂官纪昀对小说的认识正与此一致。他曾经评价《聊斋志异》曰："《聊斋志异》盛行一时，然才子之笔，非著书者之笔也。虞初以下，干宝以上，古书多佚矣。其可见完帙者，刘敬叔《异苑》、陶潜《续搜神记》，小说类也；《飞燕外传》《会真记》，传记类也。《太平广记》事以类聚，故可并收。今一书而兼二体，所未解也。"③纪昀的小说观念，就是在坚持文献目录学意义上的范围。依此具体辨析，《聊斋志异》只能算半部小说，主要是指那些条目短小的记载奇事逸闻的部分，至于另外包括了《青凤》《婴宁》《席方平》等佳作的部分，则继承了唐传奇的衣钵，归属"传记"类，并非"小说"。这就是纪昀所指摘的"一书二体"。

以纪昀为代表的《四库全书》对于小说的定义，严格遵守了班固的

---

① 《四库全书总目》卷一四二子部小说家类三，《前定录》一卷、《续录》一卷，第 1209 页，北京：中华书局，1965。

② 同上，《苪亭客话》十卷，第 1212 页。

③ 〔清〕盛时彦《阅微草堂笔记姑妄听之跋》所引纪昀语，见朱一玄编《聊斋志异资料汇编》，第 498 页，天津：南开大学出版社，2002。

概念。与刘知幾、胡应麟相比,《四库全书》对于小说的定义更加明确,界域更加清晰,可谓成功复古,并且理直气壮地对眼前的小说创作实际视而不见。

四、其他著录形式

历代的私家目录著作,也与官方正史文献系统保持一致。

宋代晁公武《郡斋读书志》①分为经类、史类、子类、集类,其中,小说所处的位置与《新唐书·艺文志》相同,处于子类儒、道、法、名、墨、纵横、杂、农之后。所收录的唐前作品有《博物志》、《世说新语》、殷芸《小说》、《述异记》,其余皆是唐宋人的笔记杂纂,包括《太平广记》这样的大型类书,以及《玄怪录》、《酉阳杂俎》、《唐语林》、《北梦琐言》、《归田录》、《冷斋夜话》、《后山诗话》、《东坡诗话》等,涉及政治、人事、诗文各方面的逸闻琐事。值得一提的是,在《新唐书·艺文志》中属于小说的《补江总白猿传》被晁公武放在了史类传记类中。

比晁公武稍后的陈振孙所作《直斋书录解题》中,卷十一"小说家类"所著录的唐前作品有《神异经》、《十洲记》、《洞冥记》、《拾遗记》、《名山记》、殷芸《小说》、《世说新语》、《续齐谐记》、《北齐还冤志》、《古今同姓名录》等;所著录的唐宋作品多为野史、笔记类的见闻杂纂集,如《朝野金载》、《冥报记》、《隋唐嘉话》、《封氏闻见录》、《梦溪笔谈》、《老学庵笔记》等,其中也包括裴铏《传奇》、牛僧孺《玄怪录》这样以搜奇志怪为主的集子。《补江总白猿传》又被归入小说,成为小说类中唯一的单篇。

文献目录学意义上的小说,体现了传统的学术规范,以严谨的历史标准为衡量标准。这类小说从撰写目的、写作范例到评价标准,始终不出史的范围,属于"史"之旁支、"子"中流派。在考察纯文学意义的小说时,必须以目录学意义上的小说为参照。结合官私目录的著录情况,可以看到文献目录学意义上的小说注重文献搜集和编辑,本着实录的原则,发挥为正史补阙的功能。

> 自汉魏晋唐宋元明以来,不下数百家,皆文辞典雅,有纪其各

---

① 〔宋〕晁公武撰,孙猛校证:《郡斋读书志校证》,上海:上海古籍出版社,1990。

代之帝略、官制、朝政、宫帷，上而天文，下而舆土，人物、岁时、禽鱼、花卉、边塞、外国、释道、神鬼、仙妖、怪异，或合或分，或详或略，或列传，或行纪，或举大纲，或陈琐细，或短章数语，或连篇成帙，用佐正史之未备，统曰历朝小说……①

总而言之，"凡古杂说短记，不本经典者，概比小道，谓之小说"（清代翟灏《通俗编》）。这种小说分类遵循文言原则，强调短小琐屑，突出特点是"杂"，与依照今天的文学概念所称呼的"小说"有实质的不同，虚构性、叙事性、修饰性并非主要标准。刘知幾对这类小说功能的概括很有代表性：

> 盖语曰："众星之明，不如一月之光。"历观自古，作者著述多矣。虽复门千户万，波委云集。而言皆琐碎，事必丛残。固难以接光尘于五传，并辉烈于三史。古人以比玉屑满簏，良有旨哉！然则蒭荛之言，明王必择；葑菲之体，诗人不弃。故学者有博闻旧事，多识其物，若不窥别录，不讨异书，专治周、孔之章句，直守迁、固之纪传，亦何能自致于此乎？且夫子有云："多闻，择其善者而从之"，"知之次也"。苟如是，则书有非圣，言多不经，学者博闻，盖在择之而已。②

这种小说概念，是两千年来的主流观念，被史书编撰尤其是文献目录归类所落实。其发展脉络是比较清晰的，也有章可循。对于这个概念，正统文人采取了维护的态度。举凡超出范围的东西，一律清理出去，另立名目。对"小说"概念的维护，与文化传统当中的复古传统相关，与强调继承而不是变革相关。

"传统目录学的'小说'概念，以《四库全书总目》的观念为准，其内涵是叙事散文，文言，篇幅短小，据见闻实录；其外延包括唐前的古小说，唐以后的笔记小说。按这个标准，背离实录原则的传奇小说基本上不叫'小说'，白话的话本小说和长篇章回小说更不叫'小说'了。"③

---

① 〔清〕刘廷玑：《在园杂志》，引自黄霖、韩同文选注《中国历代小说论著选》（上），第388页，南昌：江西人民出版社，2000。

② 〔唐〕刘知幾撰，〔清〕浦起龙释：《史通通释》卷一〇《杂述》，第277页，上海：上海古籍出版社，1978。

③ 石昌渝：《"小说"界说》，载《文学遗产》1994年第1期，第88页。

本书认为这个定义当中，"据见闻实录"可以修订、补充一下，即"一般是据见闻实录，但也往往采录具有虚无怪诞色彩的传闻"。

我们以今天的理论眼光所认可的文学意义的小说，比如唐传奇，比如宋元话本，比如明代演义，它们的著录位置在哪里？

因为古代书目著录的习惯是单篇一般不入书目，收录唐传奇最多的《太平广记》一向被置入小说类。《太平广记》被当作小说，是因为其记载内容广博而繁杂，材料琐碎，多有不经之谈，这些都符合文献目录意义上的小说概念。虽然《太平广记》是当然的小说，其中收录的单篇作品却不被称为小说，该书卷四八四至四九二收录了十四篇传奇文章，总名曰"杂传记"①。唐传奇因为其传记外貌、叙述手法，相对地位还要高于话本、演义；饶是如此，在正统文献当中，也常常被黜落。"唐人说部最夥，原书所载，如《会真记》之事关风化，谨遵旨削去。此外如《柳毅传》、《霍小玉传》之猥琐，《周秦行纪》、《韦安道传》之诞妄，亦概从删。"②

至于白话通俗小说，在官方正统书目中几乎没有任何位置。宋元两代说话伎艺兴盛，但是这个时期的官私书目都没有记录相应的话本信息。直到明代嘉靖前后，才有部分书目著录了通俗小说，包括《三国志演义》《水浒传》《李唐五代通俗演义》《三遂平妖传》等章回小说③。这与白话通俗小说多刊刻于嘉靖前后有关（详见下文），也因为这些被著录的通俗小说多以演史面目出现，似乎更加"正经"一些。清代文网严密，官方不断出台禁毁小说的命令，举凡创作、刊刻、收藏小说皆受到法律惩罚、舆论打压④。仅有的几部著录通俗小说的书目，"譬如《续文献通考》、《百川书志》、《读书敏求记》诸书，就曾被周亮工、孙诒让等人横加指责，这给藏书界收藏及著录通俗小说投下了浓重的阴影"⑤。白话通俗小说只能存活于民间、口头，恰恰是它们以强大的生命力改换了文学的天空。

---

① 〔宋〕李昉等编：《太平广记》，北京：中华书局，1961。
② 〔清〕董诰等编：《全唐文》凡例，第15~16页，北京：中华书局，1983。
③ 参见潘建国《古代通俗小说目录学论略》，载《文学遗产》2000年第6期。
④ 参见王利器《元明清三代禁毁小说戏曲史料》，上海：上海古籍出版社，1981。
⑤ 潘建国：《古代通俗小说目录学论略》，载《文学遗产》2000年第6期。

第四节 文学意义的小说概念之兴起

除却文献目录上的记载，"小说"一词也活跃在古人的日常生活当中。

《魏略》曰：淳一名竺，字子叔。博学有才章，又善《苍》、《雅》、虫、篆、许氏字指。初平时，从三辅客荆州。荆州内附，太祖素闻其名，召与相见，甚敬异之。时五官将博延英儒，亦宿闻淳名，因启淳欲使在文学官属中。会临淄侯植亦求淳，太祖遣淳诣植。植初得淳甚喜，延入坐，不先与谈。时天暑热，植因呼常从取水自澡讫，傅粉。遂科头拍袒，胡舞五椎锻，跳丸击剑，诵俳优小说数千言讫，谓淳曰："邯郸生何如邪？"于是乃更著衣帻，整仪容，与淳评说混元造化之端，品物区别之意，然后论羲皇以来贤圣名臣烈士优劣之差，次颂古今文章赋诔及当官政事宜所先后，又论用武行兵倚伏之势。乃命厨宰，酒炙交至，坐席默然，无与伉者。及暮，淳归，对其所知叹植之材，谓之"天人"。而于时世子未立。太祖俄有意于植，而淳屡称植材。由是五官将颇不悦。及黄初初，以淳为博士给事中。淳作《投壶赋》千余言奏之，文帝以为工，赐帛千四。①

上面引文中的"淳"即邯郸淳，他的名字在本书中已经出现过数次，即《隋书·经籍志》《旧唐书·经籍志》《新唐书·艺文志》小说类中所著录的《笑林》的作者。《笑林》久已失传，有学者进行过钩沉辑佚（参见清代马国翰《玉函山房辑佚书》、鲁迅《古小说钩沉》）。《玉函山房辑佚书》卷七十六辑《笑林》一卷，录一则以管窥之：

伧人欲相共吊丧，各不知仪。一人言粗习，谓同伴曰："汝随我举止。"既至丧所，旧习者在前伏席上，余者一一相觅于背。为首者以足触詈曰："痴物！"诸人亦为仪当尔，各以足相踏曰"痴

---

① 〔晋〕陈寿撰，〔南朝宋〕裴松之注：《三国志·魏志》卷二十一《王粲传》裴松之注引《魏略》，第 603 页，北京：中华书局，1997。

物"。最后者近孝子,亦踏孝子而曰"痴物"。①

其他材料与此类似,所记言行事迹滑稽有趣。

曹植得淳甚喜,本着交友之道,自然想给对方留个好印象,"科头拍袒,胡舞五椎锻,跳丸击剑,诵俳优小说"都是投其所好,先提高对方兴趣,继而才"评说混元造化之端,品物区别之意"等等,展现自己的特长,以加深对方的好感。尤其是诵俳优小说千言讫,还要"谓淳曰:'邯郸生何如邪?'"显然邯郸淳是以俳优小说著称,曹植才故意以此相比。

"优"是先秦时就已出现的职业伎艺人,其表演内容涉及歌舞、语言调谑、杂技等。② 战国时代,出现"俳优"的说法,如《荀子》所言:"乱世不然,污漫突盗以先之,权谋倾覆以示之,俳优、侏儒、妇女之请谒以悖之。"③至汉代,俳优已成为专有名词,所谓"俳优侏儒之笑,不乏于前"(《汉书·徐乐传》)。他们的社会地位极其低下,甚至不如声乐伎艺之人,但因其表演滑稽可笑,娱乐性强,上至王公贵族,下至乡里小儿,无不爱赏。出土的汉画像砖就有很多俳优百戏题材。④

俳优作为职业的表演人,所诵的小说应当与邯郸淳的《笑林》内容相似,供人哈哈一乐,如同今天的相声表演。在此,市井伎艺和史著当中的作品显现出了联系。《魏略》这一段记载当中的"小说"也是文献目录学意义上的"小说"概念,指琐碎的、不经的、社会政教价值不高的言谈逸事,比如邯郸淳的《笑林》。这类著作往往是魏时俳优的素材来源,尤其偏重其中滑稽谐谑的部分。

南朝梁时刘勰著《文心雕龙》,其中《谐隐》一篇谈到了俳优与小说:

> 芮良夫之诗云:"自有肺肠,俾民卒狂。"夫心险如山,口壅若川,怨怒之情不一,欢谑之言无方。昔华元弃甲,城者发睅目之讴;臧纥丧师,国人造侏儒之歌;并嗤戏形貌,内怨为俳也。又蚕

---

① 转引自〔南朝梁〕刘勰著,范文澜注《文心雕龙注》卷三,第 276 页,北京:人民文学出版社,1958。

② 参见王国维《宋元戏曲史》,北京:东方出版社,1996;冯沅君《古优解》、《古优解补正》,《冯沅君古典文学论文集》,济南:山东人民出版社,1980。

③ 〔清〕王先谦著:《荀子集解》卷七《王霸篇》第十一,第 147 页,影印本《诸子集成》(2),上海:上海书店出版社,1986。

④ 参见于天池《两汉俳优解》,载《中国典籍与文化》2005 年第 2 期。

蟹鄙谚，狸首淫哇，苟可箴戒，载于礼典。故知谐辞谲言，亦无弃矣。

谐之言皆也，辞浅会俗，皆悦笑也。昔齐威酣乐，而淳于说甘酒；楚襄宴集，而宋玉赋好色：意在微讽，有足观者。及优旃之讽漆城，优孟之谏葬马，并谲辞饰说，抑止昏暴。是以子长编史，列传滑稽，以其辞虽倾回，意归义正也。但本体不雅，其流易弊。于是东方枚皋，餔糟啜醨，无所匡正，而诋嫚媟弄，故其自称为赋，乃亦俳也；见视如倡，亦有悔矣。至魏文因俳说以著笑书，薛综凭宴会而发嘲调，虽抃推席，而无益时用矣。……自魏代以来，颇非俳优，而君子嘲隐，化为谜语。……然文辞之有谐谲，譬九流之有小说，盖稗官所采，以广视听。若效而不已，则髡袒而入室，旃孟之石交乎！①

"至魏文因俳说以著笑书"一句历来存疑，因《三国志》及裴松之注、《隋书·经籍志》均不载魏文帝有《笑书》，故有学者推测此《笑书》或许就是邯郸淳的《笑林》。② 俳谐隐语，都有嘲讽打趣的特征，"文辞之有谐谲，譬九流之有小说，盖稗官所采，以广视听"，刘勰的类比着眼于谐谲之辞与小说的性质相似。作为表演伎艺，俳优取材于小说，两者的关系自然很紧密。

类似的现象再如：

（侯白）字君素，好学有捷才，性滑稽，尤辩俊。举秀才，为儒林郎。通侻不恃威仪，好为俳谐杂说，人多爱狎之，所在之处，观者如市。③

元和十年……韦绶罢侍读，绶好谐戏，兼通人（民）间小说。④

予太和末，因弟生日观杂戏。有市人小说呼扁鹊作褊鹊，字上声，予令座客任道升字正之。市人言二十年前尝于上都斋会设此，有一秀才甚赏某呼扁字与褊同声，云世人皆误。⑤

---

① 〔南朝梁〕刘勰著，范文澜注：《文心雕龙注》卷三，第270～272页，北京：人民文学出版社，1958。

② 参见王利器校笺：《文心雕龙校注》卷三，第104页，上海：上海古籍出版社，1980；姚振宗《隋书经籍志考证》子部九考邯郸淳《笑林》，第498页，见《师石山房丛书》，上海：开明书店，1936。

③ 〔唐〕魏徵等撰：《隋书》卷五八《陆爽传》附《侯白传》，第1421页，北京：中华书局，1997。

④ 〔宋〕王溥撰：《唐会要》卷四《杂录》，第52页，上海：上海古籍出版社，2006。

⑤ 〔唐〕段成式撰，方南生点校：《酉阳杂俎·续集》卷四，第240页，北京：中华书局，1981。

从三国的魏到晚唐时期,俳优小说、民间小说、市人小说应当是同一种市井伎艺,其特征是诙谐打趣,讲说的内容取材于小说,即各种轶闻趣事,表演形式或许类似于今天的相声,以说为主,且篇幅短小,比较能随机应变。这种伎艺一直为人喜闻乐见,士大夫侯白"滑稽""辩俊",像市井艺人一样说笑话讲故事,都能引来观者如市。

另外,唐代的寺院俗讲非常发达,寺庙、道观内外成为民间的主要娱乐场所,前引《酉阳杂俎》中市人小说也是首先在"上都斋会"演出的。俗讲比市人小说故事性更强,并且是说唱结合,篇幅也较长,情节完整,引人入胜,敦煌文献当中的诸多变文就是最好的佐证。

宋代"说话"伎艺最为兴盛,是主要的市井娱乐方式,当是在前朝俳优小说、市人小说以及俗讲的基础上发展起来的。也正是在宋代,"小说"又成为市井伎艺的一个专有名称。

目前用来说明宋代市井伎艺的材料多为南宋人著作,如《东京梦华录》《都城纪胜》《梦粱录》《醉翁谈录》等。其中,孟元老《东京梦华录》卷五"京瓦伎艺"条载:

> 崇、观以来,在京瓦肆伎艺,张廷叟、孟子书主张。小唱李师师、徐婆惜、封宜奴、孙三四等,诚其角者。嘌唱弟子张七七、王京奴、左小四、安娘、毛团等。教坊减罢并温习。张翠盖、张成、弟子薛子大、薛子小、俏枝儿、杨总惜、周寿奴、称心等。般杂剧,枝头傀儡任小三,每日五更头回小杂剧,差晚看不及矣。悬丝傀儡张金线、李外宁。药发傀儡张臻妙、温奴哥、真个强、没勃脐、小掉刀,筋骨、上索、杂手伎、浑身眼。李宗正、张哥,毬杖、踢弄。孙宽、孙十五、曾无党、高恕、李孝详,讲史。李慥、杨中立、张十一、徐明、赵世亨、贾九,小说。王颜喜、盖中宝、刘名广,散乐。张真奴,舞旋。杨望京,小儿相扑。杂剧、掉刀、蛮牌董十五、赵七、曹保义、朱婆儿、没困驼、风僧哥、俎六姐。影戏丁仪,瘦吉等弄乔影戏。刘百禽弄虫蚁,孔三传耍秀才诸宫调,毛详、霍伯丑商谜。吴八儿合生。张山人说诨话。刘乔、河北子、帛遂、胡牛儿、达眼五重明、乔骆驼儿、李敦等杂班外入。孙三神鬼,霍四究说三分,尹常卖五代史,文八娘叫果子,其余不可胜数。不以风雨寒暑,诸棚看人,日日如是。教坊,钧容直,每遇旬休按乐,亦许人观看。每

遇内宴,前一月,教坊内勾集弟子小儿,习队舞作乐,杂剧节次。①

这段文献当中,对于汴梁城里的各色伎艺及其代表艺人一一开列,虽然最后曰"其余不可胜数",好像还有很多伎艺没有列举,实际上从前述种种名目来看,主要的市井伎艺应该是罗列无遗了。其中,"讲史""小说""霍四究说三分""尹常卖五代史"历来被当作说话伎艺的证明材料。

"说三分"就是讲说三国故事,"宋朝仁宗时,市人有能谈三国事者"②。苏轼《东坡志林》卷一《怀古》"涂巷小儿听说三国话",亦有打发顽皮小儿听三国故事的有趣记载。"五代史"自然就是讲说五代故事了。"说三分""五代史"这两种说话的题材来源,应该主要是正史《三国志》《五代史》,再加上种种民间传说,添油加醋,敷衍成市井之人喜闻乐见的故事系列。

由此亦可推断,北宋汴梁城里的说话伎艺以讲史为主,倘若还有其他题材的说话非常受欢迎,孟元老没有理由不记录。而且,"小说"并不包括"讲史",二者是并列的关系。

其后,说话伎艺在南宋进一步发展兴盛,题材也越来越丰富。南宋灌圃耐得翁《都城纪胜》中记载了说话有四大家数,其中小说"谓之银字儿,如烟粉、灵怪、传奇。说公案,皆是朴刀杆棒,及发迹变泰之事。说铁骑儿,谓士马金鼓之事……最畏小说人,盖小说者能以一朝一代故事,顷刻间提破"③。

南宋吴自牧《梦粱录》当中也沿用了说话有四大家数的说法:"且小说名银字儿,如烟粉、灵怪、传奇、公案……盖小说者,能讲一朝一代故事,顷刻间捏合……"④

这些记载表明,南宋时期"小说"取代了"讲史",成为说话伎艺的大宗,而且还有子类划分,包括了烟粉、灵怪、传奇等。小说的具体情形,以《醉翁谈录》记载最详。

---

① 〔宋〕孟元老撰,伊永文笺注:《东京梦华录笺注》,第461~462页,北京:中华书局,2006。

② 〔宋〕高承撰,〔明〕李果订,金圆、许沛藻点校:《事物纪原》卷九《博弈嬉戏部》"影戏"条,第495页,北京:中华书局,1989。

③ 〔宋〕灌圃耐得翁:《都城纪胜》"瓦舍众伎",第98页,上海:古典文学出版社,1956。

④ 〔宋〕吴自牧:《梦粱录》卷二〇《小说讲经史》,第312~313页,上海:古典文学出版社,1956。

《醉翁谈录》的作者罗烨约生活于宋末元初。该书甲集卷一"舌耕叙引"之下分为两部分,一为"小说引子",一为"小说开辟"。

"小说引子"下注"演史讲经并可通用",所谓引子是开场话,以引起正文,有诗歌,有套语。如"诗曰:'破尽诗书泣鬼神,发扬义士显忠臣,试开夏玉敲金口,说与东西南北人'"。套语则曰:"大概既分,阴阳已定,书契已呈河洛,皇王肇判古初。圆而高者为天,方而厚者为地。其人禀五行之气,为万物之灵。气化成形,道与之貌。形乃分于妍丑,名遂别于尊卑。由是有君有臣,从此论将论相……所业历历可书,其事班班可纪。乃见典坟道蕴,经籍旨深。试将便眼之流传,略为从头而敷演。得其兴废,谨按史书;夸此功名,总依故事。"其后注曰:"如有小说者,但随意据事演说云云。"①

这本《醉翁谈录》俨然具有说话伎艺教辅书的性质,既提供现成的材料,又注意提示使用方法。"小说引子"下注"演史讲经并可通用",说明在具体的说话伎艺当中,虽然有讲说题材的不同,但引子常常通用。这个特意的标注,也说明小说与演史、讲经是并列的伎艺,不可互相涵盖。

"小说开辟"部分则像是对于"小说"的全面介绍:

> 夫小说者,虽为末学,尤务多闻。非庸常浅识之流,有博览该通之理。幼习《太平广记》,长攻历代史书。烟粉奇传,素蕴胸次之间;风月须知,只在唇吻之上。《夷坚志》无有不览,《琇莹集》所载皆通。动哨、中哨,莫非《东山笑林》;引倬、底倬,须还《绿窗新话》。论才词有欧、苏、黄、陈佳句;说古诗是李、杜、韩、柳篇章。举断模按,师表规模,靠敷演令看官清耳。只凭三寸舌,褒贬是非;略团万余言,讲论古今。说收拾寻常有百万套,谈话头动辄是数千回。……有灵怪、烟粉、传奇、公案,兼朴刀、捍棒、妖术、神仙。自然使席上风生,不枉教坐间星拱。说杨元子、汀州记、崔智韬、李达道、红蜘蛛②……说国贼怀奸从佞,遣愚夫等辈生嗔;说忠臣负屈衔冤,铁心肠也须下泪。讲鬼怪令羽士心寒胆战;论闺怨遣佳人绿惨红愁。说人头厮挺,令羽士快心;言两阵对圆,使雄夫壮

---

① 罗烨:《醉翁谈录》,第2~3页,上海:古典文学出版社,1957。
② 以下按灵怪、烟粉、传奇等顺序列举小说名称,从略。

志。……讲论处不滞搭、不絮烦；敷演处有规模、有收拾。冷淡处提掇得有家数，热闹处敷演得越长久。曰得词，念得诗，说得话，使得砌。言无诡舛，遣高士善口赞扬；事有源流，使才人怡神嗟讶。①

这段话首先需要注意的是小说伎艺的材料来源，罗烨先后提到了《太平广记》《夷坚志》《琇莹集》《东山笑林》《绿窗新话》，以及欧（阳修）、苏（轼）、黄（庭坚）、陈（师道）佳句，李（白）、杜（甫）、韩（愈）、柳（宗元）篇章。他所列举的五种书，都属于文献目录学意义的小说。

《太平广记》编撰于北宋初年，宋太宗太平兴国六年（981 年）"诏令镂板［《广记》镂本颁天下，言者以为非学者所急，收墨板藏太清楼］"②。因此《太平广记》北宋时虽然刻版，并未普遍印行，士大夫中间偶有人阅读，但影响不大，直到南宋初年才正式印行并流传开来。③

《夷坚志》的编撰者洪迈，生于北宋徽宗宣和五年（1123 年），卒于南宋宁宗嘉泰二年（1202 年），字景卢，号野处，又号容斋，谥号文敏，饶州鄱阳（今江西鄱阳）人，著述颇丰。《夷坚志》卷帙浩繁，历时六十年，约始撰于 1143 年，约完成于 1202 年④，"《夷坚》之书成，其志十，其卷二百，其事二千七百有九。盖始末凡五十二年，自甲至戊，几占四纪，自己至癸，才五岁而已"（《支甲序》）⑤。总体规模如陈振孙《直斋书录解题》卷十一所载："《夷坚志》甲至癸二百卷，支甲至支癸一百卷，三甲至三癸一百卷，四甲四乙二十卷，大凡四百二十卷。"⑥其规模几乎堪比五百卷的《太平广记》。《夷坚志》就是一部故事集，故事的提供者形形

---

① 罗烨：《醉翁谈录》，第 3～5 页，上海：古典文学出版社，1957。

② 〔宋〕王应麟：《玉海》卷五四，第 1030 页，南京：江苏古籍出版社，1988。

③ 张国风《〈太平广记〉宋本原貌考》，载《中华文史论丛》第五十六辑，第 71～98 页；张国风《〈太平广记〉在两宋的流传》，载《文献》2002 年第 4 期，第 101～105 页、第 116 页。

④ 李剑国：《〈夷坚志〉成书考——附论"洪迈现象"》，载《天津师范大学学报》1991 年第 3 期，第 55～63 页。

⑤ 〔宋〕洪迈撰，何卓点校：《夷坚志》，第 711 页，北京：中华书局，1981。

⑥ 〔宋〕陈振孙著，徐小蛮、顾美华点校：《直斋书录解题》卷一一，第 336 页，上海：上海古籍出版社，1987。该书"夷坚志"条下曰："翰林学士鄱阳洪迈景卢撰。稗官小说，昔人固有为之者矣。游戏笔端，资助谈柄，犹贤乎已可也，未有卷帙如此其多者，不亦谬用其心也哉！且天壤间反常反物之事，惟其罕也，是以谓之怪。苟其多至于不胜载，则不得为异矣。世传徐铉喜言怪，宾客之不能自通与失意而见斥绝者，皆诡言以求合。今迈亦然。晚岁急于成书，妄人多取《广记》中旧事，改窜首尾，别为名字以投之，至有数卷者，亦不复删润，径以入录。虽叙事猥酿，属辞鄙俚，不恤也。"

色色,除了贤士大夫,还有山僧道士、俚妇走卒等,遍及社会各个阶层。洪迈对这些素材一律如实记录、不作评论,"一话一首,入耳辄录"(《三志己序》),以资闲览、仅供娱乐的目的很突出。这样做的结果使得《夷坚志》散乱芜杂,但是也留下了无数二次创作的余地,成为极好的素材库。

《绿窗新话》①署名皇都风月主人编,从这个笔名可以看出编者或为生活在京城之人,熟悉市井风月。《绿窗新话》分上下卷,共收录了一百五十四篇故事,全部为宋代及宋代以前作品的节录和改编,每个故事的篇幅都不长,只是略陈梗概而已。标题全部是整齐的七言,如《刘阮遇天台女仙》《裴航遇蓝桥云英》《王子高遇芙蓉仙》《封陟拒上元夫人》等,看来是编集者或者整理者刻意所为。这些故事基本上都是男女情事、风月闲谈。从《绿窗新话》以上特征来看,该书作为说话伎艺的参考底本,正适合小说伎艺进行发挥表演。

《醉翁谈录》中所提到的《琇莹集》已失传。《东山笑林》不详,从书名来看,当为笑话杂俎集,大约继承了邯郸淳《笑林》之衣钵。

"小说"在北宋说话伎艺当中并不突出,至南宋却成为最重要的说话伎艺之一,这其中的发展演变,应当跟说话艺人的取材来源有关。如上所述,南宋人得以广泛阅览《太平广记》,就使得说话的素材大为增加。

作为成熟的市井伎艺,说话伎艺之小说的材料来源主要是文献目录学意义的小说,尤其是《太平广记》(五百卷)、《夷坚志》(四百二十卷)这样的大部头故事渊薮。因此,既然文献目录学意义上的正宗小说就是说话伎艺的材料来源,那么,专门讲说这类小说所载故事的伎艺,也被称为"小说",就是顺理成章的事情。故本书认为,市井伎艺说话当中的"小说"门类,主要取材于文献目录学意义的小说,其命名就是借用了该文类现成的名称——"小说"。但是在具体表演当中,说话之小说把原本的文言材料转化为口语通俗形式,又进行了市井趣味的加工。因此,在现实情况的推动下,"小说"一词作为概念,其内涵发生了迁转和扩展。

文献目录学意义的小说是一种文类,包涵甚广,着重于文献的记

---

① 〔宋〕皇都风月主人编,周夷校补:《绿窗新话》,上海:古典文学出版社,1957。

录,意在补正史之阙。口头讲说的小说则是一种伎艺,其讲说题材既来源于前者,也来源于正史经典,是为了大众娱乐。前者全部表现为书面形式,后者在宋元时代主要指口头的说话伎艺,明代之后主要指与该伎艺相关的书面文学形式。从书面文献到市井伎艺,从补史阙到娱乐独立,文学意义的小说概念就在这个过程当中生成。从文献目录学的意义到文学的意义,小说概念在古典文论当中一步步获得了独立的空间。

作为口头伎艺的"小说",其概念内涵还等于"小话","话"即故事。孙楷第先生列出了几条"话"即故事的例证,本书为说明问题,特转录如次。①

"侯白在散官,隶属杨素。爱其能剧谈,每上番日,即令谈戏弄,或从旦至晚始得归。才出省门,即逢素子玄感,乃云:'侯秀才可以(与?)玄感说一个好话。'白被留连不获已,乃云'有一大虫欲向野中觅肉'云云。"(《太平广记》卷二四八引隋侯白《启颜录》)

"太上皇移仗西内安置。每日上皇与高公亲看扫除庭院,芟薙草木。或讲经论义、转变说话,虽不近文律,终冀悦圣情。"(唐郭湜《高力士外传》)

"刘禹锡牧连州,替高寓。寓后入(为)羽林将军。自京附书曰:'以承眷辄举自代矣。'刘答书云:'昔有一话……'"(《太平广记》卷二五一引《嘉话传》)

"尝于新昌宅说一枝花话。自寅至巳,犹未毕词。"(《元氏长庆集》卷十《酬白学士诗》"光阴听话移"自注)

"湝一笔而成,大称旨。于是却复前欢,因召诸厅,同宴。饮次,湝敛衽曰:'偶记一话,欲对大王说可乎?……'"(《太平广记》卷二五七引五代王仁裕《王氏见闻录》)

"王彭尝云:'涂巷中小儿薄劣,其家所厌苦,辄与钱令聚坐听说古话。至说三国事,闻刘玄德败,颦蹙,有出涕者;闻曹操败,即喜,唱"快"!'"(宋代苏轼《志林》卷一"涂巷小儿听三国话")

"此本话说唐时这个书生姓张名珙……"(金董解元《西厢记》卷一)

---

① 参见孙楷第《说话考》,见《俗讲、说话与白话小说》,第27～29页,北京:作家出版社,1957。

除了孙楷第先生已列举的这些例证，还有孙棨《北里志序》："其中诸妓多能谈吐，颇有知书言话者。"①

以上这些"话"，均可作"故事"解。另外，还有"小话"一词。

宋代王明清《挥麈录余话》卷二"东坡记发冢小话"："东坡先生出帅定武，黄门以书荐士往谒之。东坡一见云：'某记得一小话子。昔有人发冢，极费力方透其穴……'"

南宋岳珂《桯史》卷七"朝士留刺"："王仲荀者，以滑稽游公卿间。一日，坐于秦府宾次。朝士云集待见，稍久，仲荀在隔席，辄前白曰：'今日公相未出堂，众官久俟。某有一小话，愿资醒困。昔有一朝士出谒未归……'"

南宋岳珂《桯史》卷九"鳌渡桥"："雍公受厄起立曰：'某去则不妨，然记得一小话，敢为都督诵之。昔有人得一鳌……'"

施元之注苏轼《寄诸子侄诗》"他年汝曹筠满床，中夜起舞踏破甓"："世传小话：'一贫士家惟一甓。一夕，心念……'"②

孙楷第先生曰："知宋人言'小话'，亦与故事同义。事之资谈剧无关宏旨者，谓之'小话'。今河北人犹言'说小话'。或书'小'字作'笑'，则非。以俚言'说小话'，指说故事言，不专谓笑谑也。"③

今日实用语言当中有"传为佳话"，其实也保留了古义，这个"佳话"等于古人所谓"嘉话"（如《刘宾客嘉话》）、"美话"（赵令畤《元微之崔莺莺商调蝶恋花词》："至今士大夫极谈幽玄，访奇述异，无不举此以为美话，至于娼优女子，皆能调说大略"），指人人称美的事迹、行为，写下来当然也是好故事。

文言的、史传支裔的、琐记杂闻的、士大夫阶层的"小说"，与白话的、故事的、市井的"小话"，在宋代发生了语义合流。又因为"小说"的产生时间早，并且被知识阶层习用，故逐渐代替了"小话"。因而，小说概念进一步扩展，在小说特性的认知方面，故事性、娱乐性成为应有之义。小说也可以用小话、话来代替。明代胡应麟《少室山房笔丛·二

---

① 亦有版本作"知书言语"，则不可解。

② "小话"例证均转引自孙楷第《说话考》，见《俗讲、说话与白话小说》，第29～30页，北京：作家出版社，1957。

③ 同上，第30页。

酉缀遗》曰："宋人所记,乃多有近实者,而文采无足观。本朝《新》《馀》①等话,本出名流,以皆幻设,而时益以俚俗,又在数家之下。"在这里,文言的、故事性的小说就是以"话"来指称的。

正是从宋代开始,"小说"既指文献目录的杂纂笔记,也指市井伎艺以及相关的话本,两种概念并行不悖,活跃于文人记载当中。以下就是一些使用的例证。

宋赵令畤《元微之崔莺莺商调蝶恋花词》："夫传奇者,唐元微之所述也。以不载于本集而出于小说,或疑其非是。今观其词,自非大手笔孰能与于此!"②《莺莺传》在唐代单行,至宋代载于《太平广记》,赵令畤此处所讲的"小说"应该指《太平广记》而言,其概念内涵是文献目录学意义上的。

宋代洪迈《容斋随笔》卷十五"唐诗人有名不显者"："大率唐人多工诗,虽小说戏剧,鬼物假托,莫不宛转有思致,不必颛门名家而后可称也。"③此处"小说"所指以唐传奇最为符合,属于文学意义的概念。

元代陶宗仪《南村辍耕录》："唐有传奇,宋有戏曲小说,金有院本杂剧。"此处"小说"和传奇、戏曲、院本、杂剧并列,是指说话伎艺。对于元代人而言,他能够直接欣赏说话伎艺,也能够看到有关的话本,故此处"小说"可兼指话本。比如元代刻本《红白蜘蛛》残页,其最后一行就写明是"新编红白蜘蛛小说",这个话本应该就是罗烨《醉翁谈录·小说开辟》中的《红蜘蛛》。④

以上例证就说明了宋元时代小说概念的多义扩展。

第五节　文学意义的小说概念的普遍应用

文学意义的小说概念兴起于宋代,但直到明代嘉靖年间,文学意

---

① 指明初瞿佑《剪灯新话》、李祯《剪灯余话》。
② 黄霖、韩同文选注:《中国历代小说论著选》(上),第60页,南昌:江西人民出版社,2000。
③ 〔宋〕洪迈:《容斋随笔》,第194页,北京:中华书局,2005。
④ 参见程毅中《古代小说史料简论》,第55～56页,太原:山西人民出版社,2005;黄永年:《记元刻〈新编红白蜘蛛小说〉残页》,载《中华文史论丛》1982年第1辑。

义的"小说"一词才被频繁使用,且多指通俗文学。

嘉靖二十年到嘉靖三十年(1541—1551)之间,杭州洪楩编集、刻印了《六十家小说》。洪楩是南宋文人洪迈的后裔,出身于仕宦家庭,其祖父洪钟官高位显,致仕后在西湖边建两峰书院,藏书甚丰,洪楩"承先世之遗,缥缃积益,余事校刊,既精且多"(清代丁申《武林藏书录》),先后刻印过《夷坚志》《唐诗纪事》《六臣注文选》等。他刻书并非纯粹为了牟利,而是受那个时代刻书风气的影响,又有这方面的便利条件。他编刻的《六十家小说》,包括宋、元、明三代的小说六十篇,分为六集:《雨窗集》《长灯集》《随航集》《欹枕集》《解闲集》《醒梦集》,每集又分上下卷。从这六集的命名上可以看出,《六十家小说》以资闲谈的性质比较突出。后《六十家小说》亡佚。

1929 年,近代人马廉见到日本人长泽规矩也出示的日本内阁文库所藏残本的照片,该残本为三册十五篇,集名、序目、刊刻人、刊刻年月等信息统统缺失,唯版心有"清平山堂"字样,内容又与话本相类,故马廉据以命名为《清平山堂话本》,后由北平古今小品书籍印行会影印出版。1934 年,马廉又于残书中发现了宁波天一阁所藏"清平山堂"刻话本小说,共十二篇,书名缺失,书册的书根分别有题字"雨窗集上""雨窗集下""欹枕集下"。后来,阿英(钱杏邨)又发现两种话本残页《翡翠轩》《梅杏争春》,与清平山堂刻本版式相同。今天常见的《清平山堂话本》就是综合以上文献印行的,实际是《六十家小说》的残编①。这是迄今所见最早的话本小说汇编,也是话本被称为"小说"的一大例证。

现存《清平山堂话本》当中收录的文类相当杂,题材上包括说经劝善(如《花灯轿莲女成佛记》)、讲史(如《汉李广世号飞将军》)、爱情(如《风月相思》)、公案(如《曹伯明错勘赃记》)、志怪(如《西湖三塔记》)等;体裁上也不统一,有文言的如《蓝桥记》《风月相思》,也有白话韵散结合的,如《快嘴李翠莲记》等。行文结构等方面都体现出话本发展初期的粗糙特征。从《清平山堂话本》的文章面貌,可以推知《六十家小说》的全貌,该书所认可的"小说"就是在前代传奇说话基础上相承发展而来的、以市井娱乐为主要目的、讲故事的文学形式。

---

① 王一工《前言》,阿英《记嘉靖本〈翡翠轩〉及〈梅杏争春〉——新发现的〈清平山堂话本〉二种》,以上两文附见《清平山堂话本》,上海:上海古籍出版社,1992。

与洪楩大约同时的郎瑛编撰了《七修类稿》。郎瑛生于明代成化二十三年(1487 年),卒年不详,字仁宝,浙江仁和人,终生布衣,勤于治学。《七修类稿》一书"引证颇广……然识见殊卑,笔亦冗拙,时有村学究气,论诗文尤可笑,其浩博则不可没也"①。全书分为七类:天地、国事、义理、辩证、诗文、事物、奇谑。《七修类稿》本身就是一部文献目录学意义的小说,内容极其驳杂,其中卷二十二"辩证类"中专门列有"小说"条:

> 小说起宋仁宗,盖时太平盛久,国家闲暇,日欲进一奇怪之事以娱之,故小说得胜头回之后即云话说赵宋某年,间阎淘真之本之起亦曰"太祖太宗真宗帝,四帝仁宗有道君",国初瞿存斋过汴之诗有"陌头盲女无愁恨,能拨琵琶说赵家",皆指宋也。若夫近时苏刻几十家小说者,乃文章家之一体,诗话、传记之流也,又非如此之小说。②

这段话的价值在于它注意到了两种意义的小说,并分别加以说明。

所使用的"小说"是与说话伎艺相关的话本,虽然此处讲这一类小说起源于宋代并不准确,但是对于小说概念的理论意义并无影响。如前面章节所论述,宋代确实是小说的文学意义兴起的时期。瞿存斋即明初的瞿佑,字宗吉,号存斋,是《剪灯新话》的作者。他这首诗全文为:"歌舞楼台事可夸,昔年曾此擅豪华。尚馀艮岳排苍昊,那得神霄隔紫霞。废苑草荒堪牧马,长沟柳老不藏鸦。陌头盲女无愁恨,能拨琵琶说赵家。"(《汴梁怀古》)怀古题材的诗作往往擅长使用今昔对比,此诗也不例外。虽然楼台倾覆、宫苑荒芜,豪华胜景不再,但是依然听到路边盲女弹唱,似乎在提醒人们此处乃宋故都,市井伎艺曾盛极一时,如今国家虽亡,伎艺却流传后世。

所谓"苏刻几十家小说",或为苏州的刻书坊所刻。苏州是明代著名的刻书中心。这些诗话、传记之流的小说,正是传统的文献目录学意义的小说。

这短短一段话,概括了明代中期的两类小说,一是通俗白话文本,

---

① 〔清〕李慈铭语,见〔明〕郎瑛撰《七修类稿》之《出版说明》,上海:上海书店出版社,2009。
② 〔明〕郎瑛撰:《七修类稿》卷二二辩证类,第 229 页,上海:上海书店出版社,2009。

一是诗话传记类的文言文本,而且郎瑛清楚地认识到两类小说是根本不同的。

其后,谢肇淛撰《五杂组》①,对小说概念应用更广。谢肇淛(1567—1624),字在杭,福建长乐人,官至广西左布政使,私人著述颇丰。《五杂组》分为天、地、人、物、事五部,其中卷十五事部三中,连续用到"小说"一词。

> 小说载华光天王之母以喜食人,入饿鬼狱经数百年,其子得道,乃拔而出之,甫出狱门即求人肉,其子泣谏……

> 小说野俚诸书,稗官所不载者,虽极幻妄无当,然亦有至理存焉。如《水浒传》无论已,《西游记》曼衍虚诞……惟《三国演义》与《钱唐记》、《宣和遗事》、《杨六郎》等书,俚而无味矣。何者?事太实则近腐,可以悦里巷小儿而不足为士君子道也。

> 凡为小说及杂剧戏文,须是虚实相半,方为游戏三昧之笔,亦要情景造极而止,不必问其有无也。古今小说家,如《西京杂记》、《飞燕外传》、《天宝遗事》诸书,《虬髯》、《红线》、《隐娘》、《白猿》诸传,杂剧家如《琵琶》、《西厢》、《荆钗》、《蒙正》等词,岂必真有是事哉?近来作小说,稍涉怪诞,人便笑其不经,而新出杂剧,若《浣纱》、《青衫》、《义乳》、《孤儿》等作,必事事考之正史,年月不合、姓字不同,不敢作也,如此则看史传足矣,何名为戏?②

这几段话中所列举的作品,文言形式的有《西京杂记》《飞燕外传》《天宝遗事》,以及唐传奇《虬髯客传》《红线》《聂隐娘》《补江总白猿传》等,白话的有《水浒传》《三国演义》《杨六郎》以及目莲救母的故事等。谢肇淛所运用的小说概念,其内涵基本就是文学意义上的,注重的综合特点是虚构性、故事性,因此,他所归类的小说作品也比较符合今天的小说定义。

明代嘉靖至万历时期是通俗小说发展的黄金时期,《三国志演义》《水浒传》《西游记》等均在此时刊刻,小说理论也在此时真正实现了文

---

① 〔明〕谢肇淛撰:《五杂组》,上海:上海书店出版社,2009。该书《出版说明》曰:"《五杂组》之'组'字,典出《尔雅》,李本宁序中言之甚明,而后世多讹作'俎'。自杭大宗《榕城诗话》乾隆刻本,以迄今之《汉语大词典》,其间误者更仆难数。《辞海》至以'五杂俎'为条目,附注'俎一作组',甚可笑,今人著述之不可恃也如此。……印晓峰谨识。"

② 〔明〕谢肇淛撰:《五杂组》卷一五事部三,第312~313页,上海:上海书店出版社,2009。

学转向。"小说"概念的文学意义已经确立,与文献目录学上的意义构成双轨制。小说概念的文学化,以及文论家们对文学意义的小说概念的普遍接受,与小说实际的创作和流传情况有关。

宋代时期,文学化意义的小说取材于文献目录学意义的小说,讲史类作品取材于正史。就市井伎艺来说,小说与讲史一直是并列的关系,其文本形态也有长短不同。至明代,长篇的、取材于正史的白话作品也被纳入小说行列,以《三国志通俗演义》为代表,又带动了大批白话长篇作品的流传。这一现象尤其值得注意,它说明渊源于宋代讲史的白话长篇通俗作品也被归入"小说"类,小说概念再次扩容。

成书于元末明初的《三国志通俗演义》《水浒传》长期以抄本形式流传。明代嘉靖元年(1522 年)《三国志通俗演义》二十四卷刊刻,是今存最早的《三国志演义》刊本。[①]

嘉靖十九年(1540 年)成书的高儒《百川书志》卷六"史部·野史"中记载:"《忠义水浒传》一百卷。钱塘施耐庵的本,罗贯中编次。宋寇宋江三十六人之事,并从副百有八人,当世尚之。"这是目前所知最早的《水浒传》版本的信息。李开先《一笑散·时调》曰:"崔后渠、熊南沙、唐荆川、王遵岩、陈后冈谓《水浒传》委曲详尽,血脉贯通,《史记》而下,便是此书。且古来更未有一事而二十册者。倘以奸盗诈伪病之,不知序事之法,学史之妙者也。"这些称赞《水浒传》的诸公基本活跃于弘治至嘉靖年间。武定板《水浒传》允称善本,也是武定侯郭勋在嘉靖年间刊刻。[②]

又,《西游记》问世于嘉靖后期,万历年间被刊印。

明代中晚期,文化思想方面纲纪松弛,民间游冶之风兴盛,尚奇尚趣,整个时代风尚为之改易。商业潮流冲击了农耕传统下的作息、休闲习惯,培养了新型的消费娱乐方式,影响了社会时尚,使人们不满于程朱理学为核心的意识形态的压制,急于解除约束,急于张扬个性情欲。社会现实产生了王阳明心学,王学又转而促进了社会生活的变化,并深刻影响了一代士人的思想、意识,使明代晚期出现了自由论学的风气,进而影响到文化艺术的走向。李贽、公安三袁、汤显祖、董其

---

① 孙楷第:《中国通俗小说书目》,参见朱一玄、刘毓忱编《三国演义资料汇编》,第 217 页,天津:南开大学出版社,2003。

② 参见朱一玄、刘毓忱编《水浒传资料汇编》,第 118 页、第 167 页、第 132 页,天津:南开大学出版社,2002。

昌等均是王学左派影响下的人物,正如研究者所云:"通俗小说创作的变化始于万历朝后期,从时间上看,这正与以袁宏道、袁中道为代表的公安派,以及以钟惺、谭元春为代表的竟陵派对拟古主义的猛烈批判相呼应。若是再联系到哲学领域,则又可以看到这些变化与王学左派的兴起互相平行。这一切对于通俗小说并非只有间接的影响与联系,因为他们的代表人物如李贽、袁宏道等人对于通俗小说的发展,特别是在摆脱旧来窠臼方面都作出过这样或那样的贡献。"①

万历年间,通俗小说事业达到了新的高峰。文人们积极地投身其中,或编写,或点评。如李卓吾开始评点《水浒传》。至于被称为淫书加奇书之《金瓶梅》,更因为文人寓目而得到较为合理的认识。袁宏道写信给董其昌,对之大加赞扬:"伏枕略观,云霞满纸,胜于枚生《七发》多矣。"②当时文人无不称许《金瓶梅》,董其昌云"极佳",袁中道云:"琐碎中有无限烟波,亦非慧人不能。"③冯梦龙"见之惊喜,怂恿书坊以重价购刻"(沈德符《万历野获编》卷二十五"词曲·金瓶梅")。冯梦龙尤其致力于通俗小说事业,编写成著名的"三言"等。这些文人皆是当时翘楚,影响极大。

> 诗何必古选,文何必先秦。降而为六朝,变而为近体;又变而为传奇,变而为院本,为杂剧,为《西厢曲》,为《水浒传》,为今之举子业,皆古今至文,不可得而时势先后论也。④

嘉靖、万历时期的著名文人对通俗文学的重视扭转了时代风气,使得通俗白话作品正式进入"小说"领域,对小说特点的认识实现了突破。当一种理论意义确立时,古典文论家们最喜欢做的事情是为这种新的理论建立历史谱系,以证明其传承的合法性,使这种新的理论能够迅速得到现实的认可。

---

① 陈大康:《明代小说史》,第27页,北京:人民文学出版社,2007。

② 〔明〕袁宏道:《与董思白书》,见〔明〕袁宏道著,钱伯城笺校《袁宏道集笺校》卷六《锦帆集之四——尺牍》,第289页,上海:上海古籍出版社,1981。

③ 〔明〕袁中道著,钱伯城点校:《珂雪斋集》之《游居柿录》卷九,第1316页,上海:上海古籍出版社,1989。

④ 〔明〕李贽:《焚书》卷三《童心说》,第99页,《焚书 续焚书》,北京:中华书局,1975。

史统散而小说兴，始于周季，盛于唐，而浸淫于宋。①

夫小说家盛于唐而滥于宋，溯其初，则萧梁殷芸，始有小说行世。②

小说始于唐宋，广于元，其体不一。田夫野老能与经史并传者，大抵皆情之所留也。情生则文附焉，不论其藻与俚也。《金瓶梅》旧本言情之书也。情至则流易于败检而荡性。今人观其显不知其隐，见其放不知其止，喜其夸不知其所刺。蛾油自溺，鸩酒自毙，袁石公先叙之矣。作者之难于述者之晦也。今天下小说如林，独推三大奇书曰《水浒》、《西游》、《金瓶梅》者，何以称夫？《西游》阐心而证道于魔，《水浒》戒侠而崇义于盗，《金瓶梅》惩淫而炫情于色。③

绿天馆主人实为《古今小说》编著者冯梦龙，西湖钓叟实为《续金瓶梅》作者丁耀亢。两人化名来为自己的作品写序，说明自己的小说理论观点，并与创作实际相呼应，取得了更好的阐释效果。

由以上例证可知，明清时代序、跋、评等所使用的"小说"概念，基本都是文学意义的，而且主要指唐宋开始兴起的白话通俗小说。白话通俗小说，获得了文运发展中的合理地位，可与经史并列而论，获得了承续史统的意义，故相关的理论都围绕它们而进行。随着对人性人情的推崇，最能反映人之本真性情的作品也被正视、被提倡，在政教伦理体系中获得了正式的位置，也同样具备了文献目录学意义之小说的补阙功能和教化功能。

文献目录学意义上的小说，属于史之旁裔，基本归属于子部。而文学意义上的小说，尤其是白话通俗小说，直到明代后期，方才获得与子史并传的舆论地位，但是官方正统文献基本不录。再具体到理论层面，文献目录学意义上的小说概念，随着正史编纂的停止，也自动停止，在事实上丧失了理论生命，对于理论研究也不再具备生成意义。而文学意义上的"小说"概念仍然活跃在当下的日常生活和理论视野当中。

---

① 绿天馆主人：《古今小说序》，见黄霖、韩同文选注《中国历代小说论著选》（上），第225页，南昌：江西人民出版社，2000。

② 〔明〕沈德符：《万历野获编·序》，第3页，北京：中华书局，1959。

③ 西湖钓叟：《续金瓶梅集序》，见黄霖、韩同文选注《中国历代小说论著选》（上），第332页，南昌：江西人民出版社，2000。

第六节　对小说概念的总结

综合上文,进行一下总结。本书认为中国古代的"小说"概念有两大序列,三条发展脉络。

一大序列是班固《汉书·艺文志》确立的小说概念,也就是本书命名为文献目录学意义的小说,该概念为小说正宗,从汉代一直沿用到清末。这一大序列就是一条独立的发展脉络,从始至终,其概念内涵保持稳定性,也为历代正统史家所固守。该序列小说的语言特征为文言。

另一大序列是文学意义的小说概念,包括两条发展脉络,均与正宗的文献目录学意义的小说有关。下面结合作品实际来看。

发展脉络之一是杂传记,是在文献目录学意义的小说材料基础上发展起来的,并且接受了史传散文的写法,形成杂传记,其典型代表就是唐传奇。该发展脉络可抽绎为:汉魏晋志人、志怪、杂传记—唐传奇(杂传记)—宋传奇—明文言小说—清文言小说。该类小说体现了文献目录学意义的小说和史传的结合。有许多小说集是一书二体,既有曼妙铺陈的杂传记部分,也遵循文献目录学意义的小说传统,体现为大量的材料杂纂。清代著名小说集《聊斋志异》就是如此。该类小说的语言特征是文言形式。

发展脉络之二是白话通俗小说,是市井伎艺以文献目录学意义的小说为表演材料,并进行了口语化通俗化的加工,逐渐形成的新型文本。其发展脉络可抽绎为:俳优小说—俗讲/说话—话本—白话通俗小说。因为题材来源以及服务对象、影响范围的相似,戏曲也经常被归入此类小说。该类小说的语言形式为通俗白话,体现了文献目录学意义的小说和市井伎艺的结合,其创作取材范围包括了文献目录学意义的小说,以及文学意义的小说之杂传记。

文学意义的小说概念被广泛应用,是从明代中晚期开始的。这一理论现象,与相应的白话通俗小说创作蓬勃发展大有关系。

第二章
小说概念的近义词辨析

　　上编第一章已经讲述了"小说"这个概念的词语内涵变迁和发展,本章着重辨析历史上曾经出现过的对小说的不同称呼,如稗官、稗史、说部、传奇、演义等概念。这属于小说理论当中的文体命名问题。这样多见重出,可以更有利于辨析小说概念的生成。

第一节　稗官、稗史

　　稗史的概念来源于稗官,而且是先有稗官再有稗史。二者亦常常通用。

　　《汉书·艺文志》明确说过:"小说家流,概出于稗官。"并引如淳注曰:"细米为稗,街谈巷说,其细碎之言也,王者欲知闾巷风俗,故立稗官使称说之。"先秦至汉的古籍文献当中并无名为"稗官"的职务。那么稗官究竟是什么?诸多学者进行过研究。或认为是天子左右之士,或认为就是小官，如汉代的待诏、郎官等。①

稗官言论等同于小说，也就是文献目录学意义上的小说。《汉书·艺文志》中著录的小说作者就有方士待诏等稗官。在汉代以后具体的理论应用中，人们时常用稗官来代指小说。对此余嘉锡先生批评曰："自如淳误解稗官为细碎之言，而汉志著录之书又已尽亡，后人目不睹古小说之体例，于是凡一切细碎之书，虽杂史笔记，皆目之曰稗官野史，或曰稗官小说，曰稗官家。不知小说自成流别，不可与他家相杂厕。且稗官为小说家之所自出，而非小说之别名，小说之不得称为稗官家，犹之儒家出于司徒之官，不得名为司徒儒家，亦不得称儒书为司徒家也。治学之道，必先正名，名不正，言不顺，莫甚于所谓稗官家矣。"②余先生此处所用"小说"概念，就是对原初意义的坚持。

本书认为，既然目前"稗官"一职无文献支持，则可以将其看成一个有修饰意义的词。稗通粺，就是碎米，首先有细碎意；又因碎米价值低于好米，稗也有低贱之意。后人曾质疑曰："稗官非细米之义，野史小说异于正史，犹野生之稗别于禾，故谓之稗官矣。"③其实，无论稗是细米还是野草，以"稗"来修饰，都不脱琐碎、低贱两层意义。稗官，理所当然就是"小官也"（《汉书》唐代颜师古注）。

稗官职责，或为民间庶人传言，记录他们的言行，"稗官职志，将同古'采诗之官，王者所以观风俗知得失'矣"④。所记录的内容既是一些琐碎的、不成系统的民间言论，则价值也较为有限。

小说概念在发展过程中衍变，稗官等于小说，所以其实际的内涵也跟着小说变化了。稗官、稗史在文学理论当中被频繁使用，从明代起增多，这与小说文体的发展是相关的。

刻于明代万历年间的王圻《稗史汇编》，其分类形式沿袭历代类

---

① 参见余嘉锡《小说家出于稗官说》，见《余嘉锡文史论集》，长沙：岳麓书社，1997；周楞伽《稗官考》，见《古典文学论丛》第三辑，济南：齐鲁书社，1982；曲沐《稗官撷识》，载《贵州社会科学》1982年第5期；潘建国"稗官"说，载《文学评论》1999年第2期；罗宁《小说与稗官》，《四川大学学报》1999年第6期；刘晓军"稗史"考，载《中山大学学报》2008年第4期。

② 余嘉锡：《小说家出于稗官说》，见《余嘉锡文史论集》，第258页。

③〔清〕徐灏：《说文解字注笺》卷七上，第40页，《续修四库全书》225～227册，上海：上海古籍出版社，1995。

④ 鲁迅：《古籍序跋集·〈古小说钩沉〉序》，第3页，见《鲁迅全集》第九卷，北京：人民文学出版社，2005。

书,列"天文门""时令门""地理门""人物门""伎术门"等,每一门下又分类,如"人物门"下列"帝王""德行""节义"等,内容全属小说类。从该书命名及收录内容来看,"稗史"都等同于从汉代一脉相承下来的杂著"小说",内容琐碎杂多,编纂的目的乃是补正史之阙。"稗史"的命名内涵基本等同于文献目录学意义上的小说,但其具体所指却包括了文献目录学意义、文学意义两方面的小说。如《文史门·尺牍类·院本》(卷一○三)中有言:"文至院本、说书,其变极矣。然非绝世轶材,自不妄作。如宗秀罗贯中、国初葛可久,皆有志图王者,乃遇真主,而葛寄神医工,罗传神稗史。今读罗《水浒传》,从空中放出许多罡煞,又从梦里收拾一场怪诞……"①这里明确以《水浒传》为稗史。

稗史从其名称来看,自然也是史之苗裔,但在具体使用中更多地凸现了与史乘的差异。这个概念的使用,充分说明了理论家们的命名尝试,更能突出小说依附史传的自觉主动性,故他们对于稗官、稗史总是从劝诫、补史角度进行论述,并经常和野史、野乘等并列使用。

> 是编虽稗官之流,而劝善惩恶,动存鉴戒,不可谓无补于世。②

> 后之君子能体予此意,以是编为正史之补,勿第以稗官野乘目之,是盖予之至愿也夫。③

> 或谓小说不可紊之以正史,余深服其论。然而稗官野史实记正史之未备,若使得以事迹显然不泯者得录,其是书竟难以成野史之余意矣。④

> 古今稗官野史,不下数百千种,而《三国志》、《西游记》、《水浒传》及《金瓶梅演义》世称"四大奇书",人人乐得而观之,余窃有疑焉。稗官为史之支流,善读稗官者可进于史,故其为书亦必善善恶恶,俾读者有所观感戒惧,而风俗人心庶以维持不坏也。⑤

---

① 〔明〕王圻:《稗史汇编》,第 1537 页,北京:北京出版社,1993。
② 〔明〕凌云翰:《剪灯新话序》,见黄霖、韩同文选注《中国历代小说论著选》(上),第 106 页。
③ 〔明〕林瀚:《隋唐志传通俗演义序》,出处同上,第 113 页。
④ 〔明〕熊大木:《新刊大宋演义中兴英烈传序》,出处同上,第 121 页。
⑤ 〔清〕闲斋老人:《儒林外史序》,见〔清〕吴敬梓著,李汉秋辑校《儒林外史汇校汇评》,第687 页,上海:上海古籍出版社,2010。

稗官与稗史内涵完全一致,不过在具体使用中有微小差异,即稗官、稗史均可作为文类称呼,但是"稗史"及其相似词语可以用来命名,如《禅真逸史》《女仙外史》《儒林外史》等,而"稗官"鲜有此例。

第二节　说　部

"说"是先秦时代出现的一种文体。有学者主张"说体"以论说道理为主,如韩非有《储说》,《汉书·艺文志》小说家类记载了《伊尹说》《黄帝说》《封禅方说》等。"说炜晔而谲诳"(陆机《文赋》),"说"这种文体夸张虚饰、重文采的特征很突出。[1] 亦有学者认为"说"指传闻故事,"始于讲述、后被记录"成文本,与"传""语"同类,"说体中的'小说'与后来纯文学分类中的小说文体,在许多特征方面的确有着更密切的关系。宽泛地讲,它们本身即可被视为文学性的小说"[2]。

先秦时代,与"说"相关的重要著作就是《韩非子》,该书有八篇纂集式作品以说命名,即《说林上》《说林下》《内储说上》《内储说下》《外储说左上》《外储说左下》《外储说右上》《外储说右下》,这些篇章都体现出故事集成的性质。

先秦之后,从西汉刘向的《说苑》到南北朝时刘义庆《世说》、刘孝标《续世说》、沈约《俗说》、殷芸《小说》种种以"说"命名的著作,皆为丛残小语、故事材料的缀集。

但是,"说部"一词并非"说"类文体的集合,而是与小说概念紧密相关。可以说,"小说"之部就是"说部",这个"小说"是偏于文献目录学意义的概念,如下文所述:

> 唐、宋以前,治学术者,大抵多专门之学,与涉猎之学不同,故

---

[1] 参见孟昭连《小说考辨》,孟文认为"说是一种论说文体,而非叙事文体,与讲故事为主的后世小说或小说类的文体完全不是一码事",载《南开学报》2002年第5期,第76页。

[2] 廖群:《"说"、"传"、"语":先秦"说体"考索》,载《文学遗产》2006年第6期,第34页、第36页。

丛残琐屑之书鲜。唐、宋以降，治学术者，大抵皆涉猎之学耳，故说部之书，盛于唐、宋，今之见于著录者，不下数千百种。详考之，约分三类：一曰考古之书，于经学则考其片言，于小学或详其一字，下至子史，皆有诠明，旁及诗文，咸有纪录，此一类也。一曰记事之书，或类辑一朝之政，或详述一方之闻，或杂记一人之事，然草野载笔，黑白杂淆，优者足补史册之遗，下者转昧是非之实，此又一类也。一曰稗官之书，巷议街谈，辗转相传，或陈福善祸淫之迹，或以敬天明鬼为宗，甚至记坛宇而陈仪迹，因祠庙而述鬼神，是谓齐东之谈，堪续《虞初》之著，此又一类也。①

可见，唐宋人编纂的笔记类杂著，是"说部"的正宗内容。

北宋官方编纂小说大型类书《太平广记》，影响深远。南宋曾慥则以私家之力修撰《类说》，亦广集小说，《四库全书》归入子部杂家类。其《类说序》曰："小道可观，圣人之训也。……可以资治体，助名教，供谈笑，广见闻，如嗜常珍，不废异馔，下筯之处，水陆具陈矣。览者其详择焉。"②

元末明初陶宗仪撰《说郛》，内容也包罗万象，"盖宗仪是书，实仿曾慥《类说》之例，每书略存大概，不必求全。亦有原本久亡，而从类书之中钞合其文，以备一种者……"③

明代人对于小说格外重视。陆楫编《古今说海》一百四十二卷，辑录前代至明代小说。后顾起元编《说略》，"其书杂采说部，件系条列，颇与曾慥《类说》、陶宗仪《说郛》相近。故《明史》收入小说家类。然详考体例，其分门排比、编次之法实同类书。但类书隶事，此则纂言耳"④。

在这样的时代氛围之中，"说部"一词正式出现于王世贞的《弇州四部稿》，其四部分别为"赋部""诗部""文部""说部"，从形式上看，当是对经、史、子、集四分法的借用。既有说部，其后各种"说"类书层出不穷，如《说荟》《说铃》等。"近代说部之书最多，或又当作经、史、子、

---

① 刘师培：《论说部与文学之关系》，见《刘师培学术文化随笔》，第21页，北京：中国青年出版社，1999。

② 见黄霖、韩同文选注《中国历代小说论著选》(上)，第63页，南昌：江西人民出版社，2000。

③ 《四库全书总目》卷一二三子部杂家类七，第1062页，北京：中华书局，1965。

④ 《四库全书总目》卷一三六子部类书类二，第1155页。

集、说五部也。"①

清代宣统二年（1910年），王文濡等编成《古今说部丛书》，共十集六十册，乃是"仿《说荟》、《说海》、《说郛》、《说铃》、《朝野汇编》之例，汇而集之，俾成巨帙"，"要皆文辞典雅，卓有可传，上而帝略、官制、朝政、宫闱以及天文、地舆、人物，一切可惊可愕之事，靡不具载，可以索幽隐、考正误，佐史乘所未备。或寥寥短章，微言隽永；或连篇成帙，骈散兼长。就文体论，亦觉无乎不备"②。

说部类容纳的著作无所谓文体，完全属于内容分类，包罗万象，驳杂繁多，体现出文献目录学方面的杂纂裨补史阙、增广见识的意义。

> 自稗官之职废，而说部始兴。唐、宋以来，美不胜收矣。而其别则有二：穿穴罅漏、爬梳纤悉，大足以抉经义传疏之奥，小亦以穷名物象数之源，是曰考证家，如《容斋随笔》、《困学纪闻》之类是也；朝章国典，遗闻琐事，巨不遗而细不弃，上以资掌故而下以广见闻，是曰小说家，如《唐国史补》、《北梦琐言》之类是也。③

> 说部之体，始于刘中垒之《说苑》、临川王之《世说》，至《说郛》所载，体不一家。而近代如《谈艺录》、《菽园杂记》、《水东日记》、《宛委馀编》诸书，最著者不下数十家，然或摭据昔人著述，恣为褒刺，或指斥传闻见闻之事，意为毁誉，求之古人多识蓄德之指亦少盖矣。④

"说部"一词被逐渐等同于小说，随着小说概念的扩容，说部所涵盖的内容也扩展开来，最终包括文献目录学意义的小说和文学意义的小说。至民国时期，则"说部二字，即小说总汇之名称"⑤几成为公理，杂纂笔记、通俗白话甚至戏曲皆为说部。

---

① 〔清〕赵翼：《陔余丛考》卷二二"经史子集"条，第423页，北京：商务印书馆，1957。
② 《古今说部丛书·序》，上海：上海文艺出版社，1991。
③ 〔清〕李光廷：《蕉轩随录序》，见〔清〕方濬师著、盛冬铃点校《蕉轩随录 续录》，第1页，北京：中华书局，1995。
④ 〔清〕计东：《说铃序》，见刘晓军《说部考》，载《学术研究》2009年第2期，第129页。
⑤ 徐敬修：《说部常识》第一章《总说》，第1页，上海：大东书局，1925。

第三节 传 奇

传奇与小说相关,已经是唐代的事情了,晚唐裴铏所撰小说集名曰《传奇》。"传奇"应该是由"搜神""志怪"所引生,三个词语同一结构,意义相近。就整个唐代而言,"传奇"并不是文体专名,唐代人自己所写的小说如《莺莺传》《霍小玉传》等也并无统一的文类专名,因为他们是在按照史传的方式进行创作,虽然着意好奇出新,并虚拟情节,文心巧构,但结撰形式完全是正统的纪传体。故北宋李昉等编撰的《太平广记》所收录的十几篇唐代传奇小说统命名为"杂传记"。宋人也在写作类似的杂传记文章,如《绿珠传》《赵飞燕别传》《李师师外传》等,同样也不以"传奇"命名。

北宋陈师道《后山诗话》中有一则记载:"范文正公为《岳阳楼记》,用对语说时景,世以为奇。尹师鲁读之,曰:'传奇体耳!'《传奇》,唐裴铏所著小说也。"①这大概是第一次以传奇来命名"体"。因为《岳阳楼记》无甚故事情节,能够和传奇联系上的无非是其骈散相间的华美语言。故这个"传奇体"仍然不能看作文体,而只是一种对语言形式特征的概括。就像明代胡应麟的疑问:

> 传奇之名不知起自何代,陶宗仪谓唐为传奇,宋为戏诨,元为杂剧,非也。唐所谓"传奇"自是小说书名,裴铏所撰,中如蓝桥等记诗词家至今用之,然什九妖妄寓言也。裴晚唐人,高骈幕客,以骈好神仙,故撰此以惑之。其书颇事藻绘而体气俳弱,盖晚唐文类尔,然中绝无歌曲、乐府若今所谓戏剧者,何得以传奇为唐名?或以中事迹相类,后人取为戏剧张本,因展转为此称不可知。范文正记岳阳楼,宋人讥曰传奇体,则固以为文也。②

说话伎艺在宋代兴盛一时,因说话的素材来源十分广泛,不同的题材势必影响到表演方式;听众各有喜好,也会造成听众群有所区分。

---

① 〔清〕何文焕辑:《历代诗话》,第 310 页,北京:中华书局,1981。
② 〔明〕胡应麟:《少室山房笔丛》卷四一"庄岳委谈下",第 424 页,上海:上海书店出版社,2009。

故说话伎艺发展盛时,依据所说内容不同逐渐形成不同的家数。

> 说话者谓之舌辩,虽有四家数,各有门庭。且小说名银字儿,如烟粉、灵怪、传奇、公案……①

> 说话有四家,一者小说,谓之银字儿,如烟粉、灵怪、传奇……②

> 夫小说者,虽为末学,尤务多闻。非庸常浅识之流,有博览该通之理。幼习太平广记,长攻历代史书。烟粉奇传,素蕴胸次之间;风月须知,只在唇吻之上。……有灵怪、烟粉、传奇、公案,兼朴刀、捍棒、妖术、神仙。……论莺莺传、爱爱词、张康题壁、钱榆骂海、鸳鸯灯、夜游湖、紫香囊、徐都尉、惠娘魄偶、王魁负心、桃叶渡、牡丹记、花萼楼、章台柳、卓文君、李亚仙、崔护觅水、唐辅采莲,此乃为之传奇。③

说话伎艺影响一时,其文化信息与大众之间是良好的互动关系。民间爱好的题材以及审美的、道德的观念会被说话伎艺采纳,说话伎艺又推动了这些故事、观念的传播。就宋代来讲,"传奇"所指范围是非常明确的,就是说话伎艺之小说当中的一个门类,以及相似题材的诸宫调(详见下文)。从《醉翁谈录》列举的小说名称可知,传奇基本上都是男女爱情故事。

《莺莺传》被列在"传奇"第一位,可见它本身就是说话的热门题材而长演不衰。南宋赵令畤《侯鲭录》卷五"辨传奇莺莺事"引王性之所作《传奇辨正》云:"尝读苏翰林赠张子野诗,有云:'诗人老去莺莺在。'注言所谓张生乃张籍也。仆按元微之所作传奇,莺莺事在贞元十六年春。"同卷"元微之崔莺莺商调蝶恋花词"条载:"夫传奇者,唐元微之所述也,以不载于本集而出于小说,或疑其非是。今观其词,自非大手笔,孰能与于此。"④《传奇辨正》《侯鲭录》皆以"传奇"指元稹小说《莺莺传》,这应该是文人接受了说话伎艺影响而应用"传奇"概念的一个证

---

① 〔南宋〕吴自牧:《梦粱录》卷二〇,第312页,上海:古典文学出版社,1956。
② 〔南宋〕灌圃耐得翁:《都城纪胜》"瓦舍众伎",第98页,上海:古典文学出版社,1956。
③ 罗烨:《醉翁谈录》,第3页、第4页,上海:古典文学出版社,1957。
④ 〔宋〕赵令畤撰:《侯鲭录》,第126页、第135页,北京:中华书局,2002。

明。①

　　唐人作品被宋代民间伎艺采纳为题材,且归类为"传奇",流播日久,形成大众文化观念,反过来又影响了文人的看法。元代虞集曰:"盖唐之才人,于经义道学,有见者少。徒知好为文辞,闲暇无所用心,辄想象幽怪遇合、才情恍惚之事,作为诗章答问之意,傅会以为说。盏簪之次,各出行卷,以相娱乐,非必真有是事,谓之传奇。"②至此,唐代的杂传记才正式得名为"传奇"。

　　"唐传奇"成为了专有名词,专指唐代那些才情绝艳的文言小说。但是"传奇"仍非专有名词,它还是偏重于人间悲欢离合之情事,至于表达载体用文章还是用戏曲,倒是次要的事情。故宋金元时代的诸宫调、杂剧等也时常被呼为传奇。③《录鬼簿》中"前辈已死名公才人,有所编传奇行于世者",其下录关汉卿、高文秀、郑廷玉、白仁甫、马致远、王实甫等五十六人的杂剧剧目。④

　　明清时代,传奇指南戏,被归入乐府。⑤

　　王国维先生在《宋元戏曲史》中辨析戏曲中"传奇"一名的流变,可与本书以上所论相参照,读者对于传奇概念的演变会有较为清晰的认识:

　　　　传奇之名,实始于唐。唐裴铏所作《传奇》六卷,本小说家言,此传奇之第一义也。至宋则以诸宫调为传奇,《武林旧事》所载诸色伎艺人,诸宫调传奇,有《高郎妇》、《黄淑卿》、《王双莲》、《袁太道》等。……则宋之传奇,即诸宫调,一谓之古传,与戏曲亦无涉也。元人则以元杂剧为传奇,《录鬼簿》所著录者,均为杂剧,而录中则谓之传奇。……至明人则以戏曲之长者为传奇(如沈璟《南九宫谱》等),以与北杂剧相别。乾隆间,黄文旸编《曲海目》,遂分

---

　　① 有研究者以为宋人以《传奇》为《莺莺传》专名,如赵维国《传奇体的确立与宋人古体小说的类型意识》(载《宁夏大学学报》1999 年第 3 期)。

　　② 〔元〕虞集:《写韵轩记》,见李修生主编《全元文》(二十六)卷八五二,第 658 页,南京:凤凰出版社,2004。

　　③ 参见〔宋〕周密《武林旧事》卷六"诸色伎艺人"之"诸宫调",第 184 页,北京:中华书局,2007。原文为:诸宫调传奇:高郎妇、黄淑卿、王双莲、袁太道)。

　　④ 〔元〕钟嗣成:《录鬼簿》,见《中国古典戏曲论著集成》(二),第 104 页,北京:中国戏剧出版社,1959。

　　⑤ 参见〔清〕祁理孙《奕庆藏书楼书目》。该书被误作〔清〕沈复粲编《鸣野山房书目》。潘景郑校订,上海:古典文学出版社,1958。

戏曲为杂剧、传奇二种,余曩作《曲录》从之。盖传奇之名,至明凡四变矣。①

第四节　演　义②

说到演义,今人的第一反应估计都会是《三国志演义》。

演义之萌芽,盖远起于战国。今观晚周诸子说上世故事,多根本经典,而以己意饰增,或言或事,率多数倍。若《六韬》之出于太公,则演其事者也;若《素问》之托于岐伯,则演其言者也。演言者,宋、明诸儒因之为《大学衍义》;演事者,则小说家之能事。根据旧史,观其会通,察其情伪,推己意以明古人之用心,而附之以街谈巷议,亦使田家孺子知有秦汉至今帝王师相之业;不然,则中夏齐民之不知故国,将与印度同列。然则演事者虽多稗传,而存古之功亦大矣。③

这段话提供了很有价值的思路,演义就是"多根本经典,而以己意饰增,或言或事,率多数倍",演义等同衍义。其中的"演言"一系与小说关系不大,本书不赘述;而"演事"则演变为小说,故专门论述。

《新唐书·艺文志》子部小说家类载有苏鹗《演义》十卷,是目前所见较早以"演义"为名的著作。《苏氏演义》的撰写体例与文献目录意义的小说相同,被《新唐书·艺文志》归入"小说家类",更多是出于体例上的考虑。但是,该书被陈振孙《直斋书录解题》录入"杂家类":"唐光启进士武功苏鹗德祥撰。此数书者皆考究书传,订正名物,辨证讹谬,有益见闻。"④可见该书重在考证,有相当的实用价值。《四库全书》

---

① 王国维:《宋元戏曲史》第十六章《余论》,第136页,北京:东方出版社,1996。
② 参见谭帆:《"演义"考》,载《文学遗产》2002年第2期;黄霖、杨绪容:《"演义"辨略》,载《文学评论》2003年第6期;李舜华:《"小说"与"演义"的分野:明中叶人的两种小说观》,载《江海学刊》2004年第1期。
③ 章炳麟:《〈洪秀全演义〉序》,转引自陈平原、夏晓虹编《二十世纪中国小说理论资料》(第一卷1897—1916),第362页,北京:北京大学出版社,1997。
④《直斋书录解题》卷一〇,第307页。可参见〔唐〕苏鹗撰,吴企明点校《苏氏演义》(外三种),北京:中华书局,2012。

也收入子部杂家类,其内文是从《永乐大典》当中辑录出来的。

　　《苏氏演义》二卷(永乐大典本)

　　唐苏鹗撰。鹗字德祥,武功人。宰相颋之族也。光启中登进士第,仕履无考。尝撰《杜阳杂编》,世有传本。此书久佚,今始据《永乐大典》所引裒辑成编。《杂编》特小说家言,此书则于典制名物具有考证。书中所言,与世传魏崔豹《古今注》、马缟《中华古今注》多相出入。已考证于《古今注》条下。然非《永乐大典》幸而仅存,则豹书之伪犹可考见,缟书之剿袭竟无由证明。此固宜亟为表章,以明真赝。况今所存诸条为二书所未剌取者,尚居强半。训诂典核,皆资博识。陈振孙《书录解题》称其考究书传,订正名物,辨证伪谬,可与李涪《刊误》、李济翁《资暇集》、邱光庭《兼明书》并驱,良非溢美,尤不可不特录存之,以备参稽也。原书十卷。今掇拾放佚,所得仅此。古书亡失,愈远愈稀,片羽吉光,弥足珍贵。是固不以多寡论矣。①

　　《四库全书总目》对于《苏氏演义》的考辨订正之用也是大加赞扬。若说演义就是以经典为根本而衍发,则《苏氏演义》或许就是考证经典文献当中的名物制度,但该书久佚,究竟“演”哪种经典文献不太清楚。由此个例可见,“演义”的言论是比较琐碎的,又有其独特的价值,属于文献目录学意义的小说。

　　唐代至明代,陆续出现了很多儒经、佛经以及子部、集部书的演义之作,如王炎《春秋衍义》、真德秀《大学衍义》、钱时《尚书演义》、梁寅《诗书演义》、徐师曾《周易演义》、杨慎《绝句衍义》等。“从南宋至明初,一种以广泛地引录圣哲议论和史事故实,适当参以作者个人意见,或用较为通俗的语言,明白、详细地阐发原书义理的一类作品被通称为‘演义’或‘衍义’。”②

　　当士人们孜孜不倦地演义经典的时候,世俗说话伎艺当中的小说也出现了“演史”一门,以大众喜爱的通俗方式解读历史经典,其受众比儒经演义更广,受欢迎的程度更甚。与之相关的文本是元代刊印的《三国志平话》和《三分事略》。其实,世俗和高雅之间并无壁垒分明的

---

①《四库全书总目》卷一一八子部杂家类二,第1016页,北京:中华书局,1965。
②黄霖、杨绪容:《“演义”辨略》,载《文学评论》2003年第6期,第7页。

界限,作为文化传承者和解释者的士人,既是朝廷的要员,也是市井生活中的俗人;既正襟危坐讲经典,也前仰后合地听说话。很多概念的内涵原本就是互相渗透互相影响的。正统的经典可以演义其哲理,严肃的史传也可以演义其故事,就这样,"演义"成为一个使用率较高、被普遍认可的文化普及概念,与之相关的意义首先就是"通俗易晓"。

> 小说者,正史之余也。《庄》、《列》所载化人、伛偻丈人等事,不列于史。《穆天子》、《四公传》、《吴越春秋》皆小说之类也。《开元遗事》、《红线》、《无双》、《香丸》、《隐娘》诸传,《鳌车》、《夷坚》各志,名为小说,而其文雅驯,间阎罕能道之。优人黄繙绰、敬新磨等搬演杂剧,隐讽时事,事属乌有,虽通于俗,其本不传。至有宋孝皇以天下养太上,命侍从访民间奇事,日进一回,谓之说话人,而通俗演义一种,乃始盛行。①

今天所能见到的《三国志通俗演义》的最早刊本出现于明代嘉靖元年(1522年),"题'晋平阳侯陈寿史传','后学罗本贯中编次'。首弘治甲寅庸愚子序。章二,曰'金华蒋氏',曰'大器'。又:嘉靖壬午关中修髯子引,有'关西张尚德章'"②。

庸愚子即金华蒋大器,其序作于弘治甲寅年,序中曰:"若东原罗贯中,以平阳陈寿传,考诸国史,自汉灵帝中平元年,终于晋太康元年之事,留心损益,目之曰《三国志通俗演义》,文不甚深,言不甚俗,事纪其实,亦庶几乎史。盖欲读诵者,人人得而知之,若诗所谓里巷歌谣之义也。书成,士君子之好事者,争相誊录,以便观览,则三国之盛衰治乱,人物之出处臧否,一开卷,千百载之事,豁然于心胸矣。其间亦未免一二过与不及,俯而就之,欲观者有所进益焉。"③

这段序文几乎为其后所有的历史演义作品定下了基调:事迹源于正史,真实可信;语言通俗易懂,开卷有益。"自罗贯中氏《三国志》一书,以国史演为通俗演义,汪洋百余回,为世所尚,嗣是效颦日众,因而

---

① 笑花主人:《今古奇观序》,见抱瓮老人辑《绘图今古奇观》,第1页,济南:齐鲁书社,1985。
② 孙楷第:《中国通俗小说书目》卷二"明清讲史部",转引自朱一玄、刘毓忱编《三国演义资料汇编》,第217~218页,天津:南开大学出版社,2003。
③〔明〕蒋大器:《三国志通俗演义序》,转引自朱一玄、刘毓忱编《三国演义资料汇编》,第232~233页。

有《夏书》、《商书》、《列国》、《两汉》、《唐书》、《残唐》、《南北宋》诸刻，其浩瀚几与正史分签并架……"①借助演义的形式，中华民族重史的传统从上层走进民间。

此时，"小说"概念在双轨制运行，"演义"也同样在走双轨路线，一是偏史的，就是史的通俗化，语言通俗，内容引人入胜，有虚构成分，形同今天的历史小说概念；一是偏文学的，凡是与历史有点儿关联的人物事件，都可成为演义，如《水浒传》《金瓶梅》也都是演义。在发展过程中，随着文学意义的小说概念更加成熟和稳定，演义也确定了自己的位置，逐渐被"历史小说"一词代替。"历史小说者，专以历史上事实为材料，而用演义体叙述之。盖读正史则易生厌，读演义则易生感。徵之陈寿之《三国志》与坊间通行之《三国演义》，其比较釐然矣。"②

稗官、稗史、说部、传奇、演义诸概念在明清两代直至近代皆并用，在多数情况下都是同义词，如严复、夏曾佑《本馆附印说部缘起》，标题明确"说部"，文中则论述曰："书之纪人事者谓之史；书之纪人事而不必果有此事者，谓之稗史。"

小说名称的混用，与小说创作本身的状况也有极大的关系。很多白话通俗小说的素材来源就是文言的、笔记体的小说。如《清平山堂话本》中《简帖和尚》的故事素材，来源于洪迈《夷坚志·支景》卷三《王武功妻》；《古今小说》中《穷马周遭际卖䭔媪》，就取材于《大唐新语》；《警世通言》中《钱舍人题诗燕子楼》，依据白居易《燕子楼诗序》和宋代张君房《丽情集》……③

故事主题、故事情节的沿袭，使得文言作品与白话作品、高雅作品与通俗作品具有了内在的有机联系。文论家们从理论上对不同作品进行归纳时，采用同一个概念也是比较自然的。

"小说"一词在近代取代了前几项，实现了术语的统一和规范，成为该类文体唯一的称呼，并沿用至今。其原因大概是小说一词产生最

---

① 〔明〕可观道人：《新列国志叙》，见黄霖、韩同文选注《中国历代小说论著选》（上），第247页，南昌：江西人民出版社，2000。

② 新小说报社：《中国惟一之文学报〈新小说〉》，见黄霖、韩同文选注《中国历代小说论著选》（下），第32页。

③ 参见程毅中《古代小说史料简论》，太原：山西人民出版社，2005；孙楷第《小说旁证》，北京：人民文学出版社，2000；谭正璧《三言两拍资料》，上海：上海古籍出版社，1980。

早,且在正史目录当中有位置,其内涵文学化也是最早的。再者,小说一词,与其他学科门类没有太多语词上的关联。稗史,总难免令人想到史;说部,似乎是个分类词;传奇、演义,总有些题材限制:这几个称呼都不足以表达一个独立的文体。故"小说"被理论家重复使用,格外凸显,最终成为唯一的现代学科术语。

中　编
小说理论以散文理论为母体

　　先秦至宋代这个大的时段中，散文理论与小说理论的关系基本体现为散文理论对小说理论的单方面影响。散文理论为小说理论提供了大量基础概基础命题，诸如信与疑、虚与实、裨补史阙等，甚至小说理论中最富特色的评点形式也来自宋代的诗文评点，现存最早的评点刊行本就是吕祖谦的《古文关键》。

　　"我们相信一个真实的人文理念一旦在一种文化体系中形成，它就将按照辩证逻辑的规律在历史的运动中逐渐呈现出自己的全部内涵构成和逻辑可能性，并在这种历史运动中建构起联结和沟通自己全部概念因素的内在逻辑，最终在不断的充实、演化、扬弃和新生中完成自己的文化表达。"①小说理论的基础也是如此，由汉代史著肇端，而后不断充实、演化，并完成了自我的建构。

　　①彭亚非：《中国正统文学观念》，第 7 页，北京：社会科学文献出版社，2007。

第三章
小说的"补阙"性质

第一节　汉代史家确立小说的基本性质

如上编所述,班固《汉书·艺文志》确立了"小说"的基本内涵和性质,使补阙成为小说最重要的功用。本章不再赘述。

这种对于小说的看法,其实是属于整个汉代的,当时的史家和著述者普遍尚实斥虚。西汉刘向、刘歆父子,东汉王充的诸多观点可以补充班固的意见。需要说明的是,这些理论观点并没有明确针对小说,但是其阐述对象的特征,比较符合班固的小说定义,本书也就以之为广义的小说理论。其实就是以《汉书·艺文志》对于小说的界定为标准,来考察汉代相关相似的理论,这个考察过程也是对《汉书·艺文志》的小说概念进行再验证的过程。

刘向的著述较多,按照今天的文学理论,《列女传》《新序》《说苑》这三种书可列为小说类。三书的写作缘起为:"向睹俗弥奢淫,而赵、卫之属起微贱,逾礼制。向以为王教由内及外,自近者始。故采取《诗》、《书》所载贤妃贞妇,兴国显家可法则,及孽嬖乱亡者,序次为《列女传》,凡八篇,以戒天子。及采传记行事,著《新序》、《说苑》凡五十篇奏之。数上疏言得失,陈法戒。书数十上,以助观览,补遗阙。"①《列女传》《新序》《说苑》这三书都编排了很多故事,具备较强的文学性以及阅读趣味。今天编写的文学史类著作,多把刘向的这些作品列为小说类。② 班固《汉书·艺文志》也著录了"刘向所序六十七篇",并说明是《新序》《说苑》《世说》《列女传颂图》,却把它们归入"诸子"的儒家类,远离小说类。儒家类的界定标准是:"儒家者流,盖出于司徒之官,助人君顺阴阳明教化者也。游文于六经之中,留意于仁义之际,祖述尧舜,宪章文武,宗师仲尼,以重其言,于道最为高。"③

《汉书·艺文志》对刘向著作的这种归类正体现了汉代的小说定义与今天不同,所谓叙事性、虚构性、修饰性等今人认可的文学特点并不是汉代人考虑的问题。从刘向本人的创作意图以及班固的著录态度来看,他们对著作、文章的价值判断是依经立论,重视其功用意义。汉代只有一种小说概念,就是文献目录学意义的小说,其特征如前所述,内容浅薄不经,形式琐碎杂纂等。以这种标准来评价,可以明确看出刘向的著作确实不是小说。因为他的编纂目的是为了助人君行教化,从他本人的主观创作态度来看,绝对没有做小说的意思,乃有为而作,并非道听途说、闲谈消遣,所采录的事例尽量有所本,体现出"实录"精神,以至于王充因此而有微词:"若司马子长、刘子政之徒,累积篇第,文以万数,其过子云、子高远矣;然而因成纪前,无胸中之造。"④恰恰从反面证明刘向著作多承袭前人,少自创理论。而刘向著作问世之后,当时也没有人把它们当作小说。

王充也是汉代成就比较突出的学者和思想家。王充(27—约97),字仲任,原籍魏郡元城(今河北大名),后迁居会稽上虞(今属浙江),出身于细族孤门,自幼聪颖好学,后受业太学,以班彪为师,终生仕途不偶。

王充的思想观念主要体现在《论衡》一书中,该书并未直接论述小说,但很多论题涉及为文的态度和手法,可以算作广义的文学理论,也可以与小说理论相比照。《论衡》当中有两个重要概念就是"虚"和

---

① 《汉书》卷三六《楚元王传》附刘向传,第 1957~1958 页,北京:中华书局,1997。
② 参见赵明等《两汉大文学史》,长春:吉林大学出版社,1998;吴礼权《中国笔记小说史》,北京:商务印书馆,1997;吴志达《中国文言小说史》,济南:齐鲁书社,1994。
③ 《汉书》卷三〇《艺文志第十》,第 1728 页。
④ 影印本《诸子集成》(7),《论衡·超奇篇》,第 135 页,上海:上海书店出版社,1986。

"增"。虚，指虚妄不实。以之为分类篇名而有《书虚》《变虚》《异虚》《感虚》《福虚》《祸虚》《龙虚》《雷虚》《道虚》等，其写作体例均是先列举有关记载，如篇名所示关于变异、福、祸、龙之类，然后一一辨析这些事例为虚妄不实。王充对辨虚如此感兴趣正说明他对"实"的崇尚。所谓"增"，就是夸张增饰，相关篇名为《语增》《儒增》《艺增》等，分别对传语、儒书、诗文等方面的夸张记载和说法进行辨正。其中《艺增》因为论述对象主要是儒经，涉及《尚书》《诗经》《易》《论语》《春秋》等，与文学理论的关系更密切。

与对"虚"的贬斥态度不同，王充对"增"是基本认可的。"增"的产生原因如下："世俗所患，患言事增其实；著文垂辞，辞出溢其真；称美过其善，进恶没其罪。何则？俗人好奇，不奇，言不用也。故誉人不增其美，则闻者不快其意；毁人不益其恶，则听者不惬于心。闻一增以为十，见百益以为千，使夫纯朴之事，十剖百判；审然之语，千反万畔。"① 可见，夸张增饰是为了迎合世人的好奇心理，以收到更好的表达效果，使言为俗用。

比如："《诗》云：'鹤鸣于九皋，声闻于天。'言鹤鸣九折之泽，声犹闻于天，以喻君子修德穷僻，名犹达朝廷也。其闻高远，可矣；言其闻于天也，增之也。彼言声闻于天，见鹤鸣于云中，从地听之，度其声鸣于地，当复闻于天也。夫鹤鸣云中，人闻声仰而视之，目见其形。耳目同力，耳闻其声，则目见其形矣。然则耳目所闻见，不过十里；使参天之鸣，人不能闻也。何则？天之去人，以万数达，则目不能见，耳不能闻。今鹤鸣从下闻之，鹤鸣近也。以从下闻其声，则谓其鸣于地，当复闻于天，失其实矣。其鹤鸣于云中，人从下闻之。如鸣于九皋，人无在天上者，何以知其闻于天上也？无以知意，从准况之也。诗人或时不知，至诚以为然。或时知而欲以喻事，故增而甚之。"②

王充首先指出，鹤鸣声闻于天从常理来看是不可能的，但是对于诗人来说，或者是主观情志的自然表达，"至诚以为然"；或者是明知不可能，也故意如此说以"喻事"。综合来看，王充是认可诗人的夸张修辞的。

---

① 影印本《诸子集成》，《论衡·艺增篇》，第83页，上海：上海书店出版社，1986。
② 同上，第83～84页。

对于文字记录之虚实真伪的态度,下面这段话表达得最为直接明显,就相当于王充作《论衡》的缘起。

> 是故《论衡》之造也,起众书并失实,虚妄之言胜真美也。故虚妄之语不黜,则华文不见息;华文放流,则实事不见用。故《论衡》者,所以铨轻重之言,立真伪之平,非苟调文饰辞,为奇伟之观也。其本皆起人间有非,故尽思极心以讥世俗。世俗之性,好奇怪之语,说虚妄之文。何则? 实事不能快意,而华虚惊耳动心也。是故才能之士,好谈论者,增益实事,为美盛之语;用笔墨者,造生空文,为虚妄之传。……虚妄显于真,实诚乱于伪,世人不悟,是非不定:朱紫杂厕,瓦玉集糅,以情言之,岂吾心所能忍哉? ……《论衡》诸篇……若夫九虚三增,论死订鬼,世俗所久惑,人所不能觉也。人君遭弊,改教于上,人臣愚惑,作论于下,实得则上教从矣。冀悟迷惑之心,使知虚实之分;实虚之分定,而华伪之文灭;华伪之文灭,则纯诚之化日以孳矣。①

从这段话可以看出,王充作《论衡》主要是讥俗刺时,指摘社会风气、文献记载等方面的虚妄失误,期望达到教化世俗的目的。

从刘向到王充,这些汉代的主要思想言论,构造出当时文坛的舆论氛围,倡导"实诚",强调儒家的伦理教化功用,对于虚妄怪诞的记载一概贬斥,但考虑到影响世俗人心的效用,某些夸张增饰的修辞是可以接受的。所以,一旦某些文字记录被汉代人目为"伪托""迂诞",其价值也就可想而知了——这种文类正是小说。

小说的地位如此低下,但是"牛溲马勃,良医所诊,孰谓稗官小说,不足为世道所重哉!"(修髯子《三国志通俗演义引》)这个比喻,很形象地说明了小说的补阙性质。尽管小说顶着荒诞不经的恶名,却也有其存在的价值。犹如良医治病,什么药都可以使用,小说就等于"牛溲马勃",能在良医手下发挥功用,所以不能弃却。但是牛溲马勃再有用,也比不得人参鹿茸,这也说明了小说存在的价值有限,比不得那些讲伦理教化的正经著作。

---

① 影印本《诸子集成》,《论衡·对作篇》,第280页,上海:上海书店出版社,1986。

牛溲马勃是低贱之物,后世还有人用山珍海错来比拟小说,喻体规格提高:"山珍海错无补乎养生,而饮食者往往取之而不弃,盖饱饮之余,异味忽陈,则不觉齿舌之爽,亦人情然也。小说杂记饮食之珍错也,有之不为大益,而无之不可,岂非以其能资人之多识而怪僻不足论邪!"①小说如山珍海错,这个比喻的规格的确是提高了,但究其本意,小说的地位依然故我,"无补乎养生",仅仅是"资人之多识",这种小说可补阙也仅可补阙的观念由汉代人奠定,而后绵延了将近两千年。

第二节 小说的编撰原则:补阙名义下的实录

本着班固确立的"小说"标准,历代都有大量的小说。如唐前的《山海经》《神仙传》《搜神记》《博物志》《世说新语》等,唐代的《朝野金载》《隋唐嘉话》《国史补》等,宋代的《东坡志林》《容斋随笔》《夷坚志》等等。此类小说的编撰原则亦是小说理论的重要一环,这个方面仍然是以散文理论尤其是史传理论为参照的。

提及史传,其最突出的品质就是"实录",不仅仅是据实记录,更是根据道义来记录。

"实录"的含义,可参看班固《汉书·司马迁传赞》:"善序事理,辨而不华,质而不俚,其文直,其事核,不虚美,不隐恶,故谓之实录。"(卷六十二)后世的理论家们都是在班固定义的基础上进行发挥的,如刘勰《文心雕龙·史传》:"奸慝惩戒,实良史之直笔。"刘知幾《史通》卷十三:"爱而知其丑,憎而知其善,善恶必书。"经常被用作实录的例子,如《春秋左传》襄公二十五年,"大史书曰:'崔杼弑其君。'崔子杀之。其弟嗣书,而死者二人。其弟又书,乃舍之。南史氏闻大史尽死,执简以往。闻既书矣,乃还。"②又如晋之太史董狐,不畏权贵,以公义为衡量,直书"赵盾弑其君"。此类事例经常被征引,用来说明史家之风骨气概。

---

① 〔明〕都穆:《续博物志后记》,见丁锡根编著《中国历代小说序跋集》(上),第 91 页,北京:人民文学出版社,1996。
② 《春秋左传正义》卷三十六,见〔清〕阮元校刻《十三经注疏》,第 282 页,北京:中华书局,1980。

史著编撰的重要法则还有春秋笔法。所谓春秋笔法,源于孔子作《春秋》。"孔子在位听讼,文辞有可与人共者,弗独有也。至于为《春秋》,笔则笔,削则削,子夏之徒不能赞一词。"①其基本内涵如郑樵所言:"凡秉史笔者,皆准《春秋》,专事褒贬。"②

综合来看,实录精神占据史学主流,征实诚信成为不可改易的大原则,成为衡量一切记录性文类的标准。实录是一种态度,一种精神,并不等于所录皆实,而是重在褒贬。实录与春秋笔法互为表里,如史学两翼,拱卫一个主脑,即伦理教化意义。

小说既然是补史之阙,自然也要求下笔如史。史传的实录精神对小说的影响很大,构成了小说潜在的辑录及创作心理。

本着补阙的目的,采取实录的态度,所有搜奇话异的行为都有了正当的理由,超越私人趣味,和正经史学建立了明确的关系,取得了著述和流传的正当性、合法性。严谨的史家刘歆《上山海经表》曰:"《山海经》者,出于唐、虞之际……皆圣贤之遗事,古文之著明者也。其事质明有信。"③《山海经》本是"古今语怪之祖",在刘歆的心中也等同于圣贤遗事。这种"名分"上的认可与确立,促进了汉魏六朝时代好奇之风,明知其虚诞不可信,也要为之找出存在的意义和价值;把所有的材料都采录来,判断是否符合补阙的需要,或者不做判断,打着实录的旗号,尽情搜罗奇闻轶事。

这种风气在六朝盛极一时。托名郭宪的《汉武洞冥记自序》曰:

> 宪家世述道书,推求先圣往贤之所撰集,不可穷尽,千室不能藏,万乘不能载,犹有漏逸。或言浮诞,非政声所同,经文、史官记事,故略而不取,盖偏国殊方,并不在录。愚谓古囊余事,不可得而弃,况汉武帝明俊特异之主,东方朔因滑稽浮诞以匡谏,洞心于道教,使冥迹之奥,昭然显著。今藉旧史之所不载者,聊以闻见,撰《洞冥记》四卷,成一家之书,庶明博君子该而异焉。武帝以欲穷神仙之事,故绝域遐方,贡其珍异奇物及道术之人,故于汉世,

---

① 〔汉〕司马迁撰:《史记》卷四七《孔子世家》,第 1944 页,北京:中华书局,1997。
② 〔宋〕郑樵撰:《通志·总序》,志二,北京:中华书局,1987。
③ 《全汉文》卷四〇,见〔清〕严可均辑:《全上古三代秦汉三国六朝文》,第 346 页,北京:中华书局,1958。

盛于群主也。故编次之云尔。①

这一段话包含几层意思。首先说明该书材料乃是"旧史之所不载者"，被弃的原因乃是"浮诞""非政声所同"。郭宪（托名）认为"古曩余事，不可得而弃"，编次出来"聊以闻见"，可以昭示汉武帝之明俊特异，于史有补。

又东晋郭璞《注山海经叙》曰：

> 盖此书跨世七代，历载三千，虽暂显于汉，而寻亦寝废，其山川名号，所在多有舛谬，与今不同，师训莫传，遂将湮泯，道之所存，俗之所丧，悲夫！余有惧焉，故为之创传，疏其壅阏，辟其茀芜，领其玄致，标其洞涉，庶几令逸文不坠于世，奇言不绝于今，夏后之迹，靡刊于将来，八荒之事，有闻于后裔，不亦可乎！②

郭璞明确了《山海经》存亡继统的意义，将之从人人疑惑的传说上升为史学的同流，为"道之所存"。其实，醉心于道教仙术的郭璞之重视《山海经》，恐怕主要是那些怪异性的传说符合了他的趣味和信仰倾向，他本人也真心相信这些怪异之说的真实性，进而欲明示天下；欲彰明之就不得不先行保护之，以免被世俗嫌弃，而保护这种异端怪说最好的面具就是为正史补阙。

"汉时阮仓作《列仙图》，刘向典校经籍，始作《列仙》、《列士》、《列女》之传，皆因其志向，率尔而作，不在正史。"③刘向作为史学家，典校经籍，功莫大焉，对于诸种资料，分类相从，撰述《列仙》，就是小说居于末流之意，因不可废却，故整理列之于后。到晋代葛洪撰著《神仙传》，则是有意彰显神仙事迹，实际目的乃弘扬神仙道术，撰述心理却仍然要攀附刘向，说明自己的材料来源也是有根有据的，又认为自己的著作比刘向更高明："予今复抄集古之仙者，见于《仙经服食方》，及百家之书，先师所说，耆儒所论，以为十卷，以传知真识远之士。其系俗之徒，思不经微者，亦不强以示之。则知刘向所述，殊甚简略，美事不举。此传虽深妙奇异，不可尽载，犹存大体，窃谓有愈于刘向多所遗弃

---

① 黄霖、韩同文选注：《中国历代小说论著选》（上），第 23 页，南昌：江西人民出版社，2000。
② 《全晋文》卷一二一，见〔清〕严可均辑《全上古三代秦汉三国六朝文》，第 2153～2154 页，北京：中华书局，1958。
③ 《隋书》卷三三志第二十八经籍二，第 982 页，北京：中华书局，1997。

也。"①

张华撰《博物志》四百卷献给晋武帝,"帝诏诘问:'卿才综万代,博识无伦,远冠羲皇,近次夫子,然记事采言,亦多浮妄,宜更删翦,无以冗长成文。昔仲尼删诗书不及鬼神幽昧之事以言怪力乱神,今卿《博物志》惊所未闻,异所未见,将恐惑乱于后生,繁芜于耳目,可更芟截浮疑,分为十卷。'……帝常以《博物志》十卷置于函中,暇日览焉"②。

种种怪力乱神之说过于夸张虚妄,读者如果把它们当成史书,容易产生惑乱。那么,经过芟截之后的小说,难道就不再惑乱? 就果真具备史的功用了吗? 晋武帝显然会给出肯定回答,否则他也不会有空就看《博物志》了。但是,究竟浮妄到什么程度的文字需要删改? 这其中的标准就非常微妙,难以确认。很多搜神志怪的事例、言论并无证据说明自己是真实的史料,但是,从当时人的世界观出发,又无法断然否定它们不是。所谓"芟截浮疑"云云,只能揆之以常理,按照模糊的主观判断来进行,仅此而已。无形中,这就让小说的编撰和流传占了一个大便宜,可以顶着补史的名义恣意所为、横生趣味。在班固之后,编撰小说的积极意义是补史之阙、增广见闻,其消极意义就是打着史的旗号迷惑世人。无论积极、消极,正面、反面,对小说的判断都遵循着"史"的定义、"史"的标准。

这些文献目录学意义上的小说采取"实录"的编撰原则,该原则又产生了小说理论当中的一个重要观念,即"虚实观"。

① 〔晋〕葛洪:《神仙传自序》,见《中国历代小说论著选》(上),第14页。
② 〔晋〕王嘉:《拾遗记》,见《中国历代小说论著选》(上),第25页,南昌:江西人民出版社,2000。

第四章
小说的"虚实"观念

在对散文史传理论的吸收和借鉴过程中，小说理论逐渐树立了自己的基本概念，虚实观念就是一个理论基点，是小说理论史中的重要命题，由"虚实"生发的问题贯通了中国小说发展的历史全过程，并影响到了各种定义、各种形态的小说。也就是说，"虚实"观作为一种理论命题，主要着眼于材料处理，深受散文理论的影响，并不受小说概念变化的限制。无论是文献目录学意义的小说，还是文学意义的小说，无论其语言载体是文言还是白话，"虚实"都是重要的理论命题。虚实观念本身，在漫长的使用过程中又发生了内涵转移，由材料的虚实转移为人物描写、环境描写的虚实。从观念层面到写作手法层面，皆存在"虚实"问题。

第一节　材料的虚实处理

小说在确立了自己"补阙"的身份之后，对史传散文亦步亦趋，面临的第一个实践问题就是材料的"虚实"与取舍。

对于全部材料来说，能够进入经史，是第一层筛选；

第二层筛选,是诸子著作。最后剩下的再来挑挑拣拣,自然是经史子之余。客观上来讲,小说的原材料一直是虚实混杂,甚至虚大于实,但是先唐时代编撰小说的人并不承认这一点。

魏晋南北朝作为小说的发生期,各种怪闻奇谈引发了文人的记录兴趣。"盖当时以为幽明虽殊途,而人鬼乃皆实有,故其叙述异事,与记载人间常事,自视固无诚妄之别矣。"①由于泛神论、巫术风气以及佛道影响等,人们普遍相信鬼神之事,对各种传言记载宁信其有而不信其无。以这样的人生观、世界观来看待传闻,就产生了这样的逻辑:相信鬼神—听到鬼神传说—愈发相信鬼神,从而记录成书,再去证实鬼神不诬。

因此,在补阙的前提之下,小说唯一遵从的就是史之标准,材料虚实既然不好区分,干脆就混同了虚实,或者根本无意去辨析虚实,而一味向"实"靠拢,标榜所录皆实。

东晋的良史干宝"撰集古今神祇灵异人物变化,名为《搜神记》,凡二十卷"(《晋书·干宝传》)。他的撰集目的在《搜神记序》中说得很清楚:

> 虽考先志于载籍,收遗逸于当时,盖非一耳一目之所亲闻睹也,亦安敢谓无失实者哉!卫朔失国,二《传》互其所闻;吕望事周,子长存其两说。若此比类,往往有焉。从此观之,闻见之难一,由来尚矣。夫书赴告之定辞,据国史之方策,犹尚若兹,况仰述千载之前,记殊俗之表,缀片言于残阙,访行事于故老,将使事不二迹,言无异途,然后为信者,固亦前史之所病。然而国家不废注记之官,学士不绝诵览之业,岂不以其所失者小,所存者大乎!今之所集,设有承于前载者,则非余之罪也。若使采访近世之事,苟有虚错,愿与先贤前儒分其讥谤。及其著述,亦足以明神道之不诬也。群言百家,不可胜览;耳目所受,不可胜载。今粗取足以演八略之旨,成其微说而已。幸将来好事之士录其根体,有以游心寓目而无尤焉。②

---

① 鲁迅:《中国小说史略》第五篇《六朝之鬼神志怪书》(上),第29页,北京:人民文学出版社,1973。

② 〔晋〕干宝:《搜神记序》,见〔清〕严可均辑《全上古三代秦汉三国六朝文》,第2193页,北京:中华书局,1958。

该序文首先阐明著述不易,总有失实,前贤在所难免,但是"所失者小,所存者大",自己的著述也是如此;在著述态度上,自己也与前贤一致,"亦足以明神道之不诬也",其潜在意旨乃是以"实"自负。

成书于唐初的《晋书·干宝传》对《搜神记》的评价是:"博采异同,遂混虚实。"恐怕干宝本人只会认可前半句,对于他来说,"实"是努力的方向和价值所在,"虚"仅仅是材料流传中无法避免的传抄讹误,绝对不是主观上有意识的"虚构写作"行为。

从以补阙为目的缀辑佚文,再到缀辑过程中刻意强调"实",从目的到行为,小说的撰述理论始终向"史"靠拢。

那么具体到散文理论的虚实观念又是怎样的? 散文理论的虚实观,具体体现在史传当中。史传当中的虚实问题由来已久。"孔子出,以修身齐家治国平天下等实用为教,不欲言鬼神,太古荒唐之说,俱为儒者所不道,故其后不特无所光大,而又有散亡。"①

因此,以儒家人士为主导而编订、删削的文献记载当中,神话传说就被历史化了,"把神话解释为古史,把作为原始文化形态的神话,那些形状怪异而力量无边的天神和介于人神之间的文化英雄,那些荒诞不经、离奇不稽的故事情节,统统解释为合情合理的人间社会的现象和事件,这就是所谓的神话历史化"②。

比较著名的例子如夔。《山海经·大荒经》记载:"东海中有流波山,入海七千里。其上有兽,状如牛,苍身而无角,一足,出入水则必风雨,其光如日月,其声如雷,其名曰夔。黄帝得之,以其皮为鼓,橛以雷兽之骨,声闻五百里,以威天下。"③夔在原始神话中是一头不折不扣的怪兽。而《韩非子》记录了夔的变化:

> 鲁哀公问于孔子曰:"吾闻古者有夔一足,其果信有一足乎?"孔子对曰:"不也,夔非一足也。夔者忿戾恶心,人多不说喜也。虽然,其所以得免于人害者,以其信也。人皆曰:'独此一足矣。'夔非一足也,一而足也。"……一曰:哀公问于孔子曰:"吾闻夔一足,信乎?"曰:"夔,人也,何故一足? 彼其无他异,而独通于声。

---

① 鲁迅:《中国小说史略》第二篇《神话与传说》,第12~13页,北京:人民文学出版社,1973。

② 董乃斌:《中国古典小说的文体独立》,第83页,北京:中国社会科学出版社,1994。

③ 冯国超译注:《山海经》之《大荒东经》第十四,第425页,北京:商务印书馆,2009。

尧曰：'夔一而足矣。'使为乐正。故君子曰：'夔有一足。'非一足也。"①

于是，东海里的神兽就变成了堂堂正正的道德人士、帝王乐正。

另一著名的神话历史化例证为黄帝。在《山海经》中，黄帝"人面蛇身，尾交首上"；在《列异传》中，则"能劾百神，朝而使之"。《史记》对种种传说进行了辨正改写：

> 学者多称五帝，尚矣。然《尚书》独载尧以来；而百家言黄帝，其文不雅驯，荐绅先生难言之。孔子所传《宰予问五帝德》及《帝系姓》，儒者或不传。余尝西至空桐，北过涿鹿，东渐于海，南浮江淮矣，至长老皆各往往称黄帝、尧、舜之处，风教固殊焉，总之不离古文者近是。予观《春秋》、《国语》，其发明《五帝德》、《帝系姓》章矣，顾弟弗深考，其所表见皆不虚。《书》缺有间矣，其轶乃时时见於他说。非好学深思，心知其意，固难为浅见寡闻道也。余并论次，择其言尤雅者，故著为本纪书首。②

传闻归于雅驯，去除浮伪不经之谈，则怪物黄帝俨然成为人间的圣贤君王，谱系、功绩历历可考。"黄帝者，少典之子，姓公孙，名曰轩辕。生而神灵，弱而能言，幼而徇齐，长而敦敏，成而聪明。轩辕之时，神农氏世衰。诸侯相侵伐，暴虐百姓，而神农氏弗能征。于是轩辕乃习用干戈，以征不享，诸侯咸来宾从。"③

由以上几则材料可知，作为文化正统的史著，在处理虚实方面，是尽量避免浮夸，尽量合乎人情物理。

雅驯成为楷模，实录成为准则，有散文理论的虚实处理为榜样，小说理论当中也讲究"实"。小说对于材料的取舍，基本上就是努力向实靠拢。实的第一步，是事实；第二步，是史传记录为实。在这方面体现最为明显的就是后代的各种历史演义。

宋代说话伎艺有"讲史"一门，"或名演史，或名舌耕，或作挑闪，皆有所据，不敢谬言"（《醉翁谈录》）。宋元讲史平话催生了明清时代的

---

① 〔清〕王先慎集解：《韩非子集解》卷一二《外储说》左下第三十三，第221～222页，影印本《诸子集成》(5)，上海：上海书店出版社，1986。

② 〔汉〕司马迁撰：《史记》卷一《五帝本纪》，第46页，北京：中华书局，1997。

③ 同上，第1页，第3页。

通俗历史演义小说，如《三国志演义》《列国志》《新列国志》等。可观道人为冯梦龙改编的《新列国志传》写叙，曰："本诸《左》、《史》，旁及诸书，考核甚详，搜罗极富，虽敷演不无增添，形容不无润色，而大要不敢尽违其实。凡国家之兴废存亡，行事之是非成毁，人品之好丑贞淫，一一胪列，如指诸掌。……往迹种种，开卷瞭然，披而览之，能令村夫俗子与缙绅学问相参，若引为法诫，其利益亦与《六经》诸史相埒，宁惟区区稗官野史资人口吻而已哉！"①

以史传之实为根本，以史传的教化功用为功用，讲史演义并非文学创作，而仅仅是通俗版的史传。这种演史题材小说中的虚实观一直沿用到清末，持这种看法者大有人在。既演史，自然要发挥史之功用，以史之是非为是非，以具体事例引导人，使之接受其中的价值观念。"作者与读者对小说里面的事实都比对小说本身更感兴趣。最简略的故事，只要里面的事实吸引人，读者都愿意接受……"②

尚实一派经常表达得理直气壮，仿佛与正史站在一个立场上，就能保证自己的言论神圣。明代胡应麟就是据史实来判断小说的，他认为"关壮缪明烛一端则大可笑"，"案《三国志》羽传及裴松之注，及《通鉴》《纲目》，并无此文，《演义》何所据哉？"③清代毛纶、毛宗岗却极力主张《三国志演义》的真实性，其依据同样是史实，托名金圣叹所作的"序"认为《三国志演义》："据实指陈，非属臆造，堪与经史相表里。""无所事于穿凿，第贯穿其实事，错综其始末。"④这些文论家对待小说的态度无论是褒是贬，判断小说的标准都是"实"，其参照物都是史传。

在演义小说对史传之"实"亦步亦趋的同时，小说理论的虚实观也出现了一些全新的认识，这些全新的认识首先出现于明代，与小说概念的文学化意义建构过程约为同时。

明代熊大木《新刊大宋演义中兴英烈传序》曰："或谓小说不可紊之以正史，余深服其论。然而稗官野史实记正史之未备，若使得以事

---

① 黄霖、韩同文选注：《中国历代小说论著选》（上），第248页，南昌：江西人民出版社，2000。

② 〔美〕夏志清著，胡益民等译：《中国古典小说史论》第一章《导论》，第14页，南昌：江西人民出版社，2001。

③ 《少室山房笔丛》卷四一"庄岳委谈下"，第432页，上海：上海书店出版社，2009。

④ 〔明〕罗贯中著，〔清〕毛宗岗评订：《三国演义·序》，第1页、第2页，济南：齐鲁书社，1991。

迹显然不泯者得录,其是书竟难以成野史之余意矣。……质是而论之,则史书小说有不同者,无足怪矣。"①由竭力批上史的外衣,到大大方方承认小说与史不同,即便史的演义也不同于正史,何况虚构之文?

谢肇淛曰:"凡为小说及杂剧戏文,须是虚实相半,方为游戏三昧之笔,亦要情景造极而止,不必问其有无也。……近来作小说,稍涉怪诞,人便笑其不经,而新出杂剧,若《浣纱》、《青衫》、《义乳》、《孤儿》等作,必事事考之正史,年月不合、姓字不同,不敢作也,如此则看史传足矣,何名为戏?"②这将小说应有的虚构性阐说得更为明确,和史传清晰划界。

虽然这样的观念已经足够先锋,但是从他们竭力辩护的态度以及辩护言辞上,仍可看出忠实于史的力量其实更强大,故社会上更多的是折中性质的言论。如袁于令《隋史演义序》:"悉为更易,可仍则仍,可削则削,宜增者大为增之","原不必与史背驰也"。《说岳全传序》曰:"不宜尽出于虚,而亦不必尽由于实。苟事事尽虚,则过于诞妄,而无以服考古之心","事事皆实,则失于平庸,而无以动一时之听"。

值得注意的是,承认虚构合理与遵从史传性真实,这两类观念并不矛盾,它们也不是并列关系,而是从属关系,即在遵从史传真实的前提下,再承认虚构合理。

小说的虚实观念之下,还包括对于奇、幻、怪等行文特点的认识。魏晋志怪有意搜奇记异,唐宋传奇更是不奇不传,直到明清,"牛鬼蛇神之剧,充塞宇内……谓非此不足悚人观听"(朴斋老人《风筝误》)。因为这些看法多是针对小说的题材而发,故本文把它们包纳在材料虚实的问题之内。在世人好尚奇怪、竞传奇怪的热潮中,文论家们能冷静对待,提出颇具辩证色彩的"无奇为奇"论。

> 今之人但知耳目之外,牛鬼蛇神之为奇,而不知耳目之内,日用起居,其为谲诡幻怪,非可以常理测者固多也。③

> 今小说之行世者,无虑百种,然而失真之病,起于好奇。知奇为之奇,而不知无奇之所以为奇,舍目前可纪之事,而驰骛于不论

---

① 黄霖、韩同文选注:《中国历代小说论著选》(上),第121页,南昌:江西人民出版社,2000。
② 〔明〕谢肇淛撰:《五杂组》卷十五事部三,第313页,上海:上海书店出版社,2009。
③ 即空观主人:《拍案惊奇序》,见《中国历代小说论著选》(上),第263页。

不议之乡。①

　　夫蜃楼海市，焰山火井，观非不奇，然非耳目经见之事，未免为疑冰之虫。故夫天下之真奇，在未有不出于庸常者也。……则夫动人以至奇者，乃训人以至常也。吾安知闾阎之务不通于廊庙，稗秕之语不符于正史？若作吞刀吐火、冬雷夏冰例观，是引人云雾，全无是处。②

　　也就是说，现实世界变化万千，作为小说的题材，不必架空编造，即足以动人心魄、警人心性。文论家们对现实题材的强调，也是他们务"实"斥"虚"的理论体现。

第二节　合理虚构与艺术真实

　　小说是虚构的艺术，对于今天的读者来讲，这简直就是一个天经地义的命题。"小说中的时间和空间并不是现实生活中的时间和空间。即使看起来是最现实主义的一部小说，甚至就是自然主义人生的片段，都不过是根据某些艺术成规虚构成的。"③但对于中国古人而言，认识到小说的虚构性并接受它，进而为这种虚构性寻求合理的地位，还是经过了一番曲折的。上一节所讲主要是写作材料的虚实，本节侧重于叙述手法对虚实材料的处理。

　　对于演史成分很少甚至凭空架设的作品，如《水浒传》《金瓶梅》《西游记》等，同样也讲虚实，只是转换为事件逻辑的虚实；仍然侧重于实，但虚实内涵发生位移，成为虚构人物、虚构事件，遵循真实的发展逻辑，合乎人情天理。

　　这一点的理论基础仍然根植于史传散文理论，其来源即史传的叙述方式。

　　① 睡乡居士：《二刻拍案惊奇序》，见黄霖、韩同文选注：《中国历代小说论著选》（上），第266页，南昌：江西人民出版社，2000。
　　② 笑花主人：《今古奇观序》，见《中国历代小说论著选》（上），第270～271页。
　　③〔美〕勒内·韦勒克、奥斯汀·沃伦著，刘象愚、邢培明、陈圣生、李哲明译：《文学理论》，第15页，南京：江苏教育出版社，2005。

史传、小说的基本手段都是叙述。叙述者作为文本的创造者,在行文中无法避免主观性。布斯《小说修辞学》中说:"在小说中,提出它们的行动本身就是作者的一种介入。"①在此处的注释当中,布斯说:"这种强加在旨在成为历史的叙述中尤为明显。但是,直到最近,知识分子才能毫不困难地表面阅读圣经这样充满非法进入隐秘内心的历史记载。对我们来说,十分奇怪,福音书的作者们竟然声称知道这么多基督感到和想到的东西。'他为怜悯所动,伸出手去摸他'(《马可福音》,第1章第41节)。'耶稣自己感到力量从自己身上发出……'(第5章,第30节)。谁对作者报道了这些内心事件?谁告诉作者伊甸园中发生的事,当时人人都睡觉了,只有耶稣除外?谁对作者报道说基督乞求上帝'让这杯酒消失'?这些问题,像摩西如何能够描写自己的死亡和入葬一样,在历史批评中可能是必不可少的,但在文学批评中却很容易做过了头。"②

中国文论中与之相类似的表达,如"左、国所载,文过其实者强半。即如苏、张之游说,范、蔡之共谈,何当时一出诸口,即成文章?而谁又为记忆其字句,若此其纤悉不遗也?"③"《左传》记言而实乃拟言、代言。"④

因为这种拟言、代言的可能,就有了敷衍、铺陈甚至虚构的可能。不过,史传的虚构、代拟总遵循一定的真实规律,不至于过分虚无怪诞,如唐代刘知幾所云:"则知时人出言,史官入记,虽有讨论润色,终不失其梗概者也。"(《史通》卷六《言语》)因为具有情理的真实性,读者比较易于接受,也提升了文本的艺术价值。

采取全知全能的视角、以艺术真实为准的例子很多,如《左传》之鲁宣公二年晋灵公:

> 晋灵公不君……宣子骤谏,公患之,使钮麑贼之。晨往,寝门辟矣,盛服将朝。尚早,坐而假寐。麑退,叹而言曰:"不忘恭敬,

---

① 〔美〕W.C.布斯著,华明、胡苏晓、周宪译:《小说修辞学》,第20页,北京:北京大学出版社,1987。

② 同上,第24页。

③ 钱钟书:《管锥编》第一册,引方中通《陪集》卷二《博论》下,第165～166页,北京:中华书局,1986年第二版。

④ 同上,第166页。

民之主也。贼民之主，不忠；弃君之命，不信。有一于此，不如死也。"触槐而死。①

刺客的心理活动生动细腻，可是斯人已死，临终前又无人记录，作者如何知道？居然还录之在案。《史记·晋世家》对此情节也基本是采纳的。"初未计此二语，是谁闻之。宣子假寐，必不之闻，果为舍人所闻，则钽麑之臂，久已反翦，何由有暇工夫说话，且从容以首触槐而死。……想来钽麑之来，怀中必带匕首，触槐之事，确也。因匕首而知其为刺客，因触槐而知其为不忍。故随笔妆点出数句慷慨之言，令读者不觉耳。"②这种艺术加工偏离了史传的基本原则，却加工出了文章意味，超越了单一的实录标准，而叙述的偏离这种行为本身就具备了意义，不仅无损于史传的伟大，反而为之增添了流传的价值。

再举一个《史记》的例子。《项羽本纪》中记载了项王夜起饮帐中，悲歌慷慨。清人周亮工即质疑曰："余独谓垓下是何等时，虞姬死而子弟散，匹马逃亡，身迷大泽，亦何暇更作歌诗？即有作，亦谁闻之而谁记之欤？吾谓此数语者，无论事之有无，应是太史公'笔补造化'，代为传神。"③正可谓"史家追叙真人真事，每须遥体人情，悬想事势，设身局中，潜心腔内，忖之度之，以揣以摩，庶几入情合理。盖与小说、院本之臆造人物、虚构境地，不尽同而可相通；记言特其一端"④。

散文创作当中的这种现象可谓事出虚拟，合乎情理，叙述逻辑真实，后世的评论家们对此也有正确的认识，小说理论对之加以借鉴实属顺理成章。

"一个人只有从其他资料而不是从纯粹的文学作品中获得有关某一社会结构的知识，才能发现某些社会形态及其性质在小说中的重现程度……哪一些是属于幻想，哪一些是对现实的观察，而哪一些仅是作家愿望的表达，等等，在每一创作实例中都必须以精细入微的方式

---

① 《春秋左传正义》卷二一，《十三经注疏》，第 1866～1867 页，北京：中华书局，1980。
② 林纾评选：《左传撷华》卷上，上海：商务印书馆，1921。
③ 转引自《管锥编》第一册，第 278 页，北京：中华书局，1986 年第二版。
④ 同上，第 166 页。

加以区分。"①虽然小说当中的人物事件皆属虚构,但是人物事件的环境、细节、逻辑开展皆有真实依据,就能造成可信度,这种小说当中的真实可以命名为理念真实。

具体到中国小说理论的发展过程,文论家们从考究材料真实到认可理念真实,其间并无大的跳跃,相关的论点、看法从始至终都是相伴相随的。小说到底是克隆史传,是模仿现实,还是完全别样的艺术世界? 对此众说纷纭。

两汉魏晋南北朝人抱着鬼神不诬的观念来搜神、志怪。记人事者如裴启《语林》曾风行一时,仅仅因为谢安不满意对自己的两条记载,认为非实,该评价一公布,《语林》竟很快遭到世人弃置,从此佚失。这固然是因为谢安势力大、影响大,也说明著书"不实"的罪名得不到舆论同情。事见《世说新语·轻诋》:

> 庾道季诒谢公曰:"裴郎云:'谢安谓裴郎乃可不恶,何得为复饮酒?'裴郎又云:'谢安目支道林,如九方皋之相马,略其玄黄,取其俊逸。'"谢公云:"都无此二语,裴自为此辞耳!"庾意甚不以为好,因陈东亭《经酒垆下赋》。读毕,都不下赏裁,直云:"君乃复作裴氏学!"于此《语林》遂废。今时有者,皆是先写,无复谢语。②

唐代人的故事里总在强调作者的亲闻,一方面有大量杂纂形式的小说(笔记),记录现实当中的人、神、鬼之见闻,"洎正人硕贤,守道不挠,立言行已,真贯白日,得以爱慕遵楷。其奸邪之迹,睹而益明。自广利(注:南海一带)随所闻见,杂载其事,不以次第,然皆是徼惕在心,或可讽叹。且神仙鬼怪,未得谛言非有,亦用俾好生杀。为人一途,无害于教化,故赇自广,不俟繁书以见意"③。另一方面有作意好奇、虚构情节的单篇传奇故事,这类小说同样强调素材来源之确实。如:"公佐贞元十八年秋八月,自吴之洛,暂泊淮浦,偶觌淳于生梦,询访遗迹,翻

---

① 〔德〕E.科恩·布拉姆施泰特:《德国的贵族和中产阶级》,转引自〔美〕勒内·韦勒克、奥斯汀·沃伦著,刘象愚、邢培明、陈圣生、李哲明译《文学理论》,第112~113页,南京:江苏教育出版社,2005。

② 〔南朝宋〕刘义庆著,〔南朝梁〕刘孝标注,余嘉锡笺疏:《世说新语笺疏》,第843~844页,上海:上海古籍出版社,1993。

③ 〔唐〕李翱:《卓异记序》,见黄霖、韩同文选注:《中国历代小说论著选》(上),第58页,南昌:江西人民出版社,2000。

覆再三,事皆摭实,辄编录成传,以资好事。虽稽神语怪,事涉非经,而
窃位著生,冀将为戒。"①不过,传奇小说更带来了奇妙的文章美感,增
加了阅读趣味,故文人乐此不疲,有关论述已经透露出为审美而创作
的信息,如:

> 嗟乎,异物之情也有人焉！遇暴不失节,徇人以至死,虽今妇
> 人,有不如者矣。惜郑生非精人,徒悦其色而不征其情性。向使
> 渊识之士,必能揉变化之理,察神人之际,著文章之美,传要妙之
> 情,不止于赏玩风态而已。②

宋代意识形态统治增强,思想趋于一统,而印刷术的发达促进了
文化典籍的传播,提升了社会的整体文化素养,文人普遍好学深思,博
闻识广成为时尚,学术风气比唐代更加浓重,故宋人传奇文无甚出奇,
笔记文却数量空前(今天所谓笔记,正是当时的小说)。宋人笔记涵盖
面极广,天文、地理、人事、典制、诗文、奇谈、逸闻等等无所不包,编纂
原则依然强调实录,影响所及,小说理论中也是尚实黜虚。

小说理论的发展与小说创作的发展正相关,明清两代是通俗小说
的高峰期,对小说理论探讨较多,在"虚实"问题上也得出了接近艺术
规律的看法。

小说理论家们明确认识到小说当中存在虚构,而且这种虚构是必
要的。"《水浒传》文字原是假的,只为他描写得真情出,所以便可与天
地相终始。即此回中李小二夫妻两人情事,咄咄如画。若到后来混天
阵处,都假了,费尽苦心亦不好看。"③

理论家多能正面看待小说中的虚构,以之为自然而然的写作手
法,是为最终的艺术效果服务的。

> 凡为小说及杂剧戏文,须是虚实相半,方为游戏三昧之笔,亦
> 要情景造极而止,不必问其有无也。④

> 客或有言曰:书固可快一时,但事迹欠实,不无虚诞渺茫之议
> 乎？予曰:世不见传奇戏剧乎？人间日演而不厌,内百无一真,何

① 〔唐〕李公佐:《南柯太守传》,见鲁迅校录《唐宋传奇集》,第57页,济南:齐鲁书社,1997。
② 〔唐〕沈既济:《任氏传》,见《唐宋传奇集》,第21页。
③ 容与堂本《忠义水浒传》第九回回末总评,见陈曦钟、侯忠义、鲁玉川辑校《水浒传会评
本》,第218页,北京:北京大学出版社,1987。
④ 〔明〕谢肇淛撰:《五杂组》卷一五,第313页,上海:上海书店出版社,2009。

人悦而众艳也？但不过取悦一时，结尾有成，终始有就尔。诚所谓乌有先生之乌有者哉。大抵观是书者，宜作小说而览，毋执正史而观，虽不能比翼奇书，亦有感追踪前传，以解颐世间一时之通畅，并豁人世之感怀君子云。①

　　且也因记载而可思者，实也；而未必一一可按者，不能不属之虚。借形以托者，虚也；而反若一一可按者，不能不属之实。古至人之治心，虚者实之，实者虚之。实者虚之故不系，虚者实之故不脱，不脱不系，生机灵趣泼泼然，以坐挥万象将毋忘筌蹄之极，而向所雠校研摩之未尝有者耶。②

以上是从艺术效果方面肯定虚实相生，肯定虚构之重要。从教化作用、事功方面肯定虚构，也是小说理论虚实观的一个重要方面。

　　野史尽真乎？曰：不必也。尽赝乎？曰：不必也。然则，去其赝而存其真乎？曰：不必也。……人不必有其事，事不必丽其人。其真者可以补金匮石室之遗，而赝者亦必有一番激扬劝诱、悲歌感慨之意。事真而理不赝，即事赝而理亦真，不害于风化，不谬于圣贤，不戾于诗书经史，若此者其可废乎！③

事、理二分，小说的理念真实问题在明代正式确立。由拘泥于实录史实、依托史传的真实，上升到艺术的真实，充分表达了历代文论家自觉的提炼意识。

虚构作品可以达到极高的艺术真实性，如张竹坡评说《金瓶梅》："读之，似有一人亲曾执笔，在清河县前，西门家里，大大小小，前前后后，碟儿碗儿，一一记之，似真有其事，不敢谓为操笔伸纸做出来的。"④那么，这种虚构当中的真实是如何实现的呢？

明清小说理论中，较为重要的一种看法是艺术来源于生活，"世上先有《水浒传》一部，然后施耐庵、罗贯中借笔墨拈出……非世上先有是事，即令文人面壁九年，呕血十石，亦何能至此哉？此《水浒传》之所

---

①〔明〕酉阳野史：《新刻续编三国志引》，见《中国历代小说论著选》（上），第179～180页，南昌：江西人民出版社，2000。

②〔明〕李日华：《广谐史序》，同上，第175～176页。

③〔明〕无碍居士：《警世通言叙》，同上，第230页。

④《金瓶梅读法》，见〔明〕兰陵笑笑生著，〔清〕张道深评：《金瓶梅》，第43页，济南：齐鲁书社，1991。

以与天地相终始也与！"①积累现实生活经验，体察人情物理，依照真实逻辑，即使凭空编造，也不失其理念真实，类似言论如金圣叹"十年格物而一朝物格"（《水浒传》序三），欣欣子说笑笑生"罄平日所蕴者著斯传"（《金瓶梅词话序》）等。

　　在总体接受了材料虚构、理念真实的大环境中，也有异己的声音，如纪昀批评《聊斋志异》："小说既述见闻，即属叙事，不比剧场关目，随意装点。……今燕昵之词，媟狎之态，细微曲折，摹绘如生。使出自言，似无此理；使出作者代言，则何从而闻见之？又所未解也。"②纪昀的看法基于他对小说的认识。他仍然坚持文献目录学意义上的小说概念，而不能接纳后起的纯文学意义上的小说概念，自然也连带否定了小说作品中相关的文学特点。关于这一点，本书前文辨析小说概念演变时有专门论述。

　　不过，好玩的是纪昀自己在写作时也陷入了矛盾当中。正如鲁迅先生所评论："纪晓岚攻击蒲留仙的《聊斋志异》，就在这一点。两人密语，决不肯泄，又不为第三人所闻，作者何从知之？所以他的《阅微草堂笔记》，竭力只写事状，而避去心思和密语。但有时又落了自设的陷阱，于是只得以《春秋左氏传》的'浑良夫梦中之噪'来解嘲。他的支绌的原因，是在要使读者信一切所写为事实，靠事实来取得真实性，所以一与事实相左，那真实性也随即灭亡。如果他先意识到这一切是创作，即是他个人的造作，便自然没有一切挂碍了。"③

　　纪昀对于小说虚构的不满，一方面是鲁迅先生所分析的原因，即没有认识清楚小说的创造性质；另一方面主要是很多虚构情节涉及燕婉淫媟，类似描写有损名教。倘若相关文字合乎伦理教化需要，他也是认同虚构的。如《阅微草堂笔记》卷五《滦阳消夏录五》载事一则："海阳李玉典前辈言：有两生读书佛寺，夜方媟狎，忽壁上现大圆镜，径丈余，光明如昼，毫发毕睹。闻檐际语曰：'佛法广大，固不汝嗔。但汝自视镜中，是何形状？'余谓幽期密约，必无人在旁，是谁见之？两生断

---

① 《水浒传一百回文字优劣》，见朱一玄、刘毓忱编《水浒传资料汇编》，第 186 页，天津：南开大学出版社，2002。

② 〔清〕盛时彦《阅微草堂笔记姑妄听之跋》所引纪昀语，见朱一玄编《聊斋志异资料汇编》，第 498 页，天津：南开大学出版社，2002。

③ 《三闲集·怎么写》，见《鲁迅全集》第四卷，第 23 页，北京：人民文学出版社，2005。

无自言理，又何以闻之？然其事为理所宜有，固不必以子虚乌有视之。"①对待虚构传闻的态度，体现了纪昀的文章价值观，即文字尽量征实。虚构文字如果既无意义又有损名教道德的话，一概贬斥；如果为了明确的教化目的，虚构出一些情节、语言，则合乎事理，应该保留。最后这一点也继承了明人从教化角度肯定虚构的观点。这样的文章观念显然具备强烈的功利性。

同属清代人的冯镇峦却肯定了小说艺术虚构非功利的一面。他针对纪昀的言论，专门进行过辩驳：

> 或疑《聊斋》那有许多闲工夫，捏造许多闲话。予曰：以文不以事也。从古书可传信者，《六经》而外，莫如《左传》、《史记》。乃左氏以晋庄姬为成公之女，《史记》以庄姬为成公之妹。晋灵公使人贼赵宣子，左氏谓触槐而死者钮麑，公羊以为壮士刎颈而死。传闻异词，以何为信？且钮麑槐下之言，谁人闻之？左氏从何知之？文人好奇，说鬼说怪，廿三史中指不胜屈，何独于《聊斋》而疑之。取其文可也。
>
> 《聊斋》以传记体叙小说之事，仿《史》、《汉》遗法，一书兼二体，弊实有之，然非此精神不出，所以通人爱之，俗人亦爱之，竟传矣。虽有乖体例可也。纪公《阅微草堂》四种，颇无二者之病，然文字力量精神，别是一种，其生趣不逮矣。②

冯镇峦就是把《聊斋志异》当作纯粹的"文"，文章好看为第一，各种手法都可以运用，才会有"精神""生趣"，就连史传也经常为了文字效果而虚构情节。从文章的角度而不是实事的角度来欣赏《聊斋志异》，方能明了其文字结撰之妙。以上引文可以表明冯氏对于小说自身艺术特色的认识。他的品评标准依然不离史传，却格外重视小说本身的艺术价值，从语言、章法以及表达效果等各个方面进行推重，说明冯镇峦对小说艺术的认识已臻成熟，即所谓虚实都要服务于文字表达的需要。

再参照《红楼梦》第一回："历来野史，皆蹈一辙，莫如我这不借此套者，反倒新奇别致，不过只取其事体情理罢了，又何必拘拘于朝代年纪哉！""至若离合悲欢，兴衰际遇，则又追踪摄迹，不敢稍加穿凿，徒为

---

① 〔清〕纪昀：《阅微草堂笔记》，第91页，上海：上海古籍出版社，1980。
② 朱一玄编：《聊斋志异资料汇编》，第483页、第485页，天津：南开大学出版社，2002。

供人之目而反失其真传者。""曾经历过一番梦幻之后，故将真事隐去，而借'通灵'之说，撰此《石头记》一书也。故曰甄士隐云云。"文笔变幻，在真实虚构之间游走自如，但求达情表意，何暇计较事态真假。

因此，中国古代小说理论的虚实观念，经由材料的虚实，到艺术手法处理上的虚实，再到艺术理念的虚实，至清代前期可以说完全成熟了，小说的理念真实与故事情节的虚构实现了有机统合。

第五章
小说理论对散文理论命题的
移植和借用

前几章客观陈述了小说由史籍初次著录,并随之确立了补史之阙的性质,在这个大前提之下,小说本身的撰著特色依从史著"实录"的原则,小说理论方面如"虚实"观念的总结等,也时时参照史著散文的标准。本章落实到小说理论自身,再进行历时化、总体化的理论梳理和总结。

小说理论论及小说本身的各种问题,总结小说的各种样态,其思维方式、理路走向、具体的概念观点,基本上都是借用、移植了散文理论,涉及写作手法、章法结构、价值取向等各个方面。本书认为"文以载道""发愤著书""良史之才"为小说理论的核心理念,也是从散文理论借鉴而来的重要命题。

从历时性来看,这三种理念贯通了小说理论发展的全过程,无论是文言小说还是白话小说,相关的理论阐述当中都可清晰地看到这三种理念的应用。

"文以载道"是小说的功用论,属社会层面。最初,小说的补史之阙性质的认定,即内含为道的价值观,言不虚发,发必有益。尔后历代均强调小说的功用,以之为教化人心、裨补世道的有力工具，小说须承载"道"，是无须怀疑、无须验证的文章功能。从小说本身的创作形式，到小说理论的阐述，都表明了这一点。

"发愤著书"则是对创作者的心态探究，属主体层面。文言小说是史传支裔，其写作方式亦模拟史传，具有主流的文章学价值，故作者以之为正常创作，其个人身份非常清楚，创作心态也历历可考。通俗白话小说却因为产生自市井，多属于累积型创作，起初文本往往很粗糙，思想观念有些粗鄙，语言也缺乏考究之美，虽有文人参与改编，并有力地提高了文章品格，但通俗小说天生低下的地位，使其作者、改编者或者无名或者有意匿名。发愤著书多体现在这一部分作者身上，小说理论也对之体认深切。

"良史之才"是对小说本身艺术手法的辨析，属客体层面。小说理论家都是正统的文人，奉经史为宗，他们的思维模式、分析路数皆不能脱离正统，他们认识到了小说的独特价值，却不能脱离正统的苑囿单独为小说喝彩，而是以不容辩驳、不容怀疑的姿态，将经史的标准悬为圭臬，然后在分析小说的时候，处处向此标准靠拢。小说艺术技巧的主体内容即叙述手法，本身就继承了史传，理论家在比照分析当中，从不会放过任何一个和史传攀附、对接的机会。

第一节　文以载道

"史"为中国学术源流，正如《新唐书·艺文志序》所说："传记、小说，外暨方言、地理、职官、氏族，皆出于史官之流也。"

文献目录学意义上的小说自不待言，天生就是补史阙的命。而文学意义上的小说也处处追摹史传散文的写法，如唐传奇类作品多以"传"命名，其结尾也模仿史著的"太史公曰"等议论方式。有意思的是，唐传奇的作者们从不以为自己参与开创了什么新文体，他们由衷地认可这种史传写法，其写作动机如同正史编撰：为这些值得记录的人和事作传。故唐传奇《李娃传》结尾曰："嗟乎，倡荡之姬，节行如是，虽古先烈女，不能逾也。"再如《杨倡传》："夫倡，以色事人者也，非其利则不合矣。而杨能报帅以死,义也;却帅之赂,廉也。虽为倡,差足多乎!"至于"足以儆天下逆道乱常之心,足以观天下贞夫孝妇之节"的《谢小娥传》,本为传奇,却被《新唐书》纳入《列女传》,恐怕也是因为"知善不录,非《春秋》之义也,故作传以旌美之"(《谢小娥传》)。

故小说发展到唐代,创作成果已然展现出了文体的独立,相应的小说理论却局限在史传理论当中,小说中的观念基于道德价值评判,完全等同于正史之论断。这种心态移植,正是文人史学素养的自觉体现,并且他们以之为荣,聚众话异也得有思想高度,否则唐传奇的沙龙岂不成了无聊之人的杂烩?

至于白话通俗小说的劝世主题,同样是史家价值观的体现。"白话长篇小说还和编纂历史的传统有很大联系。……那些较好的历史小说的撰写者……倾向于步武史官,和他们一样对历史持儒家观点,把历史看作是一治一乱的周期性更替,是一部伟人们不断与变乱、人俗等时常猖獗的恶势力作斗争的实录。"[1]若故事动人,语言可喜,更能浸润人心,道理更能被接受,在移风易俗的化人之功方面,小说因其世俗性,比诗、词等艺术形式更能打动人心。

小说理论家们对此有清晰的认识,而对小说的价值判断也占据了小说理论的主要视野:

> 经史之学,仅可悟儒流,何如此作为大众慈航也?[2]

> 小说何为而作也?曰以劝善也,以惩恶也。夫书之足以劝惩者,莫过于经史,而义理艰深,难令家喻而户晓,反不若稗官野乘福善祸淫之理悉备,忠佞贞邪之报昭然,能使人触目儆心,如听晨钟,如闻因果,其于世道人心不为无补也。[3]

小说理论惯作价值判断,这与散文理论的"文道"观念相关。文与道的关系几乎是中国文学当中最重要的问题。[4] 散文理论当中文与道

---

① 〔美〕夏志清著,胡益民等译:《中国古典小说史论》第一章《导论》,第9~10页,南昌:江西人民出版社,2001。

② 睡乡祭酒:《连城璧序》,见《李渔全集》第八卷,第247页,杭州:浙江古籍出版社,1991。

③ 静恬主人:《金石缘序》,见黄霖、韩同文选注:《中国历代小说论著选》(上),第436页,南昌:江西人民出版社,2000。

④ 参见牟世金《雕龙集》,北京:中国社会科学出版社,1983;〔美〕刘若愚著,杜国清译:《中国文学理论》,南京:江苏教育出版社,2006。

的关系经过了一个漫长的发展过程。本书将此过程分为三个阶段,首先是"文以明道",其次是"文以载道"的意识形态化,最后是"文以载道"的庸俗化。

一、文以明道

先来看"文以明道",其意义内涵是:文居于立德、立功、立言的最末,文是道的反映,其存在意义乃是为了证明道、显示道。在文学理论方面,"文以明道"的理论模式由荀子奠基,南朝梁时刘勰《文心雕龙》加以确立。

就"文以明道"这个命题来讲,最重要的成分显然是"道",故必须要对道的内涵做出合理的界定,才能使整个命题成立。荀子的"道"立足于儒家的仁义道德,躬行可得,不是玄妙的天理,而是人世间的道德规范和行事准则。

> 先王之道,仁之隆也。比中而行之,曷谓中? 曰礼义是也。道者,非天之道,非地之道。人之所以道也,君子之所道也。
>
> 圣人也者,道之管也。天下之道管是矣,百王之道一是矣。故《诗》、《书》、《礼》、《乐》之归是矣。《诗》言是其志也,《书》言是其事也,《礼》言是其行也,《乐》言是其和也,《春秋》言是其微也。故风之所以为不逐者,取是以节之也;小雅之所以为小雅者,取是而文之也;大雅之所以为大雅者,取是而光之也;颂之所以为至者,取是而通之也。天下之道毕是矣。①

"道"是实实在在的人间之道,可以探索,可以学习,可以追随,其具体体现就是儒家经典。荀子对道和经的阐述具备原型意义,其后的历代文论对于文道关系的看法,均是在此基础上生发开展的。

刘勰著《文心雕龙》,接受了儒释道三家的影响,其理论主张也多有三家思想相互渗透之处,故对于道的阐释具有超越意味,使之由人间的、躬行的变为形而上的。如以下说法:

> 心生而言立,言立而文明,自然之道也。
>
> 故知道沿圣以垂文,圣因文而明道,旁通而无滞,日用而不

---

① 《荀子集解》卷四儒效篇第八,影印本《诸子集成》(2),第 77 页、第 84 页、第 85 页,上海:上海书店出版社,1986。

匮。《易》曰:"鼓天下之动者存乎辞。辞之所以能鼓天下者,乃道之文也。"①

因此,刘勰所谓"道",并非纯粹的儒家伦理道德教条,而是天地自然生理,"物理无穷,非言不显,非文不传,故所传之道即万物之情也"。"《序志》篇云:《文心》之作也,本乎道。案彦和之意,以为文章本由自然生,故篇中数言自然。一则曰:心生而言立,言立而文明,自然之道也。再则曰:夫岂外饰,盖自然耳。三则曰:谁其尸之,亦神理而已。寻绎其旨,甚为平易。盖人有思心,即有言语,既有言语,即有文章。言语以表思心,文章以代言语,惟圣人为能尽文之妙。所谓道者,如此而已。此与后世言'文以载道'者截然不同。"②

只不过,刘勰的理论模式为"道沿圣以垂文,圣因文而明道"(《文心雕龙·原道》),《原道》之后紧承《征圣》《宗经》,而圣为孔子、经乃儒家六经,又很容易使"道"的含义直接联系到儒家圣贤之道,从而将儒家之道也上升为天地间恒久之至道,使之具有超验的意味。③ "道"外化为文章,最能体现"道"的文章就是儒家经典,而儒经又是天下文章之总源。

三极彝训,其书言经。经也者,恒久之至道,不刊之鸿教也。故象天地,效鬼神,参物序,制人纪,洞性灵之奥区,极文章之骨髓者也。……故论说辞序,则《易》统其首;诏策章奏,则《书》发其源;赋颂歌赞,则《诗》立其本;铭诔箴祝,则《礼》总其端;纪传铭檄,则《春秋》为根:并穷高以树表,极远以启疆,所以百家腾跃,终入环内者也。④

唯文章之用,实经典枝条,五礼资之以成,六典因之致用,君臣所以炳焕,军国所以昭明,详其本源,莫非经典。⑤

南朝文学形式主义之风兴盛,骈偶、音韵、丽辞的讲究成为士人时尚。刘勰生当其时,也深受影响,故《文心雕龙》充分肯定了文学的艺

---

① 〔南朝梁〕刘勰著,范文澜注:《文心雕龙注》卷一《原道》,第1页、第3页,北京:人民文学出版社,1958。

② 黄侃著,黄延祖重辑:《黄侃文集·文心雕龙札记》,第5页,北京:中华书局,2006。

③ 参见《文心雕龙注》卷一。

④ 《文心雕龙注》卷一《宗经》,第21~23页。

⑤ 《文心雕龙注》卷十《序志》,第726页,北京:人民文学出版社,1958。

术形式之美,"圣贤书辞,总称文章,非采而何"(《情采》),并没有以道抑文,而是立足于文以明道,创建了道—圣—文的思维模式。这种模式简单明了,容易推行,不管道的具体内涵如何变化,其外在的理路模式是恒定的。

而后,经过了魏晋南北朝时期文的张扬,到唐代确立了文与道并重的地位,虽然还是说文以明道,但显然文已经具备了独立的审美价值、认识价值,道由形而上的公理演变为文的内核和规律。

在道与文的关系上,韩愈是一个关键人物,"韩氏之文、之道,万世所共尊,天下所共传而有也"(欧阳修《记旧本韩文后》)。

韩愈在《原道》中将"道"明确为儒家之道,"斯吾所谓道也,非向所谓老与佛之道也。尧以是传之舜,舜以是传之禹,禹以是传之汤,汤以是传之文武周公,文武周公传之孔子,孔子传之孟轲。轲之死,不得其传焉"①。道的内涵就是儒家伦理教化的内容。而且韩愈所推崇的道,正如荀子所言,也可以推演到生活日用当中去,"博爱之谓仁,行而宜之之谓义;由是而之焉之谓道,足乎己,无待于外之谓德","其文诗书易春秋,其法礼乐刑政,其民士农工贾,其位君臣、父子、师友、宾主、昆弟、夫妇,其服麻丝,其居宫室,其食粟米果蔬鱼肉:其为道易明,而其为教易行也"②。道回归到生活日用,成为可以从容践行的信条,也是可以完成的目标。韩愈对"道"的阐述,在姿态上体现了对先秦儒家的回归,在内涵上其实是扩大化的,从单纯的儒家伦理教化思想扩大为有益于世道人心的道理。这种定义为"文以明道"("文以载道")模式的通俗化提供了有利的理论前提。

在道与文的关系上,道优先于文:"愈之为古文,岂独取其句读不类于今者耶?……通其辞者,本志乎古道者也。"③"然愈之所至于古者,不惟其辞之好,好其道焉尔。"④其后学李翱进一步将这种思路明确为:"吾所以不协于时而学古文者,悦古人之行也;悦古人之行者,爱古人之道也。故学其言,不可以不行其行;行其行,不可以不重其道;重

---

① 〔唐〕韩愈著,马其昶校注:《韩昌黎文集校注》,第 18 页,上海:上海古籍出版社,1987。
② 同上,第 13 页、第 18 页。
③ 同上,第 304～305 页。
④ 〔唐〕韩愈:《答李秀才书》,见《韩昌黎文集校注》,第 176 页,上海:上海古籍出版社,1987。

其道,不可以不循其礼。"①

一方面,按照韩愈及其后学的观点,文是从属于道的。归根结底,乃是对道的推崇才使得他们去学习道的载体——古文。道是文的根源,有志于道然后学文,犹如"养其根而竢其实,加其膏而希其光。根之茂者其实遂,膏之沃者其光晔,仁义之人,其言蔼如也"②。

另一方面,"韩愈重道,不仅不致否定文,而且重道的实际意义是充实文的内容"③。作为一个爱好文章的人,他几乎是以毕生的精力来实践立言:

> 愈之所为,不自知其至犹未也,虽然,学之二十余年矣。始者非三代两汉之书不敢观,非圣人之志不敢存。处若忘,行若遗,俨乎其若思,茫乎其若迷。当其取于心而注于手也,惟陈言之务去,戛戛乎其难哉。其观于人,不知其非笑之为非笑也。如是者亦有年,犹不改,然后识古书之正伪,与虽正而不至焉者,昭昭然白黑分矣,而务去之,乃徐有得也。当其取于心而注于手也,汩汩然来矣。其观于人也,笑之则以为喜,誉之则以为忧,以其犹有人之说者存也。如是者亦有年,然后浩乎其沛然矣。吾又惧其杂也,迎而距之,平心而察之,其皆醇也,然后肆焉。虽然,不可以不养也。行之乎仁义之途,游之乎诗书之源,无迷其途,无绝其源,终吾身而已矣。④

为了更好地弘扬道,文作为载体,也要讲究文辞,这个观念成为唐代古文家们的共识。

> 故义虽深,理虽当,词不工者不成文,宜不能传也。文、理、义三者兼并,乃能独立于一时,而不泯灭于后代,必能传也。⑤

> 夫文者非他,言之华者也,其用在通理而已,固不务奇,然亦无伤于奇也。使文奇而理正,是尤难也。……夫言亦可以通理矣,而以文为贵者,非他,文则远,无文即不远也。以非常之文,通

---

① 〔唐〕李翱:《答朱载言书》,见《全唐文》卷六三五,第6412页,北京:中华书局,1983。
② 〔唐〕韩愈:《答李翊书》,见《韩昌黎文集校注》,第169页。
③ 牟世金:《从文与道的关系看儒家思想在古代文学发展中的作用》,见《雕龙集》,第34页,北京:中国社会科学出版社,1983。
④ 〔唐〕韩愈:《答李翊书》,见《韩昌黎文集校注》,第170页。
⑤ 〔唐〕李翱:《答朱载言书》,见《全唐文》卷六三五,第6412页,北京:中华书局,1983。

至正之理,是所以不朽也。①

总体来看,唐代散文理论当中,在文道关系方面主要的观点是:文以明道,文道并重。但是,古文家的主流观点并不是唐代社会的主流观点。因为唐代统治者相对开明,采取儒释道三家并重的政策,士人的思想发展比较自由,很难完全接受定于一尊的思想意识权威。李商隐就如此说:"愚生二十五年矣。五年读经书,七年弄笔砚。始闻长老言,学道必求古,为文必有师法,常悒悒不快。退自思曰:夫所谓道,岂古所谓周公、孔子者独能邪? 盖愚与周、孔俱身之耳。以是有行道不系今古,直挥笔为文,不爱攘取经史,讳忌时世。百经万书,异品殊流,又岂能意分出其下哉!"②很显然,在大诗人李商隐的眼睛里,儒家之道并非万古不变的唯一真理。

韩愈思想的真正继承人其实是宋儒。北宋儒者以欧阳修、苏轼为代表,在文道关系方面有多种阐述。

> 昔孔子老而归鲁,六经之作,数年之顷尔。然读《易》者如无《春秋》,读《书》者如无《诗》,何其用功少而至于至也! 圣人之文虽不可及,然大抵道胜者文不难而自至也。故孟子皇皇不暇著书,荀卿盖亦晚而有作。若子云、仲淹,方勉焉以模言语,此道未足而强言者也。后之惑者,徒见前世之文传,以为学者文而已,故愈力愈勤而愈不至。此足下所谓终日不出于轩序,不能纵横高下皆如意者,道未足也。若道之充焉,虽行乎天地,入于渊泉,无不之也。③

> 君子之所学也,言以载事,而文以饰言,事信言文,乃能表见于后世。④

综合来看,唐宋古文家对文道关系的看法,如:"夫君子之儒,必有其道,有其道必有其文。道不及文则德胜,文不知道则气衰,文多道

---

①〔唐〕皇甫湜:《答李生第二书》,见《全唐文》卷六八五,第7021页。
②〔唐〕李商隐:《上崔华州书》,见刘学锴、余恕诚《李商隐文编年校注》,第108页,北京:中华书局,2002。
③〔宋〕欧阳修:《答吴充秀才书》,见《欧阳修全集》卷四七,第664页,北京:中华书局,2001。
④〔宋〕欧阳修:《代人上王枢密求先集序书》,见《欧阳修全集》卷六八,第984页,北京:中华书局,2001。

寡,斯为艺矣"①;"重道而不废文"(柳宗元《报崔秀才书》);"始吾幼且少,为文章以辞为工。得长乃知文者以明道"(柳宗元《答韦中立论师道书》);"道胜者文不难而自至"(欧阳修《答吴充秀才书》)……均与韩愈的观点一致,本着原道的目的去作文,强调道胜则文至,而且文章本身也须讲究修饰艺术,其思路仍然是文以明道、文道并重。宋儒有古文家之道,有理学家之道,理学家之道成为宋代之后的主流思想。

二、意识形态化的文以载道

古文家们崇道复古体现于文,常常是以复古为革新,即并非绝对的形式还原,而是一种螺旋式上升的演进。比如,先秦时代尚不存在纯文学意识,而唐代古文家们的文学意识却上升到自觉追求文学美的高度。有惩于骈文过分的形式雕琢,唐宋古文向先秦古文质朴自然的风格回归,同时也充分吸收了骈文修辞方面的优点,属于"豪华落尽见真淳",经历了一个否定之否定的发展过程。在这种情况下,文以明道是文学的自觉而主动的提升,可以做到言之有物、情感充沛,从而有效地医治形式主义的弊病。

在理学家的推动下,"文以明道"发展为"文以载道",从表面上来看,道的地位被进一步提高,成为无须证明的真理,只需要被承载、被表现。但是,又因为推崇过高,反而使得道被悬置、被搁置,不能质疑,不能讨论,导致了口号化、庸俗化、模式化。人人都会讲这些大道理,但实际上谁都明白这是个虚无的目标。

在文与道的关系当中,道的界定如果很严格,仅仅局限于儒家伦理道德观念和思想,则道与文的地位是不平等的,道绝对重于文。如果对道的界定相对宽泛,不局限于儒家思想,而是泛指对世道人心有益的道理学问,则文的地位会相应提升,与道相辅相成。在文以明道的阶段,文是主动性的;在文以载道的阶段,文则是被动性的。

"文以载道"说由理学创始人周敦颐提出:

> 文,所以载道也。轮辕饰而人弗庸,徒饰也,况虚车乎? 文辞,艺也;道德,实也。笃其实,而艺者书之,美则爱,爱则传焉,贤

---

① 〔唐〕柳冕:《答荆南裴尚书论文书》,见《全唐文》卷五二七,第 5357 页,北京:中华书局,1983。

者得以学而至之，是为教。故曰："言之无文，行之不远。"然不贤者，虽父兄临之，师保勉之，不学也；强之，不从也。不知务道德而第以文辞为能者，艺焉而已。噫，弊也久矣！①

圣人之道，入乎耳，存乎心，蕴之为德行，行之为事业。彼以文辞而已者，陋矣！②

这些话当中，文与道孰高孰低、孰重孰轻，一目了然。周敦颐认为文的存在价值就是为道服务，不求道而只是从事于文辞实乃弊端。

理学家们以儒学自专，排斥文学，甚至以为作文"害道"。

圣贤之言，不得已也。盖有是言，则是理明；无是言，则天下之理有阙焉。……后之人始执卷，则以文章为先。平生所为，动多于圣人。然有之无所补，无之靡所阙，乃无用之赘言也。不止赘而已，既不得其要，则离真失正，反害于道必矣。③

汲汲学文而不躬行，文而幸工，其不异于丹青朽木俳优博笑也几希。况未必能工乎？……《离骚》妙才，太史公称其与日月争光，尚不敢望风、雅之阶席，况一变为声律众体之诗，又变而为雕虫篆刻之赋。概以仲尼删削之意，其弗畔而获存者，吾知其百无一二矣。是则无之不为损，有之非惟无益或反有所害，乃无用之空言也。④

文以载道的重心完全在于道，而且道就是理学的心性道理，文完全处于从属的、低等的位置。"今之学者有三弊：一溺于文章，二牵于训诂，三惑于异端。苟无此三者，则将何归？必趋于道矣。"⑤倘若文不能载道，即便是经典也等同糟粕，"今之治经者亦众矣，然而买椟还珠之弊，人人皆是。经所以载道也。诵其言辞，解其训诂，而不及道，乃无用之糟粕耳"⑥。

---

① 〔宋〕周敦颐：《通书·文辞》，见周敦颐撰，徐洪兴导读《周子通书》，第39页，上海：上海古籍出版社，2000。

② 《通书·陋》，同上，第41页。

③ 〔宋〕程颐：《答朱长文书》，见〔宋〕朱熹、吕祖谦编《近思录》卷二为学大要，第67页，郑州：中州古籍出版社，2008。

④ 〔宋〕胡寅：《洙泗文集序》，见胡寅撰，容肇祖点校《崇正辩　斐然集》卷一九，第401页，北京：中华书局，1993。

⑤ 《二程遗书》卷第一八伊川先生语四，第235页，上海：上海古籍出版社，2000。

⑥ 〔宋〕程颐：《手帖》，见《近思录》卷二为学大要，第76页，郑州：中州古籍出版社，2008。

理学家们本身对道的认识是有分歧的,但是对于道的重要性的强调却如出一辙,道的首要意义体现于世道人心,真正的体道之人也会产生心性上的超越,这种收获比文更有价值,也更能指导现实人生。因此,朱熹就讥嘲韩愈虽原道而不能树立根本。

> 盖韩公之学见于《原道》者,虽有以识夫大用之流行,而于本然之全体,则疑其有所未睹,且于日用之间,亦未见其有以存养省察而体之于身也。是以虽其所以自任者不为不重,而其平生用力深处,终不离乎文字言语之工。至其好乐之私,则又未能卓然有以自拔于流俗。所与游者,不过一时之文士,其于僧道,则亦仅得毛子畅、观、灵、惠之流耳。是其身心内外所立所资,不越乎此,亦何所据以为息邪距诐之本,而充其所以自任之心乎? 是以一旦放逐,憔悴亡聊之中,无复平日饮博过从之乐,方且郁郁不能自遣……①

应该说,朱熹对韩愈的批评是颇有道理的,站在儒者的立场上,对"道"的体察应该落实到生活日用,尤其要体现在个人的行为心性方面,只有这样,方能道行合一,所居所处无不合乎道,从而获得真正的心灵超越,不再为琐碎低卑的得失而烦恼。朱熹其实是继承了二程的思路,所谓"不求诸己而求诸外,以博闻强记、巧文丽辞为工,荣华其言,鲜有至于道者"②。

在理学家们对道的思考和体认过程当中,文是比生活日用、个人心性等更加外在的东西,存在与否简直都无所谓。不过,如果文能够阐述道、宣传道,就可以获得存在的意义和价值。在理学家的逻辑当中,文就是这样被动存在的,"文以载道"模式有强烈的功利倾向和工具论色彩。

宋代以后,元、明两朝将理学意识形态化,更增加了文以载道的批判力量。一旦某种观念被意识形态化,它就自然获得了正统的、被传承的资格。文学属于意识形态,遵从社会的主要价值规范,并且深受主流文化思潮影响。如果得到官方的许可和推动,则文学的政治化色

---

① 〔宋〕朱熹:《昌黎先生集考异》卷五《与孟尚书书》,见《朱子全书》第十九册,第494页,上海:上海古籍出版社,合肥:安徽教育出版社,2002。
② 《二程文集》卷八《颜子所好何学论》,见《近思录》卷二为学大要,第60页,郑州:中州古籍出版社,2008。

彩会愈加浓厚,其思维模式也势必功利化。本书取"文以载道"而不是"文以明道"作为主要论述术语,正是因为宋代以后"文以载道"意识形态化,这句口号成为士人们为文的先验真理,并借助儒经教育塑造了士人普遍的思维模式,发展成一种思维定势。

先秦文章虽寓褒贬于文字,但因为思想并不绝对定于一尊,故古文的文字叙述服从于实际的表达需要,具有自然性,较少外加的硬性的价值取向。宋以后凸现了载道的意义,却影响了文字叙述的自然文采。"宋儒兴而古之文废矣。非宋儒废之也,文者自废也。古之文,文其人,如其人,便了如画焉,似而已矣。是故,贤者不讳过,愚者不窃美。而今之文,文其人,无美恶皆欲合道,传志其甚矣。是故,考实则无人,抽华则无文。故曰宋儒兴而古之文废。"①

究其实际,宋儒并未全部废文,欧、苏、王、曾等古文大家还将散文写作推上新的高峰,倒是宋以后尤其是明代前期的儒生,强调复古,越来越拘泥于"载道","无美恶皆欲合道",逐渐放弃了自然叙述的美感,形成了"假人假面假心"写"假文章"的庸俗复古状态,引起了激进人士的反弹,把赞美之词转而奉送给了原生态的民间文学、通俗文学,使原本僵化的"文以载道"的内涵在明代又发生了变化。

三、文以载道的庸俗化

就文与道的整体关系来看,与道的持久永恒的崇高性相比,文的地位虽然偶有下降,但总体来看,还是不断提升的。

唐宋时代发生了第一次观念提升,即以有所为的态度来作文。道不仅体现于儒家经典,普通士人的文章也可以具备明道的价值,是经世治国事业的必要补充。"君子居其位,则思死其官;未得位,则思修其辞以明其道。"(韩愈《诤臣论》)这种文以明道的观念成为士人的自觉追求,整体表现就是通过创作来实践"道",小说创作也受到这种观念的影响。但是,此时主流的小说创作是文言体的传奇作品,属于史传支裔,故相应的理论问题被涵盖在散文理论当中,系统而专门的小说理论付之阙如。

---

① 〔明〕李梦阳撰:《空同集·论学》,文渊阁四库全书本。

第二次观念提升发生在明代,其契机就是历来不登大雅之堂的白话小说等通俗文体兴旺发达,促使文体种类扩容,改变了正统的文学观念。从此,不仅古文可以载道,其他所有的文体都可以纳入文以载道的体系当中,由此进入"文以载道"的庸俗化阶段,也是"文以载道"被小说理论模式化的阶段。无论是创作方面,还是理论方面,无不如此。

随便翻哪个文学者的集子,总可以看见"文以载道"这一类气味的话。很难得几篇文学是不攻击稗官小说的,很难得几篇文字是不以"借物立言"为宗旨的。所以"登高而赋",也一定要有忠君爱国不忘天下的主意放在赋中;触景做诗,也一定要有规世惩俗不忘圣言的大道理放在诗中。做一部小说,也一定要加上劝善惩恶的头衔;便是著作者自己不说这话,看的人评的人也一定送他这个美号。总而言之,他们都认为文章是有为而作,文章是替古哲圣贤宣传大道,文章是替圣君贤相歌功颂德,文章是替善男恶女认明果报不爽罢了。①

"道",由原初的含义精微的哲学名词,被简单化、浓缩化为伦理价值的代表;同时,它也成为一种泛指概念,包括各种类型的价值观。"道"在此时不专指儒家伦理道德思想观念,而是泛指对世道人心有益的道理、学问或观念。在这个意义上,文道关系类似于文质关系,主要是外在的文辞和内在的道德观念的问题。

文以载道成为一种显层的思维模式,被自觉而广泛地运用,几乎成为文论公理。其要义之一为:道的具体体现就是六经之文,道与六经之文乃是后代写作的渊源和资源。文豪们都如此感慨:"嗟乎!文难言哉!愚意作者必取材于经史,而熔意于心神,借声于周、汉,而命辞于今日……"②其要义之二为:文章有为而作,不发空言,尤其体现为传达符合儒家之"道"的道德伦理价值观念。有影响力、艺术成就较高

---

① 茅盾:《文学和人的关系及中国古来对于文学者身分的误认》,见《茅盾全集》第18卷,第59页,北京:人民文学出版社,1989。

② 〔明〕屠隆:《文论》,见《由拳集》卷二三,第1175页,台北:伟文图书出版社有限公司,1977。

的通俗作品,最终全部由文人改定,并有意识地表现属于士大夫阶层的道德价值观念,这就是"士志于道"的社会责任感的体现。

小说理论对文以载道的注重和强调,也是小说家、文论家为小说争取地位的一种努力。只不过,小说理论由依附于史传散文理论,到逐渐发展自己的术语体系,所应用的"文以载道"模式只是借用了散文理论之"文以载道"的外壳,属于"挂羊头卖狗肉",或者"拉大旗作虎皮"。散文理论中的文以载道,其着重点一直就是道①;而小说理论的文以载道,其关注点以及刻意强调与突出的对象却是文,乃"文"假"道"威,借助这种模式,将小说巧妙地纳入了正统立言的行列。下面这段话概括得就很清晰:

> 文以载道,儒者无不能言之。夫道岂深隐莫测,秘密不传,如佛家之心印、道家之口诀哉!万事当然之理,是即道矣。故道在天地,如汞泻地,颗颗皆圆;如月映水,处处皆见。大至于治国平天下,小至于一事一物、一动一言,无乎不在焉。文其道之一端也,文之大者为《六经》,固道所寄矣。降而为列朝之史,降而为诸子之书,降而为百氏之集,是又文中之一端,其言皆足以明道。再降而稗官小说,似无与于道矣;然《汉书·艺文志》列为一家,历代书目亦皆著录。岂非以荒诞悖妄者虽不足数,其近于正者,于人心世道亦未尝无所裨欤!②

"载道"功用是小说进入神圣殿堂的护身符。小说理论无不着眼于这一点,因此"文以载道"模式在小说理论当中大行其道。文论家们几乎要时刻提醒读者有关小说载道的功用,生怕读者会错失小说文本的高尚用意。其具体内容体现为如下几点。

首先是突出小说的载道功用,说明小说也是有为而作,即便是背

---

① 郭绍虞先生曰:"道学家于道是视为终身的学问,古文家于道只作为一时的工夫。视为终身的学问,故重道而轻文;作为一时的工夫,故充道以为文。盖前者是道学家之修养,而后者只是文人之修养。易言之,即是道学家以文为工具,而古文家则以道为手段而已。"(《中国文学批评史上文与道的问题》,见《郭绍虞说文论》,第72页,上海:上海古籍出版社,2000。)本书观点与郭先生的观点有异。本书认为无论是道学家还是古文家,其根本出发点都是道,其相异之处仅是对文的看法。

② 〔清〕盛时彦:《阅微草堂笔记序》,见《阅微草堂笔记》,第567页,上海:上海古籍出版社,1980。

负着"诲淫诲盗"骂名的《金瓶梅》《水浒传》等著作,也有其"苦孝""忠义"内涵,可以教化人心(参见张竹坡《金瓶梅》评点、李贽《水浒传》评点、金圣叹《水浒传》评点等文字)。与文言形式的小说相比,白话小说因为语言通俗明了,所传达的是非观念容易被民众接受,载道功用更明显。如修髯子对《三国志演义》的看法:"史氏所志,事详而文古,义微而旨深,非通儒夙学,展卷间,鲜不便思困睡。故好事者,以俗近语,櫽括成编,欲天下之人,入耳而通其事,因事而悟其义,因义而兴乎感,不待研精覃思,知正统必当扶,窃位必当诛,忠孝节义必当师,奸贪谀佞必当去;是是非非,了然于心目之下,裨益风教,广且大焉。"①

其次是说明小说载道的具体所指与正统伦理教化观念相一致,即体现为忠君、报国、孝亲、友悌等观念。如毛宗岗《读三国志法》所言:"读《三国志》者,当知有正统、闰运、僭国之别,正统者何?蜀汉是也;僭国者何?吴魏是也。"又如李贽《忠义水浒传序》对"忠义"的大力推举:"则谓水浒之众,皆大力大贤有忠有义之人可也,然未有忠义如宋公明者也。今观一百单八人者,同功同过,同死同生,其忠义之心,犹之乎宋公明也。独宋公明者,身居水浒之中,心在朝廷之上,一意招安,专图报国。"②

小说的推崇者首先着眼于载道,以之来肯定小说的价值。反对者也高举载道大旗,同样秉持道德、伦理、政治的标准,不过是用来贬斥小说。钱大昕即曰:"古有儒、释、道三教,自明以来,又多一教,曰小说。小说演义之书,士大夫、农工、商贾无不习闻之,以至儿童妇女不识字者亦皆闻而如见之,是其教较之儒、释、道而更广也。释、道犹劝人以善,小说专导人从恶,奸邪淫盗之事。儒、释、道书所不忍斥言者,彼必尽相穷形,津津乐道。以杀人为好汉,以渔色为风流,丧心病狂,无所忌惮。子弟之逸居无数者多矣,又有此等书以诱之,曷怪其近于

①《三国志通俗演义引》,见朱一玄、刘毓忱编《三国演义资料汇编》,第234页,天津:南开大学出版社,2003。

② 朱一玄、刘毓忱编:《水浒传资料汇编》,第172页,天津:南开大学出版社,2002。

禽兽乎？"①

古典通俗小说是对社会人情的反映，社会与人性的陆离多变也注定了小说主题的斑驳复杂，无论是赞扬小说载道，还是批判小说坏道，都可以从小说本身找到事实根据。本书对此不做倾向性判断，只是提醒读者注意，这正反两种倾向的理论，立论的基础都是"道"，内在思路是完全一致的，都可以归属在"文以载道"的大命题之下。

小说理论批评中的伦理标准和审美标准并存，但前者更是古代士人自然而然的应用工具。即便在西学东渐之后，各种新式理念已输入中国，小说理论中的功利主义倾向反而上升到一个空前的高度，其代表就是梁启超"熏、浸、刺、提"的小说功用观。由基本的道德价值判断，上升为劝世主题，也是自古以来"文以载道"思维模式的鲜明体现。

文以载道，是小说创作者的主动追求，也是小说理论最关注的理念。因为小说一直处于边缘地位，文论家们总是有一种理论冲动和心理焦虑，力图为小说构筑合理合法的价值体系，不停地依傍现实当中的权威思想体系，证明小说也是有历史渊源的，也是符合儒家伦理大义的等等。他们既要说服自己，又得说服别人，时时处于一种矛盾心理当中，既看到了小说的价值，又轻视之；既希望小说的价值为世所知，又怀疑这价值能否起到预期的作用。

散文理论中的"道"，是与政治秩序、思想秩序重建相关的，有其深刻的历史文化基础和严酷的社会现实背景。道具有普遍合理性、绝对权威性、不证自明性。而小说理论的明道、载道观点，则不过是皮相，是道德伦理价值的简单化，类似于现代文学理论中的现实反映说。小说理论中的文以载道模式，是一种理想化的追求，实际上持此论调的文论家们并没有放下身段，没有真正认识到小说自身的审美特点和艺术规律。能体察到小说魅力、从小说自身价值出发阐述理论观点，要到明代中期以后，深受心学、狂禅之风浸润的文人打破"天理"的玻璃天花板，张扬人性人情之时。

_____

① 〔清〕顾炎武著，黄汝成集释：《日知录集释》卷一三"重厚"条注引钱大昕语，第 485 页，长沙：岳麓书社，1994。

第二节　发愤著书

本节涉及创作心理学的问题。小说理论家、评论家们意识到了创作心理的作用，但是总结得比较单调，所依据的基础仍然是散文理论的命题和观念。发愤著书的理论渊源为诗文创作。屈原"惜诵以致愍兮，发愤以抒情"（《惜诵》），大概是中国文学史上最早的相关表述。作为叙事文学的渊薮，《史记》提供的营养非常全面，太史公发愤著书的孤愤心理，也成为后代创作者的重要心境。

> ……仆虽怯懦欲苟活，亦颇识去就之分矣，何至自沉溺缧绁之辱哉！且夫臧获婢妾，犹能引决，况仆之不得已乎？所以隐忍苟活，幽于粪土之中而不辞者，恨私心有所不尽，鄙陋没世，而文采不表于后世也。古者富贵而名摩灭，不可胜记，唯倜傥非常之人称焉。盖文王拘而演《周易》；仲尼厄而作《春秋》；屈原放逐，乃赋《离骚》；左丘失明，厥有《国语》；孙子膑脚，《兵法》修列；不韦迁蜀，世传《吕览》；韩非囚秦，《说难》《孤愤》；《诗》三百篇，大底圣贤发愤之所为作也。此人皆意有郁结，不得通其道，故述往事、思来者。乃如左丘无目，孙子断足，终不可用，退而论书策以舒其愤思，垂空文以自见。①

文章成为人生价值的体现，立言以不朽成为千古文人的梦想。而远古以来的光辉著述，也在现实当中起到了垂范作用。太史公之后，诗文领域对创作心态的总结绵延不绝。比较著名、颇受称扬的论述如"风雅之兴，志思蓄愤"（《文心雕龙·情采》）；"嘉会寄诗以亲，离群托诗以怨。至于楚臣去境，汉妾辞宫，或骨横朔野，或魂逐飞蓬；或负戈外戍，杀气雄边；塞客衣单，孀闺泪尽；或士有解佩出朝，一去忘返；女有扬蛾入宠，再盼倾国：凡斯种种，感荡心灵，非陈诗何以展其义，非长

---

① 〔汉〕司马迁：《报任少卿书》，见〔清〕严可均辑《全上古三代秦汉三国六朝文》，《全汉文》卷二六，第272页，北京：中华书局，1958。

歌何以骋其情？"①诗歌创作方面的类似论述所在多有,如"盖人之情,悲愤积于中而无言,始发为诗"(陆游《澹斋居士诗序》)等。

散文理论方面,著名者如韩愈"不平则鸣"说(《送孟东野序》)、欧阳修"穷者而后工"说(《梅圣俞诗集序》),皆影响深远。其具体内容如下:

> 大凡物不得其平则鸣:草木之无声,风挠之鸣;水之无声,风荡之鸣。其跃也或激之,其趋也或梗之,其沸也或炙之;金石之无声,或击之鸣。人之于言也亦然:有不得已者而后言,其歌也有思,其哭也有怀,凡出乎口而为声者,其皆有弗平者乎!②

> 予闻世谓诗人少达而多穷,夫岂然哉?盖世所传诗者,多出于古穷人之辞也。凡士之蕴其所有而不得施于世者,多喜自放于山巅水涯。外见虫鱼草木风云鸟兽之状类,往往探其奇怪。内有忧思感愤之郁积,其兴于怨刺,以道羁臣、寡妇之所叹,而写人情之难言,盖愈穷则愈工。然则非诗之能穷人,殆穷者而后工也。③

韩愈、欧阳修作为唐宋古文大家,各执文坛牛耳,又以道德文章沾溉后世。在他们的推动下,诗文领域的发愤著书论已经形成了鲜明的理论存在。其最重要的理论特征体现为:因政治遭际的不幸,文人与世相违,激而为文章,抒发感慨,表达理想。因此,"发愤著书"与"文以载道"这两大命题皆有政治伦理的内核。

"韩愈的'不平'和'牢骚不平'并不相等。他不但指愤郁,也包括欢乐在内。"④但是在韩愈之后,发愤之愤还是多指愤郁。其生活状况,穷困潦倒,一无出路;其心情,愁闷郁积,志不得伸;其才华,精彩绝艳——同时具备这几个条件,文章就可能成为发愤的载体,中国古典小说名著《金瓶梅》《红楼梦》《聊斋志异》《儒林外史》等皆体现出孤愤

---

① 〔南朝梁〕钟嵘:《诗品序》,见钟嵘著,曹旭集注《诗品集注》,第47页,上海:上海古籍出版社,1994。
② 〔唐〕韩愈:《送孟东野序》,见韩愈撰,马其昶校注《韩昌黎文集校注》,第233页,上海:上海古籍出版社,1987。
③ 〔宋〕欧阳修:《梅圣俞诗集序》,见《欧阳修全集》卷四三,第612页,北京:中华书局,2001。
④ 钱钟书:《诗可以怨》,载《文学评论》1981年第1期。

心理、遣世情结。

创作者发愤著书的社会文化背景值得认真考察。他们都具备经典文化的教育基础,对国家和民生充满责任感,才华出众,但是在现实社会中屡屡碰壁,才智难以施展,或者遭遇重大挫折,或科场失意,或家族败落等等,一腔愤懑,发之于文章,成就千古杰作。曹雪芹曰:"满纸荒唐言,一把辛酸泪。都云作者痴,谁解其中味。"(《红楼梦》第一回)蒲松龄《聊斋志异》的创作心态亦为:"集腋为裘,妄续幽冥之录;浮白载笔,仅成孤愤之书。寄托如此,亦足悲矣。"(《聊斋自志》)

在发愤著书心态的追溯当中,创作者的思路都会接续历史上的诗人才子,以己比人,体现出创作精神上的自觉继承,"若夫两眼浮六合之间,一心在千秋之上,落笔时惊风雨,开口秀夺山川,每当春花秋月之时,不禁淋漓感慨,此其才为何如? 徒以贫而在下,无一人知己之怜,不幸憔悴以死,抱九原埋没之痛,岂不悲哉! 予虽非其人,亦尝窃执雕虫之役矣。顾时命不伦,即间掷金声,时裁五色,而过者若罔闻罔见,淹忽老矣。欲人致其身,而既不能,欲自短其气,而又不忍,计无所之,不得已而借乌有先生以发泄其黄粱事业。……凡纸上之可喜可惊,皆胸中之欲歌欲哭"①。

不仅创作者有意识地继承太史公的发愤著书精神,许多小说理论对于发愤著书也有较多关注和评析。正如容与堂本《忠义水浒传序》所言:"太史公曰:'《说难》、《孤愤》,贤圣发愤之所作也。'由此观之,古之贤圣,不愤则不作矣。不愤而作,譬如不寒而颤,不病而呻吟也,虽作何观乎! 《水浒传》者,发愤之所作也。"②明末清初的陈忱更将《水浒传》中的"愤"给予一一指实:《水浒》,愤书也。宋鼎既迁,高贤遗老,实切于中,假宋江之纵横,而成此书,盖多寓言也。愤大臣之覆悚,而许宋江之忠;愤群工之阴狡,而许宋江之义;愤世风之贪,而许宋江之疏财;愤人情之悍,而许宋江之谦和;愤强邻之启疆,而许宋江之征辽;

---

① 〔清〕天花藏主人:《天花藏合刻七才子书序》,见黄霖、韩同文选注《中国历代小说论著选》(上),第322～323页,南昌:江西人民出版社,2000。

② 〔明〕李贽著:《焚书》卷三,第109页,见《焚书　续焚书》,北京:中华书局,1975。

愤潇池之弄兵，而许宋江之灭方腊也。《后传》为泄愤之书：愤宋江之忠义，而见鸩于奸党，故复聚余人，而救驾立功，开基创业；愤六贼之误国，而加之以流贬诛戮；愤诸贵幸之全身远害，而特表草野孤臣，重围冒险；愤官宦之嚼民饱壑，而故使其倾倒宦囊，倍偿民利；愤释道之淫奢诙诞，而有万庆寺之烧，还道村之斩也。"①几乎是书中无处不愤，又无愤不成书。

传统的诗文理论方面的发愤著书说，有感物论色彩，强调外界对己心的压抑，作文是遭受压力后的反弹。而小说理论当中的发愤著书说基本产生在明代中期以后，与当时王学兴盛、讲究性灵抒发等时代文化思潮亦有密切关系，强调无所拘限的宣泄式情感，包含着对个性和自我的肯定，其情感力度要远远大于诗文理论当中的"发愤著书"。对这种内在的情感内驱力引发的创作心态，李贽阐述得最为真切：

> 且夫世之真能文者，比其初皆非有意于为文也。其胸中有如许无状可怪之事，其喉间有如许欲吐而不敢吐之物，其口头又时时有许多欲语而莫可所以告语之处，蓄极积久，势不能遏。一旦见景生情，触目兴叹；夺他人之酒杯，浇自己之垒块；诉心中之不平，感数奇于千载。既已喷玉唾珠，昭回云汉，为章于天矣，遂亦自负，发狂大叫，流涕恸哭，不能自止。宁使见者闻者切齿咬牙，欲杀欲割，而终不忍藏于名山，投之水火。②

发愤著书的主观情态，乃是"蓄极积久，势不能遏"；其文字形式，乃是"夺他人之酒杯，浇自己之垒块"，用来说明小说，则是"蒲松龄之孤愤，假鬼狐以发之；施耐庵之孤愤，假盗贼以发之；曹雪芹之孤愤，假儿女以发之。同是一把辛酸泪也"（二知道人《〈红楼梦〉说梦》）。所以，《聊斋志异》"刺贪刺虐入木三分"；《儒林外史》"所阅于世事者久，而所忧于人心者深，彰阐之权，无假于万一，始于是书焉发之，以当木

---

①〔明〕陈忱：《水浒后传论略》，见黄霖、韩同文选注：《中国历代小说论著选》（上），第318页，南昌：江西人民出版社，2000。

②〔明〕李贽：《焚书》卷三《杂说》，第97页，见《焚书　续焚书》，北京：中华书局，1975。

铎之振,非苟焉愤时疾俗而已"①。

发愤著书之愤,有对社会的不平,有对个人遭际的感慨,现实出路既绝,无以抒发,托之文字,则文章的这种移情、宣泄作用格外明显。

> 余于生老疾病,悲欢离合,已遍尝其境;所不可知者,死耳。向居香海,入秋咳作,气上逆不能着枕,终宵危坐达旦,日在药火炉边作生活,去死几希。长夜辗转,一灯荧碧,几于与鬼为邻。然昏厥瞀弦中,此心湛然,尚觉可用。追思前后所历,显显在目,感恩未报,有怨脊泯,痛知己之云亡,念知音之未寡,则又蹴然而兴,涕泗滂集。故兹之所作,亦聊寄我兴焉而已,非真有命意之所在也。岂敢谓异类有情,幽途可乐,鸟兽同群,鱼豕与游,而竟掉首人世而不顾也。②

"发愤著书"说在小说理论当中得到广泛应用,俨然成为小说创作的普遍规律,实际也是对小说作者地位的提升。这些才华绝代、命运畸零的人,无法通过科举的康庄大道进入仕途,便将精力投注于小说。这本是为正统君子不齿之事,更何况小说当中时有离经叛道之言论、描写,更容易招致恶评。③ "发愤著书"被引入小说理论,实际是为创作者正名,彰显其社会责任感和政治教化意义。

小说理论当中,"文以载道"的应用是提升小说作品的地位,"发愤著书"的应用自然就是提升作者的地位,对小说本身艺术价值的肯定则需依赖"良史之才"。

第三节　良史之才

小说的叙述手法主要借鉴自史传散文。一说到小说的叙述手法,

---

① 〔清〕金和:《儒林外史跋》,见〔清〕吴敬梓著,李汉秋辑校《儒林外史汇校汇评》,第 690 页,上海:上海古籍出版社,2010。

② 〔清〕王韬:《淞滨琐话》,转引自颜廷亮《晚清小说理论》,第 28 页,北京:中华书局,1996。

③ 参见王利器《元明清三代禁毁小说戏曲史料》,上海:上海古籍出版社,1981。如该书第三编"社会舆论"八"因果报应"中,有"罗贯中子孙三代皆哑""施耐庵子孙哑者三世""罗贯中李贽应得恶报""金圣叹获阴谴""蒲留仙撰聊斋志异不第"等明清人观点记载。

理论家们也毫不例外地要与史著相比,这种阐释现象和心理是小说理论的核心理念之一——"良史之才"的主要内涵。

史传为叙事之祖,创造了无数叙述手法,为后世小说所沿用。良史的标准可参见《左传》昭公十二年,楚王对右尹子革评价左史倚相:"是良史也,子善视之。是能读三坟、五典、八索、九丘。"博学、见多识广是良史的首要条件。但小说理论当中所谓的良史之才,是指成功运用优秀史著的写作方法。

《左传》《史记》是最常被用作比较对象的史著。下面就分别谈谈这两部书在叙述手法、章法结构等文章学方面的特点,然后结合小说创作的实际,来分析小说理论中有关良史之才的具体论点。

> 《左氏》之叙事也,述行师则簿领盈视,哤聒沸腾,论备火则区分在目,修饰峻整;言胜捷则收获都尽,记奔败则披靡横前;申盟誓则慷慨有余,称谲诈则欺诬可见;谈恩惠则煦如春日,纪严切则凛若秋霜;叙兴邦则滋味无量,陈亡国则凄凉可悯。或腴辞润简牍,或美句入咏歌,跌宕而不群,纵横而自得。若斯才者,殆将工侔造化,思涉鬼神,著述罕闻,古今卓绝。①

《左传》成公十六年"楚子登巢车以望晋军"段,钱钟书先生认为是"纯乎小说笔法"(《管锥编》第一册)。这一段的描写视角非常独特,以简练传神的人物对话层层展现军情变化,笔法灵动,文趣盎然:

> 楚子登巢车以望晋军,子重使大宰伯州犁侍于王后。王曰:"骋而左右,何也?"曰:"召军吏也。""皆聚于军中矣!"曰:"合谋也。""张幕矣。"曰:"虔卜于先君也。""彻幕矣!"曰:"将发命也。""甚嚣,且尘上矣!"曰:"将塞井夷灶而为行也。""皆乘矣,左右执兵而下矣!"曰:"听誓也。""战乎?"曰:"未可知也。""乘而左右皆下矣!"曰:"战祷也。"②

又成公十一年"声伯之母"段,林纾以为"支支节节叙之,便近小

---

① 〔唐〕刘知幾撰,〔清〕浦起龙释:《史通通释》卷一六《杂说》上,第451页,上海:上海古籍出版社,1978。

② 〔清〕阮元校刻:《十三经注疏》,第1918页,北京:中华书局,1980。

说"(《左孟庄骚精华录》)。

> 声伯之母不聘,穆姜曰:"吾不以妾为姒。"生声伯而出之,嫁于齐管于奚。生二子而寡,以归声伯。声伯以其外弟为大夫,而嫁其外妹于施孝叔。郤犨来聘,求妇于声伯。声伯夺施氏妇以与之。妇人曰:"鸟兽犹不失俪,子将若何?"曰:"吾不能死亡。"妇人遂行,生二子于郤氏。郤氏亡,晋人归之施氏,施氏逆诸河,沉其二子。妇人怒曰:"已不能庇其伉俪而亡之,又不能字人之孤而杀之,将何以终?"遂誓施氏。①

短短一节记载,故事元素却非常充足,人物关系复杂,人物命运起伏跌宕,情感变换富有层次,整体情节曲折有致。所谓"支支节节叙之",当是指每个故事节点都可以进行小说式叙述和敷衍铺陈描写。

史传本应该实录,"言近而旨远,辞浅而义深"(刘知幾《史通·叙事》),毋需过分铺陈敷衍,但"叙事之祖"——《左传》却具备了精彩的对话、曲折的情节、引人入胜的场面等等文学特征,熔铸进了作者的审美理想和文字趣味。"千古文字之妙,无过《左传》,最喜叙怪异事。予尝以之作小说看。"(清代冯镇峦《读聊斋杂说》)小说,从读者接受心理来讲,是比史传更"轻浮"的名词,更接近大众,更娱乐化,更浅俗。在思想教化意义以及具体写作方法方面,一向都是史传指导小说。但是,在以上所引的评述中,文论家们不约而同地以"小说"之名来评价史传,这是回归文学本身的看法,着眼于阅读的愉悦感,进入了审美层次,暂时忘却功利教化,专注于情节引人入胜、人物形象鲜明、语言生动等纯粹文章层面的优点,这就是所谓小说笔法。

再举个例子,同样讲述刘备去见诸葛亮这件事,《三国志》中仅有几个字:"凡三往,乃见",而这几个字到了《三国志演义》,就成了《刘玄德三顾草庐》洋洋洒洒一大篇好文章。金圣叹曾经区分"以文运事"和"因文生事",小说当中对"生事"之法更加着意,但溯其来源,正是史传本身。其他诸如插叙、倒叙等叙述手法,对话与人物行动的描述等方面,史传都导夫先路。小说创作的最好样板就是史传,在小说和史传

---

① 〔清〕阮元校刻:《十三经注疏》,第1909页,北京:中华书局,1980。

的对照问题上,理论家们的一贯思路都是让小说向史传看齐,唯恐落个不真实、无教化的名声。而在"良史之才"的表述中,文论家们的思路显然是坦坦荡荡地认可小说的价值和好处,从而使小说成为更加优越的存在,并以小说作为衡量标准来对曾经的母体史传进行"反认可"。

《史记》是最受小说理论家青睐的评价标准,提供了无数的叙事经验和叙述手法。

观子长之叙事也,自周已往,言所不该,其文阔略,无复体统。泊秦汉已下,条贯有伦,则焕炳可观,有足称者。①

马迁之史,与左氏一揆……在马(迁)则夹叙夹议,于诸法已不移而具。②

拥有完美叙事、宏大关怀的《史记》,是中国古典小说的楷范,文言小说更是直接发源于此。唐传奇标志着小说文体的独立,是今天认可度较高的一种说法。实际上,唐传奇的结撰形式仍然完全模仿《史记》的列传体,在叙事手法、人物塑造、对话等各方面都吸取了史传的营养。正是在史传已经取得的高度艺术成就的基础上,唐代小说才成为一代传奇。对此,小说理论家们认识得非常清楚,故在论述小说的成就时,习惯思维就是和史传作比。

在叙述手法上,小说与史传作比的基础,是对于事件的掌控,对于人物的描绘。

文言小说本身就属于史传支裔,白话小说的题材大部分都来源于文言材料,与史传的血缘关系也是非常密切的。在论及白话通俗小说的时候,史传也是当然的第一标准,在总体的写作特点概括上,多以小说直接比附《史记》。

《水浒传》委曲详尽,血脉贯通,《史记》而下,便是此书。且古

---

① 〔唐〕刘知幾撰,〔清〕清起龙释:《史通通释》卷六《叙事》,第166页,上海:上海古籍出版社,1978。

② 〔清〕刘熙载:《艺概·文概》,第11页,上海:上海古籍出版社,1978。

来更未有一事而二十册者。倘以奸盗诈伪病之，不知序事之法，学史之妙者也。①

少年工谐谑，颇溺《滑稽传》。后来读《水浒》，文字益奇变。《六经》非至文，马迁失组练。②

《水浒传》方法，都从《史记》出来，却有许多胜似《史记》处。若《史记》妙处，《水浒》已是件件有。③

毛宗岗在金圣叹的理论基础上再进行发挥："三国叙事之佳，直与《史记》仿佛，而其叙事之难，则有倍难于《史记》者。"（《三国志演义读法》）金圣叹、毛宗岗等人的批评眼光，正是"金毛二子批小说，乃论文耳，非论小说也"④。

在结构章法方面，小说与史传的异同比较是阐述了较多的问题。

《金瓶梅》是一部《史记》。然而《史记》有独传，有合传，却是分开做的。《金瓶梅》却是一百回共成一传，而千百人总合一传，内却又断断续续，各人自有一传，固知作《金瓶》者必能作《史记》也。何则？既已为其难，又何难为其易。⑤

此书即史家列传体也，以班、马之笔，降格而通其例于小说。可惜《聊斋》不当一代之制作，若以其才修一代之史，如辽、金、元、明诸家，握笔编排，必驾乎其上。……

左氏篇篇变，句句变，字字变。上三条，读《聊斋》者亦以此意参之，消息甚微，非深于古者不解。……

读法四则

一、是书当以读《左传》之法读之。《左传》阔大，《聊斋》工细。

---

① 〔明〕李开先：《一笑散·时调》，见朱一玄、刘毓忱编《水浒传资料汇编》，第167页，天津：南开大学出版社，2002。

② 〔明〕袁宏道著，钱伯城笺校：《袁宏道集笺校》卷九《听朱生说水浒传》，第418页，上海：上海古籍出版社，1981。

③ 〔清〕金圣叹：《读第五才子书法》，见陈曦钟、侯忠义、鲁玉川辑校《水浒传会评本》，第16页，北京：北京大学出版社，1987。

④ 解弢：《小说话》，见黄霖、韩同文选注《中国历代小说论著选》（上），第478页，南昌：江西人民出版社，2000。

⑤ 〔清〕张竹坡：《金瓶梅读法》，见〔明〕兰陵笑笑生著，王汝梅、李昭恂、于凤树校点《金瓶梅》，第35页，济南：齐鲁书社，1991。

其叙事变化,无法不备;其刻划尽致,无妙不臻。工细亦阔大也。

一、是书当以读《庄子》之法读之。《庄子》惝恍,《聊斋》绵密。
……

一、是书当以读《史记》之法读之。《史记》气盛,《聊斋》气幽。
……

一、是书当以读程、朱语录之法读之。语录理精,《聊斋》情当。……①

先生本史才,其笔真如椽。不获大著作,假以蒙庄谈。②

衡阳曾耕楼曰:《聊斋》一书,效左氏则左氏,效《檀弓》则《檀弓》,效《史》、《汉》则《史》、《汉》。出语必古,命意必新。《叶生》一则中有尺牍云:"仆东归有日,所以迟迟者,待足下耳;足下朝至,则仆夕发矣。"语意简明,效魏晋亦似魏晋也。③

第观其蕴于心而抒于手也,注彼而写此,目送而手挥,似谲而正,似则而淫,如《春秋》之有微词,史家之多曲笔。④

"良史"含义之一是下笔寓褒贬、意在教化,与"文以载道"的观念相重合。

"良史之才"作为一种批评理念,更普遍的应用还是对叙述方法的概括和总结。在具体的写作片段上,理论家们也从不忘记提醒读者注意。如《水浒传》第十二回杨志、索超比武,金圣叹评曰:"一段写满教场眼睛都在两人身上,却不知作者眼睛在满教场人身上也。作者眼睛在满教场人身上,遂使读者眼睛不觉在两人身上。真是自有笔墨未有此文也。此段须知在史公《项羽纪》诸侯从壁上观一句化出来。"⑤

小说写作脱胎于史传,借鉴了诸多叙述方法,小说理论家们均能

---

① 〔清〕冯镇峦:《读聊斋杂说》,见朱一玄编《聊斋志异资料汇编》,第483页、第485页、第486页,天津:南开大学出版社,2002。

② 〔清〕冯喜赓:《聊斋志异题辞》,见朱一玄编《聊斋志异资料汇编》,第493页。

③ 〔清〕王之春:《椒生随笔》卷二《论聊斋志异》,见朱一玄编《聊斋志异资料江编》,第506页,天津:南开大学出版社,2002。

④ 〔清〕戚蓼生:《石头记序》,见朱一玄编《红楼梦资料汇编》,第561页,天津:南开大学出版社,2001。

⑤ 陈曦钟、候忠义、鲁玉川辑校:《水浒传会评本》,第252页,北京:北京大学出版社,1987。

准确指出,这既是对客观事实的总结,也是主观上使小说得史传真谛的努力。

中国古代小说理论以散文理论为母体,借鉴了散文理论的诸多理念、术语、方法,确定了小说的功用性质,对小说的创作规律进行了初步探索。在此基础上,小说理论又成功建构了独特的表达系统。

下　编
小说理论的自身建构

　　散文理论多见于书信、序、跋等，其理论载体本身就是散文形式。评点方式的出现，提供了另外一种形式，这种形式又在小说理论方面大放光彩，成为小说理论最重要、最有特色的形式。

　　小说理论也一直依附于小说创作，表现为评点、序、跋等方式，随着创作的成熟和繁荣，小说理论日趋丰富，尤其在"史统散而小说兴"（冯梦龙《古今小说序》）之后，逐渐生成自己的理论特性，在评价标准、艺术观念、关注重心等方面，与散文理论分化。但是因其文化同根性，小说理论亦时时呼应散文理论。

　　下编主要的论述中心就是分析小说理论自身特性的生成问题。

第六章
纯文学之小说观念的生成

就中国古典文学来讲，纯文学的观念几乎不存在，文人都是社会政治经济诸因素的综合体，首要目标是从政出仕。文章者，雕虫小技，茶余饭后的消遣而已。"君子之为学，以明道也、以救世也，徒以诗文而已，所谓雕虫篆刻，亦何益哉？"①但是，这种雕虫篆刻之中的乐趣，实在令人无法忽视。

第一节　文人的笔墨之趣

文学之美，美在自身的语言、结构，那种创造的趣味、灵感迸发时的愉悦，凡此种种，似与道德、伦理无关。文学作品自身的发展和继承，最直接的也应该是语言层面上的表达方式，体现为语词、意象、情节主干等。作为创作者，文人对此有自觉的认识，"人人自谓握灵蛇之珠，家家自谓抱荆山之玉"（曹植《与杨德祖书》）。这个文学观念是从"文以载道"当中独立出来的认识。即便与道无

---

① 顾炎武与友人信，转引自谢国桢著《明末清初的学风》，第 35 页，上海：上海世纪出版集团，2006。

关,文章也独具价值,该价值偏于审美、认知,与人的本性相关,表现为趣味。"盖文之为言,难工而可喜,易悦而自足。"(欧阳修《答吴充秀才书》)

但是,在批评实践中,因为固有的思维模式的作用,古代的文论家们往往择取理性的一面,更关注文章当中道德思想、伦理价值方面的承续,似乎忘记了自己也曾经享受过文学趣味,不由自主地依从于固定模式,形成了小说理论发展史中回环往复甚至矛盾错综的思路。个人趣味和文以载道的政教模式,这两种状态之间不是简单的平行共生关系,而是包含着诸多偶然性、歧异性的现象,甚至有互相转化以求同的现象。就在这种多轨发展中,纯文学的小说观念逐渐生成。

就小说观念的纯文学意义兴起这个方面来说,唐宋是关键期。唐代古文家们的创作和理论以及唐传奇的创作开始重视个人趣味,宋代小说概念内涵扩展,将以娱乐为主要目的的市井伎艺纳入小说,使得小说概念当中的趣味性特质进一步增强。文人在承袭文献目录学意义的小说编撰方式的同时,也将个人趣味放在了首要位置。而所谓纯文学意义,正是基于个人趣味的,以美感体验为主,无明确的利益目的和利害关系,表现为自由、愉快①。所谓文人的笔墨之趣,就是以纯粹的审美心境为基础,在这个方面产生的小说认识和观念,是纯文学意义的。

本节的论述从创作入手,"中国的批评,大都是作家的反串,并没有多少批评专家"②。古代中国没有职业批评家,对于文学问题的讨论和关注,都是在自我立言的范围之内,创作当中的感受可以直接转换为批评者的感受。创作的趣味性影响到相应的小说理论的趣味关注。在这个过程当中,趣味成为创作、编撰、传播小说的第一动力,取代了"载道"观念。创作和批评当中"文以载道"观念地位的下降,为小说之纯文学意义的增长提供了更多的空间。

一、以文为戏

唐代,正是小说笔墨之趣开始凸显的时代。散文大家的创作和理论,在很大程度上促进了小说的发展。

---

① 参见〔德〕康德著,宗白华译《判断力批判》,北京:商务印书馆,1995。
② 罗根泽:《中国文学批评史》,第14页,上海:上海古籍出版社,1984。

　　韩愈、柳宗元均能以小说笔法写古文,如韩愈的《送穷文》《试大理评事王君墓志铭》《张中丞传后叙》等,柳宗元的《童区寄传》《段太尉逸事状》《愚溪对》等均打破程式,绘形绘色,渲染情节,描摹入神。而韩愈的《毛颖传》《石鼎联句诗序》,柳宗元的《李赤传》《河间传》等文章就可以直接称作古文小说。①

　　韩愈同时提出“以文为戏”的观点,突出了文章的娱乐功能。这种观点的确立也是经过交锋的,张籍与韩愈的书信论战就是很好的例证。

　　关于游戏文章,张籍曰:“比见执事多尚驳杂无实之说,使人陈之于前以为欢,此有以累于令德。”②他认为驳杂无实的游戏文字实在有损韩愈的形象,言外之意就是不必作这种文章。但是,韩愈明确回复道:“吾子又讥吾与人人为无实驳杂之说,此吾所以为戏耳。”③有意以文为戏,实在是坦率之举,显然韩愈根本不担心这种游戏文字有何妨害。

　　于是,固执而迂腐的张籍又来信劝说:“君子发言举足,不远于理;未尝闻以驳杂无实之说为戏也。执事每见其说,亦拊抃呼笑,是挠气害性不得其正矣。苟正之不得,曷所不至焉!或以为中不失正,将以苟悦于众,是戏人也,是玩人也,非示人以义之道。”④张籍认为君子说话做事都要遵循正理正道,嘻嘻哈哈媚俗取笑,既损害心性之正,也不能正确引导别人,是缺乏教化责任感的表现。

　　韩愈也坚持己见,再回复曰:“昔者夫子犹有所戏,《诗》不云乎:‘善戏谑兮,不为虐兮。’《记》曰‘张而不弛,文武不能也’,恶害于道哉?”⑤也就是说,戏谑也是圣人所提倡,根本无损于道。

　　张籍督促韩愈专心著书,传圣人之道,排斥佛老,莫要把精力时间浪费在驳杂无实之说上。韩愈却认为闭门著书并不是传道的好方法,圣人孔夫子都注重收徒;对于所谓驳杂无实之说,韩愈更是不以为然,同样打着圣人的旗号辩护:游戏文章就是游戏而已,怎么可能妨害道呢?

　　柳宗元更以开创性的“滋味说”,对小说杂传的游戏笔墨进行性质

① 参见蒋凡《韩愈、柳宗元的古文“小说”观》,载《学术月刊》1993 年第 12 期。
② 张籍与韩愈书,见《韩昌黎文集校注》,第 131 页,上海:上海古籍出版社,1987。
③ 《答张籍书》,同上,第 132 页。
④ 张籍与韩愈第二书,同上,第 134 页。
⑤ 《重答张籍书》,同上,第 136 页。

定位：

> 且世人笑之也，不以其俳乎？而俳又非圣人之所弃者。《诗》
> 曰："善戏谑兮，不为虐兮。"《太史公书》有《滑稽列传》，皆取乎有
> 益于世者也。故学者终日讨说答问，呻吟习复，应对进退，掬溜播
> 洒，则罢愈而废乱，故有"息焉游焉"之说。不学操缦，不能安绂。
> 有所拘者，有所纵也。大羹玄酒，体节之荐，味之至者。而又设以
> 奇异小虫、水草、楂梨、橘柚，苦咸酸辛，虽蜇吻裂鼻，缩舌涩齿，而
> 咸有笃好之者。文王之昌蒲菹，屈到之芰，曾皙之羊枣，然后尽天
> 下之奇味以足于口。独文异乎？韩子之为也，亦将弛焉而不为虐
> 欤！息焉游焉而有所纵欤！尽六艺之奇味以足其口欤！①

柳宗元指出"俳又非圣人之所弃者"，正呼应了韩愈所云"昔者夫
子犹有所戏"，把圣人拉出来做挡箭牌，因为在当时的语境中，圣人是
不能被轻易质疑的，既然圣人的行为合理，那么与圣人一致也不应该
被非难。

柳宗元的比喻十分巧妙，将游戏文字比作奇特的食物癖好，每个
人都有自己的偏嗜，文王、曾皙这样的圣贤也不例外，而且这种口味偏
嗜并不妨碍正常的饮食，能满足固然好，不能满足也无损失。小说就
是这样，属于正统教化体系之外的"息焉游焉"的游戏，好比正常饮食
之余，再来点儿其他的奇味怪食，保证营养全面的同时还可以让味觉
充分享受。柳宗元如此解释，既为小说争取了一定的地位，又不构成
任何现实话语威胁，不会动摇正统观念，故颇为后人接受。

晚唐段成式作《西阳杂俎》，其序曰："夫《易》象一车之言，近于怪
也；诗人南箕之兴，近乎戏也。固服缝掖者肆笔之余，及怪及戏，无侵
于儒。无若诗书之味大羹，史为折俎，子为醯醢也。炙鸮羞鳖，岂容下
箸乎？固役而不耻者，抑志怪小说之书也。"②其中的饮食比喻即明显
继承了柳宗元的看法。

---

① 〔唐〕柳宗元：《读韩愈所著〈毛颖传〉后题》，见《柳宗元集》卷二一，第569~570页，北京：
中华书局，1979。

② 〔唐〕段成式：《西阳杂俎序》，见《西阳杂俎》，第1页，北京：中华书局，1981。

韩柳二人对于以文为戏的倡导和辩解，见识通达，体现了文体创新的自觉意识，在这个方面，他们展示出的是文章高手对于文字之美的执着爱好和钻研，是对"文以明道"观的有力补充。

二、征奇话异

一方面是散文大家的为文趣好，发展了小说的特性；一方面是唐传奇善传要妙之情，对于小说理论中的纯文学观念的形成具有极大的推进作用。

唐传奇是"沙龙文学"，不同作品的创作过程均比较相似，大体是文人们或旅途偶遇，或聚集宴饮，总之，形成一个暂时的小团体，然后为了消遣时间，有人便征奇话异，讲说故事。倘若故事讲得好，众人便会认可其传播价值，再推举某人把该故事记录下来。因此，讲故事者和记录者有时并非同一个人。但就这个小团体而言，讲述者、听众和作者、读者身份是合一的，也是可以互相转换的。不少唐传奇作品都会在文中说明自己的创作经过：

（李公佐《古岳渎经》）贞元丁丑岁，陇西李公佐泛潇湘苍梧，偶遇征南从事弘农杨衡，泊舟古岸，淹留佛寺，江空月浮，征异话奇。杨告公佐……公佐至元和八年冬，自常州饯送给事中孟简至朱方，廉使薛公革馆待礼备。时扶风马植、范阳卢简能、河东裴蘧，皆同馆之，环炉会语终夕焉。公佐复说前事，如杨所言。

（李公佐《庐江冯媪传》）元和六年夏五月，江淮从事李公佐使至京。回次汉南，与渤海高钺、天水赵缵、河南宇文鼎会于传舍。宵话征异，各尽见闻。钺具道其事，公佐为之传。

（白行简《李娃传》）贞元中，予与陇西公佐话妇人操烈之品格，因遂述汧国之事。公佐拊掌竦听，命予为传。乃握管濡翰，疏而存之。

（元稹《莺莺传》）贞元岁九月，执事李公垂宿于予靖安里第，语及于是。公垂卓然称异，遂为《莺莺歌》以传之。

（沈亚之《异梦录》）元和十年，亚之以记室从陇西公军泾州，而长安中贤士皆来客之。五月十八日，陇西公与客期，宴于东池便馆。既坐,陇西公曰:"余少从邢凤游,得记其异,请语之。"客曰:"愿备听。"陇西公:"凤帅家子,无他能。后寓居……"是日,监军使与宾府郡佐,及宴客陇西独狐铉、范阳卢简辞、常山张又新、武功苏涤,皆叹息曰:"可记。"故亚之退而著录。①

这些记载生动真切,完全可以还原唐传奇故事的创作和传播氛围,洋溢着趣味。这种宴饮聚会讲故事的消遣方式,与喝酒、听曲、吟诗唱和等常规娱乐并无差别,人人以为自然而然,也不会刻意去突出什么教化大义。仅仅是奇妙之事的分享,就足以令在座的人感到满意。

人们对于奇特故事的爱好,其实是对摆脱庸常、延展生命的向往。故事发生在怪异之处,而听故事的人却处于安全境地,在自身生命丝毫不受威胁的情况下,借助别人的故事,获得新奇的生活阅历和感受,增加知识,或者提高规避利害的认知能力,甚至分享极限体验,凡此种种,都能使听者的个体生命的质量提升,从而间接提高了生存质量,人们因为满足了这种深层需要而获得愉悦感。看似毫无功利目的的娱乐欣赏活动,依然在深层契合了生命发展的实际需要,其实就是另一种形式的功利,只不过它表现为完全的愉悦感。因此,审美愉悦也可以视为个体生命质量提升所带来的愉悦。

唐代整个时期都是儒释道并重,再加上国势强盛,统治者比较自信,故思想统治相对宽松,文人们基本上保持着比较本真的风格,可以随意追逐文字之美。恐怕他们还难以想象后代的禁毁小说之风。

故事在讲述的时候突出趣味,一旦落实到文本层面,却有意体现出史才、诗笔、议论的综合能力,唐代文人在传奇文的写作当中也不忘风流自赏。造成这种现象的现实原因就是传奇文可以当作敲门砖,"唐之举人,先藉当世显人,以姓名达之主司,然后以所业投献,逾数日又投,谓之温卷,如《幽怪录》、《传奇》等皆是也。盖此等文备众体,可以见史才、诗笔、议论"②。

因此,写作这种传奇文可以逞才。唐代文人着力为文,增加了行文的趣味性,往往超出了教化的范畴。史才、诗笔在小说当中的交融,

① 以上引文见鲁迅校录《唐宋传奇集》,第49页、第59页、第69页、第90页、第97~98页,济南:齐鲁书社,1997。

② 〔宋〕赵彦卫:《云麓漫钞》卷八,第135页,北京:中华书局,1996。

就是戏仿的心理。以史传的形式写传奇,是别无参照的唯一选择,但是,在这种戏仿的写作过程当中,又将原本正经的神圣的文化对象,变成人人可以亲近的游戏。在这种游戏态度当中,也透露出文人们不甘寂寞的野心。"夫希代之事,非遇出世之才润色之,则与时消没,不闻于世。"①希代之事,借助出世之才,就可以流传后世。"立德、立功、立言"三不朽的期望也体现在小说创作当中。文人的才能和名声,就在这种创作及流传中确立。

唐传奇创作篇幅增长,故事完整,描写趋于繁复多样,从体例上突破了"丛残小语"的限定;其写作目的通常是文人围炉夜话,以自娱娱人为主,也突破了为正史"补阙"的观念;文章以好看为创作目的,有意作奇;笔墨或细腻或夸张,无中生有,着意虚构,也跳出了"实录"的范围。因此,从形式上唐传奇依然贴合史传体裁,如《莺莺传》《李娃传》《南柯太守传》等,结构形式、叙事铺排的顺序写法等均是史传翻版。如果结合结撰手法和内在的审美精神来考察,却不难看出唐传奇与史传严重貌合神离。也就是说,已经成熟的虚构文学,仍然披着一件旧衣。

旧有的理论观念占据主导地位,但显然不能与这种新的创作形式合拍。作品的客观状况使得人们不能忽视它的特点,从而想到如何给这种新的文类命名。于是,后人将其单独列出,名之曰"杂传记"(如《太平广记》)。按照今天的文学标准来看,这其实是一个失败的命名,因为它内在的评判标准依然是史传,并没有彰显唐传奇的艺术特色,由此也可见批评的滞后性。

三、自我满足

在某些小说的编纂过程当中,趣味取代了载道观念,成为文人坚持工作的第一动力,虽然屡遭嘲笑,而不改初衷。代表者如南宋洪迈。

洪迈可谓倾力撰著小说的第一人,其最好的代表作就是卷帙浩繁、历时半个多世纪编成的《夷坚志》四百二十卷。② 陆游专门为诗赞曰:"笔近《反离骚》,书非《支诺皋》。岂唯堪史补,端足擅文豪。驰骋

① 〔唐〕陈鸿:《长恨传》,见鲁迅校录《唐宋传奇集》,第74页,济南:齐鲁书社,1997。
② 可与上编第一章第四节所提到的洪迈及《夷坚志》情况相参照。

空凡马，从容立断鳌。陋儒那得议，汝辈亦徒劳。"①

如此巨著，洪迈是怎样编就的呢？

盖每闻客语，登辄纪录，或在酒间不暇，则以翼旦追书之，仍函示其人，必使始末无差庚乃止。②

子弟辈皆言，翁既作文不已，而掇录怪奇，又未尝少息，殆非老人颐神缮性之福，盍已之。余受其说，未再阅日，膳饮为之失味，步趋为之局束，方寸为之不宁，精爽如痴。向之相劝止者，惧不知所出。于是逌然而笑，岂吾缘法在是，如驶马下临千丈坡，欲驻不可。姑从吾志，以竟此生。③

人年七八十，幸身康宁，当退藏一室，早睡晏起，缗贝多旁行书，与三生结愿；否则邀方外云侣，熊经鸱顾，斯亦可耳。至于著书，盖出下下策，而此习胶拳不能释。固尝悔哂，猛藏去弗视；乃若禁婴孺之滑甘，未能几何，留意愈甚，虽有倾河摇山之辩，不复听矣。④

一话一首，入耳辄录，当如捧漏瓮以沃焦釜，则缀词记事，无所遗忘，此手之志然也。⑤

可见，洪迈的撰著态度就是对材料来者不拒、如实照录，又日以继夜，废寝忘食，故成就了这样一部大书。《夷坚志》的编撰很难说是立言，只是一部资料汇编。整部大书当中，除序言外，基本上看不到作者加工的影子，更没有唐传奇那样刻意虚构要妙文情的用心。洪迈的撰著乐趣来自于什么呢？

人们历来向往多识多能，大约是因为多识多能在社会生存当中占据优势，能获得更多的资源。饱学文人知识渊博，见识超群，容易受到尊敬和推崇，即属于普通人对优势人群的羡慕和向往。倘若又有撰著

---

① 《题夷坚志后》，〔宋〕陆游著，钱仲联校注：《剑南诗稿校注》卷三七，第 2371 页，上海：上海古籍出版社，1985。

② 〔宋〕洪迈：《支庚序》，见《夷坚志》，第 1135 页，北京：中华书局，1981。

③ 〔宋〕洪迈：《支壬序》，转引自〔宋〕赵与时著《宾退录》，第 99 页，上海：上海古籍出版社，1983。

④ 〔宋〕洪迈：《三志丁序》，转引自〔宋〕赵与时著《宾退录》，第 100 页。

⑤ 〔宋〕洪迈：《三志己序》，见《夷坚志》，第 1303 页，北京：中华书局，1981。

行世,更是传名留名的好方法。这是文人热衷著述的外因诱导。还有一大内因,乃是作者在撰著过程当中的自我满足感和成就感,这一点与个人趣味密切相关。下面就以《夷坚志》为例进行分析。

《夷坚志》篇幅浩繁,如上所述,洪迈几乎为每一志都写作了序言,可惜这些序言在流传当中佚失大半,今天仅能看到十三篇。① 南宋赵与时《宾退录》卷八对《夷坚志》各序言进行了撮要总结,给我们留下了宝贵的资料。其中谈到洪迈创作宗旨者如下:

> 洪文敏著《夷坚志》,积三十二编,凡三十一序,各出新意,不相复重,昔人所无也。今撮其意书之,观者当知其不可及。《甲志》序所以为作者之意。《乙志》谓前代志怪之书,皆不无寓言;独是书远不过一甲子,为有据依。《丙志》谓始萃此书,颇以鸠异崇怪,本无意于述人事及称人之恶。然得之容易,或急于满卷帙,故颇违初心,其究乃至于诬善。盖以告者过,或听焉不审。既删削是正,而可为第三书者又已囊积,惩前过,止不欲为。然习气所溺,欲罢不能,而好事君子,复纵臾之。辄私自恕曰,但谈鬼神之事足矣,毋庸及其他,于是取为《丙志》。《丁志》设或人之辞,谓不能玩心圣经,劳动心口,从事于神奇荒怪,索墨费纸,殆半《太史公书》为可笑,从而为之辨。……《庚志》谓:"假守当途,地偏少事。济南吕义卿,洛阳吴斗南,适以旧闻寄似,度可半编帙,于是辑为《庚志》。初《甲志》之成,历十八年。自《乙》至《己》,或七年,或五六年。今不过数阅月,闲之为助如此。然平生居闲之日多,岂不趣成书,亦欠此巨编相传益耳。"……《支丁》则自摭此帙中不可信者数事,谓:"苟以其说至,斯受之而已矣。聱牙畔涣,盖自知之,爱奇之过,一至于此。读者勿以辞害意可也。"……《支癸》谓:"刘向父子汇群书《七略》,班孟坚采以为《艺文志》。小说类定著十五家,最后《虞初周说》九百四十三篇,出于稗官,街谈巷语,道听途说者之所造,今亡矣。《唐史》所标百余家,六百三十五卷,《太平广记》率取之不弃也。余既毕《夷坚》十志,又支而广之,通三百

---

① 参见〔宋〕洪迈撰,何卓点校《夷坚志》,北京:中华书局,1981。

篇,不能满者,才十有一,遂半唐志所云。"……《三志·戊》谓"子不语怪力乱神",非置而弗问也。圣人设教垂世,不肯以神怪之事诒诸话言。然书于《春秋》于《易》于《诗》于《书》皆有之,而《左氏内外传》尤多,遂以为诬诞浮夸则不可。[1]

《夷坚志》编了半个多世纪,共有四个编次,初志分别以甲至癸编号,支志则是支甲至支癸,三志乃三志甲至三志癸,四志绝笔,仅甲乙两编。《宾退录》云"《甲志》序所以为作者之意",可惜这个表明作者之意的甲序已经失传,《宾退录》偏偏又没有撮要,具体内容不得而知。不过,从其他的序言当中,也可以看出作者的写作意图。首先是毫不避讳"鸠异崇怪""神奇荒怪",作者非常清楚有些材料不可信,只是因为"爱奇"才记录。其次,编集此书是"闲"工夫,好几篇序言都特意感慨成书之快为得闲之助。对比晋代干宝编《搜神记》"明鬼神之不诬"的良史态度,宋代洪迈大大方方地认可虚构也是合理的存在,个人爱好是他编集的最大动力。虽然举《春秋》《左传》有神怪之事为"诬诞浮夸"辩解,还属于攀附圣贤经典的陈词滥调,但是洪迈对个体趣味的看重以及毕生的实践仍是最大的亮点。

《夷坚志》从体例上来看,完全属于文献目录学意义的小说。但是,洪迈把"补阙"功能改造为趣味第一、消遣至上。文献目录学意义的小说,原本是依附于史传方有立足之地。编撰目的更新之后,体例上仍然属于文献目录学意义的小说,但是其存在意义却与纯文学意义的小说并无二致,即成为娱乐化的存在。

《夷坚志》初编刊行之后即大受欢迎,甚至流传到北方异族统治区,而四方人士给洪迈编书提供素材者一直络绎不绝,这些现象也可以说明南宋时代人们对小说的喜闻乐见。宋代笔记文发达,这些今人眼中的笔记正是古人心中的正宗小说。宋代人大量撰著小说,与文学意义的小说观兴起具有密切的关系。他们爱奇尚怪、炫耀博学,在补史阙的名义之下伸张着个人趣味。

---

① 〔宋〕赵与时著,齐治平校点:《宾退录》,第97~100页,上海:上海古籍出版社,1983。

四、趣味共识

既然创作小说、编纂小说、传播小说都具备合理性，那么围绕小说创作、编纂的诸多问题也逐渐得到了合理的探讨，其中就包括创作趣味，它使得文学的美感空间得到了新拓展。正因为认识到小说创作当中的笔墨之趣，文论家们也准确揭示出小说的艺术特征，并且能够暂时脱离政教伦理的评价体系。

文论家们从创作方面立论者如：

> 凡变异之谈，盛于六朝，然多是传录舛讹，未必尽幻设语。至唐人，乃作意好奇。①

> 唐人乃有单篇，别为传奇一类。大抵情钟男女，不外离合悲欢……虽情态万殊，而大致略似。其始不过淫思古意，辞客寄怀，犹诗家之乐府古艳诸篇也。②

> （施耐庵）只是饱暖无事，又值心闲，不免伸纸弄笔，寻个题目，写出自家许多锦心绣口。③

> 呜呼！古之君子，受命载笔，为一代纪事，而犹能出其珠玉锦绣之心，自成一篇绝世奇文。岂有稗官之家，无事可纪，不过欲成绝世奇文以自娱乐，而必张定是张，李定是李，毫无纵横曲直，经营惨淡之志者哉？则读稗官，其又何不读宋子京《新唐书》也！④

虽然文以载道是大原则，但创作过程当中的乐趣是无功利性的，这种乐趣是弄笔为文的清寒士人的最大慰藉。创作者的个人趣味表露无遗，欣赏者在审美鉴赏过程中的感受也丰富多样。很多时候，读者受到触发感动，并不是因为作品讲述了多么了不起的大道理，而是一言一语情感上的微妙贴合，引起了共鸣。文论家本身首先是小说的

---

① 〔明〕胡应麟：《少室山房笔丛》卷三六，第 371 页，上海：上海书店出版社，2009。
② 〔清〕章学诚：《文史通义》卷五"诗话"条，见《文史通义校注》，第 560～561 页，北京：中华书局，1985。
③ 〔清〕金圣叹：《读第五才子书法》，见陈曦钟、候忠义、鲁玉川辑校《水浒传会评本》，第 15 页，北京：北京大学出版社，1987。
④ 〔清〕金圣叹：《水浒传》第二十八回回评，同上，第 539～540 页。

读者,故从读者感受方面立论极其自然。

涉及读者鉴赏心态的言论如:

> 是编虽稗官之流,而劝善惩恶,动存鉴戒,不可谓无补于世。矧夫造意之奇,措词之妙,粲然自成一家言,读之使人喜而手舞足蹈,悲而掩卷堕泪者,盖亦有之。自非好古博雅,工于文而审于事,何能臻此哉!①

> 然则稗官小说,奚害于经传子史?游戏墨花,又奚害于涵养性情耶!……《虞初》一书,罗唐人传记百十家,中略引梁沈约十数则,以奇僻荒诞、若灭若没、可喜可愕之事,读之使人心开神释、骨飞眉舞。虽雄高不如《史》、《汉》,简澹不如《世说》,而婉缛流丽,洵小说家之珍珠船也。……意有所荡激,语有所托归,律之风流之罪人,彼固欿然不辞矣。使呫呫读古,而不知此味,即日垂衣执笏,陈宝列俎,终是三馆画手,一堂木偶耳,何所讨真趣哉!②

所谓"手舞足蹈""掩卷堕泪""心开神释""骨飞眉舞",形象地说明了小说之感染力。从怡情养性的角度评价小说创作,亦是开通之论。总之,小说的笔墨之趣来自其游戏、娱乐属性,若与文以载道合论,则笔墨之趣,犹如端正好衣冠之时也无妨做个鬼脸。这个留给自我的缝隙,正是纯文学意义生长的空间。

小说的笔墨之趣是个重要方面,但是在中国古代小说理论的领域当中,"趣"并不能独立存在,仍然是从属概念,这也是以政教伦理体系为中心的古代文学理论令今人无奈之处。

第二节 社会思想文化的推动

文学意义上成熟的小说作品诞生、发展的时代,是唐、宋、元、明、

---

① 〔明〕凌云翰:《剪灯新话序》,见《中国历代小说论著选》(上),第106页,南昌:江西人民出版社,2000。

② 〔明〕汤显祖:《点校虞初志序》,见《中国历代小说论著选》(上),第187页。

清几朝。小说理论有鲜明的文学独立意识的时代,则是明代中期以后。明代中期以前所谓的小说理论,只是依附于散文史传理论的断片,其阐述目的、论述样态,皆等同于散文理论。文论家们从心理上就没有意识到小说是一种独立的文体,相应的小说理论当然也无甚新花样。

前面已经说过,明代嘉靖至万历年间,纯文学意义的小说概念应用得尤其普遍,正是这个时期的思想文化状况促使了"小说"概念纯文学意义的定型。

明代前期,统治者着重加强思想的一统性,《五经大全》《四书大全》《性理大全》均在永乐年间(1403—1424)编成,其中《性理大全》七十卷"以周、程、张、朱诸儒性理之书类聚成编",明成祖亲自制序。该皇帝还为《圣学心法》制序,四卷《圣学心法》分为四类,曰君道、臣道、父道、子道。①

理学由知识、思想上升为权威的意识形态,不可违背、无法质疑,更不能批判,只有记诵遵行,迫使士子们在科场卷子上孜孜矻矻。思想观念丧失了鲜活的思维生命,在现实生活当中只能成为空洞的教条,"自永乐中命儒臣纂修《四书大全》,颁之学官,而诸书皆废。……而制义初行,一时人士尽弃宋元以来所传之实学,上下相蒙,以饕禄利,而莫之问也。呜呼!经学之废,实自此始。后之君子欲扫而更之,亦难乎其为力矣"②。

挟皇权之威,程朱理学被僵化为思想教条和规范,压抑了士人的创造性和自由思考的能力,明代前期、中期形成了社会文化思想的一统性。小说作为琐碎的、不经的甚至异端的文字,在肃杀的理学气氛中自然难以存活。因此,在这个阶段当中,小说创作与传播趋于沉寂,小说理论也无甚建树。

王阳明哲学应时而生,以反拨程朱理学、上溯孔孟的姿态登上思想论坛。他认为:"心即理也。天下又有心外之事,心外之理乎?""此心无私欲之蔽,即是天理,不须外面添一分。"③这使程朱学说中两截化的天理、人欲统一为"心"。心的本体就是"良知","即前所谓恒照者

---

① 《明史》卷九八《艺文志》,第 2425 页,北京:中华书局,1997。
② 〔清〕顾炎武著,黄汝成集释:《日知录集释》,第 650 页,长沙:岳麓书社,1994。
③ 见陈荣捷:《王阳明传习录详注集评》,第 30 页,台北:台湾学生书局,1983。

也。心之本体无起无不起。虽妄念之发,而良知未尝不在"①。心、理一体,知、行合一,都在于致良知。

王阳明的学说简明易解,很快便影响一时,在广泛的现实生活当中,击裂了意识形态化的程朱理学体系,深受士人以及市民阶层的欢迎,"盖自程朱一线中绝,而后补偏救弊,契圣归宗,未有若先生之深切著明者也"②。

王学也产生了不同的思潮流派,其中有一派对于文学艺术的影响极大,如王畿"把良知这种本体极端地放大,所以心灵成了没有恶只有善,因此给心灵的自由放纵留下了相当大的空间⋯⋯后来王学的所谓'左派'后人,大体上都是从王阳明、王畿学说中这种内在理路自然引申出来的。简单地说,就是由于在理论上肯定了心灵'有善无恶'的合理性,因此才能使实践上的所有心灵活动都拥有了合理性,可是,因为'无情无欲'只是一种理论上的境界,而生活世界中的人总是'有情有欲'的,于是,这种有情有欲的人就在这种理论合理性背后,寻找到了释放甚至放纵自己的理由"③。

明代中期以后,商品经济的发达促进了城市繁荣,以消费娱乐为中心的市民文化兴盛,产生了新的生活方式,《万历通州志》卷二《风俗》、顾起元《客座赘语》卷一《正嘉以前醇厚》条,皆记载了明代正德、嘉靖朝之后社会风俗的变化。

> 正、嘉以前,南都风尚最为醇厚,荐绅以文章政事、行谊气节为常,求田问舍之事少,而营声利、畜伎乐者,百不一二见之。逢掖以呫哔帖括、授徒下帷为常,投赘干名之事少,而挟倡优、耽博弈、交关士大夫陈说是非者,百不一二见之。军民以营生务本、畏官长、守朴陋为常,后饰帝服之事少,而买官鬻爵、服舍亡等、几与士大夫抗衡者,百不一二见之。妇女以深居不露面、治酒浆、工织纴为常,珠翠绮罗之事少,而拟饰倡妓、交结姏媪、出入施施无异男子者,百不一二见之。④

---

① 《答陆原静书》,见《王阳明传习录详注集评》,第214页,台北:台湾学生书局,1983。
② 〔明〕刘宗周:《阳明传信录一·小引》,转引自葛兆光:《中国思想史》第二卷,第315页,上海:复旦大学出版社,2007。
③ 葛兆光:《中国思想史》第二卷,第314页。
④ 〔明〕顾起元:《客座赘语》,第25~26页,北京:中华书局,1987。

正、嘉之前风尚"醇厚"，也是拜思想钳制较严所赐。在思想统治比较严厉、价值观念单一的时代，人的各种活动也受到限制，自然少异端之事。至于明代晚期，文化思想方面纲纪松弛，民间游冶之风兴盛，尚奇尚趣，整个时代风尚为之改易。张岱的《陶庵梦忆》《西湖梦寻》提供了明代后期的市井风貌写真，与上面引文所述状况构成鲜明的对照。

秦淮河河房，便寓、便交际、便淫冶，房值甚贵，而寓之者无虚日。画船箫鼓，去去来来，周折其间。河房之外，家有露台，朱栏绮疏，竹帘纱幔。夏月浴罢，露台杂坐，两岸水楼中，茉莉风起动儿女香甚。女客团扇轻纨，缓鬓倾髻，软媚着人。年年端午，京城士女填溢，竞看灯船。好事者集小篷船百什艇，篷上挂羊角灯如联珠，船首尾相衔，有连至十余艇者。船如烛龙火蜃，屈曲连蜷，蟠委旋折，水火激射。舟中镗钹星铙，宴歌弦管，腾腾如沸。士女凭栏轰笑，声光凌乱，耳目不能自主。午夜，曲倦灯残，星星自散。钟伯敬有《秦淮河灯船赋》，备极形致。①

虎丘八月半，土著流寓、士夫眷属、女乐声伎、曲中名妓戏婆、民间少妇好女、崽子娈童及游冶恶少、清客帮闲、傒僮走空之辈，无不鳞集。自生公台、千人石、鹅涧、剑池、申文定祠下，至试剑石、一二山门，皆铺毡席地坐，登高望之，如雁落平沙，霞铺江上。天暝月上，鼓吹百十处，大吹大擂，十番铙钹，渔阳掺挝，动地翻天，雷轰鼎沸，呼叫不闻。更定，鼓铙渐歇，丝管繁兴，杂以歌唱，皆"锦帆开，澄湖万顷"同场大曲，蹲踏和锣丝竹肉声，不辨拍煞。更深，人渐散去，士夫眷属皆下船水嬉，席席征歌，人人献技，南北杂之，管弦迭奏，听者方辨句字，藻鉴随之。二鼓人静，悉屏管弦，洞箫一缕，哀涩清绵，与肉相引，尚存三四，迭更为之。三鼓，月孤气肃，人皆寂阒，不杂蚊虻。一夫登场，高坐石上，不箫不拍，声出如丝，裂石穿云，串度抑扬，一字一刻。听者寻入针芥，心血为枯，不敢击节，惟有点头。然此时雁比而坐者，犹存百十人焉。②

商业潮流冲击了农耕传统下的作息、休闲习惯，培养了新型的消

① 〔明〕张岱：《陶庵梦忆》卷四《秦淮河房》，第77页，北京：作家出版社，1995。

② 〔明〕张岱：《陶庵梦忆》卷五《虎丘中秋夜》，第105～106页。

费娱乐方式,影响了社会时尚,使人们不满于程朱理学为核心的意识形态的压制,急于解除约束,急于张扬个性情欲。社会现实产生了王学,王学又转而促进了社会生活的变化,并深刻影响了一代士人的思想、意识,使明代晚期出现了自由论学的风气,进而影响到文化艺术的走向。李贽、"公安三袁"(袁宗道、袁宏道、袁中道)、汤显祖、董其昌等均是王学左派影响下的人物。

李贽提倡童心说,评点《水浒传》,并且以"忠义"来赞许造反的梁山强盗;袁宏道对"淫书"《金瓶梅》大加赞扬……因提倡者的名声隆盛,凡此种种初为惊世骇俗之说,转为大众乐见之辞,迎来了小说理论扬眉吐气的短暂的黄金时代。

文献目录学意义上的小说原本就具备娱乐、消遣等功能,魏晋时的俳优小说(见《三国志》"魏志"卷二十一"王粲传"裴松之注引《魏略》)、隋时的俳优杂说(见《隋书》卷五八《侯白传》)、唐代的民间小说(见《唐会要》卷四)、市人小说(见段成式《酉阳杂俎》续集卷四),皆重视谐谑娱乐。而宋元以后的大众娱乐心态使得小说艺术追求变得更轻快,有意无意疏离了沉重的说教,转而追求故事的生动有趣,以打动人心。"消遣于长夜永昼,或解闷于烦剧忧愁,以豁一时之情怀耳。"①

读者大众的心理是小说研究当中重要的一环。我们在研究古代文学的时候,最主要的根据就是古代的文献。这些文献的记录人、整理人往往是代表着上层利益和观念的文人,传递着经过规范之后的事件和信条。对更大多数的人、更占普遍面的民间观念,记录却是极其缺乏的。小说,是中国古典文学当中地位最低下、文字最通俗、受众最普遍的文学形式,则研究小说观念的变迁,绝对不能忽视民间的接受和反馈,我们可以把纯文学意义的小说看成一种历时既久、兴起于民间、反作用于士人阶层的艺术形式。

文人对于民众,一向持同情态度,同情却不等于感同身受,更多是一种站在高处的哀悯而已,那眼光还是不平等的。所以,他们提倡的第一要义往往是教化。从站在高处的教化到平等的趣味分享,这种姿态的放低就是小说生存空间扩展的前提。"明朝短篇小说作家的宣讲

---

① 〔明〕酉阳野史:《新刻续编三国志引》,见《中国历代小说论著选》(上),第179页,南昌:江西人民出版社,2000。

技术,是向说话人学习的。说话人宣讲用口,明朝短篇小说作家,则以笔代口。以笔代口,比用口尤难。……凡说话人用声音用姿势表现出来的,现在都要用一枝笔表现出来。……他在屋中写作,正如在热闹场中设座,群众正在座下对着他听一样。因此,笔下写出的语言,须句句对群众负责,须时时照顾群众,为群众着想。"①"他们作短篇小说,的确是将自己化身为艺人,面向大众说话,而不是坐在屋里自己说自己的话。"②

为何主动采取这种写作方式?为何要主动迎合大众?

深受儒家传统影响的士人,总有自觉的社会责任感,所谓"为天地立心,为生民立命,为往圣继绝学,为万世开太平"(张载语)。付诸文字的作品,其最大的存在价值就是教化功用。作者、评论者两种角色往往重合,评论的视角也可以说明创作的视角。为了使教化作用发挥得好,势必得采用观众喜闻乐见的形式。一旦读者爱看,书的销路好,作者也可以取得更大的金钱利益。

文人的涉笔成趣、才华自娱与大众的猎奇话异,形成了合力,促使小说这种门类越来越独立,越来越具有自身的特征和价值。

对于小说阅读,读者一直采取主动寻求的态度。上至皇帝高官,下至贩夫走卒,莫不被小说的故事所吸引。"仁寿清暇,喜阅话本,命内珰日进一帙,当意,则以金钱厚酬。于是内珰辈广求先代奇迹及闾里新闻,倩人敷演进御,以怡天颜。"③

大众对于阅读趣味的主动寻求,也伴随着对于知识的渴求。小说本身的丰富性、广泛性,具有巨大的认识价值和审美价值,越是篇幅宏富、内涵丰缛的小说,价值越大。

> 载观此书,其地则秦、晋、燕、赵、齐、楚、吴、越,名都荒落,绝塞遐方,无所不通;其人则王侯将相,官师士农,工贾方技,吏胥厮养,驵侩舆台,粉黛缁黄,赭衣左衽,无所不有;其事则天地时令,山川草木,鸟兽虫鱼,刑名法律,韬略甲兵,支干风角,图书珍玩,

---

① 孙楷第:《俗讲、说话与白话小说》,第 12 页,北京:作家出版社,1957。
② 同上,第 13 页。
③〔明〕绿天馆主人:《古今小说序》,见《中国历代小说论著选》(上),第 225 页,南昌:江西人民出版社,2000。

市语方言,无所不解;其情则上下同异,欣戚合离,捭阖纵横,揣摩挥霍,寒暄顿笑,谑浪排调,行役献酬,歌舞谲怪,以至大乘之偈,真谛之文,少年之场,宵人之态,无所不该。纪载有章,烦简有则。①

一部书中,翰墨则诗词歌赋、制艺尺牍、爰书戏曲以及对联匾额、酒令灯谜、说书笑话,无不精善;技艺则琴棋书画、医卜星相及匠作构造、栽种花果、畜养禽鱼、针黹烹调,巨细无遗;人物则方正阴邪、贞淫顽善、节烈豪侠、刚强懦弱及前代女将、外洋诗女、仙佛鬼怪、尼僧女道、娼妓优伶、黠奴豪仆、盗贼邪魔、醉汉无赖,色色俱有;事迹则繁华筵宴、奢纵宣淫、操守贪廉、宫闱仪制、庆吊盛衰、判狱靖寇以及讽经设坛、贸易钻营,事事皆全;甚至寿终夭折、暴亡病故、丹戕药误及自刎被杀、投河跳井、悬梁受逼、吞金服毒、撞阶脱精等事,亦件件俱有:可谓包罗万象,囊括无遗。②

人类世界有多丰富,小说就有多丰富。小说创作的辉煌,越来越不能被抹杀被遮掩,一方面民众关注越来越多,一方面其本身的艺术成就也吸引了文人士大夫的瞩目与参与,从而使小说得到了更多的解读和辨析,促使小说的概念超越了僵硬的意识形态话语,向文学化方面演进。明代小说理论当中的纯文学艺术观念便逐步呈现出来了。小说的文学意义概念既已成熟,则清人自然沿用,直到清末,又一轮强烈的文化思潮震荡袭来,小说的内涵方才发生了再次新变。

---

① 万历十七年天都外臣《水浒传序》,见朱一玄、刘毓忱编《水浒传资料汇编》,第 168～169 页,天津:南开大学出版社,2002。

② 〔清〕王希廉:《红楼梦总评》,见朱一玄编《红楼梦资料汇编》,第 581 页,天津:南开大学出版社,2001。

第七章

评点：小说理论的创新①

虽说小说理论的基本理念借鉴自散文理论，但小说理论本身对于中国文化的贡献也是巨大的。其中最耀眼的成就当属评点。

第一节　评点的发展演变

小说评点是中国小说理论当中最有特色的部分，也是最重要的理论载体。有的研究者认为"以小说评点为主体的中国小说理论批评实际形成了一个以'鉴赏'为中心的批评传统"②，而本书认为，构成中国小说理论主体

① 本章引用的小说评点文字出自以下著作：陈曦钟、侯忠义、鲁玉川辑校《水浒传会评本》，北京：北京大学出版社，1987；〔清〕金人瑞评《水浒传》，济南：齐鲁书社，1991；〔清〕毛宗岗评订《三国演义》，济南：齐鲁书社，1991；〔清〕张道深评《金瓶梅》，济南：齐鲁书社，1991；张友鹤辑校《聊斋志异会校会注会评本》，上海：上海古籍出版社，1986；李汉秋辑校《儒林外史汇校汇评》，上海：上海古籍出版社，2010；朱一玄、刘毓忱编《三国演义资料汇编》，天津：南开大学出版社，2003；朱一玄、刘毓忱编《水浒传资料汇编》，天津：南开大学出版社，2002；朱一玄、刘毓忱编《西游记资料汇编》，天津：南开大学出版社，2002；朱一玄编《金瓶梅资料汇编》，天津：南开大学出版社，2002；朱一玄编《聊斋志异资料汇编》，天津：南开大学出版社，2002；朱一玄编《红楼梦资料汇编》，天津：南开大学出版社，2001；邓遂夫校订《脂砚斋重评石头记甲戌校本》，北京：作家出版社，2000。

② 谭帆：《中国小说评点研究》，第15页，上海：华东师范大学出版社，2001。

观念、核心理念的仍是从散文理论当中继承的部分。评点,只不过是这些观念的具体呈现形式。

所谓评点,是一种综合体,由范例、读法、眉批、夹批、行批等组成。评点者的创作心态是:以原小说文本为知音,为体现自己心性的最好载体,又借助这个载体痛快淋漓地抒发自己的喜怒哀乐,借他人之酒杯,浇胸中之垒块。细读文本,甚至体现出超越原作的意识。故评点者也是文本的整理者、修改者、写定者。好的评点与优秀的文本相映生辉,形成复调阅读,给读者以双重享受。

一、渊源于诗文批评

与小说理论的其他基本命题一样,评点方式也是从诗文批评那里借来的。

《礼记·学记》中讲到学子受教育的过程:"古之教者,家有塾,党有庠,术有序,国有学。比年入学,中年考校。一年视离经辨志。三年视敬业乐群。五年视博习亲师。七年视论学取友。谓之小成。九年知类通达,强立而不反。谓之大成。"学子们第一年的基础学习就是离经辨志,郑玄对"离经辨志"注释曰:"离经,断句,绝也。辨志,谓别其心意所趣向也。"孔颖达疏曰:"一年视离经辨志者,谓学者初入学一年,乡遂大夫于年终之时考视其业。离经,谓离析经理使章句断绝也。辨志谓辨其志意趣向习学何经矣。"①

由此可见,学子们学习的第一步是识文断句,对经典原文进行标点划段,分析标明意旨。这是非常好的读书方法,能让学子从基础做起,踏踏实实地锻炼思智。这种读书方法应该是评点的最初源头。从读书中产生的各种简约的、感悟式的品评语言散见于先秦的文献当中。

最著名者莫若《论语》当中对《诗经》的评价。

> 子贡曰:"贫而无谄,富而无骄,何如?"子曰:"可也;未若贫而乐,富而好礼者也。"子贡曰:"《诗》云'如切如磋,如琢如磨',其斯之谓与?"子曰:"赐也,始可与言《诗》已矣,告诸往而知来者。"②

---

① 《礼记·学记第十八》,见《十三经注疏》,第 293 页,北京:中华书局,1980。
② 《论语·学而》,见杨伯峻译注《论语译注》,第 9 页,北京:中华书局,1980。

子曰:"《诗》三百,一言以蔽之,曰:'思无邪。'"①

子夏问曰:"'巧笑倩兮,美目盼兮,素以为绚兮。'何谓也?"子曰:"绘事后素。"曰:"礼后乎?"子曰:"起予者商也! 始可与言《诗》已矣。"②

子曰:"小子何莫学夫诗? 诗,可以兴,可以观,可以群,可以怨。迩之事父,远之事君;多识于鸟兽草木之名。"③

孔子对《诗经》特点的概括,是深思熟虑之后的慎重评价。而他与学生的有关对话,则充满了感悟启发,闪烁着智慧的光辉,是点到为止、心领神会的交流。这种内在的批评精神和语言特色正与评点方式神韵相通。后代的诗话、文话也是遵循着此传统发展起来的。

清代学者章学诚对于评点的简短总结可资参考:

评点之书,其源亦始钟氏《诗品》、刘氏《文心》。然彼则有评无点,且自出心裁,发挥道妙,又且离诗与文,而别自为书,信哉其能成一家言矣。自学者因陋就简,即古人之诗文而漫为点识批评,庶几便于揣摩诵习,而后人嗣起,囿于见闻,不能自具心裁,深窥古人全体,作者精微,以致相习成风,几忘其为尚有本书者,末流之弊,至此极矣。……是论文之末流,品藻之下乘。④

那么,评点的具体形式是如何慢慢建立起来的呢?

钱钟书先生慧眼所识:"陆云《与兄平原书》。按无意为文,家常白直,费解处不下二王诸《帖》。什九论文章,著眼不大,著语无多,词气殊肖后世之评点或批改,所谓'作场或工房中批评'(Workshop criticism)也。方回《瀛奎律髓》卷一〇。姚合《游春》批语谓'诗家有大判断,有小结裹';评点、批改侧重成章之词句,而忽略造意之本原,常以'小结裹'为务。苟将云书中所论者,过录于机文各篇之眉或尾,称赏处示以朱围子,删削处示以墨勒帛,则俨然诗文评点之最古者矣。"⑤

陆云给陆机的信中,对兄长的文章多有评陟,倘若把这些批语,一一移植到相关的陆机文章之篇眉、篇尾,再施以朱墨颜色,则跟后世的

①《论语·为政》,见杨伯峻译注《论语译注》第11页,北京:中华书局,1980。

②《论语·八佾》,同上,第25页。

③《论语·阳货》,同上,第185页。

④〔清〕章学诚撰,叶瑛校注:《文史通义校注》,第958页,北京:中华书局,1994。

⑤钱钟书:《管锥编》第4册,第1215页,北京:中华书局,1979。

诗文评点几乎没有差别。故钱钟书先生认为陆云的《与兄平原书》实蕴含着早期的评点因素。

张伯伟先生《评点溯源》①总结了历代的说法,而提出"点"即标点,"溯其原始,起于古人章句之学""分章断句,以便理解段落大意,是先秦以来初学者的主要课程之一"②。所谓"评",则上溯至《左传》襄公二十九年所记载的吴公子季札观周乐,"从《周南》评论到《颂》,若一一移于《诗经》诸国风、雅、颂之首,即成评点"③。其后,《毛诗》大小序、王逸《楚辞章句》、钟嵘《诗品》、唐人选唐诗诸集、宋代诗话与诗社评诗活动等,代代累加,诗文加评语的方式愈发通行,并且演变为对诗歌"句法"、文章"文法"、"章法"的探讨。"至宋代评点诸书,在看似零散的评论中,实际上贯注着对'法'的追求和重视。"④尤其与科举习文相关,评点的目的逐渐趋于功利化。

谭帆先生认为:"就传播形式而言,文学评点之兴起是以多种传统学术文化因素为其根柢的,这是一种在传统'注释学'和'文选学'基础上发展起来,并逐渐形成自身个性的批评形式。"⑤

评点形式在传世的经典文献当中体现得很明显,如朱熹《四书章句集注》,全书有总评,在卷首书题下。卷首有序或者序说,正文每句有注疏,每章章末有章评。朱熹另撰有《读论语孟子法》。这种解经的方式,与后代的小说评点形式有明显的继承关系。

二、古文评点范例

目前所知最早的评点书是宋代吕祖谦《古文关键》,"吕祖谦所取韩、柳、欧、苏、曾诸家文标抹注释,以教初学"⑥。

《古文关键》起首第一部分就是"总论看文字法",揭示全书的批评

---

① 章培恒、王靖宇主编:《中国文学评点研究论集》,第 1～54 页,上海:上海古籍出版社,2002。

② 同上,第 3 页、第 4 页。

③ 同上,第 13 页。

④ 同上,第 15 页。

⑤ 谭帆:《中国小说评点研究》,第 7 页,上海:华东师范大学出版社,2001。

⑥〔宋〕陈振孙著,徐小蛮、顾美华点校:《直斋书录解题》卷十五,第 451 页,上海古籍出版社,1987。

方法和中心意旨:"学文须熟看韩、柳、欧、苏。先见文字体式,然后遍考古人用意下句处。"①吕祖谦的"看文字法"有四个方面:第一看大概主张,第二看文势规模,第三看纲目关键,第四看警策句法。也就是从思想意旨、文章结撰方法、结构层次、要言警句等方面来评价、赏析前贤文章的妙处。不同的作者其气质、学识不同,文风也各异,故韩、柳、欧、苏等大家的文章各有各的好处,对其学习评析的侧重点也不同。

　　学习的目的是为了写作,故"看文字法"后面就是"论作文法",详细说明作文章当中的注意事项,如文字句法轻重缓急的安排,特别强调文章需气脉流通,议论、叙事、状情等均是重要的写作手法。吕祖谦提出"笔健而不丽,意深而不晦,句新而不怪,语新而不狂",从文风、意旨、句法、词语运用等方面确立好文章的特征。在作文法中,他又提出众多"格制",如上下、离合、聚散、精妙、清新、简肃、清快、典严等等。从字面上来看,所谓"格制",应该是不同的写作方法形成了不同的文字效果。但在具体的评点当中,吕祖谦对于这些格制类词语并没有应用很多。介绍完"作文法",接着就是"论文字病",列举出了诸多文章缺点,"深、晦、怪、冗、弱、涩、虚、直、疏、碎、缓、暗、尘俗、熟烂、轻易、排事、说不透、意未尽、泛而不切"等,仅仅是列举,并没有详细解释。

　　整篇总论文字简要,犹如一个大纲。下面举一篇具体文章来看看吕祖谦是如何评点的。仅录文章正文和批点文字(即方括号中的文字),字句之后的注释及考订略而不录。

获麟解

　　[字少意多,文字立节,所以甚佳。其抑扬开合,只主祥字,反复作五段说。]

　　　麟之为灵昭昭也[起得好,先立此一句]。咏于诗[承得上好],书于春秋,杂出于传记百家之书,虽妇人小子[此见昭昭处],皆知其为祥也。然麟之为物[难],不畜于家,不恒有于天下。其为形也不类,非若马牛犬豕豺狼麋鹿然。然则虽有麟不可知其为麟也。角者吾知其为牛,鬣者吾知其为马[造语健,苏文《乐论》学此下句],犬豕豺狼麋鹿吾知其为犬豕豺狼麋鹿[作文大抵两句

---

① 〔宋〕吕祖谦:《古文关键》,丛书集成初编本,第1页,上海:商务印书馆,1936。

短,须一句长者承。序前意尽]。惟麟也不可知,不可知,则其谓之不祥也亦宜[说不祥]。虽然,麟之出[说祥],必有圣人在乎位。麟为圣人出也。圣人者必知麟,麟之果不为不祥也。又曰[意高],麟之所以为麟者[百尺竿头进一步],以德不以形,若麟之出不待圣人,则其谓之不祥也亦宜哉。①

其余文章评点的体例与此相同,都是先在题目之下说明全篇的文风特点、结构方法,以及绝妙之处。这种提纲挈领式的议论,可以先给读者一个总体印象。文中又有时时提示意旨的起承转合之处、句式精彩之处。评点的好处就是如此,要言不烦,并能带动读者深入思考和领会,共同分享读书的趣味。在评点的基本方法和思路上,后世的小说评点完全继承了吕祖谦的做法。

吕祖谦编选古文,主要目的在于学习古文的写法。其后比较著名的文章评点作品,有楼昉《崇古文诀》、真德秀《文章正宗》、王霆震《古文集成》、谢枋得《文章规范》等,总体趋势是评点方法越来越细致全面,资于科考的目的越来越突出。

明代王守仁《文章轨范序》就说:"宋谢枋得氏取古文之有资于场屋者,自汉讫宋凡六十有九篇,标揭其篇章字句之法,名之曰《文章轨范》。盖古文之奥不止于是,是独为举业者设耳。"②

黄宗羲圈点自己的文集《南雷文定》,在《凡例》中也说道:"文章行世,从来有批评而无圈点,自《正宗》、《轨范》肇其端,相沿以至荆川《文编》,鹿门《大家》,一篇之中,其精神筋骨所在,点出以便读者,非以为优劣也。"③

这些应科举需要而诞生的古文评点本,拥有稳定的市场,社会效应也比较突出。与之相比,宋末元初首次出现的小说评点——刘辰翁《世说新语》眉批就比较沉寂了,关于这一点详见后文分析。

明清两代科举兴盛,文章评点也沿袭宋儒套路,儒家经传、古文、诗歌等均有大量选评本面世。较出色者如茅坤《史记钞》《唐宋八大家

---

① 〔宋〕吕祖谦:《古文关键》卷一,第1~2页,上海:商务印书馆,1936。本段引文标点据此书。

② 转引自张伯伟《评点溯源》,见《中国文学评点研究论集》,第31页,上海:上海古籍出版社,2002。

③ 〔清〕黄宗羲撰:《南雷文定》,丛书集成初编本,第1页,上海:商务印书馆,1936。

文钞》,归有光《史记评点》,杨慎评点《草堂诗馀》,钟惺、谭元春撰《古诗归》《唐诗归》等。评点蔚然成风,几乎是经、史、古文、诗、词无所不评,通过评点的方式,儒家经传也走下了神坛,成为可以被品头论足的"文章"。

值得一提的是,明末清初著名的小说评点家金圣叹撰有《天下才子必读书》(又名《才子古文》)①,是古文的选评本。

金圣叹(1608—1661),苏州长洲(今江苏吴县)人,原名采,字若采;明亡后,改名人瑞,又名喟,字圣叹。自幼喜读书,涉猎颇杂。清初因哭庙案被杀。其缘起是吴县县令任维初监守自盗,公然盗卖常平仓米,又严刑酷法逼迫县民赔偿,激起民愤。正值清顺治帝驾崩(1661年),吴县一百多名秀才赴文庙,哭先帝顺治,痛诉民冤,金圣叹参与此事,并写哭庙告文。吴县民众参加者也逾千人。而后这起群众的自发运动遭到了官府的残酷镇压。金圣叹罪列头等被斩立决,不仅本人身首异处,妻、子、家产均籍没。金圣叹在文学史上主要以小说、戏曲评点著称,其代表作为《水浒传》《西厢记》评点。

金圣叹选评《天下才子必读书》的目的是为了子侄辈学习作文,起初的编选缘由为:"仆昔因儿子及甥侄辈要他做得好文字,曾将《左传》、《国策》、《庄》、《骚》、《公》、《谷》、《史》、《汉》、韩、柳、三苏等书杂撰一百余篇,依张侗初先生《必读古文》旧名,只加'才子'二字,名曰《才子必读书》。盖致望读之者之必为才子也。"②后来正式版行的《天下才子必读书》编选了先秦(《左传》《国语》《战国策》)、秦、汉、晋、唐、宋几个朝代的文章。金圣叹该书的评点基本上都是批评句法、章法、文法以及总结思想意旨,较少阐释具体的字句词语,这一点和吕祖谦的评点不同。为便于对比,亦录该书中选评的《获麟解》如下,方括号中为金圣叹评语:

获麟解

[一篇只是一正一反,再一正,再一反。每段又自作曲折。]

麟之为灵,昭昭也。咏于《诗》,书于《春秋》,杂出于传记百家之书。虽妇人小子,皆知其为祥也。[祥]然麟之为物,不畜于家,

---

① 曹方人、周锡山标点:《金圣叹全集》(三),第271~655页,南京:江苏古籍出版社,1985。

② 《读第六才子书西厢记法》,见《金圣叹全集》(三),第12页。

不恒有于天下。其为形也不类,非若马、牛、犬、豕、豺、狼、麋、鹿然。然则虽有麟,不可知其为麟也。角者,吾知其为牛;鬣者,吾知其为马,犬、豕、豺、狼、麋、鹿,吾知其为犬、豕、豺、狼、麋、鹿。惟麟也,不可知。不可知,则其谓之不祥也亦宜[不祥。此是第一正反。○此不祥,是天下不知麟也。非麟之咎也。]。虽然,麟之出,必有圣人在乎位。麟为圣人出也。圣人者,必知麟。麟之果不为不祥也。[祥]又曰:麟之所以为麟者,以德不以形。若麟之出,不待圣人,则其谓之不祥也亦宜。[不祥。此是第二正反。○此不祥,真麟之罪也,非天下之咎也。呜呼,先生于出处之际,为戒深矣!]①

再看所选《左传》中的一段文字,方括号中为金圣叹评点语句:

齐桓下拜[看他一连写五个"下拜"。]

王使宰孔赐齐侯胙,[《周礼》:"赈膰以亲兄弟",于异姓则独夏商二王之后有焉,客之也。今以胙赐桓,乃尊之比二王后。]曰:"天子有事于文、武,使孔赐伯舅胙。"[本与下"以伯舅耋老"句连文,只因齐侯下拜,遂隔断,此古人夹叙法也。]齐侯将下拜。孔曰:"且有后命。[孔本欲一气宣下,因见齐侯下拜,遂添出此句。]天子使孔曰:'以伯舅耋老,加劳,赐一级,无下拜。'"[此一段原连上成文。]对曰:"天威不违颜咫尺,[此句是说平日。]小白余敢贪天子之命,无下拜? 恐陨越于下,以遗天子羞。敢不下拜?"[应云敢贪天子之命,不下拜,句最明健。因自注"天子之命",即"无下拜"三字,再又注"天子所以命无下拜",乃为"恐陨越以遗羞"。只为添此两重自注,便成袅袅二十六字长句。]下,[句]拜;[句]登,[句]受。[句]②

金圣叹善于体贴文意、揣摩文心,其文本细读功夫可见一斑。作为一个放旷恣肆的才子,金圣叹寄情于笔墨,从古文评点的文字中时时流露其才华与个性。如评李陵《答苏武书》曰:"相其笔墨之际,真是盖世英杰之士。身被至痛,衔之甚深,一旦更不能自含忍,于是开喉放

---

① 〔清〕金圣叹:《天下才子必读书》,见《金圣叹全集》(三),第527~528页,南京:江苏古籍出版社,1985。夹评以方括号形式附于文中。

② 同上,第292页。

声,平吐一场。看其段段精神,笔笔飞舞,除少卿自己,实乃更无余人可以代笔。昔人或疑其伪作,此大非也。"①这种评点笔法,与其《水浒传》小说评点笔法如出一辙。

因为预设读者为子侄辈,金圣叹对于文章做法的总结格外在意。前面两段引文中对于结构正反的分析,对于夹叙法的详细阐述,都体现出这种倾向,在《天下才子必读书》的评点文字中也时时涉及,如评司马迁《报任安书》:"学其疏畅,再学其郁勃;学其迂回,再学其直注;学其阔略,再学其细琐;学其径遂,再学其重复。一篇文字,凡作十来番学之,恐未能尽也。"②

金圣叹的古文评点和其小说、戏曲评点基本是同时的。他其实是用同一副心肠、同样的精神来做这些评点工作。只是由于所评点原著的典雅、通俗之区分,导致了金氏古文评点不如其小说评点更流行更有名。《天下才子必读书》选录了大约三百五十余篇,对不同的文章施以不同的评点,比较繁杂琐碎;而他的《水浒传》《西厢记》评点以完整的文本为依托,所阐发的评点理论有内在的系统性,评点文字前后气脉贯通,情感充沛,个性鲜明,这也是金氏小说评点感染人的原因。

清代时期,金圣叹之后出现了多种文章评点著作,如《古文渊鉴》《古文观止》《古文释义》等,只有《古文观止》流传较广,而该书对《天下才子必读书》借鉴甚多,反映了金圣叹评点的影响力。

由以上可知,古文、时文的评点从宋代兴起之后,适当满足了科举考试辅导书的刚性需求,久盛不衰直到清代。与之相比,小说评点的发展则随着时代文化氛围的变化呈现出较大的起伏。

三、小说评点的兴起

第一个把评点方式应用于小说的是宋末元初的刘辰翁。刘辰翁(1232—1297),字会孟,号须溪,庐陵(今江西吉安)人。他编选批点过大量子史诗文,如"老、庄、列、班、马、世说、摩诘、子美、长吉、子瞻诗"③等等,其中《世说新语》评点开后代小说评点之先河。《世说新语》的评

---

① 《金圣叹全集》(三),第481页,南京:江苏古籍出版社,1985。
② 《金圣叹全集》(三),第476页。
③ 〔清〕王士禛撰:《香祖笔记》卷一二,第234页,上海:上海古籍出版社,1982。

点主要是眉批，形式上比同时代的诗文评点要简单；评点目的不是为了总结、学习文章作法，而是抱着比较纯粹的欣赏态度，更关注书中人物性格、风神刻画以及语言特征。

就目前所知，刘辰翁的《世说新语》评点本最早刊刻于元代，但是元刻本流传不广，明清公私书目几无记载，只有清代钱曾《读书敏求记》卷三"杂家类"载："宋刻《世说》三卷，刘辰翁批点刊行，元板分为八卷。"①该书广为人知，是明代万历年间凌濛初刊刻之后。万历年间是通俗小说的黄金时代，整个社会涌动着创作整理小说、刊刻小说的热潮，刘辰翁的《世说新语》评点此时刊行，估计有书商逐利的因素。虽然刘辰翁的评点产生年代居前，但是对于明代小说评点来说，他的影响到底有多大较难论证。与其说明代小说评点学习了刘辰翁，不如说刘辰翁以及明代的小说评点都受到了诗文评点的深刻影响。

明清时代，小说评点本大受欢迎首先基于大众的文化素养。"艺术风格越是发展，艺术作品新奇的成分就越是丰富，艺术消费者对作品的接受就越是困难，这时就越需要中介者的参与和帮助。"②通俗小说的读者，等同于说话等市井伎艺的观众和听众。说书人往往会穿插评论和解释，这种口头形式一旦书面化，就相当于评点文字，符合一般人的接受习惯。

再者，传统的阅读文本以及教育文本，以儒家经典为例，都是经注本。这也是一种接受习惯。"世之刊《左传》、《国语》、《国策》、秦、汉、唐、宋古文读本，皆有评语，凡文章之筋节处，得批评而愈妙，众人习见之矣。"③

评点文字的源头就是感悟式、片段式的欣赏语言，因为科举考试的功利需求，文章评点成为热门，并发展成比较成熟的格式；小说评点反倒是继承了先秦时代的感悟精神，以欣赏为主要目的，重在领略艺术风神。评点语言娱乐性强，生动有趣，文论家又在评点过程中对原

---

① 潘建国：《〈世说新语〉元刻本考——兼论"刘辰翁"评点实系元代坊肆伪托》，载《文学遗产》2009 年第 6 期，第 66 页。该文认为《世说新语》的刘辰翁评点为元代坊贾伪托，主要根据是元刻本各卷卷首题署的"须溪刘辰翁批点"字样，有明显的剜刻痕迹，批点文字与正文不类等刊刻情形，并佐以刘辰翁的交游情况考证。本书仍从众，认可刘辰翁对《世说新语》评点的著作权。

② 〔匈〕阿诺德·豪泽尔：《艺术社会学》，第 151 页，上海：学林出版社，1987。

③ 邱炜萲：《菽园赘谈·金圣叹批小说说》，见陈平原、夏晓虹编《二十世纪中国小说理论资料》（第一卷 1897—1916），第 35 页，北京：北京大学出版社，1997。

著进行润色加工,提高了原著的艺术水准,这样的小说评点才真正为大众所喜爱。

小说评点本的商业价值,被书商利用得登峰造极。书商为作品加评点乃是迎合市场,面对读者大众的评论都是基于道德价值判断的评论,符合世俗标准,容易激发读者的好恶情绪,而较少艺术手法的分析。文人主动评点,却由自己的真性情主宰,论说易晓,评点发挥了说书人的功能,将书中的好处提出来。有意思的是,也恰恰是文人这种自由度比较高、不以盈利为主要目的的评点提升了书的市场价值。

最具市场价值的是讲史类通俗演义,最先有评点因素的也是这类图书。今存《三国志演义》的最早刊本是明代嘉靖元年(1522 年)刊行的《三国志通俗演义》二十四卷二百四十节,"书中有双行夹注,虽不多见,但亦可看出通俗小说刊本之特色。此书注释内容颇丰,大多是注明历史典实和注音释义,然也有不少夹注带有明显的评论性质"①。最初的版本迎合市场需要,主要注释字音字义和典故,方便文化素养不高的大众阅读。

其后,明代万历十九年(1591 年)刊行《新刊校正出像古本大字音释三国志传通俗演义》,向评点本又靠近一步。此版本的首要特征就是"出像",即带插图。宋代就已出现图文并重的印刷样式,今存元代建安虞氏刊《三国志平话》即上图下文的形式。古往今来,阅读心理一致,今天的畅销书也多用插图,版式考究漂亮。《三国志平话》封面上方《识语》曰:"是书也刻已数种,皆伪舛。辄购求古本,敦请名士,按鉴参考,再三雠校,俾句读有圈点,难字有音注,地里有释义,典故有考证,缺略有增补,节目有全像。"②可见,该书标点断句,注释难字,解释地理名词,考证典故,文本完整,还有插图,一切都是为了方便阅读,这样的版本受到市场欢迎是理所当然的事情。

举凡评点本,多是全像本,并有音释。如万历二十年(1592 年)双峰堂刊本《新刻按鉴全像批评三国志传》,万历二十二年(1594 年)双峰堂刊本《京本增补校正全像忠义水浒志传评林》,万历三十一年(1603

---

① 谭帆:《中国小说评点研究》下编《小说评点编年叙录》,第 169 页,上海:华东师范大学出版社,2001。

② 转引自谭帆《中国小说评点研究》下编《小说评点编年叙录》,第 170 页。

年)《新刻全像音诠征播奏捷传通俗演义》等等。这自然可以反映出明代万历年间流行读物的面貌。

小说评点,就这样在商业利益的驱使之下,登上了历史舞台。如果仅仅考虑市场需要,而不去提升潜在的阅读需求,也很难产生佳品。文人参与评点,并非功利目的,却在客观上满足了读者以及市场审美提升的潜在需要,由单纯解释字词增变为鉴赏,反而带来了更大的商业利益,这也是市场培育到一定的成熟程度所导致的自然结果。

第二节　小说评点家及代表作概述

本书的整体论述方式是以问题为纲,并非按照年代顺序来写作小说理论发展史,故各种小说理论著作会在各个章节重复出现。唯因评点蔚成规模,本身文字和问题又比较细碎,故本节会对明清时代产生的小说评点代表作进行总体概述,在具体问题展开之前,可以使读者有一个相对完整的印象。

一、李贽《水浒传》评点

真正带动了小说评点潮流的是李贽。李贽(1527—1602),号卓吾,又号宏甫,别号温陵居士,泉州晋江(今福建泉州)人。他是明代著名的"异端",深受王学泰州学派影响,公然反对虚伪的道学,赢得了广泛的社会支持,也触怒了保守当权势力,被打击迫害,最后自杀于狱中。公安三袁等均接受了李贽的观点学说。

原本只用来教导作文、有严肃功利目的的评点,开始成为闲玩娱乐又可抒怀寄托的好途径。刘辰翁所评《世说新语》尚且是文献目录学意义上的小说,仍然不离正统。傲诞恣肆、蔑视礼法的李贽却敢为天下先,公然以异端自居,大张旗鼓地评点戏曲和白话通俗小说,做出了公开拥抱"低俗"的姿态,以至于众多戏曲小说都号称是李卓吾所评点。据书目记载,先后行世而署名李卓吾评点的有几十种之多。①

李贽评点的动因很简单,就是无功利的读书之乐:"天生龙湖,以

---

① 参见孙楷第《中国通俗小说书目》,北京:人民文学出版社,1982。

待卓吾；天生卓吾，乃在龙湖。龙湖卓吾，其乐何如？四时读书，不知其余。读书伊何？会我者多。一与心会，自笑自歌；歌吟不已，继以呼呵。恸哭呼呵，涕泗滂沱。歌匪无因，书中有人，我观其人，实获我心。哭匪无因，空潭无人；未见其人，实劳我心。"①

读书之乐在此歌中披露得酣畅淋漓，对于批书之乐，卓吾先生也不惮费词，一再声明："《坡仙集》我有披削旁注在内，每开看便自欢喜，是我一件快心却疾之书……大凡我书皆为求以快乐自己，非为人也。"②

万历二十年（1592年）李贽开始评点《水浒传》，据公安三袁之一的袁中道记载："袁无涯来，以新刻卓吾批点《水浒传》见遗。予病中草草视之。记万历壬辰（按：即万历二十年）夏中，李龙湖方居武昌朱邸，予往访之，正命僧常志抄写此书，逐字批点。"③李贽评点《水浒传》乃是袁中道亲眼所见，并且是万历二十年（1592年）就已经开始的工作。四年之后，卓吾先生仍然处于快活批点的状态中。

> 古今至人遗书抄写批点得甚多，惜不能尽寄去请教兄。不知兄何日可来此一批阅之。又恐弟死，书无交阁处，千难万难舍不肯遽死者，亦只为不忍此数种书耳。有可交付处，即死自瞑目，不必待得奇士然后瞑目也。《水浒传》批点得甚快活人，《西厢》、《琵琶》涂抹改窜得更妙。④

由此亦可佐证，李贽读书批书都是为了使自己快乐而不是迎合世人或追逐利益。就目前存世的作品来看，在李贽之前出现的评点小说，有万历十九年（1591年）万卷楼刊本《三国志通俗演义》，万历二十年（1592年）福建书坊主余象斗刊刻《新刻按鉴全像批评三国志传》，分为上评中图下文。万历二十二年（1594年），余象斗又刊刻了《水浒传评林》，正文前有《水浒辨》："《水浒》一书，坊间梓者纷纷，编像者十余副，全像者止一家，前像板字差讹，其板蒙旧，惟三槐堂一副，省诗云词，不便观诵。今双峰堂余子改正增评，有不便览者芟之，有漏者删

---

① 〔明〕李贽著：《焚书》卷六《读书乐》，第227页，见《焚书　续焚书》，北京：中华书局，1975。
② 〔明〕李贽著：《焚书》卷二《寄京友书》，第70页。
③ 〔明〕李贽著：《游居柿录》卷九，见〔明〕袁中道著，钱伯城点校《珂雪斋集》，第1315页，上海：上海古籍出版社，1989。
④ 〔明〕李贽著：《续焚书》卷一《与焦弱侯》，第34页，见《焚书　续焚书》，北京：中华书局，1975。

之,内有失韵诗词欲削去,恐观者言其省漏,皆记上层。"①万历三十四年(1608年),余象斗又刊刻《列国前编十二朝传》。上述余象斗的评点都是以音义史实的考辩订正为主,评点的主要目的是帮助阅读,促进销路。从这个意义上来说,小说评点基本上等同于传统典籍的注释。而李贽评点的重要意义就是将市场化的目的淡化,以文人性情为主导,使评点从阅读工具升华成了艺术创造。"李卓吾评小说,非评小说也,特藉此以泄愤骂世耳。"②

署名李卓吾评点的有容与堂刊本一百回《李卓吾先生批评忠义水浒传》、袁无涯刊本一百二十回《新镌李氏藏本忠义水浒全传》、芥子园刊本一百回《李贽评忠义水浒传》。第三种已被公认为伪书。前两种的真伪问题长期聚讼不已,或以容本为真,或以袁本为真,或认为两种刻本俱真。

万历三十八年(1610年)左右,容与堂本、袁无涯本几乎同时问世。"在对于'容本'和'袁本'真伪的考辨时,人们都无法完全解释两种评本有着相同内容这一现象。或认为此乃后出的'袁本'参阅了'容本',并将'容本'内容有所择用所致。此说粗看似属有理,但两种本子的出版相隔不长,按当时的出版刊刻条件,此种现象似不可能出现。因而对这一问题的解释,合乎逻辑的结论是两者有一个共同的底本可资参考、模仿。"③

两书均有李卓吾《忠义水浒传序》,此序已经被学界公认为可靠的李贽作品。从此序入手,可以看到李贽对《水浒传》的认识。

> 太史公曰:"《说难》《孤愤》,贤圣发愤之所作也。"由此观之,古之贤圣,不愤则不作矣。不愤而作,譬如不寒而颤,不病而呻吟也,虽作何观乎?《水浒传》者,发愤之所作也。盖自宋室不竞,冠屦倒施,大贤处下,不肖处上。驯致夷狄处上,中原处下,一时君相犹然处堂燕鹊,纳币称臣,甘心屈膝于犬羊已矣。施、罗二公身在元,心在宋;虽生元日,实愤宋事。是故愤二帝之北狩,则称大

---

① 转引自谭帆《中国小说评点研究》,第172页,上海:华东师范大学出版社,2001。

② 阿英:《小说零话·卓吾评书》,见《阿英全集》(7),第146页,合肥:安徽教育出版社,2003。

③ 谭帆:《小说评点的萌兴——明万历年间小说评点述略》注释15,载《文艺理论研究》1996年第6期。

破辽以泄其愤;愤南渡之苟安,则称灭方腊以泄其愤。敢问泄愤者谁乎? 则前日啸聚水浒之强人也,欲不谓之忠义不可也。是故施、罗二公传《水浒》而复以忠义名其传焉。

夫忠义何以归于水浒也? 其故可知也。夫水浒之众何以一一皆忠义也? 所以致之者可知也。今夫小德役大德,小贤役大贤,理也。若以小贤役人,而以大贤役于人,其肯甘心服役而不耻乎? 是犹以小力缚人,而使大力者缚于人,其肯束手就缚而不辞乎? 其势必至驱天下大力大贤而尽纳之水浒矣。则谓水浒之众,皆大力大贤有忠有义之人可也。然未有忠义如宋公明者也。今观一百单八人者,同功同过,同死同生,其忠义之心,犹之乎宋公明也。

独宋公明者身居水浒之中,心在朝廷之上,一意招安,专图报国,卒至于犯大难,成大功,服毒自缢,同死而不辞,则忠义之烈也! 真足以服一百单八人者之心,故能结义梁山,为一百单八人之主。最后南征方腊,一百单八人者阵亡已过半矣;又智深坐化于六和,燕青涕泣而辞主,二童就计于"混江"。宋公明非不知也,以为见几明哲,不过小丈夫自完之计,决非忠于君义于友者所忍屑矣。是之谓宋公明也,是以谓之忠义也,传其可无作欤! 传其可不读欤!

故有国者不可以不读,一读此传,则忠义不在水浒而皆在于君侧矣。贤宰相不可以不读,一读此传,则忠义不在水浒,而皆在于朝廷矣。兵部掌军国之枢,督府专阃外之寄,是又不可以不读也,苟一日而读此传,则忠义不在水浒,而皆为干城心腹之选矣。否则不在朝廷,不在君侧,不在干城腹心,乌乎在? 在水浒。此传之所为发愤矣。若夫好事者资其谈柄,用兵者藉其谋画,要以各见所长,乌睹所谓忠义者哉![1]

本序的主要内容几乎与作品的文学艺术性特征无关,只是抓住"忠义"二字做文章。将世俗认为的造反的强盗推许为"大力大贤有忠有义之人",将《水浒传》推许为忠义教化书,在当时都属于惊世骇俗之语。

李贽早年师事王襞,是王学泰州学派的再传弟子,一生行事迥出

---

① 〔明〕李贽:《焚书》卷三《杂述·忠义水浒传序》,第109~110页,见《焚书 续焚书》,北京:中华书局,1975。

流俗,所发表的言论亦经常离经叛道。李贽本人对此有清醒的认识,其《焚书·自序》曰:"一曰焚书,则答知己书问,所言颇切近世学者膏肓,既中其痼疾,则必欲杀我矣,故欲焚之,言当焚而弃之,不可留也。"

李贽的"异端"思想以及特立独行的风格,使他在士大夫中以及民间都享誉隆盛。《焚书》卷四《杂述·寒灯小话》中记载,他和怀林外出遇雨,躲避在人家门口,"偶宅中有老姆从内出,见是长者,不觉发声曰:'是卓吾老爹,何不速报!'便番(翻)身入内,口中道:'卓吾老爹在堂,快报知!快报知!'"①在没有电视等传媒的时代,一个普通人家的老太太都能认识李贽,确实令人称奇。

李贽死于狱中,其著作被禁毁,但是士大夫知识阶层仍然传诵不已。"自古以来,小人之无忌惮而敢于叛圣人者,莫甚于李贽。然虽奉严旨,而其书之行于人间自若也。"②正如焦竑在《焚书序》中的评论:"宋元丰间,禁长公之笔墨,家藏墨妙,抄割殆尽。见者若崇。不逾时而征求鼎沸,断管残沈,等于吉光片羽。焚不焚,何关于宏甫?且宏甫又何尝利人之不焚以为重者?今焚后而宏甫之传乃愈广。然则此书之焚,其布之有火浣哉!"③

借助于李贽在当时社会上的巨大影响力,通俗小说评点异军突起,成为评点当中影响最大、成就最高的门类。李贽的戏曲小说评点有回评、眉批、夹批等形式,均取自诗文评点。无论是具体的形式规范,还是对通俗文学的看重态度,李贽的小说评点都具备一定的示范意义,在他之后刊行的长篇小说几乎都有人跟风评点。李贽通过借鉴、移植诗文评点的具体手段,使书坊主单纯逐利的行为转变为文人的艺术行为,提高了通俗小说的地位,促进了小说的流传。

二、金圣叹《水浒传》评点

明代末年诞生了评点形态最为完备的本子,这就是崇祯十四年(1641年)刊印的金圣叹《贯华堂第五才子书水浒传》。

---

① 《焚书》,第192页,北京:中华书局,1975。
② 〔清〕顾炎武著,〔清〕黄汝成集释,秦克诚点校:《日知录集释》卷一八《李贽》,第668页,长沙:岳麓书社,1994。
③ 〔明〕焦竑:《李氏焚书序》,见李贽《焚书》,第2页。

　　至金圣叹出,评点就进入了全盛时期。"批小说之文原不自圣叹创,批小说之派却又自圣叹开也。圣叹顾何负其才,圣叹复何负于众,而张氏反以小说批评一派小之耶! 不知此乃圣叹之绝技令能,后世才人倾心善服者以此。"①

　　金圣叹之前已经有《李卓吾先生批评忠义水浒传》(容与堂本)、《全像忠义水浒志传评林》(余氏双峰堂本)、《新镌李氏藏本忠义水浒全传》(袁无涯本)等评点本,但都是范式未定之作。金圣叹的《贯华堂第五才子书水浒传》成为其后评点本的楷范。"在评点形态上,金圣叹作了三点改造:一是增加了《读法》;二是将总评移至回前;三是大量增加了正文中之夹批。这一评点形态突出了小说评点者的主体意识和主观目的性,它融文本赏读、理论评判和授人以作法于一体,从而开创了小说评点之派,成了后世小说评点的仿效对象。"②

　　其中,读法继承了古文评点当中的文法综述。如前所述吕祖谦《古文关键》有"总论看文字法""看韩文法""看柳文法""看苏文法""看诸家文法"等,其后楼昉《崇古文诀》、真德秀《文章正宗》、谢枋得《文章轨范》等都大讲文法,以至于元代郝经《答友人论文法书》中曰:"文固有法,不必志于法,法当立诸己,不当尼诸人。"③在这封看似持平折中的信中,郝经同样总结了大量文法:"骚赋之法,则本屈、宋。作史之法,则本马迁。著述之法,则本班、扬。金石之法,则本蔡邕。古文之法,则本韩、柳。论议之法,则本欧、苏。"并且,提出了"间架、铺叙、关键、含蓄、步骤、驰骋、机杼"等概念。凡此种种,皆可谓小说理论论文法的渊源。

　　再说金圣叹小说评点中每回的总评,不仅置前,在篇幅上也大大增加了。有情绪感喟,有批判针砭;有对情节的品评鉴赏,有对人物的深度分析;既有照应全篇、高屋建瓴的评述,更有对本回文字的细致分解。如第十五回《杨志押送金银担　吴用智取生辰纲》,回前总评曰:

---

　　① 邱炜萲:《菽园赘谈·金圣叹批小说说》,见《二十世纪中国小说理论资料》(第一卷1897—1916),第34～35页,北京:北京大学出版社,1997。

　　② 谭帆:《中国小说评点研究》第二章《小说评点之形态》,第51～52页,上海:华东师范大学出版社,2001。

　　③ 参见黄霖、蒋凡主编《中国历代文论选新编》宋金元卷,第236页,上海:上海教育出版社,2007。

"盖我读此书而不胜三致叹焉,曰:'嗟乎!古之君子,受命于内,莅事于外,竭忠尽智,以图报称,而终亦至于身败名裂,为世僇笑者,此其故,岂得不为之深痛哉!夫一夫专制,可以将千军,两人牵羊,未有不僵于路者也。独心所运,不难于造五凤楼曾无黍米之失,聚族而谋,未见其能筑室有成者也。'"①然后就是具体分析梁中书的疑忌之心,直接导致杨志在押送生辰纲途中被处处掣肘。而金圣叹又不满足于仅仅分析一个杨志的遭遇,而是将主题提升为:"呜呼!杨志其寓言也,古之国家,以疑立监者,比比皆有,我何能遍言之。"②至此,读者诸君想来也会跟着频频点头,以为此言不虚。

该篇回前评最后又连用几个"看他写"领起的排比句,将本回的写法之妙处进行具体展示:

> 看他写杨志忽然肯去,忽然不肯去,忽然又肯去,忽然又不肯去,笔势天矫,不可捉搦。

> 看他写天气酷热,不费笔墨,只一句两句便已焦热杀人。古称盛冬挂云汉图,满座烦闷,今读此书,乃知真有是事。

> 看他写一路老都管掣人肘处,真乃描摹入画。嗟乎!小人习承平之时,忽祸患之事,箕踞当路,摇舌骂人,岂不凿凿可听,而卒之变起仓猝,不可枝梧,为鼠为虎,与之俱败,岂不痛哉!

> 看他写枣子客人自一处,挑酒人自一处,酒自一处,瓢自一处,虽读者亦几忘其为东溪村中饮酒聚义之人,何况当日身在庐山者耶?耐庵妙笔,真是独有千古。

> 看他写卖酒人斗口处,真是绝世妙笔。盖他人叙此事至此,便欲骎骎相就,读之,满纸皆似惟恐不得卖者矣。今偏笔笔撒开,如弨弓怒马,急不可就,务欲极扳开去,乃至不可收拾,一似惟恐为其买者,真怪事也。

> 看他写七个枣子客人饶酒,如数鹰争雀,盘旋跳霍,读之欲迷。③

这种评语详细而生动,特别适合对原作一读再读之后,再进行琢磨品味。金圣叹在评点当中,有借鉴、有创造地使用了诸多词语,总结

---

① 见《水浒传会评本》,第286页,北京:北京大学出版社,1987。
② 同上,第287页。
③ 同上,第287页。

文章的文法、笔法，如"犯、补、描、画、收拾"等，以及诸多批评术语，如倒插法、夹叙法、草蛇灰线法、大落墨法、绵针泥刺法、背面铺粉法、弄引法等，都成为其后评点作品中的常用语。后人在金圣叹的术语基础上再行生发，以至于金圣叹的评点理论和观点被总结为"《水浒》文法"，《红楼梦》甲戌本第二十六回脂评侧批即曰："《水浒》文法，用的恰当，是芸哥中事也。"

哈斯宝《新译红楼梦》第二十回评论曰：写紫鹃即是赞赏黛玉，"颦卿紫鹃，欲合之而不可，欲分之则更不可。此种妙理，若问我是如何悟得的，是读此书才悟会的。若问此种悟会是向谁学得的，是金人瑞圣叹氏传下的。卧则能寻索文义，起则能演述章法的，是圣叹先生。读小说稗官能效法圣叹，且能译为蒙古语的，是我。我，是谁？施乐斋主人耽墨子哈斯宝"（亦邻真译）①。哈斯宝显然是以继承金圣叹而大感自豪。

就小说评点这种理论形态来讲，金圣叹评点《水浒传》确立了小说评点的范式，也宣告了小说评点的彻底成熟。"此体（注：小说演义体）自元人《水浒传》、《西游记》始，继之以《三国志演义》，至今家弦户诵，盖以其通俗易晓，市井细人多乐之。又得金圣叹诸人为野狐教主，以之论禅说，论文法，张皇扬翊，耳食者几奉为金科玉律矣。"②

金圣叹对于《水浒传》文本的删削、改订，提升了原作的艺术水准和文学品格，这种做法也同样成为后学效仿的榜样。其后的评点者皆纷纷兼为文本的改定者。

在金批的影响下，明末清初产生了众多小说评点作品。"先生没，效先生所评书，如长洲毛序始、徐而庵，武进吴见思、许庶庵为最著，至今学者称焉。"③因为优秀的作品有更多的因素可以发掘，更能够激发评点者的创作活力，故杰出著作也成就了评点精品：金圣叹批《水浒传》，毛氏父子评《三国志演义》，张竹坡评《金瓶梅》。所谓"明代四大奇书"（前述三书及《西游记》），正式以评点本作为定本风行于世，再加上清代《红楼梦》《儒林外史》《聊斋志异》等的评点，构成了通常所说的

---

① 见《红楼梦资料汇编》，第 799 页，天津：南开大学出版社，2001。

② 〔清〕杨懋建：《梦华琐簿》，见《三国演义资料汇编》，第 601 页，天津：南开大学出版社，2003。

③ 《金圣叹先生传》，见〔清〕廖燕著，屠友祥校注《二十七松堂文集》卷一四，第 342 页，上海：上海远东出版社，1999。

中国古典小说评点的基本阵容。

金圣叹离经叛道的行为和言论，也连累了《水浒传》，其人与其书均频得恶谥，但是随着时光流逝，真正的心血之作并未湮没，反而因为独特的锋芒、特异的审美、敏锐的感知，赢得越来越多的人心。

三、毛氏父子《三国志演义》评点

评点《三国志演义》影响最大者莫过于毛纶、毛宗岗父子。父子二人同为《三国志演义》的评点者，基本属于学界定论。①

毛纶，字德音，号声山，江苏长洲（今苏州）人，生卒年不详，终生未仕。毛纶在当地颇有文名，中年失明之后，以评点为消遣。其子毛宗岗，字序始，号子庵，约生于明代崇祯五年（1632 年），卒于清代康熙四十八年（1709 年）之后。②

毛纶首先开始了小说戏曲的评点，如尤侗《第七才子书序》曰："毛子以斐然之才，不得志于时，又不幸以目疾废，仅乃阖门著书，寓笔削于传奇之末，斯已穷矣！"③但是在《三国志演义》的评点过程中，陡生风波。

> 昔罗贯中先生作《通俗三国志》共一百二十卷，其纪事之妙，不让史迁，却被村学究改坏，予甚惜之。前岁（按：即康熙二年）得读其原本，因为校正。复不揣愚陋，为之条分节解，而每卷之前，又各缀以总评数段，且许儿辈亦得参附末论共赞其成。书既成，有白门快友见而称善，将取以付梓，忽遭背师之徒欲窃冒此书为己有，遂致刻事中阁，殊为可恨。今特先以《琵琶》呈教，其《三国》一书，容当嗣出。④

此论说明了毛纶本人和"儿辈"（当即毛宗岗）所作的评点工作，又愤恨地斥责所谓背师之徒。天地君亲师，乃人伦至尊，竟然有背师之

---

① 参见俞平伯《三国志演义和毛氏父子》(1930)；渊《毛评〈三国〉实为毛氏父子合作》，载《上海师院学报》1979 年第 2 期；黄霖《有关毛本〈三国演义〉的若干问题》，《三国演义研究集》，成都：四川省社会科学院出版社，1983；陈洪《〈三国〉毛批考辨二则》，《明清小说研究》第 3 辑，北京：中国文联出版公司，1986；邬国平《毛纶为主、毛纶毛宗岗合评〈三国演义〉》，载《复旦学报》1992 年第 5 期。

② 据陈翔华《毛宗岗的生平与〈三国志演义〉毛评本的金圣叹序问题》，载《文献》1989 年第 3 期，第 71 页。

③ 见侯百朋编《〈琵琶记〉资料汇编》，第 273 页，北京：书目文献出版社，1989。

④《清·毛声山评第七才子书琵琶记》，同上，第 286～287 页。

徒窃夺师长的成果，实属大逆不道，也可见评点一事之有利可图，竟然令饱读圣贤书的人也不顾廉耻。

"白门"指代南京。当时的南京是刻书中心，周亮工大业堂以及李渔芥子园皆在南京。毛纶和著名戏曲家尤侗、李渔相识颇深。尤侗与毛纶、李渔、周亮工皆友善。由毛纶这篇总论来看，某位南京的刻书家（"白门快友"）在康熙五年（1666 年）左右即有刻印《三国志演义》毛氏评本的打算，因"窃冒"事耽搁。后直到康熙十八年（1679 年）方才施行，详见下文。

周氏醉畊堂（大业堂）刊本"四大奇书第一种"《古本三国志》卷首载李渔序一篇：

> 昔弇州先生有宇宙四大奇书之目，曰《史记》也，《南华》也，《水浒》与《西厢》也。冯犹龙亦有四大奇书之目，曰《三国》也，《水浒》也，《西游》与《金瓶梅》也。两人之论各异。愚谓书之奇当从其类，《水浒》在小说家，与经史不类。《西厢》系词曲，与小说又不类。今将从其类以配其奇，则冯说为近是。

> ……

> 水浒之奇，圣叹尝批之矣，而《三国》之评，独未之及。予尝欲探索其奇以正诸世，乃酬应日烦，又多出游少暇，年来欲践其志，会病未果。适予婿沈因伯归自金陵，出声山所评书示予。观其笔墨之快，心思之灵，堪与圣叹《水浒》相颉颃，极钵心抉髓之谈，而更无靡漫沓拖之病，则又似过之，因称快者再。因伯索序。声山既已先我而评矣，而予又为之序，不亦赘乎。虽然，予历观三国之局，见天之始之终之，所以造其奇者如此；读《三国演义》又能贯穿其事实，错综其始末，而已匠心独运，无之不奇如此；今声山又布其锦心，出其绣口，条分句析，揭造物之秘藏，宣古人之义蕴，开卷井井，实获我心，且使读是书者知第一奇书之目，果在《三国》也。因以证予说之不谬，则又何可以无言。是为序。

> 康熙岁次己未十有二月，李渔笠翁氏题于吴山之层园。①

康熙己未即康熙十八年（1679 年）。李渔此序对毛纶的评点大加赞

---

① 见罗贯中著，〔清〕毛纶、毛宗岗评，刘世德、郑铭点校《三国志演义》，第 3 页、第 5 页，北京：中华书局，1998。

扬,将其与金圣叹《水浒传》评点并举,应该说这个评价还是比较适当的。

文中所云弇州先生为王世贞,冯犹龙即冯梦龙。明代文人们的奇书梦,现在由清代的文人们通过评点的推动实现了。

毛纶、毛宗岗父子的《三国志演义》评点充分树立了正统观念,配合以小说原文修改,尽可能地发挥了小说的政治教化功能,而较少文人趣味的自我流连,"信乎笔削之能,功倍作者"①。这是毛批与其他小说名著评点的最大不同。有关毛氏评点的理论分析,详见后文。

四、张竹坡《金瓶梅》评点

当代学者吴敢先生访见了乾隆四十二年刊本《张氏族谱》,该族谱为张道渊纂修,其中收录了道渊撰写的《仲兄竹坡传》、张竹坡诗集《十一草》和散文若干,以及其他有关材料,是目前为止了解张竹坡生平为人的最重要的资料。② 从中可知,张竹坡(1670—1698),名道深,字自德(得),号竹坡,以号行,江苏徐州铜山县人;出身于官宦世家,但其父终身未仕,卒于竹坡十五岁时。父亲辞世之后,竹坡全家也由小康陷于困顿。

张竹坡一向自我期许甚高,其诗作《十一草·拨闷三首》其三曰:

青天高,红日近,浮云有时自来往,太虚冥冥谁可印。

南海角,北山足,二月春风地动来,无边芳草一时绿。

君子能守节,达人贵趋时,时至节可变,拘迫安所之。

我生泗水上,志节愧疏放。天南地北汗漫游,十载未遇不惆怅。

我闻我母生我时,斑然之虎入梦思,掀髯立起化作人,黄衣黑冠多伟姿。

我生柔弱类静女,我志腾骧过于虎。有时亦梦入青云,傍看映日金龙舞。

十五好剑兼好马,廿岁文章遍都下。壮气凌霄志拂云,不说人间儿女话。

---

① 〔清〕黄叔瑛:《第一才子书三国志序》,雍正十二年郁郁堂刊本《官板大字全像批评三国志》卷首,见朱一玄、刘毓忱编《三国演义资料汇编》,第 422 页,天津:南开大学出版社,2003。
② 吴敢:《张竹坡与〈金瓶梅〉研究》,北京:文物出版社,2009。本小节所引张竹坡诗文著作以及张道渊《仲兄竹坡传》等材料均转引自吴敢先生该著作。

去年过虎踞,今年来虎阜,金银气高虎呈祥,池上剑光射牛斗。

古人去去不可返,今人又与后人远。我来凭吊不胜情,落花啼鸟空满眼。

白云知我心,清池怡我情,眼前未得志,岂足尽生平。[①]

出生的时候,其母有异梦,长成之后,他又能文能武、壮志凌云,怎么看都不是池中物。可是现实偏偏爱与人开玩笑,因父亲早逝,家道中落,张竹坡体会到世态炎凉,再加上本人五次应举,皆铩羽而归,壮志蹉跎的幻灭感一直困扰着他。"至于人情反复,世事沧桑,若黄河之波,变幻不测;如青天之云,起灭无常。噫,予小子久如出林松杉,孤立于人世矣。"[②]

在这种蹭蹬状态里,张竹坡于康熙三十四年(1695 年)评点《金瓶梅》并付梓,名为《皋鹤堂批评第一奇书金瓶梅》,情形略如其胞弟张道渊《仲兄竹坡传》所言:

> 兄读书一目能十数行下,偶见其翻阅稗史,如《水浒》《金瓶》等传,快若败叶翻风,暑影方移,而览辄无遗矣。曾向余曰:"《金瓶》针线缜密,圣叹既殁,世鲜知者,吾将拈而出之。"遂键户旬有余日而批成。或曰:"此稿货之坊间,可获重价。"兄曰:"吾岂谋利而为之耶?吾将梓以问世,使天下人共赏文字之美,不亦可乎?"遂付剞劂。载之金陵。于是远近购求,才名益振。四方名士之来白下者,日访兄以数十计。兄性好交游,虽居邸舍,而座上常满。[③]

1695 年,张竹坡只有二十六岁,仅用十来天就批点完毕《金瓶梅》,真不愧才子美誉。[④] 他的评点缘起均在《竹坡闲话》中和盘托出:

> 然则《金瓶梅》,我又何以批之也哉?我喜其文之洋洋一百回,而千针万线,同出一丝,又千曲万折,不露一线。闲窗独坐,读

---

① 录自乾隆四十二年刊本《张氏族谱·藏稿》,转引自吴敢《张竹坡与〈金瓶梅〉研究》,第242 页,北京:文物出版社,2009。

② 〔清〕张竹坡:《乌思记》,录自乾隆四十二年刊本《张氏族谱·杂著藏稿》,转引自吴敢《张竹坡与〈金瓶梅〉研究》,第245 页。

③ 录自乾隆四十二年刊本《张氏族谱·传述》,转引自吴敢《张竹坡与〈金瓶梅〉研究》,第246～247 页。

④ "长安诗社每聚会不下数百十辈。兄访至,登上座,竞病分拈,长章短句,赋成百有余首。众皆压倒。一时都下称为竹坡才子云。"(《仲兄竹坡传》)

史读诸家文少假偶一观之,曰:如此妙文,不为之递出金针,不几
〈幸〉[辜]负作者千秋苦心哉? 久之心怛怯焉不敢遽操管以从事,
盖其书之细如牛毛,乃千万根共具一体,血脉贯通,藏针伏线,千
里相牵,少有所见,不禁望洋而退。迤来为穷愁所迫,炎凉所激,
于难消遣时,恨不自〈误〉[撰]一部世情书,以排遣闷怀,几欲下
笔,而前后结构,甚费经营,乃搁笔曰:我且将他人炎凉之书,其所
以前后经营者,细细算出,一者可以消我闷怀,二者算出古人之
书,亦可算我今又经营一书,我虽未有所作,而我所以持往作书之
法,不尽备于是乎? 然则我自做我之《金瓶梅》,我暇与人批《金瓶
梅》也哉?①

　　人生愁苦令竹坡颇有郁结,几欲不平而鸣,虽然自己没能撰著,但
是描摹世情娴熟老辣的《金瓶梅》恰好符合了他的创作期待,成为他评
点的绝好载体。因此,张竹坡借评点他人作品所抒发的一腔感怀,与
自我撰著并无区别。

　　评点本《金瓶梅》刊行之后,大受时人欢迎,但是张竹坡却从此被
家族鄙弃,以至于张氏后人修订《族谱》时对他颇有恶评。究其实,张
竹坡本人也并不把评点《金瓶梅》作为名山事业,而是突然全部撒手,
"一朝大呼曰:大丈夫宁事此以羁吾身耶! 遂将所刊梨枣,弃置于逆旅
主人,罄身北上。"(《仲兄竹坡传》)去投奔亲友,效力于河工,想凭此逐
渐走上正经的仕途。他白天督理工地,夜晚秉烛夜读,过分辛劳销烁
了原本就赢弱的身体,三年之后,他竟然暴卒。

　　　　工竣,诣巨鹿,会计帑金。寓客舍,一夕突病,呕血数升。同
事者惊相视,急呼医来,已不出一语。药铛未沸,而兄奄然气绝
矣。时年二十有九,与李唐王子安岁数适符。吁,千古才人如出
一辙,余大不解彼苍苍者果何意也! 兄既殁,检点行橱,惟有四子
书一部、文稿一束、古砚一枚而已。②

　　四子书就是《论语》《大学》《中庸》《孟子》。身边惟有四子书,可见

---

①《第一奇书》卷首,见朱一玄编《金瓶梅资料汇编》,第417页,天津:南开大学出版社,
2002。

②《仲兄竹坡传》,录自乾隆四十二年刊本《张氏族谱·传述》,转引自吴敢《张竹坡与〈金瓶
梅〉研究》,第247页,北京:文物出版社,2009。

年轻的张竹坡念念不忘的仍是制艺科考。惟有科举及第,才能谋到体面的出身,沉重的现实生活压力伴随着强烈的功名之念,使这位才子过早夭亡。明了张竹坡的生平,对于他在《金瓶梅》评点当中流露的愤激情绪以及奇酸、苦孝等观念当能更好地体会。

张竹坡《金瓶梅》评点的主要形式包括专论、回前回后总评、文中批点(眉批、侧批、夹批等)等。

书前专论属于张竹坡首创,约十篇左右。其中,《杂录小引》分析《金瓶梅》的立架,介绍人物关系以及各自在书中的具体居处,"恐看官混混看过,故为之明白开出,使看官如身入其中,然后好看书内有名人数进进出出,穿穿走走,做这些故事也"①。《竹坡闲话》分析原著主旨,认为"作者固仁人也,志士也,孝子悌弟也",内心怨恨含酸,无以开解,遂以文字为利器而有此作,并且此文亦说明了竹坡的批点动机(前文已述)。《冷热金针》则是以"冷热"二字作为开启《金瓶梅》书中奥秘的金钥匙。《〈金瓶梅〉寓意说》详析书中人物的名字寓意,并以相关情节佐证,说明这一部大书"有名人物不下百数,为之寻端竟委,大半皆属寓言"。原著作者有狡猾之才,将寓意捏合于人物姓名,不料评点者张竹坡更有狡猾之眼,居然一一看透。

《苦孝说》仍是揭示《金瓶梅》一书的要旨,以作者为"孝子",其书之作发于至痛、奇酸,"苟独立默坐,则不知吾之身、吾之心、吾之骨肉,何以栗栗焉如刀斯割、如虫斯噬也"。这种坐立不安的酸楚悲伤,以及深愧父辈的强烈自责,何尝不是张竹坡的内心写照?因此,苦孝也罢,奇酸也罢,《金瓶梅》的作者未必然,评点者张竹坡未必不然。《第一奇书非淫书论》继续为《金瓶梅》辩护,认为此书重在惩劝,并且特意声明自己的评点足以"洗淫乱而存孝悌,变账簿以作文章"。

《批评第一奇书〈金瓶梅〉读法》是篇幅最长、相对最为重要的一篇专论,全面反映了张竹坡的文学观点。该文重点分析《金瓶梅》文字之妙,对人物刻画,情节安排,叙述穿插等一一说明,并盛赞曰:"嘻,技至此亦化矣哉! 真千古至文,吾不敢以小说目之也。"此文对于理解《金瓶梅》的确有助益。

---

① 〔明〕兰陵笑笑生著,〔清〕张道深评:《金瓶梅》,第4页,济南:齐鲁书社,1991。本小节下文所引张竹坡专论文字也出自此书,不另注。

张竹坡的专论、总评以及具体评点文字，合成一个整体，对《金瓶梅》的分析评述具体、深微而全面，宜乎其流传不衰。

五、清代《聊斋志异》评点

清代出现的《聊斋志异》评点将近十家，在所有评点者当中，名气最大的当属王渔洋，即王士禛（1634—1711）。他字贻上，号阮亭，别号渔洋山人，山东新城（今山东桓台）人，盛清时期的大名士，与《聊斋志异》作者蒲松龄有交往。

> 吾淄蒲柳泉《聊斋志异》未尽脱稿时，渔洋每阅一篇寄还，按名再索。来往札，余俱见之。亦点正一二字，顿觉改观。……或传其愿以千金易《志异》一书，不许，其言不足信也。《志异》有渔洋顶批、旁批、总批。坊间所刻，亦云王贻上士禛评，所载评语寥寥，殊多遗漏。①

今存《聊斋志异》作者手稿本、乾隆十六年（1751 年）铸雪斋抄本、乾隆三十一年（1766 年）青柯亭刻本中均附有王士禛的评语，皆比较简单，无甚特别之处。《聊斋志异》评点当中，以冯镇峦、但明伦的成就最为突出。

冯镇峦、但明伦大约同时，均生活于嘉庆、道光年间。冯镇峦，字远村，四川涪陵人，仕途坎坷，"一官沈黎，寒毡终老"（喻焜《聊斋志异序》）。但明伦，字天叙，广顺云湖（今属贵州省）人，嘉庆时进士，后官至御史。

（一）冯镇峦《聊斋志异》评点

冯镇峦对《聊斋志异》的看法具体见于《读聊斋杂说》。② 首先是对于《聊斋志异》这部小说的高度赞扬，"高"到什么程度呢？认为其虽为小说，而能有教化意义，文法之妙，可以和史传并驾齐驱：

> 《聊斋》非独文笔之佳，独有千古，第一议论醇正，准理酌情，毫无可驳。如名儒讲学，如老僧谈禅，如乡曲长者读诵劝世文，观之实有益于身心，警戒愚顽。至说到忠孝节义，令人雪涕，令人猛

---

① 〔清〕王培荀：《乡园忆旧录》卷二，见朱一玄编《聊斋志异资料汇编》，第 291 页，天津：南开大学出版社，2002。

② 〔清〕冯镇峦：《读聊斋杂说》，见张友鹤辑校《聊斋志异会校会注会评本》卷首，上海：上海古籍出版社，1986。

省,更为有关世教之书。①

予谓当代小说家言,定以此书为第一,而其他比之,自桧以下。②

此书即史家列传体也,以班、马之笔,降格而通其例于小说。可惜《聊斋》不当一代之制作,若以其才修一代之史,如辽、金、元、明诸家,握管编排,必驾乎其上。以故此书一出,雅俗共赏,即名宿巨公,号称博雅者,亦不敢轻之。盖虽海市蜃楼,而描写刻画,似幻似真,实一一如乎人人意中所欲出。诸法俱备,无妙不臻。写景则如在目前,叙事则节次分明,铺排安放,变化不测。字法句法,典雅古峭,而议论纯正,实不谬于圣贤一代杰作也。③

冯镇峦并在《读聊斋杂说》一文中全面总结《聊斋志异》的艺术手法,而有"设身处地法""消纳法""前暗后明法""突阵法"等各种名目,更多的评析虽然不以方法命名,但也属于文法总结。结合具体分析来看,冯氏的文法总结还是很有说服力的:

读《聊斋》,不作文章看,但作故事看,便是呆汉。惟读过左、国、史、汉,深明体裁作法者,方知其妙。④

《聊斋》之妙,同于化工赋物,人各面目,每篇各具局面,排场不一,意境翻新,令读者每至一篇,另长一番精神。如福地洞天,别开世界;如太池未央,万户千门;如武陵桃源,自辟村落。不似他手,黄茅白苇,令人一览而尽。⑤

试观《聊斋》说鬼狐,即以人事之伦次,百物之性情说之。说得极圆,不出情理之外;说来极巧,恰在人人意愿之中。虽其间亦有意为补接,凭空捏造处,亦有大段吃力处,然却喜其不甚露痕迹牵强之形,故所以能令人人首肯也。⑥

俗手作文,如小儿舞鲍老,只有一副面具。文有妙于骇紧者,

① 见《聊斋志异会校会注会评本》,第11页,上海:上海古籍出版社,1986。
② 见《聊斋志异会校会注会评本》,第12页。
③ 同上,第14页。
④ 同上,第12~13页。
⑤ 同上,第13页。
⑥ 同上,第13页。

妙于整丽者；又有变骏紧为疏奇，化整丽为历落，现出各样笔法。左、史之文，无所不有，聊斋仿佛遇之。①

用古文文章学的术语技法来评述《聊斋志异》，这种评点思路继承了金圣叹的思想，应用于《聊斋志异》，比之白话体的《水浒传》更恰切，因为《聊斋志异》本身采取文言语体，完全秉承了史传散文的写作形式和方法。

冯镇峦对于自己的评点非常自负，以至于连李卓吾、冯梦龙、金圣叹也不放在眼里，但是他推许评点传统诗文的人，如徐退山（即清代徐与乔）、钟退谷（即明代钟惺）。下面引文仍出自《读聊斋杂说》。

往予评《聊斋》，有五大例：一论文，二论事，三考据，四旁证，五游戏。皆其平日读书有得之言，浅人或不尽解。至其随手记注，平常率笔，无关紧要，盖亦有之，然已十得八九矣。李卓吾、冯犹龙、金人瑞评《三国演义》及《水浒》、《西厢》诸小说、院本，乃不足道。友人万枣峰曰："此徐退山批《五经》、《史记》、《汉书》手笔也。"②

昔钟退谷先生坐秦淮水榭，作《史怀》一书，皆从书缝中及字句之外寻出。闲来议论名隽，语言超妙，不袭人牙慧一语。予批《聊斋》，自信独具冷眼。倘遇竟陵，定要把臂入林。

友人曰：渔洋评太略，远村评太详。渔洋是批经史杂家体，远村似批文章小说体。言各有当，无取雷同。然《聊斋》得远村批评一番，另长一番精神，又添一般局面。③

冯镇峦评《聊斋志异》，采取"一论文，二论事，三考据，四旁证，五游戏"的方式，体现出一种综合前人做法的读书方法和态度，将研究和娱乐相结合。不过究其实，冯镇峦还是在努力借用诗文的地位来抬高小说。这正说明在他的心目中，小说仍然是次一等的存在，这种认识其实远远落后于李贽、金圣叹等人。

（二）但明伦《聊斋志异》评点

就评点的总体风格来讲，但明伦和冯镇峦是非常相似的，均关注

---

① 见《聊斋志异会校会注会评本》，第14页，上海：上海古籍出版社，1986。
② 同上，第11～12页。
③ 同上，第15页。

小说的伦理教化意义,以散文史传作参照来分析小说的文法技巧。

青柯亭本《聊斋志异》第一篇是《考城隍》,最后一篇是《绛妃》(青本题作《花神》)。但明伦在《考城隍》文后评曰:"立言之旨,首揭于此。一部大文章,以此开宗明义,见宇宙间惟仁孝两字,生死难渝;正性命,质鬼神,端在乎此,舍是则无以为人矣。有心为善四句,自揭立言之本旨,即以明造物赏罚之大公。至有花有酒二语,亦自写其胸襟尔。"①评《绛妃》则曰:"一部大文章将毕矣。先生训世之心,据怀之笔,嬉笑怒骂,彰瘅激扬。本经济以为文,假鬼神以设教。以生事而知死事,以人心而见佛心。写情缘于花木,无非美人香草之思;证因果于鬼狐,犹是鸳被燕巢之意。合欢者固以胶投漆,弃捐者亦努力加餐。此其命意之卓然,固非操觚于率尔也。……此志异之所以以《考城隍》始,以《讨封氏》终也。劝惩之大义彰矣,文章之能事毕矣。"②

蒲松龄去世时,其手稿仍处于相对散乱的状态,并无准确的目次编排,当然也未必有首篇《考城隍》、末篇《绛妃》的有意安排。评论者但明伦却读出了微言大义,并以之为蒲松龄原意。可见但明伦也是借《聊斋志异》之文抒发自己的道义感慨和劝惩意识。

如前所述,但明伦对于《聊斋志异》文章技法的赞美,经常用史传之文来比拟。

> 不知其他,惟喜某篇某处典奥若《尚书》,名贵若《周礼》,精峭若《檀弓》,叙次渊古若《左传》、《国语》、《国策》,为文之法,得此益悟耳。③

但明伦总结《聊斋志异》的文法,得出了"转字诀"和"蓄字诀"。"转字诀"出自《葛巾》总评:"此篇纯用迷离闪烁,夭矫变幻之笔,不惟笔笔转,直句句转,且字字转矣。文忌直,转则曲;文忌弱,转则健;文忌腐,转则新;文忌平,转则峭;文忌窘,转则宽;文忌散,转则聚;文忌松,转则紧;文忌复,转则开;文忌熟,转则生;文忌板,转则活;文忌硬,转则圆;文忌浅,转则深;文忌涩,转则畅;文忌闷,转则醒;求转笔于此

---

① 《聊斋志异会校会注会评本》卷一,第3页,上海:上海古籍出版社,1986。
② 《聊斋志异会校会注会评本》卷六,第746页。
③ 道光二十二年但明伦《聊斋志异序》,见《聊斋志异会校会注会评本》,第19页。

文,思过半矣。"①

"蓄字诀"出于《王桂庵》总评:"文夭矫变化,如生龙活虎,不可捉摸。然以法求之,只是一蓄字诀。前于《葛巾传》论文之贵用转字诀矣;蓄字诀与转笔相类,而实不同,愈蓄则文势愈紧,愈伸,愈矫,愈陡,愈纵,愈捷:盖转以句法言之,蓄则统篇法言也。……解此一诀,为文可免平庸、直率、生硬、软弱之病。"②

结合但明伦对于《葛巾》、《王桂庵》两文的分析,"转字诀"主要是细节描写方面的转折,通过"句法"运用来处理,其效果在于细微处的文情文意曲折动人。如评述《葛巾》:"其初遇女也:见而疑,疑而避矣;乃忽窥之而想,想而复搜也。其搜见女也:叱而跪,跪而惧矣;乃又悔之而幸,幸而复想也。"

"蓄字诀"则重在主要情节设置的开合变化,属于"篇法",其效果是情节发展出人意料,也就是文似看山不喜平之意。但明伦以"伸、缩"二字来说明情节的开展。如评述《王桂庵》:"朗吟诗而女似解其为己,且斜瞬之,此为一伸;拾金而弃之,若不知为金也者,为一缩。覆蔽金钏,又伸;解缆径去,又缩;沿江细访,并无音耗,又再缩……至于合欢有兆,佳梦初成,明探蕉窗,已呈粉黛,相逢在此,老父何来,此借梦中而又作一伸,又作一缩。"

在《聊斋志异》评点各家当中,但明伦的评点文字篇幅最长,对文字的赏析、文法的总结都比较细致,并早于冯镇峦评点本刊出,故在当时的影响相当大。对冯、但两家的评价,正如清人喻焜所言:"《聊斋》评本,前有王渔洋、何体正两家,及云湖但氏新评出,披隙导窍,当头棒喝,读者无不俯首皈依,几于家有其书矣。……冯远村先生手评是书……予于亲串中偶得一部阅之,既爱其随处指点,或一二字揭出文字精神,或数十言发明作者宗旨,不作公家言、模棱语,自出手眼,别具会心,洵可与但氏新评并行不悖。"③

如同李贽的评点风格深受明代狂禅之风影响,《聊斋志异》的评点

---

① 《聊斋志异会校会注会评本》卷一〇,第1443～1444页,上海:上海古籍出版社,1986。
② 《聊斋志异会校会注会评本》卷一二,第1636～1637页。
③ 〔清〕喻焜:《聊斋志异序》,见张友鹤辑校《聊斋志异会校会注会评本》卷首。

也烙上了清代学术的印记，"清代的思想钳制和镇压，造成士人对现实的淡漠和对古典的关注"①。也许就是受到清代总体学风影响，无论是王士禛，还是但明伦、冯镇峦等人，评点文字的风格都比较中规中矩，风格沉稳，以教化为先，以文法为旨归。李卓吾、金圣叹那种个性鲜明、长歌当哭的恣肆狂放当真成了绝唱。

六、清代《儒林外史》评点②

《儒林外史》大约成书于乾隆十三年（1748 年）到十五年（1750 年）之间，目前所存最早刊本是嘉庆八年（1803 年）的卧闲草堂本，这也是影响最大的《儒林外史》评点本。卧闲草堂本评者不详，评点形式非常简单，仅有回评。其后的评点本如齐省堂增订本、黄小田评本、天目山樵（张文虎）评本均以此为祖本。"故《儒林外史》的评点表现为在同一源头之下不断累积和聚合的过程。这种承传性一方面表现在评点内涵上，《儒林外史》的评点不像《红楼梦》和《西游记》评点那样，各家评点观念思想歧异，各执一词，而是有着相对意义上的一致性，故而《儒林外史》评点的思想内核形成了一个相对整合的系统。"③

《儒林外史》评点的内容与其他小说评点类似，也包括几大要素，即对作品主旨的揭示，对人物性格的品评以及对于小说语言章法的评析。

卧闲草堂本卷首有闲斋老人所作序，题为乾隆元年，该序云："其书以功名富贵为一篇之骨：有心艳功名富贵而媚人下人者，有依仗功名富贵而骄人傲人者，有假托无意功名富贵自以为高被人看破耻笑者，终乃以辞却功名富贵，品地最上一层，为中流砥柱。"该论一出，即成定评，总是被引用来说明《儒林外史》一书的主旨。

《儒林外史》用讽刺艺术再现了活生生的儒林百态，卧评本对于该书人物描写以及讽刺手法的认识均比较独到而深刻。

> 此篇是放笔写严大老官之可恶。然行文有次第，有先后，如

① 葛兆光：《中国思想史》第二卷，第 399 页，上海：复旦大学出版社，2007。
② 本小节所引用的《儒林外史》评语据李汉秋辑校《儒林外史汇校汇评》，上海：上海古籍出版社，2010。
③ 谭帆：《论〈儒林外史〉评点的源流与价值》，载《社会科学战线》1996 年第 6 期，第 173～174 页。

原泉盈科，放乎四海，虽支分派别，而脉络分明。非犹俗笔稗官，凡写一可恶之人，便欲打、欲骂、欲杀、欲割，惟恐人不恶之。而究竟所记之事，皆在情理之外，并不能行之于当世者。此古人所谓画鬼怪易、画人物难。世间惟最平实而为万目所共见者，为最难得其神似也。①

小说固然要追求艺术效果，但是不能过于背离情理，倘若能够用最平实的日常行为刻画出人物神韵，才算最高明的做法。《儒林外史》在这方面做得相当好，以至于"慎毋读《儒林外史》，读竟乃觉日用酬酢之间，无往而非《儒林外史》"（卧闲草堂本第三回评）。卧闲草堂本评点者对《儒林外史》人物描写的理论阐述，为中国古代小说理论当中的人物论作出了贡献。

再看卧闲草堂本对于《儒林外史》讽刺手法的概述。第四回《荐亡斋和尚吃官司　打秋风乡绅遭横事》中有好几段妙文，分别描写严贡生占人便宜，范进居丧不守礼，汤知县、张静斋、范进愚庸等，小说本身写得妙，评点也评得好。

> 才说"不占人寸丝半粟便宜"，家中已经关了人一口猪，令阅者不繁言而已解。使拙笔为之，必且曰：看官听说，原来严贡生为人是何等样，文字便索然无味矣。

> 上席不用银镶杯箸一段，是作者极力写出。盖天下莫可恶于忠孝廉节之大端不讲，而苛索于末节小数。举世为之，而莫有非之，且效尤者比比然也。故作者不以庄语责之，而以谑语诛之。

> 张静斋劝堆牛肉一段，偏偏说出刘老先生一则故事，席间宾主三人，侃侃而谈，毫无愧怍，阅者不问而知此三人为极不通之品。此是作者绘风绘水手段，所谓直书其事，不加断语，其是非自见也。②

讽刺手法的高妙就在于不动声色，"无一贬词，而情伪毕露"（鲁迅语），卧本评点虽然没能进一步理论抽象，但是准确揭示了《儒林外史》的艺术特色。

相比于同时期的小说评点，《儒林外史》的评点者们还多了一项爱

---

① 第六回总评，见《儒林外史汇校汇评》，第 88 页，上海：上海古籍出版社，2010。
② 同上，第 60 页。

好，就是索隐，即探究书中人物的现实原型。《儒林外史》的作者吴敬梓的确采纳了不少亲身经历的素材，相关索隐有助于理解作品。但是小说并非历史传记，清人已经接纳了小说虚构的特征，故对于索隐也没有走极端，评点家所表达的观念非常中肯：

> 原书不著作者姓名，近阅上元金君和跋语，谓系全椒吴敏轩征君敬梓所著，杜少卿即征君自况，散财、移居、辞荐、建祠，皆实事也。慎卿乃其从兄青然先生枞，虞博士乃江宁府教授吴蒙泉，庄尚志乃上元程绵庄……或象形谐声，或庾词隐语，若以雍、乾间诸家文集紬绎而参稽之，则十得八九矣。……窃谓古人寓言十九，如毛颖、宋清等传，韩、柳亦有此种笔墨，只论有益世教人心与否，空中楼阁正复可观，必欲求其人以实之，则凿矣。且传奇小说，往往移名换姓，即使果有其人，而百年后亦已茫然莫识，阅者姑存其说，仍作镜花水月观之可耳。①

这种对待索隐的态度，直可以去教训《红楼梦》的近代索隐派。

七、清代《红楼梦》评点

《红楼梦》最初以手抄本形式流行，多题为《脂砚斋重评石头记》。乾隆五十六年（1791 年），萃文书屋活字刊印《新镌全部绣像红楼梦》，这是《红楼梦》的第一个刊本。一粟所编著的《红楼梦书录》中列《红楼梦》评点本几十种，多数都没有正式刻印发行，时间跨度达一百多年。②直到嘉庆十六年（1811 年），《红楼梦》的第一个评点刊本东观阁重刊本《新增批评绣像红楼梦》才梓行。

与通行的小说评点形式一样，《红楼梦》的评点也包括以下几个要素：序、读法、总评、眉批、夹批、回末总评等。评点的内容或者揭示主旨，或者分析人物，或者探究写法，或者借小说而发现实感慨等等。

《红楼梦》评点当中，最值得注意的是脂砚斋评语。脂评与创作者关系密切，几乎是与原著创作同步进行的批评，所谓"作者与余实实经过"（第二十五回庚辰本侧批）。评点者作为知情人，对于原著作者及

---

① 齐省堂刊《增订儒林外史·例言》，见《儒林外史汇校汇评》，第 694 页，上海：上海古籍出版社，2010。

② 参见一粟编著：《红楼梦书录》，上海：上海古籍出版社，1981。

作品情节,均提供了很多有价值的信息,故虽然研究界对脂砚斋有种种质疑,但至今脂评仍然最受瞩目。脂评当中涉及的评点者有脂砚斋、畸笏叟、棠村、梅溪、松斋、鉴堂、绮园、玉蓝坡、立松轩等名号。保存脂评较多的版本为甲戌本、己卯本、庚辰本《脂砚斋重评石头记》。

"批书人和作者都是书中人物。《石头记》是记录他们的生活,批语是他们看到自己过去的生活产生感慨!"①关于这一点,脂砚斋批语表现得非常明显,如第十三回《秦可卿死封龙禁尉　王熙凤协理宁国府》凤姐指斥宁国府弊端一段,甲戌本眉批曰:"旧族后辈受此五病者颇多,余家更甚。三十年前事,见书于三十年后,令余悲恸,血泪盈[面]!"②

脂砚斋评点者们对于《红楼梦》的创作也拥有莫大的发言权,如第十三回,甲戌本回后批语:"秦可卿淫丧天香楼,作者用史笔也。老朽因有'魂托凤姐'、'贾家后事'二件,岂是安富尊荣坐享人能想得到处?其事虽未漏,其言其意则令人悲切感服,姑赦之。因命芹溪删去。"③靖藏本眉批曰:"通回将可卿如何死故隐去,是余大发慈悲也。叹叹!壬午季春,畸笏叟。"④可见畸笏叟为一长辈,可以命令芹溪删改自己的心血文字。

再如,第二十二回《听曲文宝玉悟禅机　制灯谜贾政悲谶语》,惜春谜以下残缺,庚辰本眉批云:"此后破失,俟再补。"回末评:"此回未补成而芹逝矣,叹叹!丁亥夏,畸笏叟。"⑤

又第七十五回《开夜宴异兆发悲音　赏中秋新词得佳谶》,庚辰本回前脂批云:"乾隆二十一年五月初七对清。缺中秋诗,俟雪芹。"⑥

以上例证均可说明脂砚斋评点者与创作者的密切关系。⑦　更有意思的是第二十一回《贤袭人娇嗔箴宝玉　俏平儿软语救贾琏》庚辰本

① 陈庆浩:《新编石头记脂砚斋评语辑校·导论》,第98页,台北:联经出版事业公司,1986。
②《脂砚斋重评石头记甲戌校本》,第232～233页。参见《红楼梦资料汇编》第241页,天津:南开大学出版社,2001。
③《红楼梦资料汇编》第241页。
④《红楼梦资料汇编》,第235页。
⑤ 同上,第363页、第364页。
⑥ 同上,第509页。
⑦ 更多例证可参看郭豫适《红楼研究小史稿》第二章《脂砚斋的评论》,第24～36页,上海:上海文艺出版社,1980。

回前总批曰:"有客题《红楼梦》一律,失其姓名。惟见其诗意骇警,故录于斯:'自执金矛又执戈,自相戕戮自张罗。茜纱公子情无限,脂砚先生恨几多。是幻是真空历过,闲风闲月枉吟哦。情机转得情天破,情不情兮奈何?'凡是书题者不〈可〉[少],此为绝调。"①此诗之妙,在于话不说破,亦幻亦真,倘若真像诗中所指,则茜纱公子就是脂砚先生,写书人就是评书人。

脂本系统的《红楼梦》有十几种评点本,如东观阁《新增批评绣像红楼梦》,张新之《妙复轩评石头记》,姚燮《蛟川大某山民评点红楼梦》,张新之、王希廉、姚燮三人评点被合刊为《增评补像全图金玉缘》,以及陈其泰《桐花凤阁评红楼梦》等。其他还有刘履芬、黄小田、哈斯宝、孙崧甫、张其信、云罗山人、话石主人、张子梁、王伯沆等人的评点。

评论家们对于这部奇作多秉持文人气味的赏读态度,如孙崧甫"弁言总论"所云读法:

读《红楼》宜一人静读。合观全书不下八十万言,若非息心静气,何由得其三昧……

读《红楼》宜众人共读。他书一览而尽,至《红楼》一书,有我之所弃,未必非人之所取,有人之所弃未必非我之所取。必须择二三知己,置酒围坐,一篇一段,一字一句,逐层细究,方能曲尽其妙。

读《红楼》宜急读。必须尽数日之力,从首至尾,畅读一遍,然后知其何处是起,何处是结,何处是正文,何处是闲笔,不似他书,偶拈一本,便可作故事读也。

读《红楼》宜缓读。未开卷时,先要有一宝玉在意中。既开卷后,又要有一我在书中。必须尽数月之功,看到缠绵旖旎之处,便要想出我若当此境地,更复如何。如此方能我即是书,书即是我。②
又如诸联《红楼评梦》所云:

余自叹年来死灰槁木,已超一切非非想,祇镜奁间尚恨恨不能去。适来无事,雨窗展此,唯恐擅失,窃谓当煮苦茗读之,爇名香读之,于好花前读之,空山中读之,清风明月下读之,继《南华》《离骚》读之,伴《涅槃》《维摩》读之。天下不少慧眼人,其以予言

① 《红楼梦资料汇编》,第335页,天津:南开大学出版社,2001。
② 转引自梁左《孙崧甫抄评本〈红楼梦〉记略》,载《红楼梦学刊》1983年第1辑,第270页。

为然乎否乎?①

综合来看,在诸古典名著当中,评点《红楼梦》的人数最多,甚至还有蒙古族人哈斯宝,充分说明了这部伟大小说的艺术成就从诞生之日起就得到了公认。不过,如此多的评点家,并没有任何一位能够成为与作者比肩的人物,如金圣叹之于《水浒》、张竹坡之于《金瓶梅》等。正像郭豫适先生所评:"王雪香(按:即王希廉)、张新之、姚梅伯(按:即姚燮)是评点派中有名的三大家。这三家评论中,总的说来,王评其实比较平庸;张评虽然最受当时一些人的吹捧,实际上最为荒唐;姚评虽有一点比较切实的评论,但他把许多精力花在查考、串叙小说的时节上面,意义不大。"②这种评点状况似乎也可以说明《红楼梦》作为独立撰著的完美杰作,内涵丰富复杂,具有不可超越性,倘若不是作者本人自写自评,即便亲近如兄弟、夫妻也难以逾越心灵的鸿沟。

八、《西游记》评点

总体来看,优秀的古典小说作品均有评点,评点的价值和作品本身的价值基本成正比,也就是研究者们所公认的水涨船高现象。《西游记》作为古典小说的代表作,当然也在评点家们的关注之列。

《西游记》较早并且最著名的评点本为《李卓吾先生批评西游记》③。但是,据明末清初盛于斯《休庵影语·西游记误》④、钱希言《戏瑕·赝籍》⑤等记载,《李卓吾先生批评西游记》的实际评点者为明代

---

① 转引自郭豫适《红楼研究小史稿》,第 67 页,上海:上海文艺出版社,1980。
② 郭豫适:《红楼研究小史稿》,第 131 页。
③《李卓吾评本西游记》,明清善本小说丛刊:第五辑,台北:天一出版社,1985;〔明〕吴承恩著,〔明〕李贽评:《西游记》,济南:齐鲁书社,1991。
④〔明〕盛于斯《休庵影语·西游记误》:"近日《续藏书》,貌李卓吾名,更是可笑。若卓老止于如此,亦不成其为卓吾也。又若《四书眼》、《四书评》、批点《西游》、《水浒》等出,皆称李卓吾,其实乃叶文通笔也。"转引自朱一玄、刘毓忱编《西游记资料汇编》,第 316 页,天津:南开大学出版社,2002。
⑤〔明〕钱希言《戏瑕》卷三《赝籍》:"比来盛行温陵李贽书,则有梁溪人叶阳开昼者,刻画摹仿,次第勒成,托于温陵之名以行。往袁小选中郎,尝与余称,李氏《藏书》、《焚书》、《初潭集》、批点北《西厢》四部,即中郎所见者,亦止此而已。数年前,温陵事败,当路命毁其籍,吴中锓《藏书》板并废,近年始复大行。于是有宏父批点《水浒传》、《三国志》、《西游记》、《红拂》、《明珠》、《玉合》数种传奇及《皇明英烈传》,并出叶笔,何关于李?"转引自朱一玄、刘毓忱编《水浒传资料汇编》,第 135 页,天津:南开大学出版社,2002。

叶昼。

叶昼,字阳开,"落魄不羁人也,家极贫,素嗜酒,时从人贷饮,醒即著书,辄为人持金鬵去,不责其值,即所著《樗斋漫录》者也。近又辑《黑旋风集》行于世,以讥刺进贤,斯真滑稽之雄已"①。清代周亮工《因树屋书影》卷一曰:"叶文通,名昼,无锡人,多读书,有才情,留心二氏学,故为诡异之行。迹其生平,多似何心隐。或自称锦翁,或自称叶五叶,或称叶不夜,最后名梁无知,谓梁溪无人知之也。当温陵《焚藏书》盛行时,坊间种种借温陵之名以行者,如《四书第一评》、《第二评》、《水浒传》、《琵琶》、《拜月》诸评,皆出文通手。"②正是以这些记载为主要参照,有学者认为容与堂本《水浒传》批点、《李卓吾先生批评三国志》、《李卓吾先生批评北西厢记》等书皆出自叶昼之手。③

《李卓吾先生批评西游记》的评点文字非常简单,往往是隔上一大段方才旁批几个字,"趣""猴""着眼"几个词的使用率很高。篇末总批亦往往只有一两行。如第七十一回《行者假名降怪犼 观音现像伏妖王》中批点相对集中的一段:

> 小妖急出去,隔门问道:"打门的是谁?"行者道:"我是朱紫国拜请来的外公,来取圣宫娘娘回国哩!"那小妖听得,即以此言回报。那妖随往后宫,查问来历。原来那娘娘才起来,还未梳洗,早见侍婢来报:"爷爷来了。"那娘娘急整衣,散挽黑云,出宫迎迓。才坐下,还未及问,又听得小妖来报:"那来的外公已将门打破矣。"那妖笑道:"娘娘,你朝中有多少将帅?"娘娘道:"在朝有四十八卫人马,良将千员;各边上元帅总兵,不计其数。"妖王道:"可有个姓外的么?"[旁批:趣。]娘娘道:"我在宫,只知内里辅助君王,早晚教诲妃嫔,外事无边,我怎记得名姓!"妖王道:"这来者称为外公[旁批:妖怪自然认不得外公],我想着《百家姓》上,更无个姓外的。娘娘赋性聪明,出身高贵,居皇宫之中,必多览书籍。记得那本书上有此姓也?"娘娘道:"止《千字文》上有句'外受傅训',想

---

① 〔明〕钱希言:《戏瑕》,转引自朱一玄、刘毓忱编《水浒传资料汇编》,第135~136页,天津:南开大学出版社,2002。

② 转引自朱一玄、刘毓忱编《水浒传资料汇编》,第137页。

③ 黄霖:《论容与堂本〈李卓吾先生批评北西厢记〉》,载《复旦学报》2002年第2期;沈伯俊《论〈李卓吾先生批评三国志〉》,载《内江师专学报》1993年第3期。

必就是此矣。"〔旁批：以幻为真，奇绝，奇绝！〕①

本回的总批也颇有趣味："雄铃也怕雌铃，何惧内之风，不遗一物如此！若今日，可谓铃世界矣。识得生灾乃是消灾，苦海中俱极乐世界也。此《西游》度人处，读者着眼。"②

该书的总批都与此条类似，言语简洁，或点明文章寓意，或评价小说文字，或借机讽世。如第五十三回《禅主吞餐怀鬼孕　黄婆运水解邪胎》总批为："这回想头，奇甚、幻甚，真是文人之笔，九天九地，无所不至。"第六十一回《猪八戒助力破魔王　孙行者三调芭蕉扇》总批为："谁为火焰山？本身烦热者是。谁为芭蕉扇？本身清凉者是。作者特为此烦热世界下一帖清凉散耳。读者若作实事理会，便是痴人说梦。"可谓要言不烦，耐人寻味。

另外，托名李卓吾先生的《西游记》评点在某些思想意识方面，比如贬低女性的态度、讽刺和尚的态度、对儒生的揶揄挖苦等，都比不上真正的李贽的思想境界。③

有关《西游记》，清代还出现过数家道教气味的评点本，如《西游证道书》《西游真诠》《西游原旨》《通易西游正旨》《西游记记》《西游记评注》等。相关评点多关注于释道心法、金丹之道种种，在他们的眼中，《西游记》不是小说，而是道书，相关表述有谈虚弄玄之嫌，缺乏出色的艺术见解，影响不大。④

总体来看，明清时代出现的多数小说评点本，已经超越了书商牟利的阶段，是文人心血之作，别具审美意义和理论价值，在下节将专门讲述。

---

① 〔明〕吴承恩著，〔明〕李贽评：《西游记》，第 969 页，济南：齐鲁书社，1991。
② 〔明〕吴承恩著，〔明〕李贽评：《西游记》，第 978 页。
③ 参见张天星《论〈李卓吾先生批评西游记〉的评语与李贽思想的矛盾——兼论该评本的评者归属问题》，载《江淮论坛》2007 年第 1 期。
④ 参见胡淳艳《试析清代的〈西游记〉道教评点本》，载《宗教学研究》2007 年第 1 期；袁世硕《清代〈西游记〉道家评本解读》，载《文史哲》2003 年第 4 期。

第三节 评点文字自身的审美意义

本节主要论述评点文字本身所具备的审美意义,论述范围是文人评点的著名文本。多数评点者相当于纯粹的异代读者,如金圣叹之于《水浒传》,毛氏父子之于《三国志演义》,张竹坡之于《金瓶梅》。这类评点者看重文章价值,以文心解文义,其内在的批评精神可与传统诗话相比。

中国小说从诞生之日起,就是读者在场,这种独特的叙述意识影响到了评点的视角和心态。评点其实是一种放慢了的细读,使只关心情节和结局的读者,能够沉下心来,欣赏行文之美。这显然是一种更加"文学化"的阅读方式,超越了单纯的娱乐目的,变成了对美的欣赏。评点也更加注重读者效应,而评点者主动修改原著文本以求契合自己的观念,这种行为大概是世界文论史当中独一无二的。"与其作小说,不如评小说。盖以我之作者,不知费几许经营筹画,尚远不能如前人所作,不如举前人所已经营筹画成就者,由我评之,使我评而佳,则通身快乐,当与作书相等。与其评寻常小说,不如评最佳最美之小说,盖评寻常小说,既需我多少思量,且感得一身不快,不如评最美最佳之小说,头头是道,不觉舞之蹈之也。"①

"才子书""奇书"这样的命名就体现出深刻的欣赏和推重。正是在评点家们的引领之下,小说的功用由传统的裨补史阙、增广见闻等从属意义上解脱,上升到审美层次,无复依傍,独立于世,终成大国。

中国学术原本就有笺注的习惯,举凡经史子集,其笺注传疏皆与正文并传而不朽,如《诗》之郑玄笺,《春秋》之三传,《史记》之孔颖达正义等等。借笺注表达个人见解也成为学术传统,如王弼注《老子》,郭象注《庄子》,朱熹注《诗》……"千家注杜"更是美谈。宋代以后,古文评点尤其兴盛;为了应付科举,市面上也出现了大量的时文评。

---

① 梦生《小说丛话》,载 1914 年《雅言》第一卷第七期,见《二十世纪中国小说理论资料》(第一卷(1897—1916)),第 435 页,北京:北京大学出版社,1997。

总体来看,明清小说评点就立足于这样的传统文化基础,以诗文批评为参照,旁采散文、诗歌、绘画、音乐等方面的批评术语,使传统文人气质、抒情言志的传统、家国一体的忧患意识在评点文字里集中体现,从而使评点文字本身就具备了独特的审美意义。

现代两位著名的学者均不满评点与时文(八股文)的关系。1920年,胡适《水浒传考证》认为金圣叹的评点"正是八股选家的流毒,读了不但没有益处,并且养成一种八股式的文学观念,是很有害的"①。1933年,鲁迅《谈金圣叹》也认为金圣叹的评点使"原作的诚实之处,往往化为笑谈,布局行文,也都被硬拖到八股的作法上。这余荫,就使有一批人,堕入了对于《红楼梦》之类总在寻求伏线、挑剔破绽的泥塘。自称得到古本,乱改《西厢》字句的案子且不说罢,单是截去《水浒》的后小半,梦想有一个'嵇叔夜'来杀尽宋江们,也就昏庸得可以"②。胡适、鲁迅两位皆是新文化的旗手,对于八股文深恶痛绝,有关论点偏颇一些是有其时代原因的。当代人对待古人评点,应该更加宽容,着力于发掘其美学价值,以求古为今用。

一、性情文字见真趣

评点家们的思路大概是:作品首先使自己满意,为之慨叹不止,继而把这种感想表达出来,寻求更大范围的认同。评点的过程既是推介作品,也是推介自己的读书心得。评点对于原作精神、文章妙处的揭示,似禅宗长者棒喝钝根人,概如袁宏道所言《水浒传》"若无卓老揭出一段精神,则作者与读者,千古俱成梦境"(《东西汉通俗演义序》)。这种具有点化作用的评点,往往抓住妙处,一语中的,从始至终的落脚点都在作品上,而不是另起炉灶构筑理论体系,对于概念、逻辑、推理等等并不在意。

评点文字最突出的首先是评点者的阅读愉悦,正与作者写作当中的笔墨之趣相呼应。如李贽所言:"《水浒传》批点得甚快活人,《西厢》、《琵琶》涂抹改窜得更妙"(《与焦弱侯》,见《续焚书》卷二);"《坡仙集》我有披削旁注在内,每开卷便自欢喜,是我一件快心却疾之事"

---

① 欧阳哲生编:《胡适文集》第二册,第 375 页,北京:北京大学出版社,1998。
② 《鲁迅全集》第四卷,第 542 页,北京:人民文学出版社,2005。

（《寄京友书》，见《焚书》卷二）。

金圣叹对《水浒传》的兴趣从少年时代就开始了，"吾既喜读《水浒》，十二岁便得贯华堂所藏古本。吾日夜手钞，谬自评释，历四五六七八月，而其事方竣，即今此本是已。如此者，非吾有读《水浒》之法，若《水浒》固自为读一切书之法矣"（《水浒传序三》）。在第十二回回前总批又道："天下之乐，第一莫若读书；读书之乐，第一莫若读《水浒》。"

文人雅兴豪情，读书乐极，何以助兴，惟有杜康。

读《金瓶》必置大白于左，庶可痛饮，以消此世情之恶。读《金瓶》，必置名香于几，庶可遥谢前人，感其作妙文，曲曲折折以娱我。读《金瓶》，必须置香茗于案，以奠作者苦心。①

孔融荐祢衡一篇文字，十分光彩，阅至此，掀髯称快，当满引一大白。祢衡鼓击三挝，令人泣下；吉平血流九指，令人眦裂。阅至此，慷慨悲怀，又当满引一大白。②

阅此回书，正夏日初长，令瞌睡顿消，精神陡长。笔墨娱人，遂至于此！③

念秧妙计高天下，赔了男儿又折妻。吾性不饮，读至此浮两大白。④

借人发脱，好阿凤，好口齿。句句正言正理。赵姨安得不抿翅低头，静听发挥？批至此，不禁一大白又一大白矣。⑤

这种阅读的趣味首先来自于作品文字之奇、妙、趣。

李和尚曰：有一村学究道：李逵太凶狠，不该杀罗真人；罗真人亦无道气，不该磨难李逵。此言真如放屁。不知《水浒传》文字当以此回为第一。试看种种摩写处，那一事不趣？那一言不趣？天下文章当以趣为第一。既是趣了，何必实有是事，并实有是人？

① 《金瓶梅读法》，见〔清〕张道深评《金瓶梅》，第49页，济南：齐鲁书社，1991。

② 《三国演义》第二十三回回前评，见〔清〕毛宗岗评订《三国演义》，第272页，济南：齐鲁书社，1991。

③ 〔清〕陈朗著，董孟汾评释，孙永都、刘中光校点：《雪月梅传》第三十七回总批，第291页，济南：齐鲁书社，1986。

④ 《聊斋志异》冯镇峦夹批，见《聊斋志异会校会注会评本》，第573页，上海：上海古籍出版社，1986。

⑤ 《红楼梦》庚辰本第二十回夹批，见《红楼梦资料汇编》，第331页，天津：南开大学出版社，2001。

若一一推究如何如何，岂不令人笑杀！①

　　读书之乐，不大惊则不大喜，不大疑则不大快，不大急则不大慰。当子龙杀出重围人困马乏之后，又遇文聘追来，是一急；及见玄德之时，怀中阿斗不见声息，是一疑；至翼德断桥之后，玄德被曹操追至江边更无去路，又一急；及云长旱路接应之后，忽见江上战船拦路，不知是刘琦，又一惊；及刘琦同载之后，忽又见战船拦路，不知是孔明，又一疑一急。令读者眼中如猛电之一去一来，怒涛之一起一落。不意尺幅之内乃有如此变幻也。②

由书中情景、意象，往往又能勾起评点者的个人意趣，从而使评点文字妙语如珠，与原著文字形成双重谐趣。

如《三国演义》第二回《张翼德怒鞭督邮　何国舅谋诛宦竖》，张飞"攀下柳条，去督邮两腿上着力鞭打"，此处毛氏批语曰："打得畅快！督邮所望者，蒜条金耳，岂意张公以柳条鞭见赠，甚妙。"

第十二回《陶恭祖三让徐州　曹孟德大破吕布》中，吕、曹两军激战，曹操奔至城门时，"城门上崩下一条火梁来，正打着曹操战马后胯，那马扑地倒了。操用手托梁推放地上，手臂须发，尽被烧伤。"这一句后面的毛氏批语云："曹操之须未割于潼关，先烧于濮阳。须不幸而为曹操之须，须亦苦矣。"居然替曹操的胡子大发感慨。

《水浒传》第十八回《林冲水寨大并火　晁盖梁山小夺泊》，王伦推三阻四不想接纳晁盖等人，此处的金圣叹批语妙趣横生。林冲大骂道："量你是个落第穷儒［金批：即不落第又奈何？］，胸中又没文学［金批：即有文学又奈何？］，怎做得山寨之主！"句后金圣叹批曰："可见秀才虽强盗亦不服也。"袁无涯本眉批曰："穷儒无学，连贼盗也做不得。"对秀才冷嘲热讽，其实也有评点者们的几分自嘲在内。

《水浒传》第二十二回《横海郡柴进留宾　景阳冈武松打虎》，宋江、武松结拜之后，宋江将十两银子赠与武松，武松不受。宋江道："贤弟不必多虑。你若推却，我便不认你做兄弟。"袁无涯本夹批曰："这才

---

① 容与堂刻本《李卓吾先生批评忠义水浒传》第五十二回评语，见《水浒传会评本》（下），第984页，北京：北京大学出版社，1987。
② 《三国演义》第四十二回回前总批，见〔清〕毛宗岗校订《三国演义》，第517页，济南：齐鲁书社，1991。

是孔方兄。"批语谐谑,正是从两人结拜顺手引出。

甲戌本《脂砚斋重评石头记》第三回《金陵城起复贾雨村 荣国府收养林黛玉》,黛玉进荣国府后,由家人领着去拜见贾政,看到贾政房中景象"因见挨炕一溜三张椅子上,也搭着半旧的弹墨椅袱",此句眉批便讲了个庄农人进京的笑话,嘲笑庸俗小说当中写富贵就是珠帘、绣幕、孔雀屏之类,跟庄农进京一样,都是从来没有身经目睹,只是按照自己的有限想象瞎编罢了。眉批又曰:"又如人嘲作诗者,亦往往爱说富丽话,故有'胫骨便成金玳瑁,眼睛嵌作碧琉璃'之诮。"

除了谐趣,还有种种感受。张竹坡看《金瓶梅》有奇酸、奇苦之说,更是评点者个人的酸、苦之感,或曰该文本更能引发评点者的酸苦之感。

评点文字中有诗意、哲理之语,可展现文人本色,与原作文字相映生辉。如《水浒传》第三十回,武松杀张都监全府上下之后,立在城外濠堑边,"月明之下,看水时",金圣叹于此评曰:"楼上月,此月也,濠边月,亦此月也。然而楼上之月,何其惨毒,濠边之月,何其幽凉。武松在楼上时,月亦在楼上,初不知濠边月色何如。武松来濠边时,月亦在濠边,竟不记楼上月明何似。都监一家看月之时,濠边月里并无一个,武松濠边立月之际,张家月下更无一人。嗟乎!一月普照万方,万方不齐苦乐,月影只争转眼,转眼生死无常。前路茫茫,世间魆魆,读书至此,不知后人又何以为情也。"[①]月,是中国古典文学中含义最丰富的意象之一,咏月叹月的名作数不胜数,如"人生代代无穷已,江月年年望相似"(张若虚《春江花月夜》),"古人今人若流水,共看明月皆如此"(李白《把酒问月》)……诗情画意哲思相结合,意味无穷。结合《水浒传》所描写的情景,在一片刀光血腥之后,忽然转出月色宁静,转思生死悬殊,真令人抚卷怃然。

戚本《石头记》第五十七回之回后批:"写宝钗、岫烟相叙一段,真有英雄失路之悲,真有知己相逢之乐。时方午夜,灯影幢幢,读书至此,掩卷出户,见星月依稀,寒风微起,默立阶除良久。"[②]这般文字,颇见性情,对于读者而言,阅读原作与评点实在是双重享受。

---

① 见《水浒传会评本》,第575页,北京:北京大学出版社,1987。
② 见《红楼梦资料汇编》,第488页,天津:南开大学出版社,2001。

二、有生命力的再创造艺术

优秀的评点作品都是评点者本人倾注了心血的再创造。

圣叹批《西厢记》是圣叹文字，不是《西厢记》文字。①

迩来为穷愁所迫，炎凉所激，于难消遣时，恨不自撰一部世情书，以排遣闷怀，几欲下笔，而前后结构，甚费经营，乃搁笔曰：我且将他人炎凉之书，其所以前后经营者，细细算出，一者可以消我闷怀，二者算出古人之书，亦可算我今又经营一书，我虽未有所作，而我所以持往作书之法，不尽备于是乎？然则我自做我之《金瓶梅》，我何暇与人批《金瓶梅》也哉？②

曹雪芹先生是奇人，他为何那样必为曹雪芹，我为何步他后尘费尽心血？明白了。步他后尘费尽心血，我也成了一个曹雪芹。那曹雪芹有他的心，我这曹雪芹也有我的心。但悲我已得知他的心，而谁又知我心？③

情绪所系，自然就能看出"《水浒传》是一部怒书，《西游记》是一部悟书，《金瓶梅》是一部哀书"④。正是因为评点文字的原创性、感情的激昂投入、别具只眼的细细解读，才使评点文字获得了同样的流传生命，甚而影响了原作的传播和流行，以至于评点本一出，其余诸本销声匿迹。正是因为评点者对于作品奇妙魅力的折服，以及对于自己眼光的自信，他们在自得其乐的同时，更想推介书中之趣。其用意有三：一是让普通人也体会到文字之妙；二是让人在赏析的同时学会文章结撰之法；三是即便不学文章之法，也可以教化人心。

书尚评点，以能通作者之意，开览者之心也。得则如着毛点睛，毕露神采；失则如批颊涂面，污辱本来，非可苟而已也。今于一部之旨趣，一回之警策，一句一字之精神，无不拈出，使人知此为稗家史笔，有关于世道，有益于文章，与向来坊刻，夐乎不同。

---

① 〔清〕金圣叹：《读第六才子书〈西厢记〉法》，见《金圣叹全集》（三），第 19 页，南京：江苏古籍出版社，1985。

② 〔清〕张竹坡：《竹坡闲话》，见〔清〕张道深评《金瓶梅》，第 11 页，济南：齐鲁书社，1991。

③ 〔清〕哈斯宝《新译红楼梦回批》第四十回，亦邻真译，见《红楼梦资料汇编》，第 825 页，天津：南开大学出版社，2001。

④ 〔清〕张潮：《幽梦影》，见《水浒传资料汇编》，第 314 页，天津：南开大学出版社，2002。

如按曲谱而中节,针铜人而中穴,笔头有舌有眼,使人可见可闻,斯评点所最贵者耳。①

今览此书之奇,足以使学士读之而快,委巷不学之人读之而亦快;英雄豪杰读之而快,凡夫俗子读之而亦快也。②

虽本自娱,实亦欲娱千百世之锦绣才子者。③

尤其对于《水浒传》《金瓶梅》这样题材敏感的作品,评点者们更是竭力突出小说本身的艺术价值,唯恐读者堕入看热闹的恶趣。"《水浒》所叙,叙一百八人,其人不出绿林,其事不出劫杀,失教丧心,诚不可训。然而吾独欲略其形迹,伸其神理者,盖此书七十回、数十万言,可谓多矣,而举其神理,正如《论语》之一节两节,浏然以清,湛然以明,轩然以轻,濯然以新,彼岂非《庄子》、《史记》之流哉!"④再如《金瓶梅》,"然则男子中少知看书者,谁不看《金瓶梅》? 看之而喜者,则《金瓶梅》惧焉,惧其不知所以喜之,而第喜其淫逸也。"⑤一部呕心沥血之妙文只能做个淫书,岂不是埋没珍宝?

还有一种评点者乃作者知己,如脂砚斋于《红楼梦》,更提供了文本创作的丰富信息。《红楼梦》第二十二回《听曲文宝玉悟禅机　制灯谜贾政悲谶语》当中,有一段情节是凤姐点戏《刘二当衣》,庚辰本批语曰:"凤姐点戏,脂砚执笔事,今知者寥寥矣,不怨夫!"接着此条又有:"前批知者寥寥。不数年,芹溪、脂砚、杏斋诸子皆相继别去。今丁亥夏只剩朽物一枚,宁不痛杀!"⑥可见两条批语间隔了数年。评点者完全是知情者甚至知己的口吻,寥寥数笔,已不胜沧海桑田之感。同时,我们也可以由此批语推断出脂砚斋和作者关系非同寻常,芹溪、脂砚、杏斋与评点者皆有交游,而部分批语写作在小说作者去世之后。

评点是一种有生命力的再创作艺术,评点者本人对被评点对象极

---

① 袁无涯本《出像评点忠义水浒全传》发凡,见《水浒传会评本》,第31页,北京:北京大学出版社,1987。

② 托名金圣叹《三国志演义序》,见〔清〕毛宗岗评订《三国演义》,第2页,济南:齐鲁书社,1991。

③ 〔清〕张竹坡:《金瓶梅读法》,见《金瓶梅》,第46页,济南:齐鲁书社,1991。

④ 〔清〕金圣叹:《第五才子书水浒传序三》,见《水浒传会评本》,第11页。

⑤ 〔清〕张竹坡:《金瓶梅读法》,见《金瓶梅》,第45～46页。

⑥ 见《红楼梦资料汇编》,第353页,天津:南开大学出版社,2001。

为认可,这不是所谓的科学的客观的研究态度,而是一种情感充沛几乎与原作相等的创作状态。"嗟乎! 生死迅疾,人命无常,富贵难求,从吾所好,则不著书,其又何以为活也?"①评点者的心理与创作者相同,评点也萌发出一种创造力,超越了普通的鉴赏力。评点语句,相当于替作者说话,甚至超越了作者的起初认知范围。特别是白话通俗小说多属于集体累加型创作,评点者在评点过程当中自觉地对小说原著进行增删更改,也在很大程度上提升了小说的文本价值。

只有伟大的作品才能经得起一再的解读,才能读得出无穷的意蕴。文人评点,对于文本的这种提升,超越了简单的字句解释,使普通读者也体会到灵心慧性的阅读喜悦,为读者接近经典架设了桥梁。

三、嬉笑怒骂寓针砭

发挥教化功用,也是评点者时时刻刻都在意的事情,所做出的评价往往着眼于忠奸之辨,从人品、行事各个方面展开。评点的字里行间痛下针砭,嬉笑怒骂,令人呼快。这种姿态最容易引起读者共鸣。

如《水浒传》之楔子《张天师祈禳瘟疫　洪太尉误走妖魔》中,洪太尉到达龙虎山,便问监官真人道:"天师今在何处?"容与堂本眉批道:"瘟疫盛行,为君为相底,无调燮手段,反去求一道士,可笑可笑。"②又第十四回中,吴用与阮家三雄相聚,席间阮小五道:"如今那官司一处处东掸便害百姓;但一声下乡村来,倒先把好百姓家养的猪羊鸡鹅尽都吃了,又要盘缠打发他……"本句下面,金圣叹批曰:"千古同悼之言,水浒之所以作也。"又阮小二道:"我虽然不打得大鱼,也省了若干科差。"金批曰:"十五字抵一篇《捕蛇者说》。"③

《金瓶梅》第三十六回《翟管家寄书寻女子　蔡状元留饮借盘缠》,张竹坡回前评曰:"此回乃作者放笔一写仕途之丑、势利之可畏也。夫西门市井小人,逢迎翟云峰,不惜出妻献子,何足深怪。乃蔡一泉巍巍榜首,甘心作权奸假子,且而矢口以云峰为荣,止因十数金之利,屈节

---

① 〔清〕金圣叹:《水浒传》第十四回回前评,见《水浒传会评本》,第 270 页,北京:北京大学出版社,1987。

② 见《水浒传会评本》,第 42 页。

③ 见《水浒传会评本》,第 278 页。

于市井小人之家,岂不可耻?"①

在对腐朽时局、贪官污吏批判的同时,评点者还注意树立价值导向。如李贽评《水浒传》抓住"忠义"大做文章,强调好汉们对君主的忠心,所谓"身居水浒之中,心在朝廷之上"(《忠义水浒传序》)。而张竹坡大讲"泄愤""苦孝""奇酸",《金瓶梅》之作乃是"仁人志士、孝子悌弟,上不能告诸天,下不能告诸人,悲愤呜唈,而作秽言,以泄其愤。自云含酸,不是撒泼,怀匕囊锤,以报其人,是亦一举。乃作者固自有志,耻作荆、聂,寓复仇之义于百回微言之中,谁为刀笔之利不杀人于千古哉! 此所以有《金瓶梅》也。"②

评点者的这种苦心,一方面来自他们本人的正统教育基础,他们骨子里都是真正的儒生,国家社稷时时萦怀,同情人民疾苦,怀有教化民众的责任感。另一方面,他们也经常表现出矛盾心态,对于贪官污吏恨之入骨,对于百姓穷苦无限同情,但是始终不能超越时代,从不怀疑专制制度的合理,总是恭顺听命,对于造反之举横加批判。

就题材而言,《水浒传》可谓"诲盗",《金瓶梅》可谓"诲淫","金圣叹好批小说,人多薄之"③。故评点者为了使观众接受,也为了避免文字狱之类的大祸患,"古之君子,未有不小心恭慎而后其书得传者也"(金圣叹评点《水浒传》第七十回回前评),从而不得不为自己的评点进行辩解。

予小子悯作者之苦心,新同志之耳目,批此一书,其"寓意说"内,将其一部奸夫淫妇,悉批作草木幻影;一部淫词艳语,悉批作起伏奇文。至于以"悌"字起,"孝"字结,一片天命民彝,殷然慨恻,又以玉楼、杏庵照出作者学问经纶,使人一览无复有前此之《金瓶》矣。但恐不学风影等辈,借端恐诸,意在骗诈。夫现今通行发卖,原未禁止;小子穷愁著书,亦书生常事。又非借此沽名,本因家无寸土,欲觅蝇头以养生耳。即云奉行禁止,小子非套翻原板,固我自作我的《金瓶梅》。我的《金瓶梅》上洗淫乱而存孝悌,变帐簿以作文章,直使《金瓶》一书冰消瓦解,则算小子劈《金

① 〔清〕张道深评:《金瓶梅》,第548页,济南:齐鲁书社,1991。

② 《竹坡闲话》,同上,第10页。

③ 〔清〕袁枚著:《随园诗话》卷一,第4页,北京:人民文学出版社,1982。

瓶梅》原板亦何不可！使邪说当辟，而辟邪说者必就邪说而辟之，其说方息。今我辟邪说而人非之，是非之者必邪说也。若不予先辨明，恐当世君子为其所惑。况小子年始二十有六，素与人全无恩怨，本非不律以泄愤懑，又非囊有余钱，借梨枣以博虚名；不过为糊口计。兰不当门，不锄何害？锄之何益？是用抒诚，以告仁人君子，共其量之。①

张竹坡既晓之以理，说明《金瓶梅》经过批点，其大义已明，并非淫书；又动之以情，表明自己不过是一个仅为糊口的小青年，言下之意是请找碴者高抬贵手，得饶人处且饶人。

毛批《三国志演义》与金批《水浒传》、张批《金瓶梅》相比，题材上有优势，很容易占据道德高地，而毛氏父子也突出了正统意识，强化刘备仁者贤君的形象，以蜀汉为正统，以魏吴为伪篡，拥刘反曹，"读《三国志》者，当知有正统、闰运、僭国之别。正统者何？蜀汉是也。僭国者何？吴魏是也。闰运者何？晋是也。魏之不得为正统者，何也？论地则以中原为主，论理则以刘氏为主。论地不若论理，故以正统予魏者，司马光《通鉴》之误也。以正统予蜀者，紫阳《纲目》之所以为正也。……陈寿之《志》未及辨此，余故折衷于紫阳《纲目》，而特于演义中附正之。"②

毛批本对于原作文本改动较多，一是整饬文字，使原作文本更加精美；再则于修改文字中强化褒贬意图，使正统思想倾向表现得更加鲜明，其批点凡例为：

一、俗本之乎者也等字，大半龃龉不通，又词语冗长，每多复沓处。今悉依古本改正，颇觉直捷痛快。

一、俗本纪事多讹，如昭烈闻雷失箸及马腾入京遇害、关公封汉寿亭侯之类，皆与古本不合……今悉依古本辨定。

一、事有不可阙者，如关公秉烛达旦、管宁割席分坐、曹操分香卖履、于禁陵庙见画……俗本皆删而不录。今悉依古本存之，使读者得窥全豹。

一、《三国》文字之佳，其录于《文选》中者，如孔融《荐祢衡

---

① 《第一奇书非淫书论》，见〔清〕张道深评《金瓶梅》，第20～21页，济南：齐鲁书社，1991。
② 《读三国志法》，见〔清〕毛宗岗评订《三国演义》，第6页、第7页，济南：齐鲁书社，1991。

表》、陈琳《讨曹操檄》，实可与前、后《出师表》并传，俗本皆阙而不载。今悉依古本增入，以备好古者之览观焉。

一、俗本提纲，参差不对，错乱无章，又于一回之中分上下两截。今悉体作者之意而连贯之，每回必以二语对偶为题，务取精工，以快阅者之目。

一、俗本谬托李卓吾先生批阅，而究竟不知出自何人之手。其评中多有唐突昭烈、谩骂武侯之语。今俱削去，而以新评校正之。

一、俗本之尤可笑者：与事之是者，则圈点之；与事之非者，则涂抹之。不论其文，而论其事，则春秋弑君三十六，亡国五十二，将尽取圣人之经而涂之抹之耶？今斯编评阅处，有圈点而无涂抹，一洗从前之陋。

一、叙事之中夹带诗词，本是文章极妙处。而俗本每至"后人有诗叹曰"，便处处是周静轩先生，而其诗文又甚俚鄙可笑。今此编悉取唐宋名人作以实之，与俗本大不相同。

一、七言律诗起于唐人，若汉则未闻有七言律也。俗本往往捏造古人诗句，如钟繇、王朗《颂铜雀台》，蔡瑁《题馆驿屋壁》，皆伪作七言律体，殊为识者所笑。今悉依古本削去，以存其真。

一、后人捏造之事，有俗本演义所无而今日传奇所有者，如关公斩貂蝉、张飞捉周瑜之类，此其诬也，则今人之所知也。有古本《三国志》所无而俗本演义所有者，如诸葛亮欲烧魏延于上方谷之类，此其诬也，则非今人之所知也。不知其诬，毋乃冤古人太甚！今皆削去，使读者不为齐东所误。①

观此凡例，涉及词语、情节、结构等多方面，可知毛氏父子对于《三国志演义》文本的价值提升功不可没。

除却文字上的加工整理，毛氏父子对于《三国志演义》的修改价值，更在于深化了人物的性格特征，如凡例中所言，修改刘备闻雷失箸、增加关公秉烛达旦、删除诸葛亮欲烧魏延等事，尽可能地美化蜀汉政权人物。

① 见〔清〕毛宗岗评订《三国演义》，第4～5页，济南：齐鲁书社，1991。

再如，托名李贽的评本第一回这样写刘备："那人平生不甚乐读书，喜犬马，爱音乐，美衣服少言语，礼下于人，喜怒不形于色。"毛本修改为："那人不甚好读书，性宽和，寡言语，喜怒不形于色，素有大志，专好结交天下豪杰……"如此一改，去除种种不良嗜好，刘备的形象更加正面化，更加高大了。① 接下来的正文是对刘备的形貌描写，又交待了刘备的出身"中山靖王刘胜之后，汉景帝阁下玄孙"，此处，毛氏及时地加上评语："可知蜀汉是正统。"

评点者无不体现出鲜明的道德价值观。毛氏父子首先按照自己的思想观念来修改文本，然后就修改后的文本进行评点，于评点文字中再次强调自己的看法。这种理论形态继承了金圣叹的做法，但是比金圣叹更刻意。

以今天的眼光来看，评点这种方式在使文本阅读更为完善的同时，也在破坏文学的自足状态，时时出现的评点文字，似乎在提醒读者：这就是一本书罢了。但是就文学欣赏态度而言，相比于文以载道的沉重感，评点心理无疑更为超脱，更为成熟，也更加接近艺术实践。

第四节　评点当中的理论命题

评点者自以为只眼独具，能够看出作品的文法，并且可以归纳总结出来，让人学习，所谓度金针也。"旧时《水浒传》，子弟读了，使晓得许多闲事。此本虽是点阅得粗略，子弟读了，便晓得许多文法；不惟晓得《水浒传》中有许多文法，他便将《国策》、《史记》等书，中间但有若干文法，也都看得出来。……人家子弟只是胸中有了这些文法，他便《国策》、《史记》等书都肯不释手看，《水浒传》有功于子弟不少。"②这种说法，有评点者的自负气概，也有推荐自己作品的广告色彩，犹如告诉今

---

① 参见黄霖《前言》，〔清〕毛宗岗评订《三国演义》，第10页，济南：齐鲁书社，1991。
②《读第五才子书法》，见曹方人、周锡山标点《金圣叹全集》（一），第24页，南京：江苏古籍出版社，1985。

天的学生,读课外书也可以促进功课。

　　仆幼年最恨"鸳鸯绣出从君看,不把金针度与君"之二句,谓此必是贫汉自称,王夷甫口不道阿堵物计耳。若果知得金针,何妨与我略度。①

　　弟自幼最苦冬烘先生辈辈相传"诗妙处正在可解不可解之间"之一语。弟亲见世间之英绝奇伟大人先生,皆未尝肯作此语。而彼第二第三随世碌碌无所短长之人,即又口中不免往往道之,无他,彼固有所甚便于此一语。盖其所自操者至约,而其规避于他人者乃至无穷也。②

　　然则《金瓶梅》,我又何以批之也哉? 我喜其文之洋洋一百回,而千针百线,同出一丝,又千曲万折,不露一线。闲窗独坐,读史、读诸家文,少暇,偶一观之曰:如此妙文,不为之递出金针,不几辜负作者千秋苦心哉!③

这金针之法,便形成了诸多解读。几部著名作品各有特色:金批《水浒传》的人物性格分析和论断比较好,毛批《三国志演义》的结构阐述格外出色,张批《金瓶梅》的人物寓意说发人深思,并可能启迪了《红楼梦》的创作。他们从小说中发现了优点,又在对文字、情节的调整沙汰中,强化了自己的观点。例如,金圣叹欣赏《水浒传》中人物性格鲜明,评点中处处揭示"这一个"的特色;毛氏父子格外欣赏《三国志演义》的结构,他们进行的文字修改也使原作结构更加完美;脂评《红楼梦》则是不可替代的知己眼光等等。

对于评点家们来说,根本不存在文本之外的"理论",更不存在"叙事学理论",还原成他们的语言,对于文本的关注兴趣集中于两点:文章章法和人物性格。文章章法可概括为叙述理论,人物性格可概括为性格理论。

①《读第六才子书西厢记法》,见《金圣叹全集》(三),第14页,南京:江苏古籍出版社,1985。
②《贯华堂选批唐才子诗·鱼庭闻贯》之《与任升之》,见《金圣叹全集》(四),第41页。
③《竹坡闲话》,见〔清〕张道深评《金瓶梅》,第10页,济南:齐鲁书社,1991。

一、叙述理论

叙述理论的有关表述,最明显的是"正叙""忙叙""特叙""夹叙""再叙""总叙"等带有"叙"字的说法;还有对于文章叙述角度的表述,如"眼中叙""眼中虚画""眼中写出"等,如《三国志演义》第二十五回:"却说颜良败军奔回,半路迎见袁绍,报说被赤面长须使大刀一勇将,匹马入阵,斩颜良而去。"毛批曰:"在河北军士眼中、口中画出一关公。"还有与"叙"类术语相同意义的不同表达,如"穿插""插入""夹写""入笋""接笋"等。以上术语当中的绝大多数,直到今天还活跃在文学理论当中,从字面上也比较好理解。

明清著名的小说评点当中,有关叙述理论的意象批评术语格外突出,表现为多种多样的生动比喻。

这种意象批评方法渊源于诗文批评,可以把抽象的感觉形象化,使人能够直观地了解。如钟嵘《诗品》在品评颜延之诗歌时转述:"汤惠休曰:'谢诗如芙蓉出水,颜诗如错彩镂金。'"唐代李白沿用该意象进行诗歌品评:"览君荆山作,江鲍堪动色。清水出芙蓉,天然去雕饰。"(《经乱离后天恩流夜郎忆旧游书怀赠江夏韦太守良宰》)这究竟是一种怎样的诗歌风貌呢?宋代叶梦得《石林诗话》中阐释曰:"古今论诗者多矣,吾独爱汤惠休称谢灵运为'初日芙渠',沈约称王筠为'弹丸脱手'两语,最当人意。'初日芙渠',非人力所能为,而精彩华妙之意,自然见于造化之妙。"①可见清水芙蓉(或初日芙渠)也就是清新自然、秀拔不俗之意,以之比喻诗作,优美恰切。

再如《二十四诗品》,也是古典文论中意象批评的代表性著作,如其中"典雅"一品为:"玉壶买春,赏雨茅屋,坐中佳士,左右修竹。白云初晴,幽鸟相逐,眠琴绿阴,上有飞瀑。落花无言,人淡如菊,书之岁华,其曰可读。"多种意象的连用,将典雅风貌抒写得尽致尽美。

传统文论也擅长用形象来比拟,不擅长抽象理论。如苏轼形容自

---

① 〔宋〕叶梦得撰,逯铭昕校注:《石林诗话校注》卷下,第 194～195 页,北京:人民文学出版社,2011。

己的文章风格曰:"吾文如万斛泉源,不择地皆可出,在平地滔滔汩汩,虽一日千里无难。及其与山石曲折,随物赋形而不可知也。所可知者,常行于所当行,常止于不可不止,如是而已矣。"①凡此种种,不一而足。

中国的文化传统并不是特别青睐繁琐的、复杂的纯粹理论思辨,《易》卦"近取诸身,远取诸物",是设象取譬的先声。禅宗兴起之后,日常生活的语言文字、通俗贴切的比喻似乎更能直达人心,化解了深奥的哲理苦思,体现出领悟的机锋,以游戏的语言态度将微妙的人生体验转换为鲜明可睹的形象,"青青翠竹,俱是法身;郁郁黄花,无非般若"(牛头禅语)。诗文批评的话语都是点到为止,并不进行特别深刻的追问和探索,恰如钟子期称赞伯牙琴韵:峨峨兮泰山,汤汤乎流水,无需烦言,双方皆心领神会。

有此文化基础,小说评点中使用意象批评术语,也是顺理成章的事情。具体可划分为几个意象群:自然山水类,建筑类,日常生活类等。每一组均包含若干相关相近的词语及表达。

自然山水类的意象批评,比如以下几则:

> 吾尝言:不登泰山,不知天下之高;登泰山不登日观,不知泰山之高也。不观黄河,不知天下之深;观黄河不观龙门,不知黄河之深也。不见圣人,不知天下之至;见圣人不见仲尼,不知圣人之至也。乃今于此书也亦然:不读水浒,不知天下之奇;读水浒不读设祭,不知水浒之奇也。②

> 文章家有过枝接叶处,每每不得与前后大篇一样出色。然其叙事洁净,用笔明雅,亦殊未可忽也。譬诸游山者游过一山,又问一山,当斯之时,不无借径于小桥曲岸浅水平沙,然而前山未远,魂魄方收,后山又来,耳目又费,则虽中间少有不称,然政不致遂败人意。又况其一桥一岸一水一沙,乃殊非七十回后一望荒屯绝

---

① 〔宋〕苏轼:《自评文》,孔凡礼点校:《苏轼文集》卷六十六,第 2069 页,北京:中华书局,1986。

② 〔清〕金圣叹:《水浒传》第二十五回回前评,见《水浒传会评本》,第 485 页,北京:北京大学出版社,1987。

徽之比。想复晚凉新浴,豆花棚下,摇蕉扇,说曲折,兴复不浅也。①

看他一路无数小文字,都复有一丘一壑之妙,不似他书,一望平原而已。②

前回正叙刘备脱离袁绍之事,后回将叙袁绍再攻曹操之事,而此回忽然夹叙东吴:如天外奇峰,横插入来。事既变,叙事之文亦变。③

其他如"星移斗转、雨覆云翻","横云断岭、横桥锁溪","浪后波纹、雨后霹霖"等,所涉及的星、云、雨、山岭、溪流等也都是评点中常用的喻体。

至于建筑类意象,是因为评点语言中常用盖房子作比,乃勉为其名曰建筑类意象批评:

故做文如盖造房屋,要使梁柱笋眼,都合得无一缝可见;而读人的文字,却要如拆房屋,使某梁某柱的笋,皆一一散开在我眼中也。④

具体到文本的细读上,张竹坡几乎把全书的每个细节每个穿插都卸下来了:"读《金瓶》,须看其入笋处。如玉皇庙讲笑话,插入打虎;请子虚,即插入后院紧邻;六回金莲才热,即借嘲骂处插入玉楼;借问伯爵连日那里,即插入桂姐;借盖卷棚即插入敬济,借翟管家插入王六儿;借翡翠轩插入瓶儿生子;借梵僧药插入瓶儿受病;借碧霞宫插入普净;借上坟插入李衙内;借拿皮袄插入玳安、小玉。诸如此类,不可胜数。盖其用笔不露痕迹处也。其所以不露痕迹处,总之善用曲笔、逆笔,不肯另起头绪用直笔、顺笔也。夫此书头绪何限?若一一起之,是必不能之数也。我执笔时,亦必想用曲笔、逆笔,但不能如他曲得无迹,逆得不觉耳。此所以妙也。"⑤

---

① 〔清〕金圣叹:《水浒传》第三十二回回前评,见《水浒传会评本》,第608页,北京:北京大学出版社,1987。
② 〔清〕金圣叹:《水浒传》第四十三回回前评,同上,第812页。
③ 〔清〕毛纶、毛宗岗:《三国志演义》第二十九回回前评,见《三国演义》,第349页,济南:齐鲁书社,1991。
④ 〔清〕张竹坡:《金瓶梅》第二回回前评,见《金瓶梅》,第40页,济南:齐鲁书社,1991。
⑤ 〔清〕张竹坡:《金瓶梅读法》,同上,第27页。

再看日常生活类的意象批评，含生活事项（如穿针引线、播种耕地等）、日常感受（如温热寒凉等）等等：

快人快语，固也，然又须看他细针婉线，是对小二说者，便把兄弟三人，分作两段也。①

《三国》一书，有隔年下种，先时伏着之妙。善圃者投种于地，待时而发；善弈者下一闲着于数十着之前，而其应在数十着之后。文章叙事之法，亦犹是已。②

前半处处冷，令人不耐看；后半处处热，而人又看不出。前半冷，当在写最热处，玩之即知；后半热，看孟玉楼上坟，放笔描清明春色便知。③

上文自十四回至此，总是瓶儿文字。内穿插他人，如敬济等，皆是趁窝和泥。④

借用自然山水类、建筑类、日常生活类的各种意象，其实都是围绕着人的活动，体现出评点家们"近取诸身、远取诸物"的设象譬喻习惯。

评点之叙述理论的术语中还有相当多借用自其他艺术门类，如绘画、书法、音乐、戏曲等。

画法中的诸多专门术语，如皴、染、描、点、抹等在评点语言中皆有体现，主要用于形容文章描写所用的笔法。金圣叹所谓的"大泼墨法、背面铺粉法"均从绘画理论中来。再略举两例以见用法：

写雪天擒索超，略写索超而勤写雪天者，写得雪天精神，便令索超精神，此画家所谓衬染之法，不可不一用也。⑤

其演说荣府一篇者，盖因族大人多，若从作者笔下一一叙出，尽一二回不能得明，则成何文字？故借用冷子一人，略出其大半，使阅者心中已有一荣府隐隐在心。然后用黛玉、宝钗等两三次皴

---

① 〔清〕金圣叹：《水浒传》第十四回，见《水浒传会评本》，第275页，北京：北京大学出版社，1987。
② 〔清〕毛宗岗：《读三国志法》，见《三国演义》，第19页，济南：齐鲁书社，1991。
③ 〔清〕张竹坡：《金瓶梅读法》，见《金瓶梅》，第26页，济南：齐鲁书社，1991。
④ 〔清〕张竹坡：《金瓶梅》第十九回回前评，同上，第281页。
⑤ 〔清〕金圣叹：《水浒传》第六十三回回前评，见《水浒传会评本》，第1160页。

染,则耀然于心中眼中矣。此即画家三染法也。①

评点理论对之借鉴良多的另一门艺术是戏曲,相关的词汇有脚色、楔子、折、关目、煞等。古典戏曲、小说,其核心都是讲故事,故事中都有人物,故事的开展同样都有开头、过程、结尾,其本质的区别只在于演绎形式,因此,从故事开展层面进行类比,是十分容易的。

> 叙单福用兵处,不须几句,然设伏料敌、破阵取城之能,已略见一斑矣。后文有孔明无数神机妙算,此先有单福小试其端以引之。如将观名伶演名剧,而此卷,则是副末登场也。②

> 于此回首夹写大姐归去一段文字,后文于雪娥文中篇尾,又夹写大姐归去一段文字。止用首尾带写,又是一样章法,总是收煞之笔也。③

艺术精神原本就是相通的,意象批评的各类术语也可以叠加使用,如《三国志演义》第八回《王司徒巧使连环计 董太师大闹凤仪亭》回前评:

> 前卷方叙龙争虎斗,此卷忽写燕语莺声,温柔旖旎,真如铙吹之后,忽听玉箫;疾雷之余,忽见好月,令读者应接不暇。今人喜读稗官,恐稗官中反无如此妙笔也。④

所谓意象批评术语以及借鉴其他艺术门类的术语,都是从术语的字面意义上来区分的。因为评点者重在鉴赏、评论原作文本,而不是建设自我的理论体系,故以上术语在具体应用时,往往交叉进行,呈现出较大的随机性。

这种对于写法的总结,其目的并不是要提炼出什么成熟的写作技巧供人学习,而是为了帮助别人更好地欣赏。种种意象形象而生动,能在第一时间唤起读书人的相关感觉,使评点者的提示和观点得到当下的印证。

---

① 甲戌本《脂砚斋重评石头记》第二回回前评,见《脂砚斋重评石头记甲戌校本》,第97页。
② 〔清〕毛纶、毛宗岗:《三国志演义》第三十六回回前评,见《三国演义》,第437页,济南:齐鲁书社,1991。
③ 〔清〕张竹坡:《金瓶梅》八十九回回前评,见《金瓶梅》,第1410页,济南:齐鲁书社,1991。
④ 〔清〕毛纶、毛宗岗:《三国志演义》第八回回前评,见《三国演义》,第82页。

如果按照论题来区分，小说评点中的叙述理论则可分为文章结构论、文章叙述手法论、文章修辞论等。

（一）文章结构论

小说评点理论中，《三国志演义》的毛氏评点对结构理论贡献最大。① 首先是对"结构"概念的明确运用。我们今天常说的"结构"是名词性的，指文章整体的格局、情节的安排状况等。毛氏父子所使用的"结构"，更偏于动词性：

> 令读者观其前文，更不能测其后文；观其后文，乃始解其前文。事之巧、文之幻，皆妙绝今古。……观天地古今自然之文，可以悟作文者结构之法矣。②

> 读《三国》者，读至此卷而知文之彼此相伏，前后相因，殆合十数卷而只如一篇，只如一句也。……文如常山蛇然，击首则尾应，击尾则首应，击中则首尾皆应，岂非结构之至妙者哉！……《三国》一书，所以纪人事，非以纪鬼神。惟有一番筹度，一番诱敌，乃见相臣之劳心，诸将之用命，不似《西游》、《水浒》等书，原非正史，可以任意结构也。③

毛氏所用的"结构"，类似于结撰、构造之意，就作者和作品而言，更偏重于作者的主观努力。结构好的文章，整体有序，前后照应，"头绪繁多，而如一线穿却，不见断续之痕"。《读三国志法》中对于《三国志演义》的结构之妙做了多种概括：

> 叙三国不自三国始也，三国必有所自始，则始之以汉帝；叙三国不自三国终也，三国必有所自终，则终之以晋国。……假令今人作稗官，欲平空拟一三国之事，势必劈头便叙三人，三人便各据一国，有能如是之绕乎其前，出乎其后，多方以盘旋乎其左右者哉？……

> 《三国》一书，总起总结之中，又有六起六结：其叙献帝，则以董卓废立为一起，以曹丕篡夺为一结；其叙西蜀，则以成都称帝为

---

① 参见黄霖《前言》，见《三国演义》，第14～15页，济南：齐鲁书社，1991。
② 第九十二回回前评，同上，第1137页。
③ 第九十四回回前评，同上，第1160～1161页。

一起,而以绵竹出降为一结;其叙刘、关、张三人,则以桃园结义为一起,而以白帝托孤为一结;其叙诸葛亮,则以三顾草庐为一起,而以六出祁山为一结;其叙魏国,则以黄初改元为一起,而以司马受禅为一结;其叙东吴,则以孙坚匿玺为一起,而以孙皓衔璧为一结。凡此数段文字,联络交互于其间,或此方起而彼已结,或此未结而彼又起,读之不见其断续之迹,而按之则自有章法之可知也。……

《三国》一书,有首尾大照应、中间大关锁处。……凡若此者,皆天造地设,以成全篇之结构者也。①

其他如追本穷源、巧收幻结、以宾衬主等手法,从广义上来说,也是为结构服务的。故毛氏认为《三国志演义》全书前后联属,情节上有机呼应,写法上轻重相宜,在结构的完整性、灵活性方面,甚至胜过《史记》《列国志》《左传》《国语》等;与通俗小说《西游记》《水浒传》相比,也高明很多,理应为“第一才子书”。

评点家们格外注意小说的起始、收结、照应等,经常去刻意点明全书的大关键、大关锁等等,这些都是出于对结构的重视。在这一点做到极端的就是金圣叹。他将原文本的第一回改成“楔子”,并斩掉七十回以后的内容,就是为了更好地凸现他理想当中的结构方式:“一部书七十回,可谓大铺排;此一回,可谓大结束。读之正如千里群龙,一齐入海,更无丝毫未了之憾。笑杀罗贯中横添狗尾,徒见其丑也。”②并指出:“始之以石碣,终之以石碣,是此书大开阖;为事则有七十回,为人则有一百单八者,是此书大眼节。”尤其是,他还在全书开头、结尾处各补充了一首诗,然后于书末出评:“以诗起,以诗结,极大章法。”(《水浒传》第七十回回末)可见颇为之自得。

毛氏父子沿袭金圣叹的做法,也改换了《三国志演义》开头结尾的诗歌,并特意加评曰:“以词起,以诗结。”(第一回回前)“此一篇古风将全部事迹隐括其中,而末二语以一‘梦’字、一‘空’字结之,正与首卷词中之意相合。一部大书以词起以诗收,绝妙章法。”(第一百二十回回

---

① 见《三国演义》,第10页,第11页,第22页,济南:齐鲁书社,1991。
② 〔清〕金圣叹:《水浒传》第七十回回前评,见《水浒传会评本》,第1262页,北京:北京大学出版社,1987。

末)评点家们在文本改造方面的"厚颜"和自信实在令人叹为观止。

再看张竹坡评点《金瓶梅》,在第一回回前评中就特意指明全书的开首与全文关系:

> 此书单重财色,故卷首一诗,上解悲财,下解悲色。
>
> 一部炎凉书,乃开首一诗并无热气。信乎作者注意在下半部,而看官益当知看下半部也。……
>
> 开讲处几句话头,乃一百回的主意。一部书总不出此几句,然却是一起四大股,四小结股。临了一结,齐齐整整。一篇文字断落皆详批本文下。①

评点所注意到的开头结尾照应现象,有些是小说作者本身刻意而为。作者这种刻意的做法,是出于一种艺术形式感的需要。小说的艺术形式感有其深层的文化基础。中国文化传统是讲究对称的,天地、阴阳、上下等等无不如此,对称并非完全等同,更是呼应、互补。文化观念深入生活和人心,形成一种美的法则,人们日用而不知。表现于文学理论,评论家们也流露出这种审美偏好。倘若原作的手法不够好,评点者们便越俎代庖,进行修改,务求合乎美的艺术原则。

(二) 文章叙述手法论

以上是结构论,再来看叙述手法论。以金圣叹总结的叙述方法最为全面,他在《读第五才子书法》中曰:

> 《水浒传》有许多文法,非他书所曾有,略点几则于后。
>
> 有倒插法。谓将后边要紧字,蓦地先插放前边。……
>
> 有夹叙法。谓急切里两个人一齐说话,须不是一个说完了,又一个说,必要一笔夹写出来。……
>
> 有草蛇灰线法。如景阳冈勤叙许多"哨棒"字,紫石街连写若干"帘子"字等是也。骤看之,有如无物;及至细寻,其中便有一条线索,拽之通体俱动。
>
> 有大落墨法。如吴用说三阮……
>
> 有绵针泥刺法。如花荣要宋江开枷,宋江不肯;又晁盖番番要下山,宋江番番劝住,至最后一次便不劝是也。笔墨外,便有利

---

① 见《金瓶梅》,第1页,济南:齐鲁书社,1991。

刃直戳进来。

有背面铺粉法。如要衬宋江奸诈，不觉写作李逵真率……

有弄引法。谓有一段大文字，不好突然便起，且先作一段小文字在前引之。如索超前，先写周谨……

有獭尾法。谓一段大文字后，不好寂然便住，更作余波演漾之。如梁中书东郭演武归去后，知县时文彬升堂……

有正犯法。如武松打虎后，又写李逵杀虎……

有略犯法。如林冲买刀与杨志卖刀……

有极不省法。如要写宋江犯罪，却先写招文袋金子，却又先写阎婆惜和张三有事，却又先写宋江讨阎婆惜，却又先写宋江舍棺材等。凡有若干文字，都非正文是也。

有极省法。如武松迎入阳谷县，恰遇武大也搬来，正好撞着……

有欲合故纵法。如白龙庙前，李俊、二张、二童、二穆等救船已到，却写李逵重要杀入城去……令人到临了，又加倍吃吓是也。

有横云断山法。如两打祝家庄后，忽插出解珍、解宝争虎越狱事……只为文字太长了，便恐累坠，故从半腰间暂时闪出，以间隔之。

有鸾胶续弦法。如燕青往梁山泊报信，路遇杨雄、石秀，彼此须互不相识，且由梁山泊到大名府，彼此既同取小径，又岂有止一小径之理。看他便顺手借如意子打鹊求卦，先斗出巧来，然后用一拳打倒石秀，逗出姓名来等是也。都是刻苦算得出来。①

金圣叹总结出这许多的文法，并以之教训子弟。他对自己的巨眼匠心比较自负："旧时《水浒传》，贩夫皂隶都看；此本虽不曾增减一字，却是与小人没分之书，必要真正有锦绣心肠者，方解说道好。"②于是，在金圣叹之后的评论者，都很讲究文法，有意无意地显示自己的锦绣心肠，《读三国志法》《金瓶梅读法》等洋洋洒洒上万言，单看篇幅就远超《读第五才子书法》。从大的结撰形式到具体的用词，评论者们事事上心。比如，仿照金圣叹草蛇灰线之说，张竹坡也数起"叔叔""帘子"

---

① 见《水浒传会评本》，第20～22页，北京：北京大学出版社，1987。

② 同上，第22页。

"后门"来了①,并且说"《金瓶梅》一书,于作文之法无所不备,一时亦难细说,当各于本回前著明之"②。

除了金圣叹总结的这些,其他如直笔、曲笔、顺笔、逆笔、伏笔、虚写、实写、经营、穿插、白描等皆属于常用的叙述手法术语,直到今天还在发挥作用。"脱卸"(或曰"卸")也是一种重要的叙述手法,主要是转换之意③,但是这个概念承传性不强,略举两例看其用法:"读《金瓶》,当看其脱卸处。子弟看其脱卸处,必能自出手眼,作过节文字也。"(张竹坡《金瓶梅读法》)"下文脱卸另写,不得不一总也。"(《金瓶梅》第二十回张竹坡评语)

评点家们对于叙述手法相当重视,但是他们的总结并无一定的规律性,对于手法的命名也以意象、比喻为主,术语内涵并不确凿,也不固定。结合小说原文很好理解,不熟悉原文的人看到了就感觉莫名其妙,这其实限制了理论的再生发能力以及影响力。

(三)文章修辞论

评点者非常注重发掘小说原文人物、情节的隐喻、象征意义,或者从字里行间看出作者之深意,本书以之为"文章修辞论",因其意义不明说而蕴于字面之下,唯以修辞手法出之。

有作者不明确主旨,而评点者予以揭示的,如以"忠义"许《水浒传》,以"苦孝"看《金瓶梅》等。

> 《水浒传》者,发愤之所作也。盖自宋室不竞,冠履倒施,大贤处下,不肖处上,驯致夷狄处上,中原处下。一时君相,犹然处堂燕雀,纳币称臣,甘心屈膝于犬羊已矣。施、罗二公身在元,心在宋;虽生元日,实愤宋事也……敢问泄愤者谁乎?则前日啸聚水浒之强人也,欲不谓之忠义不可也。是故施、罗二公传《水浒》,而复以忠义名其传焉。夫忠义何以归于水浒也?其故可知也。夫水浒之众,何以一一皆忠义也?所以致之者可知也。④
>
> 先儒谓尽心之谓忠,心制事宜之谓义。愚因曰:尽心于为国

---

① 见《金瓶梅》第二回、第三回、第四回,济南:齐鲁书社,1991。

②《金瓶梅读法》,见《金瓶梅》,第41页。

③ 参见张世君《明清小说评点叙事概念研究》,北京:中国社会科学出版社,2007。

④〔明〕李卓吾:《读〈忠义水浒全传〉序》,见《水浒传会评本》,第28页,北京:北京大学出版社,1987。

之谓忠,事宜在济民之谓义。若宋江等其诸忠者乎? 其诸义者乎?……有为国之忠,有济民之义。昔人谓《春秋》者,史外传心之要典;愚则谓此传者,纪外叙事之要览也。岂可曰此非圣经,此非贤传,而可蔑之哉!①

故作《金瓶梅》者,一曰"含酸",再曰"抱阮",结曰"幻化",且必曰幻化孝哥儿,作者之心,其有余痛乎? 则《金瓶梅》当名之曰《奇酸志》、《苦孝说》。②

本着寓意先行的原则,评点者从字里行间经常看出微言大义来,并振振有词地予以详细解说,至于原作者是否果真具备如此深意,那可真是天晓得了。

如《水浒传》第十四回《吴学究说三阮撞筹　公孙胜应七星聚义》说到阮小五"披着一领旧布衫,露出胸前刺着的青郁郁一个豹子来",金圣叹批曰:"史进、鲁达、燕青,遍身花绣,各有意义。今小五只有胸前一搭花绣,盖寓言胸中有一段垒块,故发而为水浒一书也。虽然,为子不见亲过,为臣不见君过,人而至于胸中有一段垒块,吾甚畏夫难乎为其君父也。谚不云乎:虎生三子,必有一豹。豹为虎所生,而反食虎,五伦于是乎坠地矣。作者深恶其人,故特书之为豹,犹楚史之称梼杌也。呜呼! 谁谓稗史无劝惩哉! 前文林冲称豹子头,盖言恶兽之首也。林冲先上山泊,而称为豹子头,则知一百八人者,皆恶兽也,作者志在《春秋》,于是乎见矣。"③

还有一类,作者同样未明说有何象征、隐喻之意,评点者却一一揭示出来,而对照之下,确有道理。如张竹坡对于《金瓶梅》中人物名称寓意的揭示,《红楼梦》评点者对于书中大量诗词寓意的揭示等。

稗官者,寓言也。其假捏一人,幻造一事,虽为风影之谈,亦必依山点石,借海扬波。故《金瓶》一部,有名人物不下百数,为之寻端竟委,大半皆属寓言。庶因物有名,托名撼事,以成此一百回曲曲折折之书。如西门庆、潘金莲、王婆、武大、武二,《水浒传》中

---

① 〔明〕余象斗:《题〈水浒传〉叙》,见《水浒传会评本》,第33~34页,北京:北京大学出版社,1987。
② 〔清〕张竹坡:《苦孝说》,见《金瓶梅》,第19页,济南:齐鲁书社,1991。
③ 见《水浒传会评本》,第274页。

原有之人,《金瓶》因之者无论。然则何以有瓶、梅哉?瓶因庆生也。盖云贪欲嗜恶,百骸枯尽,瓶之罄矣。特特撰出瓶儿,直令千古风流人同声一哭。因瓶生情,则花瓶而子虚姓花,银瓶而银姐名银。……至于梅,又因瓶而生。何则?瓶里梅花,春光无几。则瓶罄喻骨髓暗枯,瓶梅又喻衰朽在即。梅雪不相下,故春梅宠而雪娥辱,春梅正位而雪娥愈辱。……桂姐接丁二官,打丁之人也。李(里)外传,取其传话之意。侯林儿,言树倒猢狲散。此皆掉手成趣处。他如张好问、白汝晃(谎)之类,不可枚举。随时会意,皆见作者狡猾之才。①

再如《红楼梦》第一回甄士隐闻道人《好了歌》后又作歌一首,对此脂砚斋句句有批语,特录在下,括号中为甲戌本脂批:

陋室空堂,当年笏满床。(旁批:宁荣未有之先。)

衰草枯杨,曾为歌舞场。(旁批:宁荣既败之后。)

蛛丝儿结满雕梁。(旁批:潇湘馆、紫芸轩等处。)

绿纱今又糊在蓬窗上。(旁批:雨村等一干新荣暴发之家。眉批:先说场面,忽新忽败,忽丽忽朽,已见得反复不了。)

说什么脂正浓、粉正香,如何两鬓又成霜?(旁批:宝钗、湘云一干人。)

昨日黄土陇头送白骨,(旁批:黛玉、晴雯一干人。)

今宵红灯帐底卧鸳鸯。(旁批:熙凤一干人。眉批:一段妻妾迎新送死,倏恩倏爱,倏痛倏悲,缠绵不了。)

金满箱,银满箱,展眼乞丐人皆谤。(旁批:甄玉、贾玉一干人。)

正叹他人命不长,那知自己归来丧。(眉批:一段石火光阴,悲喜不了;风露草霜,富贵嗜欲,贪婪不了。)

训有方,保不定日后(旁批:言父母死后之日。)作强梁。(旁批:柳湘莲一干人。)

择膏粱,谁承望流落在烟花巷!(眉批:一段儿女死后无凭,生前空为筹划计算,痴心不了。)

---

① 〔清〕张竹坡:《〈金瓶梅〉寓意说》,见《金瓶梅》,第13页、第14页、第18页,济南:齐鲁书社,1991。

因嫌纱帽小，致使锁枷杠。（旁批：贾赦、雨村一干人。）

昨怜破袄寒，今嫌紫蟒长。（旁批：贾兰、贾菌一干人。眉批：一段功名升黜无时，强夺苦争，喜惧不了。）

乱烘烘，你方唱罢我登场，（旁批：总收。眉批：总收古今亿兆痴人，共历幻场。此幻事扰扰纷纷，无日可了了。）

反认他乡是故乡；（旁批：太虚幻境、青埂峰一并结住。）

甚荒唐，（旁批：语虽旧句，用于此妥极是极。）到头来都是为他人作嫁衣裳！（旁批：苟能如此，便能了得。眉批：此等歌谣，原不宜太雅，恐其不能通俗，故只此便妙极。其说得痛切处，又非一味俗语可到。）①

粗粗看去，这首歌不过就是寻常的一番感慨，主题也是比较熟悉的盛衰无常，经过评点者逐一解读，方知句句有意。

再有一类是作者设置了象征、隐喻事物，评点者在评点过程中予以对应、坐实，如《水浒传》里的天罡地煞之数，《红楼梦》里则有青埂峰、太虚幻境、金陵十二钗名册等。

如《红楼梦》第二回冷子兴演说荣国府时，讲宝玉"一落胎胞，嘴里便衔下一块五彩晶莹的玉来。上面还有许多字迹"，甲戌本旁批曰："青埂顽石，已得下落。"再如第三回，林黛玉初见贾宝玉大吃一惊，心下想道："好生奇怪，倒像在哪里见过的一般……"甲戌本旁批曰："正是。想必在灵河岸上三生石畔曾见过。"第七回宝钗说自己所吃丸药是个海上方，药引子异香异气，不知是哪里弄来的。甲戌本夹批云："卿不知从那里弄来，余则深知。是从放春山采来，以灌愁海水和成，烦广寒玉兔捣碎，在太虚幻境空灵殿上炮制配合者也。"而冷香丸的各色配料皆用"十二"为单位，故甲戌本又批曰："凡用十二字样，皆照应十二钗。"

评点者也常常在行文中点露下文，脂砚斋因其特殊身份，更提供了不少作者的私家信息。诸如此类的例子非常多，甚至催生了一种索隐思路。《红楼梦》这样伟大的著作居然没有完璧，叹憾不已的评论者、读者们都竞相猜谜，尤其是借助评点信息，希望能推导出作者状况

---

① 见《脂砚斋重评石头记甲戌校本》，第92～93页，北京：作家出版社，2000。

和原稿的模样。故时人有红学乎、曹学乎之叹,这也是评点生发出的一个有趣的现象吧。

二、性格理论

明代文论家胡应麟评《水浒传》云:"今世人耽嗜《水浒传》,至缙绅文士亦间有好之者,第此书中间用意非仓卒可窥,世但知其形容曲尽而已。至其排比一百八人,分量重轻纤毫不爽,而中间抑扬映带、回护咏叹之工,真有超出语言之外者。"①

金圣叹也发出过类似的感慨:"《水浒》所叙,叙一百八人,人有其性情,人有其气质,人有其形状,人有其声口。"②其《读第五才子书法》中对于人物塑造问题阐发尤多:

或问:施耐庵寻题目写出自家锦心绣口,题目尽有,何苦定要写此一事?答曰:只是贪他三十六个人,便有三十六样出身,三十六样面孔,三十六样性格,中间便结撰得来。

············

《水浒传》并无之乎者也等字,一样人,便还他一样说话,真是绝奇本事。

《水浒传》一个人出来,分明便是一篇列传。至于中间事迹,又逐段逐段自成文字,亦有两三卷成一篇者,亦有五六句成一篇者。

别一部书,看过一遍即休,独有《水浒传》,只是看不厌,无非为他把一百八个人性格,都写出来。《水浒传》写一百八个人性格,真是一百八样。若别一部书,任他写一千个人,也只是一样,便只写得两个人,也只是一样。

············

《宣和遗事》具载三十六人姓名,可见三十六人是实有。只是七十回中许多事迹,须知都是作书人凭空造谎出来。如今却因读此七十回,反把三十六个人物都认得了。任凭提起一个,都似旧

①〔明〕胡应麟:《少室山房笔丛》卷四一"庄岳委谈"下,第437页,上海:上海书店出版社,2009。

②《水浒传》序三,见《水浒传会评本》,第9页,北京:北京大学出版社,1987。

时熟识，文字有气力如此。①

这是金圣叹"人物论"的总纲。何以人物描写如此绝妙？金圣叹对此自有思考和答案。

> 施耐庵以一心所运，而一百八人各自入妙者，无他，十年格物而一朝物格，斯以一笔而写百千万人，固不以为难也。……格物之法，以忠恕为门。何谓忠？天下因缘生法，故忠不必学而至于忠，天下自然无法不忠。火亦忠，眼亦忠，故吾之见忠；钟忠，耳忠，故闻无不忠。吾既忠，则人亦忠，盗贼亦忠，犬鼠亦忠。盗贼犬鼠无不忠者，所谓恕也。夫然后物格，夫然后能尽人之性，而可以赞化育，参天地。今世之人，吾知之，是先不知因缘生法，则不知忠。不知忠，乌知恕哉？②

这段读起来有些拗口的文字，其逻辑核心是"忠恕"。

《论语·里仁》："子曰：参乎，吾道一以贯之。曾子曰：唯。子出，门人问曰：何谓也？曾子曰：夫子之道，忠恕而已矣。"疏曰："忠谓尽中心也，恕谓忖己度物也。言夫子之道，唯以忠恕一理以统天下万事之理，更无他法，故云而已矣。"③

"忠恕"这个简洁的用语毫无疑问应该是金圣叹的理论本源，他根据自己的理解又糅合了格物、因缘生法的概念，进行了补充定义。"天下因缘生法，故忠不必学而至于忠，天下自然无法不忠"，也就是天下万事万物自然呈现，其变化亦属自然。譬如火、钟，都是客观存在的事物，也都是自然呈现，以人的眼睛、耳朵去观望、去聆听，看到的样子就是火的本来样子，听到的声音就是钟的声音，这种客观的、自然的展示就是万事万物的本体，就是它本来的存在。也就是说，人不必刻意寻求，更不必刻意改变，只需要面对世界，接受它此时此刻的样子就行了。"我"作为一个人，站在主观的立场上，对待其他人，也只需要像面对世界本然的做法，则他人看"我"，也是如此。这就是"各尽中心"。再本着"忖己度物"的原则去看其他，则对待盗贼犬鼠也各尽中心，接受其本来的面目，能够更客观地认识到其特点。以无成见、不遮蔽、不

---

① 见《水浒传会评本》，第15页、第17页，北京：北京大学出版社，1987。
② 《水浒传》序三，见《水浒传会评本》，第9页。
③ 〔清〕阮元校刻：《十三经注疏》，第2471页，北京：中华书局，1980。

扭曲的眼光看世界和人间,物就能为之格,也能尽人之性,落实到写作上,就是认识到事物、人物的本质,抓住其神髓。

这种看法里糅合了禅宗意味,与"静观"的概念类似。人与世界、人与他人,皆可处于自然静观的状态。盗贼,人之最下;犬鼠,兽之最下。对盗贼、犬鼠都能心平气和地接受,则一切人、一切物无不可矣,则一切掌握于心中,自然下笔如神。

如此说来,似乎"忠恕"非常玄妙,难以做到。金圣叹为了避免这种误解,又特意解释:"独奈何轻以忠恕二字,下许李逵?殊不知忠恕天性,八十翁翁道不得,周岁娃娃却行得。以忠恕二字下许李逵,正深表忠恕之易能,非叹李逵之难能也。"①可见,所谓"忠恕天性"与李贽所倡扬的"童心"类似,"夫童心者,绝假纯真,最初一念之本心也。若失却童心,便失却真心;失却真心,便失却真人。……天下之至文,未有不出于童心焉者也。"②忠恕的本质正是真实自然。

人物是作品的灵魂,人物立得住,作品便立得住。人物怎样才算刻画成功?性格鲜明、真实,就是成功。何以能如此肖真?金圣叹提出"亲动心"的创作心理问题,并溯其源为"因缘生法""格物致知",正和上文所云"忠恕"概念相印证:

> 盖耐庵当时之才,吾直无以知其际也。其忽然写一豪杰,即居然豪杰也;其忽然写一奸雄,即又居然奸雄也;甚至忽然写一淫妇,即居然淫妇也。今此篇写一偷儿,即又居然偷儿也。人亦有言:非圣人不知圣人,然则非豪杰不知豪杰,非奸雄不知奸雄也。耐庵写豪杰,居然豪杰,然则耐庵之为豪杰可无疑也。独怪耐庵写奸雄,又居然奸雄,则是耐庵之为奸雄又无疑也。虽然,吾疑之矣。夫豪杰必有奸雄之才,奸雄必有豪杰之气;以豪杰兼奸雄,以奸雄兼豪杰,以拟耐庵,容当有之。若夫耐庵之非淫妇、偷儿,断断然也。今观其写淫妇居然淫妇,写偷儿居然偷儿,则又何也?噫嘻,吾知之矣!非淫妇定不知淫妇,非偷儿定不知偷儿也。谓耐庵非淫妇,非偷儿者,此自是未临文之耐庵耳! 夫当其未也,则

---

① 《水浒传》第四十二回回前评,见《水浒传会评本》,第 790 页,北京:北京大学出版社,1987。

② 《焚书·童心说》,第 98 页、第 99 页,北京:中华书局,1975。

岂惟耐庵非淫妇,即彼淫妇亦实非淫妇;岂惟耐庵非偷儿,即彼偷儿亦实非偷儿。经曰:不见可欲,其心不乱。群天下之族,莫非王者之民也。若夫既动心而为淫妇,既动心而为偷儿,则岂惟淫妇、偷儿而已。惟耐庵于三寸之笔,一幅之纸之间,实亲动心而为淫妇,亲动心而为偷儿。既已动心,则均矣,又安辩泚笔点墨之非入马通奸,泚笔点墨之非飞檐走壁耶?经曰:因缘和合,无法不有。自古淫妇无印板偷汉法,偷儿无印板做贼法,才子亦无印板做文字法也。因缘生法,一切具足。是故龙树著书,以破因缘品而弁其篇,盖深恶因缘。而耐庵作水浒一传,直以因缘生法,为其文字总持,是深达因缘也。夫深达因缘之人,则岂惟非淫妇也,非偷儿也,亦复非奸雄也,非豪杰也。何也?写豪杰、奸雄之时,其文亦随因缘而起,则是耐庵固无与也。或问曰:然则耐庵何如人也?曰:才子也。何以谓之才子也?曰:彼固宿讲于龙树之学者也。讲于龙树之学,则菩萨也。菩萨也者,真能格物致知者也。①

这一大段话,应该倒着看去,先格物致知,再有因缘和合、无法不有,方能"亲动心",才会写出如此逼肖、如此活灵活现的人物。

张竹坡继承了金圣叹的格物致知理论,又阐述为:

作《金瓶梅》者,必曾于患难穷愁,人情世故,一一经历过,入世最深,方能为众脚色摹神也。

作《金瓶梅》,若果必待色色历遍才有此书,则《金瓶梅》又必做不成也。何则?即如诸淫妇偷汉,种种不同,若必待身亲历而后知之,将何以经历哉?故知才子无所不通,专在一心也。

一心所通,实又真个现身一番,方说得一番。然则其写诸淫妇,真乃各现淫妇人身,为人说法者也。

其书凡有描写,莫不各尽人情。然则真千百化身现各色人等,为之说法者也。②

作者认为世态人情要经历,但是又不必事事经历,辩证地说明了作者总结规律、抓住特征的提炼之功。也就是格物致知,"知"反过来

①《水浒传》第五十五回回前评,见《水浒传会评本》,第1018页,北京:北京大学出版社,1987。

②《金瓶梅读法》,见《金瓶梅》,第42～43页,济南:齐鲁书社,1991。

又能统"物"。鲁迅对类似观念的表达更为明白,可以参照:"作者写出创作来,对于其中的事情,虽不必亲历过,最好是经历过。劫难者问:那么写妓女还得去卖淫么? 答曰:不然。我所谓经历,是所遇,所见,所闻,并不一定是所作,但所作自然也可以包含在里面。"①

性格理论既然明了,金圣叹以此标准去衡量书中人物,就评定出这些艺术形象的高下,进行上、中、下考第排名。"上"这个等级里的人物,以武松、鲁达、李逵、林冲、吴用、花荣、阮小七、杨志、关胜为"上上";秦明、索超、史进、呼延灼、卢俊义、柴进、朱仝、雷横为"上中"。而等级"中"又分为"中上""中下"。入了"下下"的则是时迁、宋江。这种等级评定,一方面扣住文章描写的好坏,一方面参照现实生活中对应的道德品质。如对宋江基本就是根据其品格来评判的,说他"奸诈""奸猾""权术人"等,其实一个人物形象写到让评论者反感如斯,无论如何都是成功的。金圣叹偏把他考评为"下下",看来是分外厌恶这种类型的人,将现实生活中的爱憎带入了评点笔墨。对于其他人物,他却多从小说笔法来评判,如"李逵是上上人物,写得真是一片天真烂漫";卢俊义被评为"上中",便是因为"卢俊义传,也算极力将英雄员外写出来了,然终不免带些呆气。譬如画骆驼,虽是庞然大物,却到底看来觉道不俊"②。

各人有各人的性格,这些类似的性格却绝不雷同。"《水浒传》只是写人粗卤处,便有许多写法。如鲁达粗卤是性急,史进粗卤是少年任气,李逵粗卤是蛮,武松粗卤是豪杰不受羁靮,阮小七粗卤是悲愤无说处,焦挺粗卤是气质不好。"③做到这一点,必须懂得"犯"和"避"。

性格理论当中最重要的术语就是"犯"。所谓"犯",有雷同、重复之意,反义词是"避"。一般而言,作文忌讳"犯",但如果写得巧,反而是大优点。"犯"法由金圣叹明确提出,在《读第五才子书法》中曰:"有正犯法:如武松打虎后,又写李逵杀虎,又写二解争虎;潘金莲偷汉后,又写潘巧云偷汉;江州城劫法场后,又写大名府劫法场;何涛捕盗后,又写黄安捕盗;林冲起解后,又写卢俊义起解;朱仝雷横放晁盖后,又

① 鲁迅:《叶紫作〈丰收〉序》,见《且介亭杂文二集》,第 3 页,北京:人民文学出版社,1973。
② 《读第五才子书法》,见《水浒传会评本》,第 18 页、第 19 页,北京:北京大学出版社,1987。
③ 同上,第 18 页。

写朱仝雷横放宋江等：正是要故意把题目犯了，却有本事出落得无一点一画相借，以为快乐是也。真是浑身都是方法。有略犯法：如林冲买刀与杨志卖刀，唐牛儿与郓哥，郑屠肉铺与蒋门神快活林，瓦官寺试禅杖与蜈蚣岭试戒刀等是也。"①

"正犯法""略犯法"原本只是许多方法中的两种，但是因为"犯"字简洁易晓，指示鲜明，格外具有概括、阐释的力量，成为金圣叹之后的评论家最常用的一种方法名称。

《金瓶梅》妙在于善用犯笔而不犯也。如写一伯爵，更写一希大，然毕竟伯爵是伯爵，希大是希大，各人的身分，各人的谈吐，一丝不紊。写一金莲，更写一瓶儿，可谓犯矣。然又始终聚散，其言行举动又各各不紊一丝。写一王六儿，偏又写一贲四嫂；写一李桂姐，偏又写一吴银姐、郑月儿；写一王婆，偏又写一薛媒婆、一冯妈妈、一文嫂儿、一陶媒婆；写一薛姑子，偏又写一王姑子、刘姑子；诸如此类，皆妙在特特犯手，却又各各一款，绝不相同也。②

甲戌本《脂砚斋重评石头记》第八回写道："王夫人本是好清静的……"夹批云："偏与邢夫人相犯，然却是各有各传。"第十六回写贾琏的乳母赵嬷嬷，夹批云："宝玉之李嬷，此处偏又写一赵嬷，特犯不犯。先有梨香院一回，今又写此一回，两两遥对，却无一笔相重，一事合掌。"③

章回白话小说中人物众多，如何写出各自的特点，的确是一件烦难的事情。小说作者于此无不措意，评点者在阅读中敏锐地发现这个特点，并大为欣赏，拈出"犯"字为之做理论定名，无论是应用范围还是阐释力度都是非常合适的。

毛氏父子《读三国志法》中既应用"犯"来分析人物设置，也用来解说情节安排："《三国》一书，有同树异枝、同枝异叶、同花异果之妙。作文者以善避为能，又以善犯为能。不犯之而求避之，无所见其避也；唯犯之而后避之，乃见其能避也。如纪宫掖，则写一何太后，又写一董太后；写一伏皇后，又写一曹皇后……而其间无一字相同。纪戚畹，则何

①《读第五才子书法》，见《水浒传会评本》，第21页，北京：北京大学出版社，1987。
②〔清〕张竹坡：《金瓶梅读法》，见《金瓶梅》，第38页，济南：齐鲁书社，1991。
③见《脂砚斋重评石头记甲戌校本》，第203页、第265页，北京：作家出版社，2000。

进之后写一董承,董承之后又写一伏完……而其间亦无一字相同。"其后罗列写权臣、叙兄弟、叙婚姻、用美人计、密诏、讨贼、弑父、救主、写水、写火等等,"前后曾有丝毫相犯否? 甚者孟获之擒有七,祁山之出有六,中原之伐有九,求其一字之相犯而不可得。妙哉,文乎! 譬如树同是树,枝同是枝,叶同是叶,花同是花,而其植根、安蒂、吐芳、结子,五色纷披,各成异采。读者于此可悟文章有避之一法,又有犯之一法也。"①

人物虽然有身份上的相似之处,但从不同角度写不同的故事、不同的性格,人物个个鲜明。"文官有文官身份,武臣有武臣气概,人人不同,人人如画,真叙事妙品。"②故事的框架虽然相似,但是其起因发展经过皆可有不同的处理。

对于人物性格独特性的认知,是明代以来的普遍观念。如睡乡居士曰:"师弟四人,各一性情,各一动止,试摘其一言一事,遂使暗中摩索,亦知其出自何人。"③杰出的评点文本使性格理论更加突出,并且促使相关理论内涵定型。性格理论因而成为小说评点当中的常规理论,凡评点家莫不涉及,如闲斋老人《儒林外史序》:"摹写人物事故,即家常日用、米盐琐屑,皆各穷神尽相……人之性情心术,一一活现纸上。"④惺园退士《儒林外史序》:"其写小人也,窥其肺肝,描其声态,画图所不能到者,笔乃足以达之。"⑤皆看中人物性格描写的独特性和真实性。

明末清初这几部重要的小说评点著作,在为小说评点理论奠基的同时,也取得了辉煌的成就,为后世的小说评点著作确立了"行业标准"。

直到清代末年——按学术界划分即近代时期,仍有不少评论家采取评点方式,尤其是名著评点数量尤多,其中较出色者如王希廉《新评绣像红楼梦全传》(道光十二年双清馆刊本)、张新之《绣像石头记红楼梦》(光绪七年湖南卧云山馆刊本)、姚燮《蛟川大某山民加评红楼梦》、

---

① 见《三国演义》,第14页、第15页,济南:齐鲁书社,1991。
② 《三国演义》第二十回回前评,第233页。
③ 〔明〕睡乡居士:《二刻拍案惊奇序》,见《中国历代小说论著选》(上),第266页,南昌:江西人民出版社,2000。
④ 见《儒林外史汇校汇评》,第687页,上海:上海古籍出版社,2010。
⑤ 同上,第692页。

陈其泰评《红楼梦》（稿本，1981 年天津人民出版社出版《桐花凤阁评
〈红楼梦〉辑录》）、哈斯宝《新译红楼梦》、文龙评《金瓶梅》（手批于在兹
堂刊本《第一奇书》）等，皆有一得之见。①

　　有意思的是，近代维新派人物也借助评点发表新见，可谓旧瓶装
新酒，如燕南尚生评《水浒传》、梦生评《金瓶梅》等。众多小说杂志上
所刊发的小说，都注明有关评点信息，如《新中国未来记》"饮冰室主人
著，平等阁主人批"，《电术奇谈》"日本菊池幽芳氏原著，东莞方庆周译
述，我佛山人衍义，知新主人评点"等。从外在形态看，仍是标准的评
点文字，其理论内涵却发生了质变，与传统评点不可同日而语。因为
此时的新派评点主要目的就是张扬政治主张。至于梁启超自评《新中
国未来记》、吴趼人自评《两晋演义》，也是如此。新派人物之所以采取
陈旧的评点方式，大概可以说明一点：评点对于一般读者的影响实在
太大了，以至于形成了思维定势，凡小说必要评点。

----

　　① 参见黄霖《近代文学批评史》第七章《小说论》，上海：上海古籍出版社，1993。

第八章
小说理论的近代转型

　　本书所论的"近代"范围按照学术界的通行说法，指
1840 年鸦片战争至 1919 年五四运动之间的时间段，所
论述的文献范围，也以这个时期为主。

　　近代中国封闭、落后、专制、腐败，导致了国家毫无竞
争力，在外来侵略下节节败退，丧权辱国，粉碎了天朝幻
梦。中国何以如此？有志之士无不在思考这个问题，他
们把脉诊候，开出了诸多单方。最初从器物层面上，看到
西洋船坚炮利，技术先进，首先提出学习其术。此时由于
思想意识、文化视野的局限，国人还无力质疑社会制度，
故只能提出中学为体、西学为用之调和式口号。当学习
无力、一再失败之后，尤其是中日甲午战争更擦亮了国人
的眼睛，有一部分先觉者看清了制度的腐朽、无药可医，
认为必须从根子上革新，中国才有希望。于是此时期的
主导口号就是民主革命。由维新而革命，在国人文化心
理上掀起的波澜也是巨大的。对于从旧制度中成长起来
的士人来说，不啻脱胎换骨。

　　中国古典小说理论在两千年的时间里，缓步发展，攀
附着散文理论这棵大树，慢慢地生根展叶。当时光跨入
近代，其生长环境发生了突变，极大地影响到了小说理论
的基本面貌和特征。余英时先生在《士与中国文化》序中

借用杜牧的譬喻为论述起点,杜牧原文为:"丸之走盘,横斜圆直,计于临时,不可尽知。其必可知者,是知丸不能出于盘也。"①余先生曰:

> "士"的传统可比之于"盘",而"士"在各阶段的活动,特别是那些"断裂"性的发展,则可比之于"丸"。过去两千多年中国之所以存在着一个源远流长的"士"的传统,正是因为"士"的种种思想与活动,尽管"横斜圆直,计于临时,不可尽知",并没有越出"传统"的大范围,便像丸未出盘一样。而这一传统之所以终于走进历史则是因为丸已出盘,原有的传统架构已不足以统摄"士"的新"断裂"活动了。②

本文再借用余先生的比喻,中国古代小说理论基于散文理论的补阙、教化、章法等观念,其运转的"盘"就是传统文化思想观念体系。近代时期异质文明的突然涌入,使得传统文化思想观念体系断裂、崩溃,其承载的各种文学理论也随着文化基质的转变而一齐变化。

以文章为武器,是历来文人的传统。早在先秦时代,诸子百家就借助散文来表达自己的思想学说,从而成就了散文的第一次高峰。中唐韩愈等人倡导古文运动,实际是崇儒思想运动。北宋古文的兴起与时代呼吁变革的思潮也是息息相关。思想借助文学来推广,文学得思想之助得到新发展。思想运动中历来都是散文在唱主角,因为数千年来社会形态稳定,社会层次结构也相对稳定,这些思想运动都发生在知识阶层,与下层民众没有太大关系,而知识阶层的通用表达方式就是书面文言的散文。

近代,在外来文明的冲击下,原有的社会意识形态发生了根本动摇。1905年废除科举制,其直接后果就是定于一尊、天经地义的儒家教条变成了学说之一,其势力范围笼罩着的种种文化、文学观念,也随之改换性质。另一后果,就是才学之士不再奔着科举的独木桥,功名之念让位给谋生需求,多方面、多途径融入社会。近代时期,思想界、文化界有影响的人物多出身于旧有社会制度和文化体系,不少人还有功名,但他们的社会地位和立身行事都与专制皇权下的士大夫阶层不

---

① 〔唐〕杜牧著,陈允吉校点:《樊川文集》卷十《注孙子序》,第152页,上海:上海古籍出版社,2007。

② 余英时:《士与中国文化·新版序》,第5页,上海:上海人民出版社,2003。

同,本书名之曰知识阶层。科举制废除之后,士大夫阶层已逐步消解,士人身份不再特殊,而是成为民间一员。士大夫惯有的俯视民生的眼光,变成了知识阶层的自我审视和对民众的平视。

思想维新时期,知识阶层经历了自我学习、认识现实、认识民众、开启民众几个心理阶段。有识之士深切认识到开启民智之重要,故此时的思想运动主要是面向大众而发动,迫切需要与民众沟通,向他们传播有关的知识、思想和观念。对于知识阶层来说,最惯用的自然是文言书面表达。但是,随着科举制度的腐朽没落,八股文成为众矢之的,作为其根源的文言散文自然被归入陈旧阵营当中。大众也并不习惯文言文,他们更热爱白话,通俗文艺对民间思想观念的影响一直很大,故知识阶层人士主动更改自己的语言习惯和艺术趣味,向大众靠拢。从总体来看,这种努力的社会效果并不理想。因为他们煞费苦心所办的报纸、刊物,均集中在大中城市,甚至海外,其读者基本上都属于知识阶层而非普通民众,因此,所谓开启民智只是知识阶层的自我强化、自我动员罢了。

虽然当时的实际社会效果不理想,但是,在摸索、实践过程中提出的各种新思路、新观念,也是近代思想文化转型的重要组成部分,是以后崭新的思想文化体系的源头。新小说概念就是一个很好的例证。它不仅仅是个名词的变化,还包含着对文化基础的重新审视,对小说地位的重新界定,以及对小说的巨大期望。因为传播方式的进步,相比于诗文理论,近代小说理论观念的转换更迅捷,影响更巨大。

第一节 传统文化观念的改变

传统文化机制的改变,直接影响了知识阶层的思考模式和生存目的。这种改变之深刻、剧烈,一个世纪之后的今天回首再看,更为明显。传统文化机制改变带来几个方面的观念改变,中西、道器、体用、夷夏、本末等概念的重组构成了现代文化观念的发展历程。①

1905 年科举制废除具有里程碑意义。延续千年的科举制不仅仅

---

① 参见龚书铎《近代文化漫论》,载《北京师范大学学报》1985 年第 5 期。

是选拔人才的一种考试形式,还通过考试导向影响到教育设置,通过教育系统普及、强化相关的政治文化观念,正如元代李世弼所云:"科举……岂徒篆刻雕虫而已哉,固将率性修道,以人文化成天下,上则安富尊荣,下则孝悌忠信,而建万世之长策。……国家所以藉重古道者,以六经载道,所以重科举也。后世所以重科举,以维持六经,能传帝王之道。"①既然如此,科举一旦被废除,则六经不必维持,帝王之道不必再传,原本天经地义的纲常伦理也失去了神圣的光环。作为社会的综合体系,政治体制、意识形态彼此之间是紧密结合的,政治体制产生价值导向,价值导向反映为意识形态。一旦政治中心被动摇,政教一体的意识形态也势必动摇。科举制废除使士大夫阶层分化瓦解,向近代知识分子身份转化,与权力的关系逐步松散,而更多地采取民众眼光。伴随着科举制废除,地位同时下降的还有作为科举制核心内容的儒家思想学说。

中国知识阶层逐渐融入世界,越来越清楚地认识到中国文化不过是世界一隅,在屈辱的现实中还被证明是落后僵化的一方。现实境遇以及伴随强大军事力量而来的西方文明观念,极大地冲击了知识阶层原有的世界观、价值观和思想认识。在对传统的批判反思以及甄别接受外来文化的过程当中,新的观念慢慢树立起来。

对于以欧洲文化为代表的西方文明,中国士大夫阶层的认识态度经过了一个逐步转化的过程。

西学东渐的潮流始于明末清初,最先引进的是自然科学,继而是社会科学,文学的引进属于最后一个阶段,已经到了清末民初的近代。对外来文明,士大夫阶层首先持蔑视态度,其根源就是由来已久的华夷之辨。子曰:"夷狄之有君,不如诸夏之亡也。"(《论语·八佾》)在佛教格外隆盛的中唐,韩愈也公开以夷狄之法来贬低佛教(《论佛骨表》)。天朝、上国、世界中心,这就是中国政治思想文化界的自我认识。直到明末,利玛窦仍然惊诧地写道:"因为他们不知道地球的大小而又夜郎自大,所以中国人认为所有各国中只有中国值得称羡。就国家的伟大、政治制度和学术的名气而论,他们不仅把所有别的民族都

---

① 转引自邓嗣禹《中国考试制度史》,第384页,民国考选委员会1936年。

看成是野蛮人，而且看成是没有理性的动物。他们看来，世上没有其他地方的国王、朝代或者文化是值得夸耀的。"①

　　这种无比自信的理论根源就在于："五伦之要，百行之原，相传数千年，更无异义。圣人所以为圣人，中国所以为中国，实在于此。"②起初士大夫们普遍认为："彼外国之所长，度不过技巧制造，船坚炮利而已。以夷狄之不知礼义，安有政治之足言。即有政治，亦不过犯上作乱、逐君弑君、蔑纲常、逆伦理而已，又安足法。"（曾国藩，《东方杂志》第 7 年第 12 期）曾国藩这一代人认为中国的纲常伦理为天下至公至大的真理，该观念根深蒂固。以此为基础，士大夫们提出来诸多图强策略，如"以中国之纲常名教为原本，辅以诸国富强之术"③；"中学其本也，西学其末也，主以中学，辅以西学"④；"为华人计，宜以中学为体，西学为用"（沈寿康《匡时策》，《万国公报》第 75 卷，1895 年 4 月）；"新旧兼学……旧学为体，新学为用，不使偏废"⑤。

　　但是，"英国的大炮破坏了皇帝的权威，迫使天朝帝国与地上的世界接触。与外界完全隔绝曾经是保存旧中国的首要条件，而当这种隔绝状态通过英国而为暴力所打破的时候，接踵而来的必然是解体的过程"⑥。从西方输入的地理知识，首先打破了天朝帝国世界中心的幻象；异域先进的思想文明，又使伦理中心的优势丧失。原本天经地义、不可动摇的神圣的一切，都被颠覆了。

　　当西方文明一步步地展现其长处时，中国士大夫们的心理优势也在逐步退缩。曾国藩之子曾纪泽出使欧洲，耳闻目睹，产生了不同于上一代人的看法："彼诸邦者，咸自命为礼义教化之国。平心而论，亦诚与岛夷、社番、苗猺獠猄，情势判然，又安可因其礼义教化之不同，而

---

① 何高济等译，何兆武校：《利玛窦中国札记》，第 181 页，北京：中华书局，1983。
② 〔清〕张之洞著：《劝学篇·明纲》，第 70 页，郑州：中州古籍出版社，1998。
③ 冯桂芬：《校邠庐抗议·采西学议》，见郑大华点校《采西学议：冯桂芬　马建忠集》，第 84 页，"中国启蒙思想文库"，沈阳：辽宁人民出版社，1994。
④ 〔清〕郑观应著：《盛世危言·西学》，第 30 页，"中国启蒙思想文库"，沈阳：辽宁人民出版社，1994。
⑤ 〔清〕张之洞：《劝学篇·设学》，第 121 页。
⑥ 〔德〕马克思：《中国革命和欧洲革命》，第 692 页，见《马克思恩格斯选集》第一卷，北京：人民出版社，1995。

遽援尊周攘夷之陈言以鄙之耶?"①

由蔑视到部分肯定,再到师夷长技,而有洋务运动之兴。睁开眼睛看世界的魏源在《海国图志》中提出"师夷长技以制夷",拉开了向西方学习的序幕。鸦片战争之后,以"中体西用"为观念本体的洋务运动,就是一场具体的学习实践。"时在咸丰初元,国家方讳言洋务,若于官场言及之,必以为其人非丧心病狂必不至是。……不谓不及十年,而其局大变也。今则几于人人皆知洋务矣。"②这种学习心态最初是被动的,由不能接受到不甘不愿地接受,并沿袭"托古改制"的固有思路,终至于积极主动地引介西方的科学技术、思想文化。学习的范围大大超越了技术层面,而更多地引进政治思想文化内容,固有的伦理名教被逐步抛弃。

据顾燮光《译书经眼录》统计,1901 年至 1904 年间,社会科学方面的译书占译书总数的四分之三强。③ "壬寅、癸卯间,译述之书特盛,定期出版之杂志不下数十种。日本每一新书出,译者动数家。新思想之输入,如火如荼矣。然皆所谓'梁启超式'的输入,无组织,无选择,本末不具,派别不明,惟以多为贵,而社会亦欢迎之。盖如久处灾区之民,草根木皮,冻雀腐鼠,罔不甘之,朵颐大嚼,其能消化与否不问,能无召病与否更不问也,而亦实无卫生良品足以为代。"④这个比喻虽然不够人道,却能形象地说明当时中国饥不择食的文化引进状态。

具体到文学方面,"自甲午战后,不但中国的政治上发生了极大的变动,即在文学方面,也正在时时动摇,处处变化,正好像是上一个时代的结尾,下一个时代的开端"⑤。

有机会走出国门的人认识到中国文学的世界影响极其微弱,西方人对中国文学的认识非常有限,而西方所重视的小说戏剧等,在中国语境中一向不登大雅之堂。在所谓天朝上邦的梦幻中,国人还可以自行编造文学的辉煌,继续奉守诗文正统。但国门被迫打开,中国人必须重新认识世界,也面临着世界重新认识中国的问题。那么,如何学

---

① 〔清〕曾纪泽:《曾纪泽遗集》,第 194 页,长沙:岳麓书社,1983。
② 〔清〕王韬:《弢园文录外编》,第 47 页,沈阳:辽宁人民出版社,1994。
③ 张静庐:《中国近代出版史料二编》,第 100 页,北京:中华书局,1957。
④ 梁启超:《清代学术概论》,第 97~98 页,上海:上海古籍出版社,1998。
⑤ 周作人:《中国新文学的源流》,第 52 页,石家庄:河北教育出版社,2002。

习,如何对话,立刻成为紧迫之事。"批评界在感受着文学形式的重大变化的同时,也感受着意识形态正在发生的重大变化。这些变化无不体现着感知社会现实的新方式以及艺术家与读者之间的新关系。"①

当一种先进的文明被全面呈现时,无疑它其中的每一项元素都会得到重视,小说就是如此。小说在西方影响很大,国人一向视小说为俳优鄙俗。可以说,近代对小说的重视,并不是因为产生了《红楼梦》等伟大著作,而是因为另外的更先进的文明更重视小说,那些先进文明里的人们喜欢读小说。于是一种假想思路就产生了:如果我们的人民也喜欢读小说,如果我们的小说里含有先进的思想观念,那么人民吸收之后,就会变得像西人一样文明先进。如此倒果为因,知识阶层就开始热衷小说、推崇小说。

第二节　新小说概念解析

新小说的概念产生于对旧小说的反思和批判。

在中国历史上,小说仿佛生来就具有原罪,创作者、著录者皆有负疚之心,这一点在本书对于小说概念的辨析中已经表达出来。与代圣贤立言的名山事业相比,小说本就是浅薄不经的,而通俗小说更因为经常违背礼教的观念和正统教条,遭到了更多讨伐,甚至作者、评者自己都坦然承认这种罪名。且看以下言论:

> 既成,又自以为涉于语怪,近于诲淫,藏之书笥,不欲传出。②
>
> 公诸天下,未知览者而以邪说罪予否?③
>
> 集腋为裘,妄续幽冥之录;浮白载笔,仅成孤愤之书;寄托如此,亦足悲矣!④
>
> 仁义道德,羽翼经史,言之大者也;诗赋歌词,艺术稗官,言之

---

① 〔英〕伊格尔顿:《马克思主义与文学批评》,第24页,北京:人民文学出版社,1980。

② 〔明〕瞿佑:《剪灯新话序》,见《中国历代小说论著选》(上),第103页,南昌:江西人民出版社,2000。

③ 〔明〕熊大木:《新刊大宋演义中兴英烈传》,同上,第121页。

④ 〔清〕蒲松龄:《聊斋自志》,见《聊斋志异》,第1页,北京:人民文学出版社,1989。

小者也。言而至于小说，其小之尤小者乎？士君子上不能立德，次不能立功立言，以共垂不朽，而戋戋焉小说之是讲，不亦鄙且陋哉！①

这种"不以小说创作为荣、反以小说创作为耻"的观念一直延续到晚清。如刘鹗1903年开始创作《老残游记》，最初动力仅仅是为了赚取稿费来资助朋友②，不料小说刊出之后，竟然取得了很大的成功。

与创作者的心态相似，理论家们既有原罪之心，又刻意维护小说，尽量为其罗列各种可取之处，诸如：

小道可观，圣人之训也。……可以资治体，助名教，供谈笑，广见闻，如嗜常馔，不废异馔，下箸之处，水陆具陈矣。③

今余此编，虽于世教民彝，莫之或补，而劝善惩恶，哀穷悼屈，其亦庶乎言者无罪，闻者足以戒之一义云尔。④

是编虽稗官之流，而劝善惩恶，动存鉴戒，不可谓无补于世。⑤

然则稗官小说，奚害于经传子史？游戏墨花，又奚害于涵养性情耶！⑥

凡此种种，都是班固之小说理论的具体化而已。对小说的价值界定，以经史为标杆，从古代至近代，产生了三类观念。

第一类是最普通也是最正统的看法，经史最重要，小说可以补阙，不可废弃，但小说本身的荒诞、琐碎需要批判，经史绝对重于小说，小说根本没有资格和经史作比。

第二类认同经史最重要，但是，小说不仅仅可以补阙，其重要处不亚于经史，尤其在影响世道人心方面。明末清初的时候，这种观点最盛。如无碍居士（冯梦龙）所云："其真者可以补金匮石室之遗，而赝者亦必有一番激扬劝诱，悲歌感慨之意。事真而理不赝，即事赝而理亦

①〔清〕王希廉：《红楼梦批序》，见《红楼梦资料汇编》，第577～578页，天津：南开大学出版社，2001。

②据蒋逸雪《刘鹗年谱》，第42页，济南：齐鲁书社，1980。

③〔宋〕曾慥：《类说序》，见《中国历代小说论著选》（上），第63页，南昌：江西人民出版社，2000。

④〔明〕瞿佑：《剪灯新话序》，同上，第103页。

⑤〔明〕凌云翰：《剪灯新话序》，同上，第106页。

⑥〔明〕汤显祖：《点校虞初志序》，同上，第187页。

真,不害于风化,不谬于圣贤,不戾于诗书经史,若此者其可废乎!"①《水浒传》"可与天地相终始"(容与堂本《水浒传》第十回回前评),"天下之文章,无有出《水浒》右者"(金圣叹《第五才子书施耐庵水浒传序三》)等等言论皆属此类。尽管他们使用这种夸张的语气,骨子里仍然认同圣贤之道、纲常教化等。毕竟此时正统文化体系仍然根基牢固,文论家作为个人,生长浸润在这种环境中,对伦理纲常产生的是类似宗教性质的信仰感,无从怀疑其根本性质。

第三类认为经史陈腐不堪,旧小说同样糟糕,唯新小说可以新民、新世界。所谓新小说,其写作的最重要目的是开启民智、变革世风,故最理想的抒写内容应该传达政治理念,其作者为有知识有头脑的高尚人士,所使用的语言应该通俗易懂,具备感染力。可以说,只有文化系统从根子上断裂,整个社会思想环境发生翻天覆地的变化之后,小说的第三类观念才得以产生。

前两类小说观念,在理论阐发时多属于枝枝叶叶的比附,尤其是与经史的价值、写作手法等方面进行比附。第三类小说观念,则是试图从整体上建立小说理论的体系,把小说本身作为观察、研究的对象,在理论意识、理论形态上都实现了质的飞跃,从而使中国小说理论从古典形态转变为近代形态。

整个近代社会的小说理论,可以用"新小说"理论来概括。近代小说理论的大部分论题都是围绕着定义新小说、介绍新小说、提倡新小说、改良扩容新小说等方面展开。旧小说有何弊病,新小说则针对之,改变之。如旧小说仅可补阙,新小说却能够载道,且载道之功远超其他文体;旧小说诲淫诲盗,新小说弘扬大义,激扬世风,具备政治革新等大叙事大意图;旧小说作者多为仕途失意的文人,甚至市井俳优,文字水平低下,思想意识庸俗,新小说则以海外小说作家为榜样,树立小说家的高大良好形象,尤其是将小说家和政治家身份合一,使小说家成为文坛执牛耳者。

本书即按照这几个方面对相关的"新小说"理论进行梳理论述。

---

① 无碍居士:《警世通言叙》,见《中国历代小说论著选》(上),第230页,南昌:江西人民出版社,2000。

一、开启民智的功用

新小说概念的第一层面,是肯定小说的价值。该价值最重要的体现就是可以影响世道人心。从内涵来看,新小说概念承袭了传统文论的精神内核,继承了文以载道的模式。

欧美民风开化多得小说之力,成为清末人士的共识。其中的逻辑关系是:欧美社会民主自由开明,其人民的民权意识浓厚,如此习俗的形成原因,乃是仁人志士注意化导民风,其得力工具就是小说。小说在彼时的西方,属文学的最上乘,影响最大。这种时代共识潜在的思路,仍是传统教化论的翻版。人民永远需要教化,只不过以往教化的工具是儒家思想学说,现在换成西方的民主宪政思想而已。

在西学的影响之下,知识阶层反思自身的文化传统,希望找到一个便宜行事的工具和方法,以尽快传播先进的文化观念,提高国民的公民意识和素质。以欧美、日本为现成的榜样,再和中国文学传播状况相印证,知识阶层自以为发现了一门厉害的武器——小说。"小说由文学边缘向文学中心的移动和中国小说向外国小说的移动,学习接受外国小说,使中国小说外国化。它意味着小说近代变革所面临的双重任务:进入文学殿堂,改变鄙视小说的传统观念和促进小说'近代化'。"①近代对于小说的发现,就是在外来文化观念的推动下进行的,是受外力驱使的结果,并不是中国小说自然演化的结果。

在这种情况下,知识阶层既然认识到小说的影响和可能收到的宣传效果,当然不遗余力地倡导之、利用之。

光绪二十三年(1897 年)十月十六日至十一月十八日《国闻报》发表了几道(严复)、别士(夏曾佑)的《本馆附印说部缘起》:

> 夫说部之兴,其入人之深,行世之远,几几出于经史上,而天下之人心风俗,遂不免为说部之所持。……夫古人之为小说,或各有精微之旨,寄于言外,而深隐难求;浅学之人,沦胥若此,盖天下不胜其说部之毒,而其益难言矣。本馆同志,知其若此,且闻欧、美、东瀛,其开化之时,往往得小说之助。是以不惮辛勤,广为

---

① 袁进:《近代文学的突围》,第 202 页,上海:上海人民出版社,2001。

采辑,附纸分送。或译诸大瀛之外,或扶其孤本之微。文章事实,万有不同,不能预拟;而本原之地,宗旨所存,则在乎使民开化。自以为亦愚公之一畚、精卫之一石也。①

这类观点是对明末冯梦龙等人观点的继承和发扬,但是比较的视野更加广阔,借鉴西方成功范例,对小说的功效更有信心。这个时期的人物多方面阐发了小说与教化的关系:

> (卷十四)易逮于民治,善入于愚俗,可增七略为八、四部为五,蔚为大国,直隶王风者,今日急务,其小说乎! 仅识字之人,有不读经,无有不读小说者。故六经不能教,当以小说教之;正史不能入,当以小说入之;语录不能喻,当以小说喻之;律例不能治,当以小说治之。②

> 小说言纵俚质,然为中人以下说法,使之家喻户晓,非小说不行,诗书六艺之外,所不可少者,其惟小说乎!③

> 夫小说有绝大隐力焉。即以吾华旧俗论,余向谓自《西厢记》出,而世慕为偷情私合之才子佳人多;自《水浒传》出,而世慕为杀人寻仇之英雄好汉多;自《三国演义》出,而世慕为拜盟歃血之兄弟,斩木揭竿之军机多。是以对下等人说法,法语巽语,毋宁广为传奇小说语。巍巍武庙,奕奕文昌,稽其出典,多沿小说,而黎民信之,士夫忽之,祀典从之,朝廷信之,肇端甚微,终成铁案。……故一种小说,即有一种之宗旨,能与政体民志息息相通;次则开学智,祛弊俗;又次亦不失为记实历,洽旧闻,而毋为浮伪之习,附会不经之谈可必也。……吾华纵未骤几乎此,然欲谋开吾民之智慧,诚不可不于此加之意也。④

> 夫以《封神》、《西游》之离奇逼人,《三国传》之荒谬无据,尚足使百世之下,作历史观之,推崇其人,脍炙其事;且不独孚信于人

---

① 陈平原、夏晓虹编:《二十世纪中国小说理论资料(第一卷1897—1916)》,第27页,北京:北京大学出版社,1997。

② 康有为:《〈日本书目志〉识语》,1897年上海大同译书局版《日本书目志》,见《二十世纪中国小说理论资料》(第一卷1897—1916),第29页。

③ 1897年邱炜萲《菽园赘谈》之《金圣叹批小说说》,同上,第35页。

④ 1901年邱炜萲《挥麈拾遗》之《小说与民智关系》,同上,第47页、第48页。

民,即朝廷亦著为典则,以崇祀之;不独国内如之,即旅居异域者亦如之。吁!亦奇矣。小说家势力之牢固雄大,盖无足以拟之者已。①

今值学界展宽,士夫正日不暇给之时,不必再以小说耗其目力。惟妇女与粗人无书可读,欲求输入文化,除小说更无他途。其穷乡僻壤之酬神演剧,北方之打鼓书,江南之唱文书,均与小说同科者。先使小说改良,而后此诸物,一例均改。必使深闺之戏谑,劳侣之耶昺,均与作者之心,入而俱化。而后有妇人以为男子之后劲,有苦力者以助士君子之实力,而不拨乱世致太平者,无是理也。②

作为一篇阐述小说的专门文章,《小说原理》注意到了小说的趣味性,做小说的具体技巧、写法,古典小说的发展历程,归结为当前小说的适用范围,无非是启发妇人粗人,输入文化的最好武器仍是小说。可见这篇文章的立足点仍然是功利主义的,并非纯文学研究,只不过是为什么要重视小说的另一种说法而已。以上所引的这些小说至上论,其根本目的乃是突出小说的政治功用。小说是狐假虎威,这个"虎"就是政治,其积极意义在于将传统的补阙、小道定位提升为影响世道人心的关键力量。近代小说这种政治功利意义,实乃"文以载道"观在小说层面的加强。

小说影响如此大,有好处,当然也有坏处。

小说既终不可废,而所谓好学深思之士君子,吐弃不肯从事,则儇薄无行者,从而篡其统,于是小说家言遂至毒天下。中国人心风俗之败坏,未始不坐是。③

无论积极还是消极,小说对于"愚夫愚妇"的影响力远远超过其他所有文学形式,成为公认的定理。在这方面,梁启超的宣传之功尤其大。

梁启超(1873—1929),字卓如,号任公,别署饮冰室主人,广东新

---

① 衡南劫火仙:《小说之势力》,1901年《清议报》第六十八册,见《二十世纪中国小说理论资料》(第一卷 1897—1916),第48页,北京:北京大学出版社,1997。
② 别士:《小说原理》,载1903年《绣像小说》第三期,同上,第78页。
③ 新小说报社:《中国唯一之文学报〈新小说〉》,同上,第58页。

会人,1895 年随老师康有为发起了"公车上书"而名闻天下。梁启超是维新变法运动的领军人物,天生一支健笔,先后参与创办并主持《中外纪闻》《时务报》《湘报》《湘学新报》《清议报》《新民丛报》《新小说》等报刊。他热心于政治,思想活跃,情感充沛,文笔酣畅,著述极丰,发起并领导了诗界革命、文界革命、小说界革命等,深刻影响了中国近代文学观念的走向,堪称近代文学革新运动第一人。

1902 年《新小说》第一号发表了饮冰(梁启超)的《论小说与群治之关系》,对新小说的功用进行了集大成式的总结,并以其强烈的情感气势、口号式的宣言,影响一时:"欲新一国之民,不可不先新一国之小说。故欲新道德,必新小说;欲新宗教,必新小说;欲新政治,必新小说;欲新风俗,必新小说;欲新学艺,必新小说;乃至欲新人心,必新小说。何以故? 小说有不可思议之力支配人道故。"①此文明确提出了"小说界革命"。

20 世纪初期形成了无人不谈小说的热闹局面。"十年前之世界为八股之世界,今则忽变为小说世界,盖昔之肆力于八股者,今则斗心角智,无不以小说家自命。于是小说之书日见其多,著小说之人日见夥,略通虚字者无不握管而著小说。"②

因为这种背景关系,新小说的概念具有强烈的功利性。对功用的强调是新小说概念最突出的特点。这个本质与传统的文献目录学意义的小说有一脉相承之处。延伸一下来解释,也可以说,功利性是中国古代文论的显著特点。小说理论发展至近代,仍然把文学置于"道器"关系中"器"的一端,以其所载之"道"的价值和意义来判断"器"的存在。

二、政治内容和高尚作者

小说之功用既然已经成为社会公识,小说界亟需革命,革命得有个方向和目标,那就是把旧小说革新成新小说,那么,到底什么样的才

---

① 见《饮冰室合集·文集之十》,第 6 页,北京:中华书局,1989。
② 寅半生语,见阿英编《晚清文学丛钞·小说戏曲卷》,第 467 页,北京:人民文学出版社,1958。

是新小说？从内容情节、思想观念、语言形式等方面，以梁启超为代表的维新派们均提出了明确的看法。

梁启超对于新小说概念的贡献，不亚于班固对于文献目录学意义之小说的贡献。他贬斥传统小说，倡导新小说，创办《新小说》杂志，不遗余力地鼓吹小说之社会功用。"《新小说》可称之为'开山祖'，小说地位之提高有赖乎此。"（阿英《小说闲谈·清末小说杂志略》）梁启超心目中的小说，其实和所谓的传统文献目录学小说、通俗白话章回体、文言小说等都没有太大关系，而是等于政治改良的文字工具、维新宣传文稿等，并且以政治小说为理想文本。

1897 年，梁启超在《湖南时务学堂学约》中提出了"传世之文""觉世之文"的概念，梁本人更倾向于"觉世之文"，在这个亡国灭种、走投无路的末日，唤醒国民，御外侮、图富强是刻不容缓的任务。"吾辈之为文，岂其欲藏之名山，俟诸百世之后也，应于时势，发其胸中所欲言，然时势逝而不留者也，转瞬之间，悉为刍狗。"①以觉世、传世的宏大目标来衡量，旧小说几乎是一无可取。

> 自后世学子，务文采而弃实学，莫肯辱身降志，弄此楮墨，而小有才之人，因而游戏恣肆以出之，诲盗诲淫，不出二者，故天下之风气，鱼烂于此间而莫或知，非细故也。②

> 中土小说，虽列之于九流，然自《虞初》以来，佳制盖鲜，述英雄则规画《水浒》，道男女则步武《红楼》，综其大较，不出诲盗诲淫两端。③

最能发挥觉世作用、最贴近梁启超理想的小说，就是政治小说。戊戌维新失败后，梁启超流亡日本，"哀时客既旅日本数月，肄日本之文，读日本之书，畴昔所未见之籍，纷触于目，畴昔所未穷之理，腾跃于脑。如幽室见日，枯腹得酒，沾沾自喜，而不敢自私。乃大声疾呼，以告同志曰：我国人之有志新学者，盍亦学日本文哉。日本自维新三十

---

① 《饮冰室文集·自序》，见《饮冰室合集》，第 3 页，北京：中华书局，1989。
② 梁启超：《变法通议·论幼学》，1897 年《时务报》第八册，见《饮冰室合集·文集之一》，第 54 页。
③ 梁启超：《译印政治小说序》，1898 年《清议报》第一册，见《饮冰室合集·文集之三》，第 34 页。

年来，广求智识于寰宇，其所译所著有用之书，不下数千种，而尤详于政治学、资生学（即理财学，日本谓之经济学）、智学（日本谓之哲学）、群学（日本谓之社会学）等皆开民智强国基之急务也。"①"政治小说"就是梁启超学习日本文学的产物，又推而广之，以此概念来论述欧美文学。

"在昔欧洲各国变革之始，其魁儒硕学，仁人志士，往往以其身之所经历，及胸中所怀，政治之议论，一寄之于小说。于是彼中缀学之子，黉塾之暇，手之口之，下而兵丁、而市侩、而农氓、而工匠、而车夫马卒、而妇女、而童孺，靡不手之口之。往往每一书出，而全国之议论为之一变。彼美、英、德、法、奥、意、日本各国政界之日进，则政治小说，为功最高焉。英名士某君曰：'小说为国民之魂。'岂不然哉！岂不然哉！"②

符合时代要求的新小说，从内容上就要满足时代政治新变的迫切要求。新小说必然具备各种社会功用，相比于旧小说来说，是脱胎换骨的重生。所写内容不复诲淫诲盗，而是传达政治观念。在这方面，欧美小说是样板。

> 小说为文学之最上乘，近世学于域外者，多能言之。但我中国此风未盛，大雅君子犹吐弃不屑厝意。此编实可称空前之作也。但此编结构之难，有视寻常说部数倍者。盖今日提倡小说之目的，务以振国民精神，开国民智识，非前此诲盗诲淫诸作可比。必须具一副热肠，一副净眼，然后其言有裨于用。名为小说，实则当以藏山之文、经世之笔行之。③

为了进一步消除知识阶层鄙薄小说之意，提倡新小说者又以西方小说家为证，说明好的小说作者多地位高尚之人，有头脑有见识，小说立意高，则开启民智的效果自然好。这些论调其实就是呼吁国内的士大夫们都来从事小说，以自己的实际行动来提高小说的地位。

> 欧美之小说，多系公卿硕儒，察天下之大势，洞人类之赜理，潜推往古，豫揣将来，然后抒一己之见，著而为书，用以醒齐民之耳目，励众庶之心志。或对人群之积弊而下砭，或为国家之危险

---

① 丁文江、赵丰田编：《梁启超年谱长编》，第115～116页，上海：上海人民出版社，2009。
② 梁启超：《译印政治小说序》，1898年《清议报》第一册，见《饮冰室合集·文集之三》，第34～35页，北京：中华书局，1989。
③《〈新小说〉第一号》，1902年《新民丛报》第二十号，见《二十世纪中国小说理论资料》（第一卷 1897—1916），第56页，北京：北京大学出版社，1997。

而立鉴，然其立意，则莫不在益国利民，使勃勃欲腾之生气，常涵养于人间世而已。至吾邦之小说，则大反是。其立意则在消闲，故含政治之思想者稀如麟角，甚至遍卷淫词罗列，视之刺目者。盖著者多系市井无赖辈，固无足怪焉耳。小说界之腐坏，至今日而极矣。夫小说为振民智之一巨端，立意既歧，则为害深，是不可不知也。①

梁启超并举日本小说为例，认为明治维新成功，小说也立有大功。日本首先是译介西洋小说，原书多为英国近代历史小说家之作，而后日本国内政治小说著述渐盛：

> 如柴东海之《佳人奇遇》，末广铁肠之《花间莺》、《雪中梅》，藤田鸣鹤之《文明东渐史》，矢野龙溪之《经国美谈》（矢野氏今为中国公使，日本文学界之泰斗，进步党之魁桀也）等。著书之人皆一时之大政论家，寄托书中之人物，以写自己之政见，固不得专以小说目之。②

邱炜蒌从对待小说的态度、小说作者的身份、小说的经济效益和社会影响等方面进行中外对比分析：

> 吾闻东、西洋诸国之视小说，与吾华异，吾华通人素轻此学，而外国非通人不敢著小说。故一种小说，即有一种之宗旨，能与政体民志息息相通；次则开民智，祛弊俗；又次亦不失为记实历，洽旧闻，而毋为虚憍浮伪之习，附会不经之谈可必也。其声价亦视吾华相去千倍。英国有皮根氏者（旧任内阁），小说名家也，尝著某帙（今日本人有译之，题以汉文，即名为《燕代鸣翁》者是也），纸贵一时，其原稿之值实由一大报馆以一万金镑向之购得（外国书坊有出版专利，不许他处翻印之法律也）。其他名家类此者，亦时而有。寻常新著小说，每国年以数千种计云。观此而外国民智之盛，已可想见。吾华纵未骤几乎此，然欲谋开吾民之智慧，诚不可不于此加之意也。③

---

① 衡南劫火仙：《小说之势力》，1901年《清议报》第六十八册，见《二十世纪中国小说理论资料》（第一卷1897—1916），第48～49页，北京：北京大学出版社，1997。
② 梁启超：《饮冰室自由书》[一则]，1899年《清议报》第二十六册，同上，第39页。
③ 邱炜蒌：《小说与民智关系》，1901年刊本《挥麈拾遗》，同上，第47～48页。

综合我国古代小说的流传状况来看，文献目录学意义的小说固然博学多闻，却因为其文言形式、补史目的，对于知识水平低下的民众影响甚微；而文学意义的小说尤其是白话通俗小说，则深入人心，再衍生成戏剧、评书等民间艺术，几乎成为民间历史观念、道义观念的主要来源。近代文论家们口诛笔伐的正是后者。这一类小说历来处于我国文学等级的最下层，因为无关宏旨，又遭到卫道士们的诅咒和禁毁，小说作者、整理者无不隐匿姓名，名公巨卿不屑为此，饱学硕儒避之唯恐不及。这种观念直到近代依然如此。维新派们既然选定了小说作为启蒙民众的最好工具，则创作新小说就是迫在眉睫的事情，谁堪当此重任？自然是具备维新意识、能够接受国外最新政治理念的知识阶层。倘若他们还囿于轻视小说的旧观念，不肯降低姿态来创作小说，则新小说岂不成了泡影？没有新小说，新民新社会的理想又如何实现呢？所以，解决小说创作者的心态问题，消除舆论的不利影响，也是新小说理论家的大事。他们一方面大力译介欧美、日本的小说，一方面介绍海外的小说相关知识。在总体文化观念已经转变的大前提下，时论唯欧美、日本是从，既然人家的公卿硕儒都能花大力气来做小说，影响国民，则我国的士大夫们何必再清高如斯？

创作小说不仅不低贱，反而是利国利民的大事业，拔高到这种地步，新小说就符合中国士大夫们一贯的政治追求了。对一种理论的价值判断，根植于该理论产生时期的社会整体价值体系。倘若有违正统，理论家多半被当权者目为疯子，且无好下场，如明代李贽。时过境迁，当社会的价值体系发生变化时，曾经的异端思想很可能就成为主流观念。因此，从近代直到今天，李贽的观点多被追捧，煞是风光。倘若时光挪移，今日为李贽喝彩的人们穿越至明朝，面对他的实际遭遇，恐怕也只能庸俗地沉默着。不管是受到打压，还是受到热捧，李贽的思想还是李贽的思想，变化的只是解读的人而已。关于近代对小说的价值判断，我们也应该作如是观。

三、新小说的文字力量

如何配合政治内容，将新小说的宣传效应发挥至最大，梁启超提出小说独具的四种力量。

　　抑小说之支配人道也,复有四种力:一曰熏。熏也者,如入云烟中而为其所烘,如近墨朱处而为其所染。《楞伽经》所谓"迷智为识,转识成智"者,皆恃此力。人之读一小说也,不知不觉之间,而眼识为之迷漾,而脑筋为之摇飏,而神经为之营注;今日变一二焉,明日变一二焉;刹那刹那,相断相续;久之而此小说之境界,遂入其灵台而据之,成为一特别之原质之种子。有此种子故,他日又更有所触所受者,旦旦而熏之,种子愈盛,而又以之熏他人,故此种子遂可以遍世界。一切器世间有情世间之所以成、所以住,皆此为因缘也。而小说则巍巍焉具此威德以操纵众生者也。二曰浸。熏以空间言,故其力之大小,存其界之广狭;浸以时间言,故其力之大小,存其界之长短。浸也者,入而与之俱化者也。人之读一小说也,往往既终卷后,数日或数旬而终不能释然。读《红楼》竟者,必有余恋有余悲;读《水浒》竟者,必有余快有余怒。何也?浸之力使然也。等是佳作也,而其卷帙愈繁、事实愈多者,则其浸入也亦愈甚;如酒焉,作十日饮,则作百日醉。我佛从菩提树下起,便说偌大一部《华严》,正以此也。三曰刺。刺也者,刺激之义也。熏浸之力利用渐,刺之力利用顿;熏浸之力在使感受者不觉,刺之力在使感受者骤觉。刺也者,能使人于一刹那顷,忽起异感而不能自制者也。我本蔼然和也,乃读林冲雪天三限、武松飞云浦厄,何以忽然发指?我本愉然乐也,乃读晴雯出大观园、黛玉死潇湘馆,何以忽然泪流?我本肃然庄也,乃读实甫之《琴心》、《酬简》,东塘之《眠香》、《访翠》,何以忽然情动?若是者,皆所谓刺激也。大抵脑筋愈敏之人,则其受刺激力也愈速且剧。而要之必以其书所含刺激力之大小为比例。禅宗之一棒一喝,皆利用此刺激力以度人者也。此力之为用也,文字不如语言。然语言力所被不能广、不能久也,于是不得不乞灵于文字。在文字中,则文言不如其俗语,庄论不如其寓言,故具此力最大者,非小说末由。四曰提。前三者之力,自外而灌之使入;提之力,自内而脱之使出,实佛法之最上乘也。凡读小说者,必常若自化其身焉,入于书中,而为其书之主人翁。……夫既化其身以入书中矣,则当其读此书时,此身已非我有,截然去此界以入于彼界,所谓华严楼阁,帝网重重，一毛孔中万亿莲花，一弹指顷百千浩劫，文字移人，至此而极。然则吾书中主人翁而华盛顿，则读者将化身为华盛顿；主人翁而拿破仑，则读者将化身为拿破仑；主人翁而释迦、孔子，则读者将化身为释迦、孔子，有断然也。度世之不二法门，岂有过此？此四力者，可以卢牟一世，亭毒群伦，教主之所以能立教门，政治家所以能组织政党，莫不赖是。文家能得其一，则为文豪；能兼其四，则为文圣。有此四力而用之于善，则可以福亿兆人；有此四力而用之于恶，则可以毒万千载。而此四力所最易寄者惟小说。可爱哉小说！可畏哉小说！①

　　"熏、浸、刺、提"基本上是着眼于小说的读者效应，对于小说本身的审美文学特性并无深入考究。所谓熏，指人在读小说之时，虽然处于散漫休闲状态，无意强行记忆什么，实际上书中的观念趣味已在不知不觉当中植入人心，沉淀入气质，犹如云烟所烘、颜色所染，非常自然自在；读的越多，所接受的意境观念越多，尽管自己都不清楚这一切是如何发生的，但个人趣味倾向已经受到了影响，甚至会影响到他人。所谓浸，就是难以自禁地移情，沉浸在小说中。读小说之人往往过于专注入神，仿佛化身入书中，亲历其情节故事。所谓刺，指小说对人的情感的突然刺激，尤其是一些出色的桥段，能令人和书中人物同喜同悲，不能自制。熏、浸、刺，这三者都强调从外向内的影响，是小说作用于人的效果。而所谓提，则是读者自身的变化，受到熏、浸、刺之时，被小说意境包围，受到小说情感的感染和刺激，认同小说传达的理念和意志，从而主体内心向着更理想化、更美好的形象提升。梁启超对于小说四种功用的解释，很有说服力，是读小说之人的亲身感受。只不过，处处以佛教典故、术语来比拟小说的境界，与清人金圣叹以因缘生法讲小说的思路非常相似，对于外行读者来说，其说服力并没有增强。

　　熏、浸、刺、提这四种力并不是新小说独具的特征，而是梁启超着眼于所有小说的魅力做出的抽象和概括。旧小说也同样如此，否则不会有那么大的影响力。梁启超如此铺排夸张，其目的就是进一步唤起时人对于小说的重视。腐朽如旧小说尚且有这样大的影响力，倘若按

---

① 梁启超：《论小说与群治之关系》，1902 年《新小说》第一号，见《饮冰室合集·文集之十》，第 7～8 页，北京：中华书局，1989。

照革命的要求创作出崭新的小说,同样发挥熏、浸、刺、提四种大力量,则造福于社会岂不更多? 中国小说变旧为新,就能影响中国社会风气由消极变为积极。

梁启超《论小说与群治之关系》影响极大,此文一出,"提倡改良小说,不数年而吾国之新著新译之小说,几于汗万牛充万栋,犹复日出不已而未有穷期也"①。

吴趼人在《〈月月小说〉序》中又补充了小说的两种能力:

> 小说之与群治之关系,时彦既言之详矣。吾于群治之关系之外,复索得其特别之能力焉。一曰:足以补助记忆力也。吾国昔尚记诵,学童读书,咿唔终日,不能上口。而于俚词剧本,一读而辄能背诵之。其故何也? 深奥难解之文,不如粗浅趣味之易入也。……一曰:易输入知识也。凡人于平常待人接物间,所闻所见,必有无量之事物言论,足以为我之新知识者,然而境过辄忘,甚或有当前不觉者,惟于小说中得之,则深入脑筋而不可去。其故何也? 当前之事物言论,无趣味以赞佐之也。无趣味以赞佐之,故每当前而不觉。读小说者,其专注在寻绎趣味,而新知识实即暗寓于趣味之中,故随趣味而输入之而不自觉也。小说能具此二大能力,则凡著小说者、译小说者,当如何其审慎耶!②

其实,吴趼人所言小说功能如补助记忆力、易输入知识等,也可以包括在熏、浸、刺、提的范围之内。

不管怎么说,小说的巨大功用已经成为社会共识,有志之士皆摩拳擦掌欲从事小说业,那么如何写作新小说的问题又摆上台面。新小说的首要特征是抒写政治内容,包含政治思想,其情节设置围绕这个目的的进行。我国文学有文言、白话两大系统。新小说欲新民新社会,传播先进的文明理念,预设读者对象是普罗大众,则小说语言也必须考虑受众需求,以白话、俚语的通俗形式为最优。

早在1887年定稿的黄遵宪《日本国志》中,就论述了语言文字离合的问题:

---

① 吴趼人:《〈月月小说〉序》,见《二十世纪中国小说理论资料》(第一卷 1897—1916),第 187 页,北京:北京大学出版社,1997。

② 1906年《月月小说》第一年第一号,同上,第 187~188 页。

　　　盖语言与文字离,则通文者少;语言与文字合,则通文者多,
其势然也。……泰西论者谓五部洲中以中国文字为最古,学中国
文字为最难,亦谓语言文字之不相合也。然中国自虫鱼云鸟屡变
其体而后为隶书为草书,余乌知乎他日者不又变一字体为愈趋于
简、愈趋于便者乎! 自凡将训纂逮夫广韵集韵增益之字,积世愈
多则文字出于后人创造者多矣,余又乌知乎他日者不有孳生之字
为古所未见,今所未闻者乎! 周秦以下文体屡变,逮夫近世章疏
移檄、告谕批判,明白晓畅,务期达意,其文体绝为古人所无。若
小说家言,更有直用方言以笔之于书者,则语言文字几几乎复合
矣。余又乌知夫他日者不更变一文体为适用于今,通行于俗者
乎! 嗟乎,欲令天下之农工商妇女幼稚皆能通文字之用,其不得
不于此求一简易之法哉![1]

黄遵宪这一段话,简直是了不起的预言,中国文字确实越来越简
便,当今社会也是言文合一。黄遵宪此论发表约十年之后,语言与文
字相合就成为公论。其中又以梁启超的相关论述最为引人注目。

　　　觉世之文,则辞达而已矣。当以条理细备,词笔锐达为上,不
必求工也。[2]

　　　今宜专用俚语,广著群书:上之可以借阐圣教,下之可以杂述
史事,近之可以激发国耻,远之可以旁及彝情,乃至宦途丑态,试
场恶趣,鸦片顽癖,缠足虐刑,皆可穷极异形,振厉末俗,其为补益
岂有量耶![3]

　　　西国教科之书最盛,而出以游戏小说者尤夥;故日本之变法,
赖俚歌与小说之力,盖以悦童子,以导愚氓,未有善于是者也。[4]

　　　文学之进化有一大关键,即由古语之文学,变为俗语之文学

---

　　① 黄遵宪:《日本国志》卷三十三《学术志二》文学条,转引自严家炎《五四文学思潮探源》,载
《北京大学学报》2009 年第 4 期。
　　② 梁启超:《湖南时务学堂学约》,该文写于光绪二十三年(1897),见《饮冰室合集·文集之
二》,第 27 页,北京:中华书局,1989。
　　③ 梁启超:《变法通议·论幼学》,1897 年《时务报》第八册,见《饮冰室合集·文集之一》,第
54 页。
　　④ 梁启超:《〈蒙学报〉〈演义报〉合叙》,见《饮冰室合集·文集之二》,第 56 页。

是也。①

就小说创作实际来看,最初引发读者兴趣的是林纾所译域外小说。但是,林译小说采用了雅正的文言,并不是言文合一。其原因大概如《十五小豪杰》第四回译后语:"本书原拟依《水浒》、《红楼》等书体裁,纯用俗语,但翻译之时,甚为困难。参用文言,劳半功倍。计前数回文体,每点钟仅能译千字,此次则译二千五百字。译者贪省时日,只得文俗并用。明知体例不符,俟全书杀青时,再改定耳。但因此亦可见语言、文字分离,为中国文学最不便之一端,而文界革命非易言也。"②

这个时期活跃的文人们,都生长于清末,国学素养深厚,不少人还参加过科举考试,取得过功名,教育基础决定了他们的写作习惯,即使用文言更能表情达意。比如,林纾本人就是出色的古文家。他们一向都是按照中国文化传统来进行思考和行事的,而现在价值观改变,主流舆论改变,为了俯就民众,开启民智,他们不得不改变自己的书写习惯。但是在向白话靠拢的过程中,文人习性又使得他们不可能完全使用市井俚俗语言,而是刻意提炼白话,使白话也能符合词章之讲究。

> 以小说开民智,巧术也,奇功也,要其笔墨决不同寻常。常法以庄,小说以谐;常法以正,小说以奇;常法以直,小说以曲;常法则正襟危坐,直指是非,小说则变幻百出,令人得言外之意;常法如严父明师之训,小说加密友贤妻之劝。得此旨,始可以言小说。今之为小说者,俗语所谓开口便见喉咙,又安能动人?吾于小说,不能不为贤者责矣。小说之妙处,须含词章之精神。所谓词章者,非排偶四六之谓。中外之妙文,皆妙于形容之法;形容之法莫备于词章,而需用此法最多者莫如小说。……故诸同志不欲为小说则已,如欲为之,勿薄词章也。③

---

① 梁启超:《小说丛话》,1903 年《新小说》第七号,见《二十世纪中国小说理论资料》(第一卷 1897—1916),第 82 页,北京:北京大学出版社,1997。

② 见 1902 年《新民丛报》第六号,作者署名"少年中国之少年",即梁启超,出处同上,第 64 页。

③ 公奴:《金陵卖书记》,1902 年开明书店版《金陵卖书记》,见《二十世纪中国小说理论资料》(第一卷 1897—1916),第 65 页。

文言、白话参用互杂,就成为这个时期新小说创作和小说翻译的主要特点。小说读者与小说作者基本属于同一阵营。"余约计今之购小说者,其百分之九十,出于旧学界而输入新学说者,其百分之九,出于普通之人物,其真受学校教育,而有思想、有才力、欢迎新小说者,未知满百分之一否也?"①既然如此,读者对于文白参杂的小说语言接受起来也很容易。

善于创新的梁启超在文字表达力方面也走在时代前列。"启超夙不喜桐城派古文,幼年为文,学晚汉魏晋,颇尚矜炼,至是自解放,务为平易畅达,时杂以俚语韵语及外国语法,纵笔所至不检束,学者竞效之,号新文体。老辈则痛恨,诋为野狐。然其文条理明晰,笔锋常带情感,对于读者,别有一种魔力焉。"②

四、新小说概念的利与弊

革命需要口号,梁启超的口号适时而生。他的小说理论基本上没有推理论证,大都是明确的断言,是非鲜明,充满激情,富有煽动性、鼓舞性。新小说理论影响很大,当时的小说创作界毫无阻力地接受了政治家们的主张,小说杂志层出不穷,各类小说主题都浸染着政治色彩,谴责小说数量尤多。

梁启超为了实践自己的新小说理想,亲自动手写作了白话政治小说《新中国未来记》。该文 1902 年在《新小说报》上连载了五回,总共六万余字。对于这篇小说的艺术成绩,梁启超有非常恰当的自我认识。

> 此编今初成两三回,一覆读之,似说部非说部,似稗史非稗史,似论著非论著,不知成何种文体,自顾良自失笑。虽然,既欲发表政见,商榷国计,则其体自不能不与寻常说部稍殊。编中往往多载法律章程、演说论文等,连篇累牍,毫无趣味,知无以餍读者之望矣,愿以报中他种之有滋味者偿之。其有不喜政谈者乎?则以兹覆瓿焉可也。③

---

① 觉我(徐念慈):《丁未年小说界发行书目调查表》,1908 年《小说林》第九期,见《二十世纪中国小说理论资料》(第一卷 1897—1916),第 339 页,北京:北京大学出版社,1997。

② 梁启超:《清代学术概论》,第 85～86 页,上海:上海古籍出版社,1998。

③ 《饮冰室专集》八十九,第 2 页,《饮冰室合集》第十一册,北京:中华书局,1989。

"新小说"是一种理想的小说形式,也可以说是激情的产物。1902年2月,梁启超在日本横滨创办《新民丛报》(半月刊),"壬寅秋间,同时复办一《新小说》报,专欲鼓吹革命,鄙人感情之昂,以彼时为最矣"。又创办杂志《新小说》,刊载了诸多新小说和小说理论,其中就包括梁启超本人的小说理论名作《论小说与群治之关系》(1902年11月14日)。这个时期,梁启超流亡日本,结识了孙中山等革命党人,深受他们影响,故政治立场偏激进①,并不是冷静客观的研究态度,而是将小说当作革命工具,使得新小说理论偏颇浮躁,在当时就引发了异议。

1905年《新小说》第十三号的小说丛话中,曼殊(即梁启超胞弟梁启勋)曰:"无论何种小说,其思想总不能出当时社会之范围,此殆如形之于模,影之于物矣。虽证诸他邦,亦罔不如是。……今之痛祖国社会之腐败者,每归罪于吾国无佳小说,其果今之恶社会为劣小说之果乎,抑劣社会为恶小说之因乎?"②

1907年《小说林》第一期摩西(黄人)《小说林发刊词》亦曰:"虽然,有一蔽焉:则以昔之视小说也太轻,而今之视小说又太重也。昔之于小说也,博弈视之,俳优视之,甚且鸩毒视之,妖孽视之;言不齿于缙绅,名不列于四部(古之所谓小说家者,与今大异)……即或赏其奇瑰,强作斡旋,辨忠义之真伪,区情欲之贞淫,亦不脱俗情,无当本旨……今也反是:出一小说,必自尸国民进化之功;评一小说,必大倡谣俗改良之旨。吠声四应,学步载途……一若国家之法典,宗教之圣经,学校之科本,家庭社会之标准方式,无一不饩于小说者。其然,岂其然乎?"③

把小说踏到脚底,贬斥为无用,固然迂腐,但是把小说抬高到现在的地位,也同样有些偏激。实际上,小说对当时社会风气的影响究竟有多大,有多少人是从小说当中得到了教育而转变了传统意识,这些都没有明确的例证。提倡小说的人,是受到西学影响在先,然后才来提倡小说。他们在西方文化圈里所看到的小说开化等现象,也只能说

---

① 参见《梁启超年谱长编》,第119页,上海:上海人民出版社,2009。
② 见《二十世纪中国小说理论资料》(第一卷 1897—1916),第95页,北京:北京大学出版社,1997。
③ 同上,第253~254页。

230

是社会发展到一定阶段之后，各方面的文化在文学上的自然反映。也就是说，小说是社会现实的结果和反映，而不是从根本上改变现实的因素。所以，把小说当作社会改良的工具，是近代文人们一厢情愿的活动。他们播种下无比美好的理想，所收获的成果却是希望和失望并存。

1915 年，梁启超在《中华小说界》第二卷第一期发表《告小说家》，可以看作是对新小说理论的十年总结：

> 质言之，则十年前之旧社会，大半由旧小说之势力所铸成也。忧世之士，睹其险状，乃思执柯伐柯为补救之计，于是提倡小说之译著以跻诸文学之林，岂不曰移风易俗之手段莫捷于是耶？今也其效不虚。所谓小说文学者，亦既蔚为大国，自余凡百述作之业，殆为所侵蚀以尽。试一流览书肆，其出版物，除教科书外，什九皆小说也。手报纸而读之，除芜杂猥屑之记事外，皆小说及游戏文也。……故今日小说之势力，视十年前增加倍蓰什百，此事实之无能为讳者也。然则今后社会之命脉，操于小说家之手者泰半，抑章章明甚也。而还观今之所谓小说文学者何如？呜呼！吾安忍言！吾安忍言！其什九则诲盗与诲淫而已，或则尖酸轻薄毫无取义之游戏文也……近十年来，社会风习，一落千丈，何一非所谓新小说者阶之厉？①

回想十年前踔厉风发倡言新小说，以之为移风易俗的最佳举措；十年之后，社会风习却依然浇薄，面对这出乎意料的局面，梁启超无奈、愤慨，只得谴责："吾侪操笔弄舌者，造福殊艰，造孽乃至易。"②足见梁启超本人对小说的重视十来年一以贯之，初以新民新社会之任寄希望于小说；眼下世风沦替，他依然怪罪小说，可谓寄托愈厚失望愈大，却根本不去反思一下小说是否能担当此重任。衣食足然后知荣辱，有钱有闲买报纸读小说的是何人？当人们的生计都无法维持的时候，何谈民主自由？以梁启超为代表的维新派知识阶层，是没有能力解决民生问题的，也无法决绝地反对现行社会制度。他们看到了问题，也指出了改进的方向，却没有选择对具体的方法。看似热热闹闹的小说界革命，说到底只不过是知识阶层自说自话的圈子内的行动，对于更普

---

① 《告小说家》，见《饮冰室合集·文集之三十二》，第 67～68 页，北京：中华书局，1989。
② 同上。

遍的中国下层民众来说,热闹是老爷们的,他们什么都没有。

新小说理论的提倡,最直接的效果就是抬升了小说的社会地位,从此以后,小说成为中国文学的主角。"摆脱小说等艺术创作为雕虫小技的古典看法,这是文体观念的一大变化,也是中国文学现代性生成的重要方面。"①

第三节　小说理论形态的转变

近代小说创作的形式发生了变化,其原因可概括为:西方小说观念和审美思想的输入,翻译小说的形态示范,新闻传媒的发达。② 相应的小说理论也发生了形态转变。

传统思维模式,强调依傍,无一字无来处,训诂解经成为学术主流。小说理论也在这种模式当中,攀附散文理论,处处以经史作为衡量标准。

近代思维模式,强调创新,无复依傍,自造新论。"学者之大患,莫甚于不自有其耳目,而以古人之耳目为耳目;不自有其心思,而以古人之心思为心思。""我有耳目,我物我格;我有心思,我理我穷。"③

传统思维模式转化为近代思维模式的过程,是由器物、制度、文化心理诸层面层层递进,由修修补补直到重新熔铸。

一、新形式论新问题

在晚明以前,中国小说理论方面根本没有专门的论文和著作,多数以序跋札记的形式出现,序跋的写作目的也不是为了探讨小说理论,而是出于应酬礼仪多讲溢美之词,兼及小说创作、传播、价值等方面的观念。评点从散文理论当中产生,在小说理论中发扬光大,成为

---

① 童庆炳:《中国文学理论现代性转型的标志与纬度》,第156~157页,载《社会科学辑刊》2003年第2期。

② 参见黄霖《近代文学批评史》,上海:上海古籍出版社,1993;郭延礼《中西文化碰撞与近代文学》,济南:山东教育出版社,1999。

③ 梁启超:《近世文明初祖二大家之学说》,《梁启超哲学思想论文选》,第84页、94页,北京:北京大学出版社,1984。

古典小说理论最重要的形式。但是,评点文字的依附性过强,很多理论观念往往只是针对一篇小说而发,多直观感悟,少理论抽象,思辨性、普适性不够强。

近代西学东渐,西方文学理论经由日本转入中华。此时的小说概念已然是全新的文学定义,对于小说的判断自然也依据纯文学观念。同时,引入一些全新的视角,如哲学、美学、社会学、心理学等方面的理论均拿来分析文学。小说理论的结撰形式也由小说文本的依附形式,发展为独立的存在,实现了分析方式的转型和结撰形态的转型。

近代小说理论载体多为报刊文章,这些公开发表的文章,因为受众广、出版快,影响较大。这个时期,也可以说是中国历史上小说理论对社会舆论影响最大的时期,此前此后均无此局面。近代小说理论出现了很多崭新的论题,皆与时代文化背景密切相关。

近代小说理论的形式,体现为评点、序、跋、发刊词等,在语言运用方面,文白参杂是最显著的特征。其基本语言是文言句式,还有应用纯正骈体文的,但因为涉及大量新名词、新命题,故带上白话色彩,其中新闻、文明、亨利、马丁、自由、党员、磁电、声光等词语比比皆是,如摩西《〈小说林〉发刊词》,造成一种颇为喜感的阅读效果。

林林总总的报刊文章中,论及小说,有几大突出的主题,概言之:"大指欲为中国说部创一新境界,如论文学上小说之价值、社会上小说之势力、东西各国小说学进化之历史及小说家之功德。中国小说界革命之必要及其方法等。"①本文归纳为五个方面,列举如下:

(一)小说与社会的关系

如 1897 年几道、别士《本馆附印说部缘起》;1898 年梁启超《译印政治小说序》;1901 年邱炜萲《小说与民智关系》,衡南劫火仙《小说之势力》;1902 年饮冰(梁启超)《论小说与群治之关系》;1905 年佚名《论小说与社会之关系》(《时报》乙巳五月二十七日、六月初八日),松岑《论写情小说于新社会之关系》(《新小说》第十七号);1906 年《〈新世界小说报社〉发刊辞》;1907 年伯《义侠小说与艳情小说具灌输社会感情之速力》(《中外小说林》第一年第七期),耀公《学校教育当以小说为钥

---

① 新小说报社:《中国唯一之文学报〈新小说〉》,见《二十世纪中国小说理论资料》(第一卷1897—1916),第 59 页,北京:北京大学出版社,1997。

智之利导》(《中外小说林》第一年第八期);1908 年耀公《小说发达足以
增长人群学问之进步》(《中外小说林》第二年第一期),棣《改良剧本与
改良小说关系于社会之重轻》(《中外小说林》第二年第二期),耀公《普
及乡间教化宜倡办演讲小说会》(《中外小说林》第二年第三期),耀公
《小说与风俗之关系》(《中外小说林》第二年第五期),老伯《曲本小说
与白话小说之宜于普通社会》(《中外小说林》第二年第六期);1914 年
启明《小说与社会》(《绍兴县教育会月刊》第 5 号)等文章。这个时期
对小说与社会的关系问题瞩目较多,很多小说的序、跋、感言中也明确
论述该问题。主流观点是小说对于改良社会风气大有裨益,小说对于
社会有极大的支配势力。代表言论就是梁启超《论小说与群治之关
系》。类似观点见上述文章,我们从其题目就可以想象其内容。

在一片小说必能改良社会的喧哗声当中,也有比较冷静的思考,
如"小说之影响于社会,固矣,而社会风尚,实先有构成小说性质之力,
二者盖互为因果也"①。"所谓风俗改良,国民进化,咸惟小说是赖,又
不免誉之失当。余为平心论之,则小说固不足生社会,而惟有社会始
成小说者也。"②

比较另类的甚至是绝无仅有的观点出自启明(即周作人)的《小说
与社会》一文。此文首先对比中西小说发展历程,指出世界小说起源
于诗歌,其进化轨迹是由史诗而散文而小说,由通俗趋于正雅,著作的
目的并不跟随社会流俗,而是以个人艺术之趣味为准,可以说是为艺
术而艺术。至于中国小说,源流无考,通俗小说与宋元说书伎艺同源,
多市井平话,一味媚俗,趣味低下,"或欲利用其力,以辅益群治,虑其
效,亦未可期。盖欲改革人心,指教以道德,不若陶熔其性情。文学之
益,即在于此。第通俗小说缺限至多,未能尽其能事。往昔之作存之,
足备研究。若在方来,当别辟道涂,以雅正为归,易俗语而为文言,勿
复执著社会,使艺术之境萧然独立。斯则其文虽离社会,而其有益于
人间甚多"③。周作人能于众声喧哗中独标艺术旨趣,甚至要求易俗语

① 蛮:《小说小话》,1908 年《小说林》第九期,见《二十世纪中国小说理论资料》(第一卷
1897—1916),第 265 页,北京:北京大学出版社,1997。

② 觉我:《余之小说观》,1908 年《小说林》第九期,同上,第 332 页。

③ 启明(周作人):《小说与社会》,1914 年《绍兴县教育会月刊》第 5 号,同上,第 482 页。

为文言,但求艺术之境独立,显示出对于新小说理论过分功利化的反思,值得称道。

(二)中西小说对比

在国人睁开眼睛看世界之后,中西比较就成为一个经常运用的观察思考视角,具有了方法论意义。

在社会文化问题上进行对比,如几道、别士之《本馆附印说部缘起》,从中国通俗小说影响之深广谈起,民众对小说人物故事津津乐道,"或以为是,或以为非,尤为江湖名士与村学究所聚讼,呶呶然千载不可休者也。数千百年之事,胡、越、秦、楚悬隔千里,而又若存若亡、杳冥不可知之人,皎皎乎若亲至其人之庭,亲炙其为人,而更目睹其生平前后数十年之事者,盖莫不然"①。至于听故事者受故事感染之深,对于神异渺茫之事也深信不疑,"是可怪矣!是可怪矣!"

追溯这种可怪的源头,作者提出了人类的两大性情,一曰英雄,一曰男女。这两者正是一般小说最常见的主题,何以如此?

该文为了阐述"英雄"之性情,而把整个人类的文明发展史都罗列出来,从原始人出现开始一步步地发展,涵盖工具使用、道德观念确立、战争、学说等,豪杰人物作为演进过程的核心,每一历史阶段、每一种族、每一国家,"但见大瀛之内,血气所同,各有其所谓英雄,各有其英雄所谓之事业。其人若生,小则为帝王,大则为教主,使天下之民,身心归命,不敢自私。其人已往,则金石以象之,竹素以纪之,歌舞以陈之,其身心归命,不敢自私者,犹其人之生也"②。这就回答了民众何以喜欢英雄故事的疑问,即无非是出于崇拜敬仰之心,以之为人生榜样。

再说"男女"。"英雄之为人所不能忘,既已若此,若夫男女之感,若绝无与乎英雄。然而其事实与英雄相倚以俱生,而动浪万殊,深恨亡极,则更较英雄而过之。"③于是,作者从自然界雌雄现象开始阐发议论,进而及于人种,又举中国、西方事例,说明"枢机之发,常在于衽席之间,燕闲之地,无古今中外一也。而况于匹夫匹妇,不得其意,缠绵

---

① 见《二十世纪中国小说理论资料》(第一卷 1897—1916),第17页,北京:北京大学出版社,1997。

② 同上,第22页。

③ 同上,第22页。

怨慕,与天无极,诚贯金石,言动鬼神,方其极愚,又岂不肖之名、杀身之患所能可阻者哉? 甚哉! 男女之情,盖几几乎为礼乐文章之本,岂直词赋之宗已也。"①

英雄豪杰之士甚多,男女之事艳异者也甚多,但并不能一一流传后世,这就引发了一个问题:"古之人恃何种书而传乎?"

作者总结出书籍易于流传后世的五种因素,首先是"书中所用之语言文字,必为此种人所行用,则其书易传";其次,言文一致,"若其书之所陈,与口说之语言相近者,则其书易传";再者,繁法之语言,目力劳而心力逸,则易传。也就是说,语言描写方面,繁复细致,生动详尽,易于理解,不必苦心劳神而能获得观览趣味。其四,日习之事易传,也就是说人们更乐于阅读与自己的生活经历相似相近的情节和描写;其五,言虚事者易传。人生不如意事常八九,人们便乐于从小说中看到圆满的结局,以弥补现实生活的缺憾。倘若英雄不得意,仁人无好报,则为之闷闷不乐;倘若小说能够顺应人心所好,有意虚构,嬉笑怒骂,甚至托迹鬼神,大快人心,自然人人称赏。

具备这五种易于传世之特征的,正是稗史小说。与之相对不易流传的则是以二十四史为代表的国史。故总论曰:"夫说部之兴,其入人也深,行世之远,几几出于经史上,而天下之人心风俗,遂不免为说部之所持。"②从而郑重归结为小说对于社会开化的重要意义,呼吁同志之士广为译介域外小说,如愚公移山、精卫填海一般,开启中国民智,进行文明开化。

这篇文章最鲜明的特征,就是事必溯源,且置身于世界格局之中,探究人类文化的共性,从而使该文对于小说的规律总结,具有普遍意义、世界意义,在当时的时代背景下,也更有说服力。

在小说理论的具体应用当中,进行中西对比较早也较多的是林纾。1901年《〈黑奴吁天录〉例言》曰:

> 一、是书以"吁天"名者,非代黑奴吁也。书叙奴之苦役,语必呼"天",因用以为名,犹明季六君子《碧血录》之类。
>
> ⋯⋯⋯⋯⋯⋯

---

① 见《二十世纪中国小说理论资料》(第一卷 1897—1916),第 24 页,北京:北京大学出版社,1997。

② 同上,第 27 页。

一、是书系小说一派,然吾华丁此时会,正可引为殷鉴。且证诸咇噜华人及近日华工之受虐,将来黄种苦况,正难逆料。冀观者勿以稗官荒唐视之,幸甚!

……

一、是书开场、伏脉、接笋、结穴,处处均得古文家义法。可知中西文法,有不同而同者。译者就其原文,易以华语,所冀有志西学者,勿遽贬西书,谓其文境不如中国也。①

这篇例言里面,林纾的中西对比涉及书的命名、书中反映的社会现象、书的具体结撰方法等方面。这个时期对于小说的评判,依然不能摆脱古文的影子,林纾拿来做对比的仍然是史传,而不是中国通俗白话小说,这说明他认为文章美的典范仍然是《史记》等,其实是对小说自身的文学形态和价值认识不足。

再看林纾《〈块肉余生述〉前编序》:

大抵文章开阖之法,全讲骨力气势,纵笔至于灏瀚,则往往遗落其细事繁节,无复检举,遂令观者得罅而攻。此固不为能文者之病,而精神终患弗周。迭更司他著,每到山穷水尽,辄发奇思,如孤峰突起,见者耸目。终不如此书伏脉至细,一语必寓微旨,一事必种远因。手写是间,而全局应有之人,逐处涌现,随地关合。虽偶尔一见,观者几复忘怀,而闲闲着笔间,已近拾即是,读之令人斗然记忆,循编逐节以索,又一一有是人之行踪,得是事之来源。综言之,如善弈之著子,偶然一下,不知后来咸得其用,此所以成为国手也。

施耐庵著《水浒传》,从史进入手,点染数十人,咸历落有致。至于后来,则如一丘之貉,不复分疏其人,意索才尽,亦精神不能持久而周遍之故。……若是书特叙家常至琐至屑无奇之事迹,自不善操笔者为之,且恹恹生人睡魔。而迭更司乃能化腐为奇,撮散作整,收五虫万怪,融汇之以精神,真特笔也。史、班叙妇人琐事,已绵细可味矣,顾无长篇可以寻绎。其长篇可以寻绎者,惟一《石头记》,然炫语富贵,叙述故家,纬之以男女之艳情,而易动目。若迭更司此书,种种描摹下等社会,虽可哕可鄙之事,一运以佳妙

---

① 见《二十世纪中国小说理论资料》(第一卷 1897—1916),第 43 页,北京:北京大学出版社,1997。

之笔,皆足供人喷饭,英伦半开化时民间弊俗,亦皎然揭诸眉睫之下。使吾中国人观之,但实力加以教育,则社会亦足改良,不必心醉西风,谓欧人尽胜于亚,似皆生知良能之彦,则鄙人之译是书,为不负矣。①

林纾对迭更司(今译狄更斯)《块肉余生述》(今译《大卫·科波菲尔》)的文法分析,明显继承了金圣叹等人的评点思路和眼光。把《水浒传》《红楼梦》等各自的优长,来和《块肉余生述》作比较,更好地说明了后者的优点。而与之相比,我国古典小说的水平也不容小觑,故林纾中西比较的目的是为了重建中国文化的自信,在新的世界文学坐标系中,重新确立自己的位置。

林纾另一可贵之处在于提倡中西学术贯通,借西学来促进中国古文发展,表现出兼容并包的气度和心胸。"哈氏文章,亦恒有伏线处,用法颇同于《史记》。予颇自恨不知西文,恃朋友口述,而于西人文章妙处,尤不能曲绘其状。故于讲舍中敦喻诸生,极力策勉其恣肆于西学,以彼新理,助我行文,则异日学界中定更有光明之一日。或谓西学一昌,则古文之光焰熸矣。余殊不谓然。学堂中果能将洋、汉两门,分道扬镳而指授,旧者既精,新者复熟,合中、西二文熔为一片,彼严几道先生不如是耶?"②

介绍外国小说人物之时,为了便于国人理解,文论家们往往以中国小说、史传人物来比附,如陈熙绩《〈歇洛克奇案开场〉叙》:

> 嗟乎! 约佛森者,西国之越勾践、伍子胥也。流离颠越,转徙数洲,冒霜露,忍饥渴,盖几填沟壑者数矣。卒之,身可苦,名可辱,而此心耿耿,则任千劙万磨,必达其志而后已。此与卧薪尝胆者何以异? ……使吾国男子,人人皆如是坚忍沈挚,百折不挠,则何事不可成,何侮之足虑? ……是篇虽小,亦借鉴之嚆矢也,吾愿阅之者勿作寻常之侦探谈观,而与太史公之《越世家》、《伍员列传》参读之可也。③

总体来看,近代小说理论当中的中西对比,多侧重于伦理道德层面,与当时功利化的小说观一脉相通;亦兼顾文章章法,但是对这方面

---

① 见《二十世纪中国小说理论资料》(第一卷 1897—1916),第348~349页,北京:北京大学出版社,1997。

②《〈洪罕女郎传〉跋语》,1906年商务印书馆版《洪罕女郎传》,同上,第181~182页。

③ 1908年商务印书馆版《歇洛克奇案开场》,同上,第350~351页。

的评论,没有新的理论创见,多是沿袭古文家的眼光和术语。

在中西对比当中,洞见中国小说的不足,并顺势提出改良方案,文论家们表现出冷静的、理性的文化反思和批判态度。

> 故援取学理,去庄而谐,使读者触目会心,不劳思索,则必能于不知不觉间,获一斑之智识,破遗传之迷信,改良思想,补助文明,势力之伟,有如此者! 我国说部,若言情谈故刺时志怪者,架栋汗牛,而独于科学小说,乃如麟角。智识荒隘,此实一端。故苟欲弥今日译界之缺点,导中国人群以进行,必自科学小说始。①

1905 年《新小说》第十三号《小说丛话》中,侠人对中外小说进行了对比,肯定了中国小说的艺术特点和优点,同时也指出中国小说的欠缺。西洋小说分类精细,中国小说类别不清,是一个短处;中国小说人物众多,各有特色,胜过西洋小说人物单一;中国小说卷帙繁重,醇厚耐读,胜过西洋小说篇幅单薄;中国小说结构巧妙,引人入胜,超过西洋小说。"准是以谈,而西洋之所长一,中国之所长三。然中国之所以有三长,正以其有此一短。故合观之,而西洋之所长,终不足以赎其所短;中国之所短,终不足以病其所长。吾祖国之文学,在五洲万国中,真可以自豪也。"②其实侠人不通西文,仅以有限的译作和中国小说对比,其结论不足以服人,但是,在举国唯西洋是从的风潮中,能高标中国小说之优长,可以促使国人理智对待文化遗产。

(三)外国小说成为小说理论的一大论述主题

随着译介小说增多,国人出洋的数目增多,对于外国小说的了解也越来越多,可谓乱花渐欲迷人眼。在这种情况下,对外国小说的关注,就从追求情节、语言上升为理论探讨,所涉及的相关论题也是从表层到深层,由浅入深,理论性逐渐增强。

表层问题首先是分类问题,根据主题内容来分,如历史小说、政治小说、哲理科学小说、军事小说、冒险小说、侦探小说、写情小说、语怪小说、传奇体小说等(参见《中国唯一之文学报〈新小说〉》,1902 年《新民丛报》十四号)。这个方面的关注以及倡导,帮助中国新小说开辟了新的写作领域。1906 年《新世界小说报社发刊辞》曰:"群知小说之效

---

① 1903 年周树人《〈月界旅行〉辨言》,见《二十世纪中国小说理论资料》(第一卷 1897—1916),第 68 页,北京:北京大学出版社,1997。

② 同上,第 93 页。

果,捷于演说报章,不视为遣情之具,而视为开通民智之津梁,涵养民德之要素;故政治也,科学也,实业也,写情也,侦探也,分门别派,实为新小说之创例,此其所以绝有价值也。"①

再者,对相关的外国作家、写作背景的介绍,丰富了国人的外国文学知识和社会知识。这种介绍一般见于翻译小说的序、跋,在介绍文章内容的同时,多半会伴随新观念的介绍,如女权、平等、自由等。译述也是开启民智的一大法宝,"吾谓欲开民智,必立学堂;学堂功缓,不如立会演说;演说又不易举,终之唯有译书"②。因为这种目的,翻译家们皆能注重有为而作。

(四)把小说本身作为研究对象

以小说本身为研究对象的文章多是综论性质的,先后有别士(夏曾佑)《小说原理》(1903年《绣像小说》第三期);楚卿(狄葆贤)《论文学上小说之位置(1903年《新小说》第七号》);姚鹏图《论白话小说》(1905年《广益丛报》第六十五号);管达如《说小说》(1912年《小说月报》第三卷第五、第七至十一号);成之(吕思勉)《小说丛话》(1914年《中华小说界》)等。

《小说原理》的内在思路类似《本馆附印说部缘起》,大概与两篇文章出自同一作者有关。《小说原理》首先渲染人们对小说的嗜好,然后说明何以如此:"人使终日常为一事,则无论如何可乐之事,亦生厌苦,故必求刻刻转换之境以娱之。然人自幼至老,生平所历,亦何非刻刻转换之境哉?徒以其境之转换也,常有切身之大利害,事前事后,常有无限之恐惧忧患以随之,其乐遂为其苦所掩也。故不得不求不切于身之刻刻转换之境以娱之……于是乎小说遂为独一无二可娱之具。一榻之上,一灯之下,茶具前陈,杯酒未罄,而天地间之君子、小人、鬼神、花鸟杂遝而过吾之目,真可谓取之不费,用之不匮者矣。故画,有所穷者也;史,平直者也;科学颇新奇,而非尽人所解者也;经文皆忧患之言,谋乐更无取焉者也。而小说之为人所乐,遂可与饮食、男女鼎足而三。"③

---

① 见《二十世纪中国小说理论资料》(第一卷 1897—1916),第201页,北京:北京大学出版社,1997。

② 林纾:《〈译林〉序》,1901年《译林》第一期,同上,第42页。

③ 见《二十世纪中国小说理论资料》(第一卷 1897—1916),第75页。

小说如此可乐，小说又实在难写。作者列出了写小说之五难，跟《本馆附印说部缘起》当中所论小说五易传之特点相映成趣。小说的五大写作难点分别为：一、写小人易，写君子难。二、写小事易，写大事难。三、写贫贱易，写富贵难。四、写实事易，写假事难。五、叙实事易，叙议论难。五大难点，也就是五大忌讳，倘若有意避开，把小说写成功的可能性就大大提高了。

这些都是作者的引子，所谓欲扬先抑，其根本目的乃在于探讨新小说的写法。对于新小说来说，既然想唤起民众，势必得树立一个理想人物，好作为楷模，也就是得写君子；大人物办大事，动辄与国事相关；大事、国事所牵涉到的多为权贵富豪；虚构情节，又得有意羼入议论。由此可见，新小说把小说的五大忌全部给犯了，总是不能产生成功之作也就可想而知了。夏曾佑着眼于小说创作的艺术规律，发现新小说的缺陷，这种结论表明了他的洞察力，调和了新小说理论过分注重社会时效的功利性，实有胜过梁启超处。

也有五忌犯全而广受欢迎者，如曲本、弹词，通俗曲艺发展至后来，其故事情节、主题意旨、篇章结构等均与小说合流，唯一的区分就是有韵无韵罢了。所以作者把这些通俗文艺也看作小说。这种小说事事俗套，为何还能得到大众欢迎而流布广远？夏曾佑认为主要原因在于读者，"因此辈文理不深，阅历甚浅，若观佳制，往往难喻，费心则厌，此读书之公例，故遂弃彼而就此"。为了迎合这种读者市场，作者不惜生造情节，搬演神异，"作此等书之人，既欲适神经最简者之目，而又须多其转换，则书中升沉离合之迹，皆成无因之果，不造骊山老母、太白金星以关键之不能，此皆事之不得不然者也。使以粗浅之笔，写真实之理，渐渐引人入胜，彼妇人与下等人，必更爱于平日所读诞妄之书矣"[①]。

楚卿《论文学上小说之位置》（1903 年《新小说》第七号）从繁简、古今、蓄泄、雅俗、虚实五个方面谈论小说的艺术特点，尤其在雅俗方面，提出"故俗语文体之嬗进，实淘汰、优胜之势所不能避也。中国文字衍形不衍声，故言文分离，此俗语文体进步之一障碍，而即社会进步之一

---

① 见《二十世纪中国小说理论资料》（第一卷 1897—1916），第 77 页，北京：北京大学出版社，1997。

障碍也。为今之计,能造出最适之新字,使言文一致者上也;即未能,亦必言文参半焉"①。这准确地预言了其后小说的发展趋向。

《新小说》第一卷第十七号至第二卷第二十四号连载"小说丛话",参与者有梁启超、梁启勋、狄葆贤、于定一、麦孟华、侠人、浴血生等,十几人围绕小说的诸多论题各抒己见,甚至针锋相对,营造了非常好的研讨氛围,促进了对小说的认识和研究。

1912 年管达如《说小说》(《小说月报》第三卷第五、第七至第十一号)与 1914 年成之(吕思勉)《小说丛话》(《中华小说界》第一年第三至第八期)是两篇长文,后者更长至三万余字。这两篇文章均体现出自觉的理论体系建构意识。

管达如《说小说》分为六章:小说之意义,小说之分类,小说之势力及其风行于社会理由,小说在文学上之位置,译本小说与中国小说之比较(按:该章原文无题目,本书加拟),中国旧小说之缺点及今日改良之方针。《说小说》段落清晰,论述有层次感,显示出现代论文的雏形,每一章的观点既有对当时主流论点的归纳复述,也能看出作者个人组织编排的匠心。

比如第二章《小说之分类》分别从文学上、体制上、性质上对小说进行分类。文学上之分类为文言体、白话体、韵文体;体制上之分类为笔记体、章回体;性质上之分类为武力的、写情的、神怪的、社会的、历史的、科学的、侦探的、冒险的、军事的等。这种分类法能够综合古今小说体制,有其合理性。第三章《小说之势力及其风行于社会理由》承袭了夏曾佑、梁启超等人的观点,从人类共有的心理性情出发来论述小说的感染力和鼓动力。

第四章《小说在文学上之位置》其实等于小说文学特点的概括,大略为"通俗的而非文言的",指小说文字通俗;"事实的而非空言的",指小说叙述事实不空发议论;"理想的而非事实的",指小说善于构造理想境界,无奇不有;"抽象的而非具体的",指小说所叙人物事件具备典型意义,源于现实又超越现实,即"小说所述之事实,皆为抽象的,故其意味,较之自然之事,常加一倍之浓深";"复杂的而非简单的",指小说

---

① 见《二十世纪中国小说理论资料》(第一卷 1897—1916),第 80 页,北京:北京大学出版社,1997。

叙事详切委曲,引人入胜。可以说,以上对于小说文学特点的概括非常准确全面。

第五章专论译本小说,指出可以通过译本小说了解外国社会之情状。但是,在矫正社会恶习的功力以及符合国人趣味方面,译本不如我国自著小说。结论是我国现在正需要好小说改良世风,无论译本还是自著,好小说多多益善。

前面五章对于小说的意义、分类、影响力、文学特点等进行了全面分析,使小说之功用不容置疑,又通过译本、自著小说对比,说明自著小说功用尤大,第六章则顺承而下,分析中国旧小说之缺点及今日改良之方针。可见,全文的中心意旨就是如何建设新小说。管达如对理想的小说有四条要求:道德心宜充足,智识宜求完备,阅历宜求广博,文学宜求高尚。他在文末特意强调作小说当多用白话体,便于启迪愚蒙,他敏锐地观察到"今之撰译小说者,似为上等人说法者多,为下等人说法者少"①。

成之的《小说丛话》也论述了以下问题:小说之势力,小说之性质,小说与社会的关系,小说之分类,小说描写特点,小说与戏剧对比,理想小说的要求。《小说丛话》篇幅如此长,即使作为连载分段,其论述层次也不甚清晰,而且各部分着力轻重不均,颇像读后感的大荟萃,而非一篇完整的有内在逻辑的论文。造成这种状况的原因,一方面是成之力图完成一篇完整的全面的有总结性质的论文;另一方面,在学术规范尚不确立的时代,他在写作中也时时被个人趣味牵引,忍不住有所偏爱。

此文能够娴熟化用西方美学观点,如谈及小说之性质时,认为小说乃是美术之一种,"夫美术者,人类之美的性质之表现于实际者也。美的性质之表现于实际者,谓之美的制作。凡一美的制作,必经四种阶级而后成。所谓四种阶级者,一曰模仿。模仿者,见物之美而思效其美之谓也。……二曰选择。选择者,去物之不美之点而存其美点之谓也。……能模仿矣,能选择矣,则能进而为想化。想化者不必与实物相触接,而吾脑海中自能浮现一美的现象之谓也。……能想化矣,

---

① 见《二十世纪中国小说理论资料》(第一卷 1897—1916),第 412 页,北京:北京大学出版社,1997。

而又能以吾脑海之所想象者,表现之于实际,则所谓创造也。合是四者,而美的制作乃成"①。成之从艺术创造规律来辨析小说艺术的特点,反对简单的社会现象反映说,受到了西方美学影响。

成之对小说的分类部分用力甚多,与管达如的分类相比,该文的分类标准为两种,第一种是理论上抽象的分类,第二种是根据小说具体材料来分类。

理论上进行的抽象的分类又有五种:一从文学上观察,小说分为散文(文言、俗语)、韵文(传奇、弹词);二自其所叙事实之繁简观察之,分为复杂小说、单独小说,前者人物众多、结构复杂,后者往往只有一个主人公,头绪简单;三自其所载事迹之虚实言之,分为写实主义和理想主义两种,但是"特其宗旨,不在描写当时之社会现状,而在发表自己所创造之境界者,皆当认之为理想小说。由此界说观之,则见今所有之小说中,百分之九十九,皆理想小说也"②。四按照悲剧喜剧二分,每种当中又可分为纯粹的和不纯粹的,也就是"一、使人苦者:绝对的悲情小说;二、使人乐者:绝对的喜情小说;三、使人先苦而后乐者:相对的悲情小说;四、使人先乐而后苦者:相对的喜情小说"③。第五种分类标准是有主义和无主义,"有主义之小说,或欲借此以牖启人之道德,或欲借此以输入智识,除美的方面外,又有特殊之目的者也,故亦可谓之杂文学的小说。无主义之小说,专以表现著者之美的意象为宗旨,为美的制作物,而除此以外,别无目的者也,故亦可谓之纯文学的小说"④。成之反对那种一味灌输"主义"、破坏文学之美的所谓社会小说。他认为小说、戏剧首先应该打动人、感染人,使人得到美的享受,然后才能自然地接受作者的观念道理。倘若顺序反过来,作者光顾着讲大道理,读者一看即生厌,何谈被教化? 成之这个观点相当有价值,正可以弥补梁启超等人新小说理论过于功利化的弊端。

至于按照小说题材进行分类,已不新鲜,正像成之自己所论:"此种名目,既无理论上一定之根样,删并增设,无所不可,不佞不过就通

---

① 见《二十世纪中国小说理论资料》(第一卷 1897—1916),第 439～440 页,北京:北京大学出版社,1997。

② 同上,第 446 页。

③ 同上,第 449 页。

④ 同上,第 449 页。

俗习见之名,陈述意见而已。"①他既明确表态自己不情愿按照这种分类法,又详详细细地按题材开列出九种小说,并分别加以阐说。这看似自相矛盾的做法,恰可以表明成之作此文的根本目的,他是有意识地对当前的小说理论进行集成式的论述,而不是完全按照个人的兴趣随便写写。

但是,就如前文所述,在学术规范尚未确立的年代,成之也不忍心为了照顾行文就完全抛却趣味。这一点表现在他对小说描写特点的论述上。"小说所描写之事实在小;非小也,欲人之即小以见大也。小说之描写之事实贵深;非故甚其词也,以深则易入,欲人之观念先明确于一事,而因以例其余也。然则小说所假设之事实,所描写之人物,可谓之代表主义而已,其本意固不徒在此也。欲证吾说之确实,请举《红楼梦》以明之。"②然后他就用了将近全文一半的篇幅来论述《红楼梦》。本来《红楼梦》仅仅是一个例证,是用来说明小说描写特点这一个理论问题的,但是,如此浓墨重彩的论述,显然能够表明成之对于《红楼梦》本身的阐释兴趣远远高过了拿它作例证,这一大部分论述完全可以独立成文。举《红楼梦》为例,是说明小说当中所描写的事件、人物乃是为了作者的主义、理想而发,即便有事实基础,也经过了作者的想象变化,并非完全照搬现实,屑屑考据某人之为某人、某事之为某事,实在是笨伯所为。在此,成之有意讽刺、反驳了当时社会上出现的索隐派的做法。

小说的文本性质阐说完毕,成之又对小说和戏剧进行了对比,更好地突出了小说本身的特征。全文末还顺带对译本小说和自著小说进行了对比,基本上沿袭了管达如的看法。凡此均显示出他对小说问题思考之全面和缜密,但是论述顺序上稍显零乱。

全文的真正结尾其实是"略论作小说之法,以结此小说丛话之局",提出了三种要求:第一理想要高尚,第二材料要丰富,第三组织要精密。这表达了国人多作良小说、淘汰恶小说之愿望。

以上这些近代时期出现的小说综论文章,较多受到了翻译来的西方学术著作、文章的影响,有意写作主题论文,对于理论问题如何阐发

---

① 见《二十世纪中国小说理论资料》(第一卷 1897—1916),第 451 页,北京:北京大学出版社,1997。

② 同上,第 457～458 页。

进行了可贵的探索,为后代的学术研究积累了宝贵经验。

（五）其他小说外围问题

所谓小说外围问题,指小说的出版、发行、宣传等,这是小说商品化、规模化之后出现的新问题,传统的古代小说理论对此极少寓目。

众多发刊辞除了阐释本刊宗旨之外,还担当着广告宣传的任务。

觉我(徐念慈)的《余之小说观》亦是论文形式,该文刊于1908年《小说林》第九期、第十期。文章开头阐明宗旨:

> 今者亚东进化之潮流,所谓科学的、实业的、艺术的,咸骎骎乎若揭鼓而求亡子,炎炎乎若褰裳而步后尘,以希共进于文明之域;即趋于美的一方面之音乐、图画、戏剧,亦且改良之声,喧腾耳鼓,亦步亦趋,不后于所谓实业科学也。然而此中绝尘而驶者,则当以新小说为第一。

> 小说何言乎新? 以旧时流行之籍,其风俗习惯,不适于今社会,则新之;其记事陈义,不合于今理想,则新之;其机械变诈,钩稽报复,足以启智慧而昭惩戒焉,则新之。所以译著杂出,年以百计,与他种科学教科各书相比例,有过之而无不及。则小说者,诚有可以研究之价值……①

小说的活跃、影响力超过其他艺术门类,又值革旧鼎新时期,小说的题材、思想意识、价值观念、写法等均需新变,外国小说以译著的形式源源不断涌来,内在文化传统变革的需求,加上外来文明形式的冲击,使小说的变化更显突出,故当时的知识分子皆能注意到这种现象。

《余之小说观》有八个论题,分别是:一、小说与人生;二、著作小说与翻译小说;三、小说之形式;四、小说之题名;五、小说之趋向;六、文言小说与白话小说;七、小说之定价;八、小说今后之改良。

其立论比较平实,如谈到"小说与人生"之关系,既反对冬烘头脑以鸩毒视小说,也反对"国民进化咸惟小说是赖"的过誉,其持平之论为"则小说固不足生社会,而惟有社会始成小说者也","(小说)以人生之起居动作,离合悲欢,铺张其形式……故谓小说与人生,不能沟而分之,即谓小说与人生,不能阙其偏端,以致仅有事迹,而失其记载,为人

---

① 见《二十世纪中国小说理论资料》(第一卷 1897—1916),第332页,北京:北京大学出版社,1997。

类之大缺憾,亦无不可"①。

该文写作的观察点和着力处,还在于推行小说,促进小说的发行和发展,以提高小说的社会影响力,故其论述有小说外围问题,如销量、定价等。

在发行、销量方面,该文对文言小说和白话小说的比照观察,也颇有意思。在该文写作的 1908 年,社会上文言小说销量超过白话小说,白话小说"其言语则晓畅,无艰涩之联字;其意义则明白,无幽奥之隐语,宜乎不胫而走矣",那么,为什么具备这些优点的白话小说反而不如文言小说畅销?作者认为这和读者群有关系,时下阅读、购买小说的群体"其百分之九十"为"出于旧学界而输入新学说者",并举林纾为例证,"何以崇拜之者众?则以遣词缀句,胎息史汉,其笔墨古朴顽艳,足占文学界一席而无愧色。然试问此等知音,可责诸高等小学卒业诸君乎?遑论初等。可责诸章句帖括冬烘头脑乎?遑论新学。"②其实,他对于发行者和著译者均作了提醒,潜在市场更大的是白话小说,眼下的市场开发显然没有做好,也可以说小说的影响层面仍然太有局限,想要有大的突破,必须破除原有的文章观念,真正放下身段,贴近世俗的文化理解水平,再结合定价,薄利多销。

"小说今后之改良"分析的是目标读者问题,从形式、体裁、文字、旨趣、价值等方面服从目标读者群的需要。它提出了"学生社会""军人社会""实业社会""女子社会"四类目标受众,基本上相当于今天的少儿读物、军旅读物、财经读物、女性读物。读至此,不得不佩服徐念慈的商业头脑,他所特意关注的这几类读物直到今天都是畅销书市场的主力军。

这些都可以说明对于小说的市场化、普及化的推进,徐念慈的小说观的确具备先知先觉的意义和实践价值。

近代时期的小说理论几乎不再纯粹论述单一的中国小说,即便是序言、跋、发刊辞,也多多少少牵扯上小说与社会的关系、中外小说对比等,说明此时的小说理论家已经习惯了宏阔的世界学术视野,有自

---

① 见《二十世纪中国小说理论资料》(第一卷 1897—1916),第 332～333 页,北京:北京大学出版社,1997。

② 同上,第 336 页。

觉的对比意识,从而形成了这个时期小说理论的一个总的特点。

近代时期小说理论文章的显著缺陷就是浮光掠影、不能深入。多采取概论式、鸟瞰式,基于印象和感觉而发言,虽有逻辑形式,却无严密的逻辑推演,题目多宏大主题,内容自然空洞。有些长文,因为论述分散,无逻辑推演,不能算作严格的论文,如《本馆附印说部缘起》(1897年),几乎相当于人类文明发展史概说;梁启超的《论小说与群治之关系》(1902年)更像一篇宣传稿或演讲词,多排比段落、排比句式,激情呐喊远远胜过全面分析;别士《小说原理》(1903年)、楚卿《论文学上小说之位置》(1903年)题目都很学术化,但其写法和行文思路仍然相当于明清小说评点当中的一些专文,比如金圣叹《第五才子书读法》的写法。

在这种时代整体状况中,王国维的《红楼梦评论》①以其严谨细密的思路、纯粹学术思辩的写法独树一帜。

二、以西方理论研究中国文学

王国维(1877—1927),字静安,亦字伯隅,初号礼堂,后改为观堂,又号永观,浙江海宁人。王国维的《红楼梦评论》发表于1904年《教育世界》第七十六至七十八号、八十至八十一号,堪称近现代史上第一篇具备现代方法论意识、跨文化视角、用西方理论阐释中国文本的论文②,早于前面所述管达如、成之等人的长篇专文。

传统学术经常采用点悟法,重在体会,依循"疏不破注"的思路,评点、序跋等等都不会超出作品的范围。而现代学术采用逻辑式结构,属于完全的创造,把原著材料拆开来进行分析、综合、归纳,并且延伸到材料之外,揭示其隐含内涵,推演出一定的艺术规律,使感性的材料生发出抽象的理论。《红楼梦评论》基本符合现代学术要求,这种独立的论文形式,实为中华小说学术史上的首创。"《红》一文在中国文学批评史上,其主要之成就乃在于静安先生所开拓出的一条有理论基础

---

① 王国维著,周锡山编校:《王国维集》,北京:中国社会科学出版社,2008。本文所引用的《红楼梦评论》原文据此版本。

② 参见张洪波《〈红楼梦评论〉的现代方法论意义》,载《红楼梦学刊》2001年第四辑;李庆本《〈红楼梦评论〉的现代学术范式——纪念王国维〈红楼梦评论〉发表一百周年》,载《中国文化研究》2004年夏之卷等文章。

及组织系统的批评途径,而其缺点则在于过分依赖西方已有的成就,竟想要把中国的古典小说《红楼梦》本身真正的意义与价值,来建立起自己的批评体系,其成功与失败之处,当然都是值得我们做为借鉴的。"①

《红楼梦评论》全文共分五章:第一章"人生及美术之概观",第二章"《红楼梦》之精神",第三章"《红楼梦》之美学上之价值",第四章"《红楼梦》之伦理学上之价值",第五章"余论"。

该文的研究方法最有特色的地方是以哲学、美学的理论来考察文学。第一章"人生及美术之概观",入手是老庄言论,引发人生之欲求问题,思考生活之本质,认为"欲与生活,与苦痛,三者一而已矣"。人类想尽办法以趋利避害,科学和其他应用学科由此产生。"由是观之,吾人之知识与实践之二方面,无往而不与生活之欲相关系,即与苦痛相关系。有兹一物焉,使吾人超然于利害之外,而忘物与我之关系。"②这能使人忘却物我利害关系的就是"美术",即今天习用概念——艺术。美术是人类痛苦生活当中的安慰。美术所表现的美有优美、壮美两种,都能引导人离开生活之欲,入于纯粹之境。美术中还有一种"眩惑",可谓诲淫诲盗之别称,有害无益。在把自己的美学立场和标准阐明之后,王国维方举出《红楼梦》,认为此书是美术当中的绝大著作。因此,第一章实际是说明评论《红楼梦》的缘由以及认识此书的角度。

第二章"《红楼梦》之精神",是揭示此书的主旨。王国维认为"所谓玉者,不过生活之欲之代表而已矣",以贾宝玉之玉为人生欲求的象征,则宝玉的红尘历练就是经历人生苦痛并寻求解脱的过程,《红楼梦》正是一部自我解脱之书。宝玉就是通常之人的代表,因生活之欲不得满足而痛苦,越痛苦则想满足的欲求越强烈,欲求更强烈则更加感到痛苦,循环不止,最终陷于失望,而悟到人生真谛,于是超脱这一切欲求,最终无欲则无痛苦,达到解脱境界。这种挣扎煎熬直至解脱的过程,是属于人类的,是壮美的,是文学的。宝玉解脱的途径和过程,比法斯德(浮士德)更有普遍意义。这样的作品,能够使我们感同身受,随主人公一起得到精神解脱,则该书不啻是"宇宙之大著述",有

---

① 叶嘉莹:《从王国维〈红楼梦评论〉之得失谈到〈红楼梦〉之文学成就及贾宝玉之感情心态》,载香港《抖擞》1978年5月第27期。

② 见《王国维集》(第一册),第4～5页,北京:中国社会科学出版社,2008。

救济人类之功。

既然确立了《红楼梦》大著述的地位,自然要接着考察其美学上的价值。第三章"《红楼梦》之美学上之价值",以叔本华对悲剧的定义来判断《红楼梦》大悲剧的性质,"非必有蛇蝎之性质,与意外之变故也,但由普通之人物,普通之境遇,逼之不得不如是;彼等明知其害,交施之而交受之,各加以力而各不任其咎……彼示人生最大之不幸,非例外之事,而人生之所固有故也。……不过通常之道德,通常之人情,通常之境遇为之而已"①。王国维对《红楼梦》悲剧性质的判定,确实精准。他还指出国人具乐天之精神,爱好团圆结局,唯《红楼梦》是真正的悲剧,如雅里大德勒(亚里士多德)《诗论》所云,悲剧可以使"人之精神于焉洗涤",与伦理学的最终目的相符。

第四章就来探讨"《红楼梦》之伦理学上之价值"。王国维认为《红楼梦》在伦理学上的最大价值是精神存于解脱。为了说明"解脱"的重要意义和价值,王国维与佛教、基督教的宗旨相印证,说明人世间的存在是忧患的、痛苦的、不完美的,解脱为最高之理想、必求之救济路径。《红楼梦》作为一个美术作品,表现了人类的理想,并示范了解脱路径,自然具备极大的伦理学之价值。

第五章"余论"驳斥了当时《红楼梦》研究中考证索隐的做法,认为《红楼梦》并非现实人物的真实写照,而是对美的自然反映。王国维征引叔本华《意志及观念之世界》的理论来说明"美之知识,断非自经验的得之,即非后天的,而常为先天的;即不然,亦必其一部分常为先天的也"②。

对于王国维来说,《红楼梦》是一坛美酒,他借品酒来浇自己心中的块垒,思索人生与命运的底蕴。也可以说,静安先生更在意的是对人生命运的思考,故以美学、哲学的视角解读文学,希图借助对于《红楼梦》的评述传达出个人的完整见解,既有此目的,则对于《红楼梦》本文的认识有削足适履之处。比如对于《红楼梦》内在的艺术规律的探讨付之阙如,以至于看王国维的评论,可以毫不怀疑后面四十回续书更有美学价值,对于《红楼梦》的"伦理学价值"也更重要,这种感觉显

---

① 见《王国维集》(第一册),第11~12页,北京:中国社会科学出版社,2008。
② 同上,第20页。

然有悖于《红楼梦》原著的艺术本质。

结合《红楼梦评论》发表的年代来看,王国维此文的积极意义在于强调了《红楼梦》本身独具的审美价值、伦理学价值,立足于人生、人性来探究文学,在政治教化改良社会为目的的小说功用论之外别开一途。

对全新理论资源的应用,是王国维的创举,开启了现当代中国文学研究的新模式。他明确指出:"异日发明光大我国之学术者,必在兼通世界学术之人,而不在一孔之陋儒固可决也。"①所以,《红楼梦评论》的真正价值,既在于对《红楼梦》这部小说的艺术美的揭示和推进式理解,更在于开创研究模式,真正实现了现代思维的逻辑架构。其力图融会东西哲学的努力,更是一个有意义的课题,直到今天仍然需要为之努力。至于现当代文论对西方借鉴太多,与固有文化传统割裂,直走到失语状态,就不是静安先生的责任了。

近代小说理论在众声喧哗中完成了历史使命,这个时期的命题之丰富远超前代,从此,中国小说理论打破了传统的自我完足、自我解释的体系,开始与世界学术规范接轨,也与中国传统学术的形式渐行渐远。值得庆幸的是,传统学术的内在精神永存。借用陈寅恪先生的一段话作结:"昔大师巨子,其关系于民族盛衰、学术兴废者,不仅在能承续先哲将坠之业,为其托命之人,而尤在能开拓学术之区宇,补前修所未逮。故其著作,可以转移一时之风气,而示来者以轨则也。"②吾辈勉乎哉!

---

① 1906 年《奏定经学科大学文学科大学章程书后》,见《王国维集》(第四册),第 13 页,北京:中国社会科学出版社,2008。

② 陈寅恪:《〈王静安先生遗书〉序》,见《王国维集》(第四册),第 479 页。

结　语

前言里面，已经把本书的写作因由、整体思路、主要观点和相关的写作难点、研究价值都说过了。正文读完之后，再有所谓结语，那就姑且印证一下前言，另外补充一下题外之意吧。

小说理论对于我是一个全新的领域，从一无头绪到渐渐产生思路，是个有意思的过程，原有的诗文批评方面的研究训练对于思路的形成功不可没。通过本课题的写作，我熟悉了中国古代小说理论的基本阵容，弥补了知识空缺，庶几可以对古代文学理论进行整体性的思考了，这的确是巨大的收获。

本书思路一旦形成，能迅速组织成文，首先要感谢当代学者们所做的各种研究资料汇编（详见文后主要参考文献），真正是嘉惠学林的功德事业。

本书并不是一本历时性的小说理论史，没有严格按照时代顺序介绍作者、作品，而是力图把常见的材料进行新角度的解读和编排，采取以问题为纲的写作方式，并且树立了一个参照系——散文理论；尽量不以今天的理论定势去绳范古人，而是通过材料解读，让内在的逻辑关系和命题自行显现，从而找出杂乱松散的小说理论中的发展规律。对于"小说"概念发展演变的辨析，以及小说理论、散文理论的对照论述，是笔者自以为比较可读之处。

这种以问题为纲的写作方式比较有弹性，可以在任何一个论述层次上吸纳新内容。所以，完全依照现在的写作目录，本书也大可以继续写下去。

三年的时间来做一个全新的题目是远远不够的，何况我又只能依靠课余时间，还有很多书要看，还有很多论题需要深入思考，还有些论述需要再斟酌……但是，只能带着很多遗憾暂且把以上的文字当作完稿吧。

希望每一位读到此书的师长、同学、朋友都能给我以批评、指点、建议，我的电子邮箱是 lyhsun@gmail. com，非常感谢。

主要参考文献

鲁迅.中国小说史略.北京:人民文学出版社,1973

王运熙,顾易生主编.中国文学批评通史(七卷本).上海:上海古籍出版社,1996

黄霖,蒋凡主编.中国历代文论选新编.上海:上海教育出版社,2007

黄霖,韩同文选注.中国历代小说论著选.南昌:江西人民出版社,2000

朱一玄,刘毓忱编.三国演义资料汇编.天津:南开大学出版社,2003

朱一玄,刘毓忱编.水浒传资料汇编.天津:南开大学出版社,2002

朱一玄,刘毓忱编.西游记资料汇编.天津:南开大学出版社,2002

朱一玄编.金瓶梅资料汇编.天津:南开大学出版社,2002

朱一玄编.聊斋志异资料汇编.天津:南开大学出版社,2002

朱一玄编.红楼梦资料汇编.天津:南开大学出版社,2001

朱一玄,刘毓忱编.儒林外史资料汇编.天津:南开大学出版社,2003

陈平原,夏晓虹编.二十世纪中国小说理论资料(第一卷1897—1916).北京:北京大学出版社,1997

陈洪.中国小说理论史.天津:天津教育出版社,2005

王汝梅,张羽.中国小说理论史.杭州:浙江古籍出版社,2001

宁宗一主编.中国小说学通论.合肥:安徽教育出版社,1995

王先霈,周伟民.明清小说理论批评史.广州:花城出版社,1988

方正耀.中国古典小说理论史.上海:华东师范大学出版社,2005

颜廷亮.晚清小说理论.北京:中华书局,1996

杨义.杨义文存·中国叙事学.北京:人民出版社,1997

谭帆.中国小说评点研究.上海:华东师范大学出版社,2001

章培恒,王靖宇主编.中国文学评点研究论集.上海:上海古籍出版社,2002

陈大康.明代小说史.北京:人民文学出版社,2007

吴敢.张竹坡与《金瓶梅》研究.北京:文物出版社,2009

黄念然.20世纪中国古代文学研究史·文论卷.北京:东方出版中心,2006

葛兆光.中国思想史.上海:复旦大学出版社,2007

彭亚非.中国正统文学观念.北京:社会科学文献出版社,2007

〔法〕米歇尔·福柯著,谢强,马月译.知识考古学.北京:三联书店,2007

〔美〕勒内·韦勒克,奥斯汀·沃伦著,刘象愚,邢培明,陈圣生,李哲明译.文学理论.南京:江苏教育出版社,2005

〔俄〕瓦·叶·哈利泽夫著,周启超,王加兴,黄玫,夏忠宪译.文学学导论.北京:北京大学出版社,2006

致 谢

感谢山东大学文学院教授马瑞芳先生。小说理论研究对于我是一个全新的领域，正是马先生的宝贵建议和不断鼓励，促使我开始了这项研究，并完成了这部书稿。

感谢我的博士后合作导师、中国社科院文学所研究员刘扬忠先生。刘先生宽容仁厚，允许我更改博士后出站报告的题目，才使我得以专心于小说理论研究。在本书稿的写作过程中，一直得到了刘先生的耐心指教。本书稿就是在博士后出站报告的基础上完成的。

感谢中国社科院文学所研究员陶文鹏、杜书瀛、蒋寅、王筱云、郑咏晓、王达敏等诸位先生，感谢北京大学中文系教授张鸣先生。诸位先生对我的博士后开题报告、出站报告均提出了宝贵的意见和建议。

感谢我的博士导师、复旦大学中文系教授蒋凡先生。先生如慈父，对学生各方面的成长问题均时时关注、指导。我在写作本书稿的过程中，也时常向先生请教。

感谢山东大学文学院古代文学研究所各位师长、同事的关心和帮助。尤其是王平先生、邹宗良先生以及复旦大学中文系羊列荣先生，在小说理论研究方面，给我提出了宝贵的意见和建议。

感谢山东教育出版社朱晓晨编审、刘卫红副编审为本书付出的辛勤劳动。

以上致谢仅仅是围绕着本书稿的写作，实际上，我要感谢的人非常多，唯有今后以更多的成果来表达。